向伟大的时代致敬

王春元
万 芊 —— 著

中国青年出版社

（京）新登字 083 号

图书在版编目（CIP）数据

生于1978 / 王春元，万芊著. -- 北京：中国青年出版社，2018.11
ISBN 978-7-5153-5391-3

Ⅰ.①生… Ⅱ.①王… ②万… Ⅲ.①纪实文学－中国－当代 Ⅳ.① I25

中国版本图书馆 CIP 数据核字（2018）第 247008 号

责任编辑	侯群雄　岳　虹
装帧设计	刘红刚
内文设计	李　平
出版发行	中国青年出版社
社　　址	北京东四十二条 21 号　邮政编码：100708
网　　址	www.cyp.com.cn
门 市 部	010-57350370
编 辑 部	010-57350401
印　　刷	北京科信印刷有限公司
经　　销	新华书店
规　　格	710×1000　1/16
印　　张	21
字　　数	286 千字
版　　次	2018 年 11 月北京第 1 版
印　　次	2018 年 11 月北京第 1 次印刷
定　　价	58.00 元

本图书如有印装质量问题，请凭购书发票与质检部联系调换　联系电话：（010）57350337

张玉玺

张月琳

张玉玺亲自现身做广告

1991年8月新发地市场管理层合影

1990年代初新发地市场交易场景

1990年代初新发地市场交易场景（夜景）

严介和

严昊

太平洋建设与阿尔巴尼亚、黑山两国签署三方合作备忘录

第15届东博会期间,越南副总理王庭惠与严介和会谈

严昊在项目一线考察指导

茅理翔和茅忠群父子

1991年，茅理翔在秋季广交会

方太集团的前身——飞翔集团

 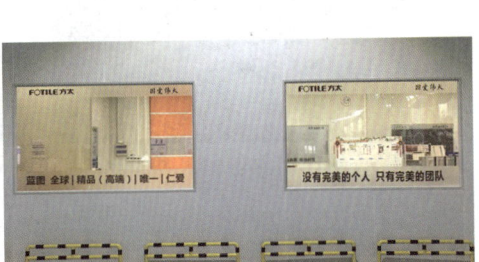

茅理翔与香港美食节目主持人方太　　2018年，方太集团的现代化生产线

张兰和汪小菲母子

岳成

长子岳运生　　　长女岳海南　　　二女儿岳雪飞

小儿子岳屾山　　小儿媳宋静　　　外甥王静巍

堂孙女岳婷　　　堂曾外孙女张万菊　堂曾孙女岳东雪

叶明钦　　　　　　　　　　　　叶志成

汽车运动在中国110周年纪念　　　金港汽车城内景

万捷

万林

雅昌人庆祝申奥成功

万捷担任北京奥运会火炬手

雅昌（深圳）艺术中心书墙

徐少春

徐嘉祺

一家人合力划赛艇

徐少春举起雷神锤

金蝶与亚马逊合作

韩小红

在海德堡大学

留德期间与友人合影

胡依晗

与母亲在健身

留美期间与同学合影

高文　　　　　　　　黄铁军

高文在鹏城实验室学术委员会第一次会议

高文在北京大学发起建立"图灵班"

黄铁军在人工智能产业技术创新战略联盟成立大会

部分主创人员合影

1978

目　录

序言 001

张玉玺：一座城，从可有可无到非你莫属 001

改革开放已经走过40年，这是中国发展不同凡响的40年，也是让中国人骄傲、让全世界瞩目的40年。作为共和国的同龄人，张玉玺的人生轨迹与改革开放的历程同轨并行，他是目击者、亲历者，更是建设者、领先者。

张月琳：我是新型农民 019

我们是新型的农民，既沿承了老一代的传统，也是在做事业，如何把这个行业、这个事业做出一番天地，是我们要做的。如何在这种传统之后，再转变，再延续，甚至能有突破，我觉得这是一代新型农民要做的。

严介和：狂人史记 035

2018年1月25日，淮安，开元大酒店。苏太华系年会。166斤黄金。这不是一个炫富的故事，而是一个关于财富的隐喻。严介和掌握着整台年会的走向和气氛，巧妙地调节着节奏的轻重缓急，犹如一位高明的指挥，让一部交响乐以最完美的状态奏响。

严昊：基业长青，不辜负好时代　　　　　　　　　　049

我们的奋斗目标是要成为百年老店。这就可能需要至少三代以上的人不断地努力、不断地争取，才有可能实现。只要你坚守诚信、坚守务实的做事精神，踏踏实实地做事、做实业，往前走，我相信随着时代的变化，百年老店会越来越多。

茅理翔：从点火枪大王到方太缔造者　　　　　　　069

中国改革开放的成功因素之一就在于千千万万的民营企业，他们对工业的振兴、经济的繁荣、人们的富裕做出了巨大贡献。2006年，茅理翔在他的66岁开始第三次创业，立志要做百年善事，帮助更多的家族企业实现百年长青。

茅忠群：一个理工男的传统文化之旅　　　　　　　080

真正好的产品，消费者只有看到的时候才会说：你们还有这么好的产品！这是方太追求的目标。方太将来要成为一家千亿级的伟大的企业，要给别的企业家树立一个榜样、一个标杆，让更多企业家相信中华优秀传统文化可以为中国企业助力。我相信中国文化的力量。

张兰：半生归来，还是少年心性　　　　　　　　　099

张兰登上了这座舞台，但又过早地走完了，过早地谢幕。当大戏终结时，她的故事、她所代表的那个群体，以及他们身上可以考量的价值，依然值得人们长久地去思考、去回味。

汪小菲：四季年华，赤子之心　　　　　　　　　　114

90后这一拨年轻人再起来，我相信整个社会都换了一拨人了，人的素质、价值观、世界观又会发生巨大的变化，我们的变化是飞速的。

最好的身份就是当一个伟大母亲的好儿子，一个善良女人的老公，一对健康宝宝的父亲就行了。把这三个角色做好了，不用你自己去想你的人设、你的人生，你自己是谁就知道了。

岳成：守良知，存敬畏　　　　　　　　　　134

从学生到农民，从岳老师到岳律师，从县城到省城再到京城，人生的画卷豁然开朗，山高水长，有了意想不到的精彩和圆满。而他现在之所以拥有了一个不一样的人生，与改革开放、国家恢复法治密不可分，个人的改变与时代的变化完全同步，一切都是顺势而为的结果。

岳运生：依法治国离每个人都不遥远　　　　　　　　　　146

律师事务所不是以盈利为目标的，关键是要给客户服好务，维护当事人合法权益，维护法律正确实施，实现社会公平正义。律师代理的每一个案件其实都是在创造价值，都是为了维护社会公平正义。

叶明钦：我与时代撞了个满怀　　　　　　　　　　160

叶明钦是改革开放的受益者和幸运儿，他不否认这一点，但更相信"越努力越幸运"。因为这40年来之不易，并非一帆风顺，也经历过犹疑和困惑，有的人甚至失去了方向，认为"看不到未来"，而只有相信的人才能克服困难走到最后。用那一代人小时候流行的话说叫"小车不倒只管推"，一直推向更美好的未来。

叶志成：一个CBC赛车手的文化寻根　　　　　　　　　　173

他（叶明钦）的高度比我高太多了，20年前就已经看到了现在整个产业的发展和体量、规模。不过我是代表新生代消费者，更接地气，我知道市场需要什么。

万捷：融科技之力，传艺术之美　　　　　　　　　　185

雅昌现在是在中国，为人民艺术服务，未来一定是全球性的，要对世界文化做出真正的贡献。文化本身无国界，中国人创造的也不仅属于中国，它是全人类的财富。有这样的心胸，才能让中国真正在文化上达到世界水平，令人尊敬。

万林：传给雅昌，留住美与记忆 　　　　　　　　　　201

"二代"这个标签对我来说更多的是责任或动力。因为雅昌做的是文化事业，我觉得文化事业一定要有传承，那就会有二代、三代，甚至更多的人去传递、去传播。希望20年后的中国彻底成为一个高科技的国家。在我看来这是完全可能的，会全面超越西方国家，无论软实力、硬实力，从根本上、从人的思想上，我觉得都是没有问题的。

徐少春：好像一只蝴蝶飞进我的窗口 　　　　　　　　　　210

正因为经历了那么多苦难、那么多曲折，所以我们对美好生活的向往来得格外强烈，这就是我们这个时代的主旋律。改革开放40年取得了巨大的物质成就，如果再有40年，不仅物质发展了，我们的民族自信和文化复兴真正实现了，才是真正的世界奇迹。未来25年或40年，不仅有第一代的继续奋斗，更有第二代的传承。这种传承，财富不是最重要的，而是精神。

徐嘉祺："深二代"是一个动词 　　　　　　　　　　226

我们这一代也是伴随着高科技和其产品一起成长起来的，所以对于新鲜事物的接受程度是非常高的。我们不会拘泥于老的方式或理念，因为很多过去不存在的东西在我们的时代是与我们的生命和成长历程密不可分的，水到渠成，自然而然。我相信（未来）这20年中，我们会自己去创造原生的东西，这一定需要一个中国心，一个中国人有一颗中国心，去干成这件事。

韩小红：我终究还是个医生 　　　　　　　　　　238

改革开放40年，韩小红有幸引领着一个产业往前跑——跟随政策不断地开放，自己冲在前面，政策又在身后不断地放开。这是几辈子的福气，能与一个伟大的时代共存共荣。她说：广阔天地，大有作为！

胡依晗：世界公民的世界观　　　　　　　　　　　　　　252

中国的90后，真的很愿意吸纳和接受全世界各国最优秀的东西和最先进的理念。90后最主要的是比较open，对全世界好的东西都愿意去接纳，不管是衣服、食物、音乐、艺术、教育，都愿意吸纳，这是最重要的一点吧。每个时代都有每个时代的使命。

高文：这个世界，一切皆有可能　　　　　　　　　　　　272

大多数科学成就不是靠一个人取得的，而是靠一个群体，甚至靠几代人的接力，很多东西是无法提前预知的，当机会真的到来时，你没有准备好那就错过了，我们现在可能有很多环节就处于毫无准备的状态……当机会突然到来时，也许就只能眼睁睁看着它一闪而过。这是非常遗憾的，不仅是某个人的遗憾，说严重一点可能是我们这个民族的遗憾。

黄铁军：强人工智能时代，你准备好了吗　　　　　　　287

人工智能不是靠科技人员自身说我们努力十几年，中国就世界领先了。不仅是这一个因素，它其实是中国发展必然会达到的一个阶段，是我们综合实力的体现。如果简单把它看成一种国与国之间的竞争，我认为可能还是有点狭隘。

你看未来20年，至少要往回看100年、甚至200年的社会变化，才能体会到那个差别有多大。所以会有更多的颠覆性技术的出现，大家做好心理准备，这是我最重要的建议。

序 言

1978年冬的一个寒夜，天色特别暗，暗得让人心里发慌。在淮西平原一个叫小岗的村子里，18位农民秘密地在一份"生死契约"上摁下红手印。这份契约寥寥数语，生死攸关，不仅关乎个人，甚至关乎一个时代——"我们分田到户，每户户主签字盖章，如此后能干，每户保证完成每户的全年上交和公粮不在（再）向国家伸手要钱要粮。如不成，我们干部作（坐）牢杀头也干（甘）心，大家社员也保证把我们的小孩养活到十八岁。" 18个鲜红的手印，催生了家庭联产承包责任制，引发了这片沉睡大地上震撼世界的一场惊天巨变，而且长达四十年，至今未曾停歇。

1980年12月11日，19岁的浙江温州姑娘章华妹从温州市工商局领到了一份特殊的营业执照。执照编号为10101，是用毛笔绘填的，并附有其相片。这份执照成了改革开放后中国第一份个体工商户营业执照，而章华妹本人则成为改革开放后中国第一位个体工商户，章华妹和这份执照成为一个历史标签，标注出时代的方位。中国民营经济逐渐走上历史舞台，以星火燎原之势席卷大江南北，跨洋越海，遍及世界的每一个角落。截至2017年底，我国民营企业数量超过2700万家，个体工商户超过6500万户，注册资本超过165万亿元。他们贡献了50%以上的税收，60%以上的国内生产总值，70%以上的技术创新成果，80%以上的城镇劳动就业，90%以上的企业数量。

改革开放造就了一个伟大的时代，它的影响绝不逊于我们所熟知的任何一个时代。它影响并改变了亿万人的生活方式、思想观念和命运，它影响并改变了国家和民族的物质条件、精神风貌和历史走向，它极大地震撼了世界，影响并改变了世界，它是人类文明的一个重要成果和组成部分。

四十年，绝不仅仅是国家和时代的辉煌，它也是与之共生的一代人、两代人与时代并辔前行、搏命共舞的生命华彩之歌，我们每一个人都在其中。它像一条巨大而不停歇的河流，让我们共沐其中，享受和体验时代的汹涌澎湃。四十年，我们每一个家庭也都在其中，痛苦、挣扎、悲伤、懊悔、激动、刺激、兴奋、血脉偾张，这条大河以这样的方式带走了我们所有人的生命足迹，留下了永不磨灭的时代丰碑。这是一个伟大的场景，它构成了我们民族的集体记忆和无数心灵的集体回流，重涉昨日之河，让我们似乎获得了超越生命个体的更大感动，更浓缩、更强烈地看到了人性闪烁的光辉。

我一直在思考，从什么样的角度切入这个伟大的时代，记录这个时代的人和事。我的目光被这样一个特殊群体——创一代的中国企业家——所吸引。中国历史上从来没有出现过这样庞大的一群普通人的集体创富、集体崛起。让企业家们现身说法，听他们亲口诉说自己的成败得失、喜怒哀乐，展现他们对人生、社会、时代的思索。他们身上所展现的品质恰恰就是中国品质，诸如勤奋、智慧、执着，敢为人先、敢于创新、勇于担当、勇于奉献等，以及非凡的视野、格局、胸怀。写创二代，其实是以他们为代表展现改革开放后的一代人——70后、80后、90后。我想看一看这代人身上所承袭、所积淀下来的改革开放的成就，在他们身上能产生什么样的催化作用。人们常说：君子之泽，五世而斩。从站起来，富起来，到强起来，这中间可能还有很长的路要走。改革开放发展至今，无论是成功的企业家，还是普通的家庭，乃至整个国家，都面临如何传承的问题。令人欣慰的是，我们应该为他们喝彩，不管财富多与少，不管地位高与低，不管能力大与小，他们都在向社会传递温暖，传递对未来的憧憬，他们相信时代，相信中国的未来。这是我所看到的。

2008年，在纪念改革开放三十周年之际，我们有幸创作了《转身》。十年之后，我们重整行囊再出发，用镜头和文字再次记录下波澜壮阔的时代和这伟大时代的一群人。其实早在1998年，改革开放20年的时候，我们就创作过一个纪录片，开始关注这个群体，后来每隔十年拍一次，有可能的话，2038年，我还会去拍，用文学的方式，也用影像的方式，来反映这个时代的人和事。处在这个伟大的时代里，我本人也是幸运的。作为一个电视人、一个作家，面对这波澜壮阔的时代，不能无动于衷，一定要留下些什么，写下些什么，否则就会愧对历史，愧对后人。

生于1978，一个伟大的时代从这里展开！

生于1978，一个伟大的国度从这里出发！

生于1978，伟大的人民在创造历史！

时代在诉说，而我们只是记录者。

是为序。

张玉玺：一座城，从可有可无到非你莫属

在北京南四环外一点，有一座占地1600多亩的大型批发市场，每天车水马龙、人来人往，但又繁而不乱、忙中有序。这就是占据北京市每天蔬菜、水果供应量90%以上的京城"大菜篮子""大果盘子"——新发地农产品批发市场。

截至2017年，新发地的年交易额已经突破800亿元（816亿元），高峰期日吞吐蔬菜1600多万公斤、果品1600多万公斤、生猪3000多头、羊1500多只、牛150多头、水产1800多吨，是当之无愧的京城第一农贸市场。

2017年，新发地农产品股份有限公司总经理张月琳随"北京影响力"节目组前往哈佛中国论坛，在介绍新发地时，算了这么一笔账：波士顿大约有45万人口，新发地约占全北京蔬菜、水果供应量的90%，如果新发地来供养波士顿这样一个城市，能满足多少个？粗略一算，大概能供养45个波士顿。这么一说，台下的听众当时就被震撼了，觉得难以想象。

新发地的掌门人叫张玉玺，年近七十的他精神饱满、腰杆笔挺，说话中气十足，思路敏捷而清晰。但你又不会觉得他咄咄逼人，因为只看外表的话，他完全像是一位普通的中国北方农民——我们在大街上、田间地头

可以见到的那种。而他为人确实也很低调，虽然新发地名震北京、蜚声全国，在国际上也占有一席之地。张玉玺给自己的定位朴实得一如他的外表："我就是个农民，一辈子种菜、卖菜，给大伙儿找好菜好果子。"这倒也不完全是谦虚。虽然早已是京城的知名人物，而且企业的影响力渗入到千家万户，但张玉玺始终保持了一个农民的本色。他穿着款式老旧的黑大衣，西服也选了最常见的藏蓝色，配着白衬衣，都是最常规的选择，可以说"扔到人堆里"你绝想不到这是一家年流水近千亿的大企业的董事长。

如农民一般朴实无华，是张玉玺给人的第一印象。但言谈举止之间，你会立刻感受到他观点之犀利与思维之敏捷，新发地的萌芽与崛起，无疑与这一内在特质密不可分。

那么，这位"京城第一农民"是怎么炼成的呢？

激情岁月：战海，斗地

1949年10月10日，距天安门12.6公里的新发地，张玉玺出生于一个世代务农的普通农民家庭中。说起来，张玉玺是货真价实的共和国同龄人，新中国的建设和后来改革开放的风云际会，他都一点没落下，甚至，还成了其中一个精彩的参与者。

张玉玺上头有三个姐姐，可以想见父母对这个男孩寄予了多高的期望，故为他起名为"玉玺"——因为天下最大的"章"（张）就是玉玺了。

1970年，21岁的张玉玺光荣入伍，被编入东海舰队，成为一名信号兵。

在那个时代，参军可以说是所有年轻人的梦想，而能够进入海军，对于一个土生土长的农民的儿子，无疑极大地开阔了眼界，有了完全不一样的人生体验。而且，信号兵在那个年代也无疑是一个非常具有科技含量的岗位，张玉玺不仅学到了技术，而且还很好地锻炼了思维方式，增强了学习能力。这对他今后的人生都有着深远的影响。

正式进入部队前，新战士先在浙江江山基地学习，张玉玺一到礼拜天就往县城跑——当地人用排子车拉货物，张玉玺就在桥底下等着，看有车来就一趟趟帮着往上推车。这和那个时代的整体风气有关，也和张玉玺的自我要求分不开。彼时整个社会都在学雷锋，"雷锋出差一千里，好事做了一火车"的事迹广为传颂，欧阳海在紧急关头拦惊马的故事更是打动了无数年轻人……张玉玺也深受感染，而且他觉得作为一名军人"做好事是应该的"，所以到处寻找做好事的机会。张玉玺毕竟又是年轻人，还有着一点小小的虚荣心，做好事的时候很巴望能被排长、区队长路过时看到，好在大会上表扬他；但他回去后又不好意思跟领导说做好事去了，觉得应该当无名英雄。有时候他甚至有点遗憾地想，怎么江山的骡子、马没有受惊啊，否则自己也会像欧阳海一样挺身而出，保卫人民的生命和财产安全，也能成为英雄。

军旅生活是严格的，也是充满热血的。部队铁一般的纪律和训练，把张玉玺从懵懂的毛头小伙锻造成为一名铁骨铮铮的战士，他先后在护卫舰、炮艇、登陆艇服役。有一次执行任务时，海浪滔天，颠簸得他胃出血，后来住院整整100天，但他没叫一句苦、没喊过一声痛。

充实的时光总是过得很快，六年时间一晃而过，1976年，张玉玺带着对军旅生涯满满的回忆和眷恋，复员回到了新发地村。虽然有着未能当上欧阳海式的英雄的小小遗憾，但军队把他打造出敢想、敢拼、上进的性格，令行禁止、严格执行的行事作风，这已经悄悄烙印在他的人生里。

海风吹海浪涌的日子渐渐远去，农民的儿子张玉玺又重新回到了生他养他的新发地。对复员回乡的技术人才张玉玺，组织上很重视，让他去当放映员兼统计员，这在村子里也都是有学问的人才能胜任的岗位。

新发地村的主业是种蔬菜。当时北京的农产品供应原则是"近郊为主，远郊为辅，外埠调剂"，近郊是指朝阳、海淀、丰台，远郊是指大兴、房山、顺义，以种粮食为主，附带种一部分蔬菜；有时候从外省市调点其他蔬菜供应北京，叫外埠调剂。北京冬季的蔬菜供应也非常简单，基本就是白菜、土豆等，冬储大白菜如当时中国北方大多数城市一样，是毫无争议的当家菜，偶尔能配上一点萝卜和洋葱就是改善，而洋葱还多半是从外地调来的。

新发地属于丰台地区，一直以种菜为主，种出来的菜交给北京二商局，二商局定完价再分到各个菜站去卖。张玉玺的统计员工作就是每天向二商局报告明天大概能上多少蔬菜。

就是在这日复一日的工作中，张玉玺感受到社会变化在悄然发生。政治空气明显松动了，不再处处"以阶级斗争为纲"，陆续摘掉了"地富反右坏"的帽子，其子女可以入伍入党了。在部队期间因为伯父的历史问题受影响未能入党的张玉玺终于得偿所愿，光荣地加入了中国共产党。

因为工作努力、业务出色，1982年张玉玺被村里派去丰台农校学习蔬菜栽培技术，三年后学成归来，他先是当上了主管科技的副大队长，不久又被委任为蔬菜公司经理，主抓蔬菜种植和采购——村民收完菜之后，由他负责统一运到市里，交给二商局作价收购。在这个岗位上，他更加敏锐地感受到社会的变化。

最明显的变化是从1985年开始的，北京比其他地方略晚一些。这次农业改革将土地分田到户，农产品的供给规则也随之修订，"打开城门、放开价格"的政策出台——二商局不再统一收菜了，农民自个儿种菜自个儿卖，外省的农产品也可以进京了。与此同时，北京的城市人口也在迅速增加。1960年时，北京市大约有400多万人，到1985年增加到1300万左右——城区人口800万，郊区人口500万。政策放开了，人口增加了，二商局不再统一收购了，新发地市场便应运而生。菜农们因为要照管地里的农活，没时间天天蹬着三轮车去城里去卖菜，地处通衢的新发地十字路口旁就形成了自发交易的早市。

但问题也随之而来：一是阻碍交通，挡了公交车道，引发市民意见，交通部门找上门来要求解决；二是脏乱差，每天交易结束都剩下一地烂菜叶，狼藉不堪。面对这种乱象，作为主管农业的副经理，张玉玺带着联防队去轰，但菜民跟联防队打游击，今天刚轰走明天又来了，真是"野火烧不尽，春风吹又生"。

"轰"并不能解决根本问题。这时有人建议不如因势利导搞一个市场,解决当地农民卖菜难的问题。张玉玺一想没错,换成自己是菜农也得指望这个早市,而且这样一来供销两便,城里的菜贩子一早买菜走供应市民需求,菜农也能早早卖掉菜不耽误回去种地。

当时北京城里的蔬菜批发市场已经有两个了,一个在大钟寺,一个在北太平庄,很多城里人节假日会特意跑去买菜,因为那里的菜又便宜又新鲜。张玉玺带人去北太平庄和大钟寺考察了一下,觉得此事可行。

15个人,15亩地,15万元

1988年5月16日,张玉玺带领15个村民,贷了15万元款,从大队圈出了15亩地,建起了最初的新发地市场,几间平房就是最初的办公室。作为发起人,张玉玺也被乡里正式任命为这个市场的总经理。

从最初轰人,到带头组建市场,张玉玺就这样站到了市场的最前沿。他的命运从此与这个市场紧紧捆在一起,进而成为北京乃至全国的农产品供应的时代风云人物。

当时新发地村一共有3000多口人、4000多亩粮地、4000多亩菜田,张玉玺觉得15亩地做市场怎么也够了。但很快就发现地小人多——因为不止新发地村,邻近外村的人一看这环境不错,都跑来交易了。张玉玺心里有些不痛快,明明是我们村的便民设施,怎么外村人也跑来"占便宜"。但他不好意思硬轰,几百年生于斯,长于斯,附近村的人谁不和新发地村拐弯抹角沾亲带故?根本没有彻头彻尾的"外人",而且那种火热的势头靠人力也根本控制不了。没办法,只能因势利导,到当年底市场就扩充到了40亩。

市场大了就要立规矩,我们现在看来很理所当然的事,在当时可都是新鲜事物,没人知道怎么干,也没人见过怎么干,是真正的"摸着石头过河",很多规章制度都是张玉玺和创业伙伴们用"斗争"换来的经验和教训,甚至包括冲突和侮辱。

最早市场管理人员没有统一的工作服，收管理费的过程也不规范。有天早晨张玉玺带着几个人去收费，一位外地来的菜贩带了五筐茄子在集市上卖，张玉玺上前说"你得交五毛钱"，那人正窝着一肚子火——他很早就到市场来了，但一直没开张，正没处撒气，张玉玺一说话正捅到马蜂窝上了：

"你凭什么收我费？"

"在这儿交易就得收费。"

"你交易有什么场所啊？有什么规定呀？我在这卖很长时间了，也没有人收费，你算老几来收费？！"

对方坚持不交，张玉玺坚持要收，而且一再强调不交费就不能在此交易。说着说着，对方火了，"啪"一巴掌甩过来，把张玉玺的鸭舌帽打到了地上。

这一巴掌让张玉玺有些难堪，但也促使他反思：没有规矩，不成方圆——市场越来越大，凭感觉或拍脑袋是靠不住的，必须有标准，没有规章制度就没办法照章办事。他开始制定市场收费标准，也约束工作人员按照标准执行，慢慢地，人们适应了交管理费——因为不仅看到了张玉玺团队为市场规范化和便利性做出的努力，而且也切实享受到了这种便利。新发地的口碑也因此越传越远了。

张玉玺的认识也随着市场的发展不断加深、变化乃至重建。最初，一车菜收个块儿八毛的，这点管理费张玉玺还真没看上，没觉得这点小事能成什么气候。结果到1991年底一算账把他吓了一跳，市场收入110万元——这在当年可是一笔不小的财富了。张玉玺第一次有了点儿"企业家"的感觉，他开始重新审视在自己带领下建立起的这个市场，用心琢磨起市场里的这些事儿。

新发地批发市场的兴起，无疑是一种"野蛮生长"，它的萌芽和成长，很大程度上是自发的、无序的、"野生的"。农民最初的诉求很简单——种了菜就要卖出去，要谋生计，新发地批发市场是应运而生。张玉玺和他的创业队伍也是为了应对这些需求而诞生的，开始并没有太多的主动性，更多的是被迫解决问题。而当市场建立后，他们发现这里面的管理和运营与之前的生活经验大相径庭，"做市场"和"当农民"完全是两回事，这让他们经常性地陷入茫然无措的境地。尤其是市场上到一定规模后，不仅需要规范的和高水平的管理，更需要有前瞻性的预期——比如张玉玺对15亩的预判，到40亩的出乎意料，这都远远超出了他们的认知范围。

还有一点，菜市场可以说是一个浓缩的社会生态，种菜的农民、批发的商贩、市场的管理人员、来买菜的市民，三教九流，形形色色，素质参差不齐，这也给早期规范管理带来了很大难度。该怎么归拢和梳理这些人和事，并没有太多可供借鉴的经验，国内也缺乏可以请教的农产品流通方面的专家——在改革开放之初，这一切都是新生事物。

喜欢学习也善于学习的张玉玺自己给自己创造条件，他一边如饥似渴地"找课上"，一边自己发明"土办法"。

一个偶然的机会，张玉玺打听到我国商务部请到英国商务部的怀特先生来讲课，他第一时间就报了名。怀特讲到的农产品市场发展的四大原则令张玉玺茅塞顿开：第一是交通便利；第二要位于城乡结合部；第三距市中心不能太远，用原始车辆从批发市场到零售市场不要超过一小时。所谓原始车辆就是诸如三轮车、架子车这样的人力车；第四个条件最重要，就是要有一个自发的基础。

张玉玺一看，这四条与新发地简直对应得严丝合缝啊——新发地天生就是个交通枢纽，历来是大宗货物运输基地；而且位于城乡结合部，产销两便；距天安门广场12.6公里，三轮车通行正好一小时；至于自发，自己不还为自发这件事跟村民们"斗争"了许久吗？这么一看，真的是天时地利与人和，新发地还要大发展！

张玉玺更加坚定了信心，新发地批发市场的兴旺不是偶然的，肯定会更加大有作为。但到底要怎么管理好还是没经验，也找不到其他可以学习的案例。怎么办？张玉玺想出了一个"笨办法"，也是最直接的办法，自己当商户、当经销商，去实地体验生活。

张玉玺想起曾经调查过的内蒙古乌兰察布集宁市场，集宁市场当时的规模在国内首屈一指，主要为二连浩特和蒙古服务。当时北京的西红柿5分钱一斤，集宁能卖到2毛5一斤，张玉玺便拉了两大卡车西红柿过去卖，并实地考察一下市场管理。

去了没两天，市场的管理人员要来买西红柿，张玉玺不敢得罪他们，说你们拿些去，人家说我们不许拿客户的东西，但可以买。结果是别人买一斤要2毛5，那人出的钱连5分一斤都没合上，但人在屋檐下，张玉玺也只好吃了这哑巴亏。又有一天，张玉玺正在摊位上摆西红柿，过来几个胳膊上、胸上文着龙图案的人在摊前晃悠，跟他说1毛一斤包圆，还嘀咕着不三不四的话。有道是强龙不压地头蛇，张玉玺真有些打怵，好在市场的负责人看到后立即过来解了围。那负责人又打听到他是北京来的，递给他一张名片，跟他说："别害怕，有什么事找我。"

这一正一反的事例让张玉玺切身体会到管理人员在批发市场上的作用和重要性。也因为这样，回到北京后，他一直把市场安全放在最重要的位置上，强调治安管理，要给商户创造一个既安全又舒适的经营环境，这才能吸引更多人加盟。

之后张玉玺又陆续跑到河南漯河、驻马店去买大蒜、黄瓜，批到新发地来卖，一边当商户一边看各个市场的管理水平和好的做法。几个月后，张玉玺总结精华制订出了市场管理办法。这套管理办法今天看来也许不够"科学"和"时髦"，但在当时却非常切中要害和行之有效，因为都是张玉玺在实地调查过程中得到的切身体会和经验，将心比心、因地制宜，可以说每一条都是经验教训，都是用来解决问题的。在那个年代，对于刚刚打开国门不久的中国来说，一切还都是未知，新和旧、务农和务工、农民和职员的分界还远未像今天这般清晰和明确，作为带领农民进入新领域、新阶段的领头人，张玉玺其实是划下这条分界线的那个人。

别看张玉玺是个当过军人的硬汉子，却也是个很会体察细节的细心人。在军队文化的影响下，他也为新发地批发市场提出了"三大纪律八项注意"，而这其中一条"注意"就是不要放走赔钱客户。张玉玺认为，商户来到市场就是为了挣钱，如果赔钱了肯定会把一部分原因归罪到市场，由于面子的原因往往还会夸大其词，这样他们回去一现身说法就对新发地产生很大的负面影响，大大影响其他人对新发地的信心，损失可不是一家客商的问题。所以张玉玺提出，对赔钱商户一定要留住，要帮他总结赔钱的原因，甚至可以退钱，并尽力帮客户赚到钱。

有一次，河北石家庄新乐地区有人运来一车白茄子，但是卖不出去，最后烂了一半，商户非常懊恼。工作人员一边安慰一边帮着分析原因：北京人历来吃紫茄子，白茄子虽然特别嫩，但在北京地区缺乏认知，才导致品种销售不对路。弄明白了这一次为什么赔钱，下次就能做到心里有数不赔钱，这样商户还愿意做新发地的回头客。

此外，因为体会过出门在外的不易，张玉玺对市场治安管理抓得非常紧，在1990年代初期新发地就有400多名保安了，这在其他市场是难以想象的。这看似"奢侈"的投入换来了回报，"在新发地做生意，一不丢东西，二不抢钱"的口碑在行业里迅速传开了，不仅稳定了市场，还吸引了一批外面的大客户。

人旺财就旺，做买卖最不怕人多。到1992年，新发地农产品批发市场的占地面积已经在15亩的基础上翻了四番，市场管理费也达到二百多万元——虽然日后看来，这一切对新发地来说只是刚刚开始。张玉玺对此有很形象的描述，他说买方卖方都来了才叫市场——"请不来叫不来，赚钱准来；轰不走赶不走，赔钱准走"。

新发地，兴发地

张玉玺摸出了门道，也激起了更大的求胜欲和目标感，他更加深耕这里的门道，也总结出了一套自己独有的生意经。

从地理位置上讲，新发地农产品批发市场有着得天独厚的优势，但由于起步晚，当年与北京的大钟寺、岳各庄相比还是差了一截。每天看着一辆辆货车从门前驶过，张玉玺心里别提多着急了，为了让他们把车都开进新发地，他着实下了一番苦功。

张玉玺了解到：无论是卖果还是卖菜，都隐藏着一个大户，只要能引来大户，小户自然不愁。而当时，新发地夏天的西瓜供应没有问题，但冬季的西瓜供应却是短板。夏天西瓜最旺的时候总量可达800多万公斤，冬天的西瓜却寥寥无几，余缺对比异常鲜明。从2000年开始，张玉玺就专门研究到底谁是冬季西瓜供应的大户，最后打听到有姓舒的哥七个，东北佳木斯人，是垄断冬天西瓜供应的大户核心人物。

通过中间人介绍，张玉玺请到了舒家老七舒景宝，恳切地跟他谈落户新发地的事儿。舒景宝也是爽快人，他表示新发地市场不错，可以考虑进入，但是反季西瓜风险大，得有好条件，首先得保证有市场最好的位置，能成为市场的核心。张玉玺一口答应，并立刻行动起来为舒景宝解决第二个问题——运输和车位，他亲自协调，在水果市场为舒家腾出了23个车位。

这么一来，舒家哥七个都知道了新发地的带头人是个爽快人、干实事的人。舒家大哥感慨地说："没见面之前，我感觉这么高姿态的人咱们好像接触不了。但一接触发现这人非常朴实，这么大一个经理骑着自行车亲自来看我的车位。人家这么用心，咱能糊弄吗？所以我的代理客户也逐年增加，今年最高峰每天达到三十五车。"（2004年数据）

舒家兄弟的带头作用特别明显，各个品类的大户纷纷涌进了新发地，而新发地也投桃报李，帮助他们做得更大更强，实现了双赢。张玉玺说，这些大户是市场的贵宾，市场面积有限，发展就得靠大客户。他的前瞻性显然比15亩地时有了长足的进步，而且有了更强的双赢意识。张玉玺说："必须做到用几年或十几年，经过市场培育，培养出一大批百万富翁、千万富翁，这才能说明你的市场真的搞好了。"

当然，让这么多大客户仅仅云集于此是远远不够的，如何让他们手里的货快速脱手，真正进入流通领域赚到钱，这才是硬道理。而作为经营大量生鲜的农贸市场，周转和流通效率无疑就是真金白银。

用张玉玺的话说，市场就是商贾云集，买得买得着，卖也得卖得掉，买卖平衡，市场才能发展。各类蔬菜、水果、海鲜不等人，说烂就烂了，每天几千万公斤的农产品只靠小商贩肯定不行。2001年，张玉玺准备筹建配送中心，消息一传开，全国各地的配送公司蜂拥而至。

面对参差不齐的应征者，经历过大阵仗的张玉玺没乱了阵脚。他仔细研究了应征者的身份，发现这些机构有大有小，甚至还有好多根本没搞过配送的，但因为新发地让利了，也想来分一杯羹，要租配送中心。这些人可能会占住配送中心，却不见得能真的发挥作用。

多年市场的历练，张玉玺已经掌握了丰富的管理经验和平衡技巧。经集体研究后，他决定在配送中心的房租上做文章。配送中心共有18个单元，每个单元均有两层，一楼用作包装、仓储、加工、展示，二楼作为办公、住宿、商务用房。报名机构众多，都进驻是不可能的，张玉玺依然遵循了"大户带头"原则，希望有实力、有信誉的大户率先进驻，把每套单元的租金定为每年10万元，这样一些小而散的机构自然就望而却步。果然，高昂的房租把资质不合格和信心不足的客户挡在了门外，而当优质配送公司入驻时，张玉玺又给了他们一个惊喜。名单定下来之后，张玉玺把他们都请到一起，宣布房租由10万降到5万，让利50%，客户喜出望外，非常高兴。

运行两年后，张玉玺在2003年做了一份统计，市场一共有大小97家配送公司，其中大户有31家，全年经他们配送销售的蔬菜和水果总额达12亿公斤，占到新发地总交易量的近四分之一，真正起到了主渠道作用。

正是因为张玉玺和他带领的团队的用心、精心、尽心，新发地才越来越红火，成为北京有口皆碑的"大菜篮子""大果盘子"。

其实，改革开放初期北京市本有八大批发市场，包括大钟寺、北太平庄、水碓子、太阳宫、红桥等等，但基本都在三环以内，从地理位置上看缺少怀特所说的天然优势，后来就逐渐缩减甚至消失了，红桥市场则演变成了珠宝市场。1990年代中期，一度形成过大钟寺、岳各庄和新发地三足鼎立的局面，但1998年后大钟寺由于交通问题彻底关闭，岳各庄也因为地处四环内土地面积供给不足发展受限，而新发地则完全凸显了怀特所说的四大优势，而且随着北京的发展，交通枢纽位置愈加显著，逐渐形成了一枝独秀的局面——从最初的15亩地，到今天占地1680亩，更在2000年后担当了北京农产品交易供应量的90%，其重要性不言而喻。

民以食为天，从更宏观上讲，新发地批发市场对于首都稳定也是一个非常重要的保障。2003年SARS期间，张玉玺就遭遇到了最为严峻的一次考验。当时受疫情影响，农产品价格狂涨，每公斤1元的萝卜一度涨到了每公斤16元。临危受命的时任北京市代市长王岐山上任后几乎是第一时间赶到新发地，协调解决民生问题。新发地通过北京市场协会、中国农产品市场协会和大户们，向全国发布信息，用30个小时解决了这场爆发性的市场波动，所以有人形容新发地批发市场是北京农产品供应的"护城河"，毫不夸张。

进入新世纪后，新发地的产品供应呈现了更加多样化、精品化的面貌。这和市民的需求是吻合的，改革开放已经进行了20多年，成果愈加显现，人民也能够更轻松、更日常地享受到这些丰富成果了。反映在新发地的产品供应上，就是"走进新发地，吃遍全中国"，甚至"吃遍全世界"也不是难事，每天有36个国家的水果源源不断地进入市场。时至今日，北京的农产品供应和之前的"近郊为主，远郊为辅，外埠调剂"可以说是截然相反，自有产品供应率不到10%，90%是来自全国各地乃至全球各地的农产品。

除此而外，对于北京这样一个特大型、国际化的城市来说，还要解决货品供应的多元化和季节性，才能适配来自全球各地和不同文化背景的人们。这背后考验的是城市流通和调配能力，也是考验城市综合管理水平的重要指标之一。在多年的摸爬滚打中，张玉玺看问题的视角当然也远不是一个"农民"可以概括的，而是以一个企业家、一个城市综合管理服务的参与者和建设者的视角来看待。在他看来，新发地保障北京供应的主要经验在于：

第一要团结商户，不断增强黏性。张玉玺把对商户的服务分了三种层级：标准服务、感情服务和惊喜服务。标准服务就是进市场有场地有摊位，有管理规则和服务条约。感情服务则是商户遇有困难要帮忙。有一次张玉玺在京开路上看到一辆往新发地拉山药的车出了车祸，山药撒了一地，他赶紧从家里叫人帮着重新装车拉到市场，并特意嘱咐不许收费，要雪中送炭，不能让人家雪上加霜。

最后是惊喜服务，商户在交易过程中会遇到各种问题，包括出车祸这类事件，管也行不管也行，但如果施以援手，帮对方考虑后续问题，这就超出了一般人的预期，就是惊喜服务。曾经发生过从外地运来的蔬菜、水果半路被人截走去卖的情况，张玉玺会以新发地批发市场的名义找当地政府协商解决。新发地急商户之所急、想商户之所想，提供了超出预期的服务，以心换心，凝聚力和吸引力自然也会超出常规。

第二要在全国乃至全球建基地。北京作为一个拥有2000多万人口的大都市，仅靠贩菜是不足以保证供应的，必须在全国布点建立自有基地。至今，新发地除在河北建了28个基地外，还在全国建了300多万亩基地，包括海南新发地、河北高碑店新发地、河南长垣新发地、安徽亳州新发地、内蒙古赤峰新发地、甘肃武威新发地等，这些基地确保各地农产品源源不断地进入市场，既保证了数量，也保证了多样性。

除了调剂四季、调剂南北，新发地还把触角伸向国外，在泰国、马来西亚都建了基地。北京人买菜买水果，不仅品类丰富，而且价格也不贵。很多在北京工作的外地人把父母接来住一段时间后，老人们都感慨：原以为北京是一个高消费的大都市，可实际一看，蔬菜和农副产品价格居然比外地还便宜。这其中，新发地居功至伟。

第三是关口前移，确保质量和价格。凡到新发地的农产品，张玉玺都会亲自去产地调研，看质量过不过关，怎样进入新发地流通。为此，这么多年他跑遍了全国1000多个县，可以说是中国蔬菜果品出产的"活地图"。尽管新发地已从15亩地发展到今天的规模，成为全国甚至全世界最大的农贸产品批发市场，但张玉玺的"基本功"从没落下，北京市民什么时间吃什么蔬菜、吃什么水果，他心里门清，而且一说来就神采飞扬，如数家珍。

归根到底，北京是一个缺蔬菜、缺水果的城市，但北京的农产品供应又是全国最丰富的，这其中新发地功不可没。确保每天蔬菜260个品种、水果270个品种以上的供应，价格还很优惠，这跟新发地多年来在全国建基地、稳定商户、增强市场的凝聚力和吸引力是分不开的。

从务农到悟农

一转眼，改革开放已经走过40年，这是中国发展不同凡响的40年，也是让中国人骄傲、让全世界瞩目的40年，中国人民富起来了，并逐渐强起来。作为共和国的同龄人，张玉玺的人生轨迹与改革开放的历程同轨并行，他是目击者、亲历者，更是建设者、领先者。

随着共和国即将迎来70周年大庆，张玉玺也即将迎来古稀之年。几年前，他便开始逐步退出具体工作，给年轻人压更多的担子，让了解潮流的人去触摸和引领潮流，而他自己开始更多地务虚，去思考更宏观、更前瞻的问题。

随着新发地发展的脚步在北京、全国乃至全世界的蔓延，张玉玺的眼界、格局也越来越开阔，一边为新发地掌舵，一边不断思考中国农业、中国农民的问题——无论生意做得多大，张玉玺始终没有忘记自己的农民本色。他说，以前是"务农"，现在是"悟农"。

张玉玺将中国农业大致分为三个阶段：第一阶段是新中国成立后至1978年，称为"短缺时代"，在这个阶段农产品生产不足，严重供不应求，丰产即是丰收。第二阶段是1978年至2005年，这一时期称为"发展时代"，这个时代物产极大丰富，产销关系是"总量平衡，丰年有余"。第三个阶段是2005年至今，称为"流通阶段"。在这个阶段卖比种更重要，没有种不出来的，只有卖不出去的，丰产不一定丰收，有时还会出现"产量越高，收入越低"的困局，甚至还发生过农民辛辛苦苦种出西瓜，最后卖不掉烂在地里的惨剧。农产品跟任何商品一样，不能够实现销售就无法体现其货币价值，马克思在《资本论》中曾形象地称之为"惊险的跳跃"。

而当下，中国农业正在进入第四个阶段，也就是供给侧改革，这是历史给我们的新命题，2017年的中央一号文件就是讲农业的供给侧改革。

对于当前农业、农村、农民存在的一些问题，也引起了张玉玺的忧思：中国农民务农不挣钱，年均纯收入每亩300-400元，远远低于进城务工收入；而国家对农产品的扶持已经到达天花板，同时中国大宗农产品价格全面高于国际市场价格，导致进口农产品挤压国产农产品，农民收入更低。

中国人多地少，农民人口占总人口的50%以上；反观农业现代化的国家和地区，日本农业人口占总人口的2.5%，韩国占7%，中国台湾地区是8.1%，农业人口少农民反而富裕。其次是在农业生产四个环节——种子研发、种植养殖、运输、销售，其中种植养殖环节风险最大、利润最低，仅占总利润的不到10%，而这也恰恰是中国农民目前所处的环节。这样的前后堵截，农民收入增长的空间是非常逼仄的。

张玉玺去过美国、澳大利亚、新西兰、阿根廷、巴西，发达国家和发展中国家都有。巴西地广人稀，土地可以轮作，今年种植明年休耕，全部是机械化，所以成本低，总体来说是农庄主式的农业，农民很富裕。美国农庄主是"计划经济"，每年种多少亩、种什么蔬菜是有计划的，所以出产的量和价格是可以预测的。

但中国是小生产模式，种什么、种多少，不仅县长统计不出来，部长也统计不出来，农民要种什么随机性很强，很难预测。今年看别人种什么发财了，明年都去种，结果今年是"蒜你狠"，明年又变成"蒜你贱"。其他地区也有小生产模式，比如韩国和日本、中国台湾也是小生产，但会有农协组织统筹管理，体现规模效益。台湾的乡镇，"远看一大片，近看有界限"，从播种到收获都有组织调控，虽然地属于一家一户，但产品会统一规格、品牌和包装，最后面市流通也是整体面貌，这样每个农户都能获得一样的品牌溢价，远比单打独斗的收益高。运用这种集约化管理模式，成本降低，利润却提升了，农民的日子也变得富裕。

结合中国农业的现实状况，张玉玺"悟"出了"七种武器"：

首先要调结构，供给要以市场需求为导向。中国很多地方喜欢说我们这里有"三宝"——就是特别牛的土特产，但很多是历史上的，现在要看消费者还认不认。因为社会在发展变化，旧黄历现在不一定好用。比如北京郊区有很多柿子，曾经也号称"一宝"，但现在消费者选择多了，没人拿它当回事，农民摘完再运到新发地去卖，算下来还不够工钱，就没人干了，柿子都让喜鹊吃了。谁再拿柿子当"宝"无异于刻舟求剑。所以企业发展一定不能僵化，要勇于发现新问题、新需求，不断地求新求变，响应市场需求。

第二要规模化，规模化带来规模效益。历史和现实都证明，小、散、弱的状态是不会有大发展的。现在一些省区农业机械化已经做得比较好了，比如广西南宁某农庄种了20万亩红心火龙果，管理很科学，在选种、品控和成本上都明显优于同行业，很快就在市场竞争中脱颖而出，很多业内人士预测他们会在几年后垄断中国的红心火龙果市场。但这依然不是大范围现象，除了经销商大户，张玉玺也希望看到更多的种植大户冒出来，这才是中国农产品未来的方向，才能和国际产品正面竞争。

第三要建品牌。农民对品牌的认识普遍还比较浅层，很多地方会说我们有品牌——但一个县有几百个所谓的"品牌"，根本就叫不响，其实充其量叫"招牌"。品牌必须是规模化的，才能降低认知成本。而且对于农产品来说，最好带有地理标志，比如阳澄湖大闸蟹、洛川苹果、五常大米，既是地名又是品牌，容易被记忆和传播。大家去超市也会有印象，很多年轻人拿起蔬菜、水果端详半天，不是看价格而是在看产地、品牌等，琢磨的不是贵不贵，而是质量好不好、安全不安全。这才是品牌的真谛，为产品提供附加值。

第四，品牌要标准化。张玉玺去灵宝实地考察苹果，发现山上的苹果很好吃，山下的味道就差远了，如果都叫"灵宝苹果"肯定不对，所以品牌是有标准的。还有奇异果，中国人叫猕猴桃，它本来原产于中国，一百多年前传教士带走两棵种苗到新西兰试种，之后优化种植，讲究到了苛刻的程度：要量果围，低于或超过规定果围的不要；讲重量，低于或超过某重量范围的不要；酸甜度也是一样，太酸了不要，太甜了也不行——这主要是考虑到 VC 含量；最后还要讲硬度，也有规定的标准。这些条件都符合了，才能叫某某集团的奇异果。有这样的标准，还能怕消费者挑剔吗？当然会引来大批的回头客。

第五要能宣传好品牌。现在是酒香也怕巷子深的年代，会种会养还要会吆喝。东北大米都不错，但为什么都认五常呢？因为宣传意识到位，五常大米曾拍过一个宣传片，并在新发地开了推介会，效果快赶上《舌尖上的中国》了。春天，农民在蓝天白云下播种，夏天，稻田、水田里游着小鱼、青蛙、蝌蚪；还有一组镜头是一只大蜘蛛在稻穗上织了一张网，抓了很多小虫，蜻蜓在麦穗上飞翔，一群麻雀在吃稻谷……这正打中了消费者的心理，就是食品安全——如果打农药了，还有蜘蛛织网吗？麻雀还敢吃吗？如果施化肥了，田里还会有小鱼有蝌蚪吗？所以效果奇佳。现代农民不能只会闷头种地，要有抬头看路的意识和蹚出新路的手段。

第六还要讲好中国农业的故事。为什么葡萄酒都认拉菲？其实也是一个故事。拉菲是国王的妃子，先得宠后失宠，心情抑郁、无所事事，就让用人拿橡木桶酿酒。用人说这是毒药，她心一横，活着没意思干脆喝毒药死了算了。谁知道喝了半年也没事儿，于是又加量喝，喝了一年后容光焕发，皮肤白里透红。国王无意中看见她，都认不出这个大美女了，于是复又得宠。故事真假很难论证了，但非常形象地传达了葡萄酒养颜保健功效，击中女性诉求，也大大提升了品牌附加值。

中国其实也不乏故事，比如贵州湄潭县有个茅坝乡，出产"茅坝贡米"。这还要追溯到明嘉靖年间，当地出了个官，进贡给皇上两斗家乡的米，皇上一尝清香松软，就定为贡米，后来被称作"万岁米"。抗日战争时期，浙江大学为躲避战乱西迁到茅坝乡，校长竺可桢尝到这个米觉得特别好，提笔写了"黔中之宝"。2010 年，当地一个叫王建民的小伙子和贵州大学合作开发，把茅坝农田都连成一块儿种植大米，虽然亩产量不高，但一古一今两个故事一传播，一级米每斤 368 元，二级米每斤 268 元，三级米每斤 168 元，就有了很好的增值。当地农民因此富了起来，这就是故事的力量。

新发地也遇到过类似的故事。张玉玺记得在1998年，广西运来好多大个儿的荔浦芋头，但北京人一直吃小芋头，又出现了类似白茄子没人认的局面。大老远运来了卖不出去，农民着急，张玉玺也着急。结果巧了，赶上《宰相刘罗锅》开播，里边正好有段内容是广西农民挑着担子给皇上进贡荔浦芋头，结果皇上吃假的，刘墉吃真的，蘸着白糖可好吃了。有这么一个桥段，第二天荔浦芋头就被一抢而空，可见故事与传播的重要性。

第七是农民要走进市场。农业生产有四个环节——种子研发、种植、运输、销售，这其中要确保三个环节是挣钱的，就是卖种子、运输、销售都要有盈利。光靠种植是远远不够的，农民必须有效地组织起来，走进市场，拉长利益链条，这样中国农业才能彻底发展起来。

过去的40年里，中国向世界贡献了诸多经营理念和经营模式，在不同行业里都会看到"类新发地"模式，他们紧贴时代脉搏不断发展升级，地位与日俱增，从可有可无到缺你不可，走出了一条适合中国国情的改革发展之路。

正如张玉玺所言，在当前的中国，搞农业不仅是为了解决"吃"的问题，也是在做最大的善事。因为中国是一个农业大国，农业问题解决好了，不仅是十几亿人的吃饭问题，也是8亿农民的生计问题，乃至环境保护、可持续发展问题。

而不妨大胆地说，张玉玺带领的新发地走的这条路，对于那些处于城乡结合部、在城市化发展进程中徘徊的农村与农人而言，不失为一个行之有效、可资借鉴的模式。我们也希望这样的探索和成果能够更多一些，希望中国农人能够在祖祖辈辈留下的土地里，收获到新时代所馈赠的机遇之果。

张月琳：我是新型农民

张月琳看起来文质彬彬，而张玉玺虽相貌宽厚，却有一种不怒自威的气质——想想毫不奇怪，身为全球最大菜市场的掌门人，每天供应京城2000多万人的蔬菜水果，这么大的盘面，没有点儿"铁腕"如何掌控？所以张月琳说自己是"新型农民"，他与父辈在时代背景、生活经历上都大异其趣，也就形成了不同的理念和行事作风，包括他曾经非常抗拒地想要"逃脱"新发地，但最后却又发现，自己就是从这片土地上长出来的，离不开它，这一点，他又与父亲一脉相承。

王春元： 月琳，实际上北京真正的农村发展大变革是在1985年以后，应该说从小一睁眼看这个世界的时候，你就是在新发地这样一片热土上，这个区域的变化甚至比你的身份变化还要大、还要精彩。在你幼小的童年和你逐渐长大的过程中，怎么提炼你和新发地的关系？

张月琳： 这么说吧，从小出生在新发地、成长在新发地，新发地之前给我印象并不深，就是一个天天围绕着土地而生活的地方。当地的人都以种地为生，家家户户都有几亩地。就像我妈，在我记忆当中，上班在哪儿？叫种子站，就是一块地，有的是大棚，有的不是大棚，露天种植，完了来卖菜，就是一个企业，是为村里集体来干，有点像过去老辈讲的挣工分。

有可能北京农村改革比其他地区要晚点。我家里也有几亩地，但不多，从小天天在地里跑，也稍微懂点农活。我记得小时候没上学之前，每年到11月份砍白菜的时候，帮忙装车，其实就是玩儿，随车往右安门菜店送白菜，当时北京市老百姓储存大白菜，我觉得都是近郊的来送。

王春元： 你也跟车跑吗？

张月琳： 跑啊，小的时候没上学就跟着跑。上了学了你也知道，母亲得围绕家里，还很忙。从小我是卖菜出身，几岁、十几岁就开始卖菜。我一般卖菜都是夏天，正好赶上放假。一般是母亲把我叫起来，骑着小三轮就到市场这边卖，有时候多点，有时候少点，黄瓜、西红柿、豇豆，什么都干。刚开始我也不知道什么，一进门都是街坊邻居，一问叔叔大爷豇豆多少钱呀，问是多少钱就按多少钱卖，一看大家都抢，就不卖了，认为卖便宜了。

王春元： 从小还是有一些卖菜的基因的？

张月琳： 对，我从小出生在那块土地，又是卖菜出身，我觉得我这一辈子离不开这菜了。

王春元： 这里面你叙述了你母亲的影响，恰恰忽略了你父亲，是不是从小觉得父亲很忙？

张月琳： 因为从小父亲就在村里，在农村叫大队，在大队上工作，很忙，见他的机会也很少。毕竟父亲还有一种严父的感觉，所以愿意跟母亲在一块，见到父亲有点害怕。但是小时候父亲对我从来没打过，很疼爱。我是双胞胎，从小父亲有什么事骑自行车一带带俩，带我们去玩，但是相对而言要跟母亲相处得多。

王春元： 你会理解吗？你大了以后会理解吗？

张月琳： 现在我理解多了，现在我也成了父亲，我家孩子也会常说"我睡着了爸爸还没回来，我醒了爸爸走了，甚至他走了我还在床上睡觉呢"。跟孩子交流的机会很少，从这一点上感觉我欠孩子太多，但反过来，我也理解父亲当时是多么辛苦，要承担家庭的经济负担和家庭的一份责任。

王春元： 人可能都是这样，当儿子的时候不太理解父亲，甚至不太了解父亲。当了父亲以后就知道当父亲的不易了，就理解父亲了。每个人都不可避免地会出现这样那样的人生遗憾。我知道你有一段蛮曲折的成长过程，想自己独立走与众不同的道路，能讲讲这些经历吗？

张月琳： 对。因为从小就跟新发地市场打交道，觉得眼中的新发地市场没什么。就想如果我在这个市场工作，我什么时候能走出新发地？那时候就想学别的、干别的。其实选择专业也是被迫，父亲说家里没有当医生的，你还是学医吧。我并不想学，从小我喜欢汽车，九几年还喜欢修理行业，就一门心思学修理，想着怎么能跟汽车打交道。但是被迫学医了，在医院工作过一段时间。那时候又受到点打击，我一个很好的女同学，交一个挣钱挺多的男朋友，在部队开大车，相当于包工的，那时候他一月挣万把块钱，觉得挺了不起的了。

王春元： 那确实挺了不起的了。

张月琳： 但是最后我同学来一句说没出息、没本事，永远干那个，你永远没出息。这个对我打击挺大，我是学医的，干一辈子也一样嘛，在他们女同志眼中是一样的。

王春元： 没刺激人家男朋友倒把你给刺激了。

张月琳： 对，那时候我又辞去工作出去上学，上了三年大学。学的是商务管理，毕业之后在杂志社干过几年。之后一心想自己干点事，还是想能跟车打交道,做修理行业。辞职在家待了半年,最后也没干,家里一直不同意,最后说你回新发地先干一段时间。我心想好不容易出来了,又回这儿,几点下班、几点到家,都规定好了,就在家门口,你再慢,十分钟也到家了,觉得在这儿干有什么意义!天天就出不去新发地了,勉强凑合半年吧。

王春元:很挣扎?

张月琳:对,那时候没办法,在家待了半年了,我想去凑合半年就辞职,继续找别的行业。不让我自己干点事,那我干别的去。

但是进了新发地后,跟以前想象的就完全不一样了。刚开始以为就天天在市场,天天围绕菜生活,觉得没意义、没出路。进来之后慢慢地了解了,这里跟别的地儿完全又不一样。从前在杂志社待过,也经历过很多事,见识过很多人,但来这儿之后,感觉每天见的人比在哪儿见的人都多,什么样的人都能见到。一出门就是农民,有发财的,有赔钱的,有高兴的,有哭的,还能见到形形色色过来参观考察的人,甚至领导上这儿视察的。一天能见到各种层次的人,所以慢慢地觉得跟我原来想的完全不一样,思维就有所转变了。而且也不是想象中的天天在新发地待着,有时候也出去开会,出去看看产地,也去别的地儿了解了解农业,感觉不像想象中那么死板,就觉得越来越感兴趣了,越来越有意义了,越来越觉得这个行业是无限可放大的。这种情况下,踏踏实实一干到现在13年。

王春元:那是哪一年?

张月琳:2005年,到现在13年,但是2005年之前也接触过很多。我记得2003年打工也是,每天大概三四点钟起来,一个厢式货车,自己人工搬运装一车货,再带一个人到牛街那儿去卖,什么时候这一车菜卖完了什么时候回来。

王春元:就是说你在新发地的起点还是贩菜、卖菜?

张月琳： 对，还是贩菜。我记得1983年，刚有点记忆的时候，天天跟家里种的白菜打交道。1993年开始进入市场，家里种的菜到市场卖，2003年又从市场拉菜奔社区卖，一直到现在。我觉得从小到大的生活环境，决定了自己一生都离不开农业，我也觉得农业中可做的事很多。

王春元： 其实儿时的一些反抗是一种本能的反抗，因为孩子小的时候都愿意见见精彩的世界。你从小接触的就是蔬菜、种子、市场，实际上你没有进入这个世界，你只是用你幼小的眼睛在看，所以你天然地有一种要逃离的感觉。逃出去转了一圈又在这儿重新开始，那时候你只是在看世界，在想象这个世界，当你真正开始卖菜的时候，你是一步步在丈量这个世界了，这个时候你发现世界和你想象的完全不同。

刚才你非常平淡地讲了这十几年来的过程，但是对我来讲是恰恰不平淡的，这几年你从拉着车送到某一个地方卖，到建立配送站，再建立整个的网络销售渠道，这个过程恰恰是新发地从原始积累到突飞猛进的时候，这13年是新发地的高速成长期，这个过程你全部都经历了。走过来以后，现在你对这个行业，应该有了自己的想法和认识，比如说你对这个市场的形成、认识有什么不同的理解？

张月琳： 首先来说，这13年中国在快速发展，市场也随之快速发展。我来的时候应该是不到1000亩地，到现在1680亩地，交易额当时应该是在两三百亿左右，到现在七百多亿，今年能达到八百多亿，这个量一直在增长。

根据北京的需求，我觉得市场在逐年逐年地增长，占有的份额也在逐步逐步地增加。市场一点一点发展的过程中，我也经历很多。

第一，市场发展肯定要有客户，你怎么样把客户请到你市场来，把很多你市场没有的客户请进来，去增加市场的品种，增加市场的销售量，这是个很关键的问题。能把这些客户从外省市请到新发地市场，我做了很多的工作，也跟他们交流很多次，了解他们的需求是什么。

第二，就是你还要保证现有的客户能稳定地发展，如何能从小做大，让他们慢慢发展起来。但发展到现在，我现在感觉，又要从大变小了。这两年发展格局又改变了，不是单纯地追求数量了。根据北京的需求，2020年人口要减少到2300万左右，这意味着我们的供应量也要从满足原来将近2700万人口减到2300万人口的量，如何在现有的情况下把商户匹配好，减少客户的成本，优化小客户，做强大客户，如何能带他们走出一个新的路径，我们这几年也在逐步考虑把我们的大客户捆绑起来成立不同的公司，做不同的新业务。这些人文化水平都不高，但是在行业里摸爬滚打了几十年，比我们经验多多了。其实捆绑在一起也是相互学习，去了解新的形势、新的经济方式、新的业务，能帮助他们在现有的基础上有所提升。

王春元：生意经你念不过他们。

张月琳：对，念不过他们，又是有点跨行，你在发展过程中又要借助新的行业来帮助你发展，这一块我确实也接触很多，而且我感觉这种市场的模式今后不会存在了，会有改变。但是由什么来改变它？将来的市场又是什么样的？其实我们一直在探讨。新发地辉煌的时候就是2006到2007年，车水马龙。但是到后期，有可能从今年就会感觉到新发地从人员上来说是减少的，车辆也减少了，但是我们占的份额没有减少。

王春元：北京这个城市，特别在十九大以后，核心功能定位已经确定了，它要成为以北京为中心的世界级城市群，它对人口的限制，对这个城市的服务升级，对未来产业的布局，都有重大的调整。所以新发地不调整是不行的。你父亲是说新发地笃定不走，谁能说新发地不是核心功能？他讲得非常对，这是一个基本的生计问题。其实在这个过程中，尤其是你经营的这十来年，遇上一个巨大的时代变化，就是互联网金融，互联网金融对于传统的物流配送和传统的经营思路是有一些颠覆性的改变。这个过程之中，你是大踏步地进入了新发地的规划、经营和管理。你怎么来看待或怎么来配置你的管理，使得新发地和现有的新技术做融合、做发展、做衔接？

张月琳：就像我那年跟您探讨的一样，是"互联网+"还是"+互联网"？应该是"+互联网"。互联网永远是一个工具，这个"+互联网"，它确实是帮助实体经济大跨步发展的一个工具，而且各行各业离不开这个工具。但是怎么能结合好？前几年，咱们一直说"互联网+"，怎么能+实体经济，并没有很好地研究怎么能融合，有的人甚至会认为互联网会取代实体经济。但是在这种发展当中有过失败，反过来说，现在不管谁，原来做互联网的，现在还生存的，也在做实体了。"互联网+"刚开始时我也去了解，去做一些工作，实际上也失败了。但是借助它我也发展了，融合地把它运用得更好是最主要的，比如说我现在做了一些生鲜网，网上交易，甚至我们通过互联网的信息化系统，提升一些大数据，这些我也利用了。互联网对我们的分析、发展起到预判，有很大帮助，使现在企业在不断地往前走，没有停滞。

在今后如何更好地、更多地利用这种工具，帮助企业发展，这也是我现在正在研究的课题。完全让我想还有哪些能加进来，一时难以回答。走一步看一步，总之对新鲜事物不要怵，出了什么机遇，你能抓住就抓，抓不住就抓不住，有的时候也不要盲目抓，盲目抓会意味着死得也快点。

王春元：我感兴趣你提到走的一些弯路，我们发现很多企业借助互联网的技术，雨后春笋般地一下子就起来了，但是可能一两年、两三年就死掉一大片，结合你们的经验教训，你觉得问题的症结在哪儿？

张月琳：盲目地结合互联网的模式，没有很好地利用它，最主要是没有真正了解它。农产品和互联网相结合，现在的通病没有解决。通病就是标准化，农业、农产品没有解决好标准化问题和包装问题，致使互联网很难融入。

王春元：就是像一个连锁餐饮企业的中央厨房那样？

张月琳：对，有的可以在产地做，有的可以在销售地做，这是一个发展方向，但是今后的发展中肯定会出现标准化，现在也在逐步出现标准化。你看到了新发地，现在基本上都是净菜了。毛菜，像大葱、白菜，只是季节性的，因为还有一代的老同志喜欢冬季储存大白菜、储存大葱。但是到了年轻一代，更多想要如何节省时间，如何方便地去使用，所以说现在标准逐步逐步地在推进。按道理来说，应该从产地开始出标准的，但是现在是倒逼的，从消费者要不要买，逼得你产地要出标准，但是产地出不了怎么办？中间商来出。我们在慢慢地做。

王春元： 净菜和毛菜之间的比例有多大？

张月琳： 从进入市场的来说，现在毛菜很少了，因为我们这两年逐步要求毛菜不让进市场。但是根据北京的个别需求，个别品种可以有，像大葱，但是它也分净葱和毛葱，我们对净葱有优惠，对毛葱不会有优惠，逼得你去做净菜。

我们市场内有一些半成品，按道理也应该机械化生产，以标准化模式出现，但是目前没有多少正式公司来做，更多是配送企业自己来做，因为有需求。市场上有的餐饮企业需要，配送企业就自己来加工配送出去。

王春元： 从毛菜到净菜这个过程，是不是也意味着整个新发地市场的利润有了很大的提高？

张月琳： 目前来说，我觉得从利润上不一定能有太多的提高，但从费用上是减少的。因为标准化好管理，垃圾量也减少。从大的形势来说，北京市残留垃圾也在减少。将来半成品都做成熟之后，厨余垃圾必将大量减少。

王春元： 新发地这个市场已经足够大了，南来北往的大车往这里来汇聚，必然带来市场管理上的复杂性，给人的观感它就是杂乱。人员复杂，素质不是很高，在管理上难度比较大，也容易形成城市的隐患，包括治安、环保等问题，你们这些方面有一些什么举措吗？

张月琳： 其实在这方面上，我们做了很多工作。比如说环保，以前我们去了解什么样的车符合要求，什么车不符合要求。其实在国家没有出环保标准之前，我们就出过政策，农用车先是进来的时候通知你，空车是不让进来的，但卖菜的可以让进，这是第一步。我记得2013年到2014年时，我们卡断了，农用车坚决不允许进市场，不管你拉不拉菜。2015年时，摩的在我们市场也坚决不能通行。一是有安全隐患，它速度比较快、有灵活性，经常出现交通事故；二是它确实污染很大，冒黑烟，这种车我们是不让进入新发地的。这几个举措我们从之前就有，而且要求车辆更新换代。在环保局检查的时候，我们大车都保证了没有任何问题。因为大车五六年就淘汰了，都是2010年以后的大车，基本上保证是没有问题的。有一些北京周边的小型车辆，属于老农自产自销用，他舍不得淘汰车，一年挣不了多少钱，买辆车能多用一年算一年。这种车买的时候图便宜，都是国三以上标准的车，但是它不是正规厂子出来的，标准达不到。这种车是有问题的，我们发现之后，也跟环保部门去了解，到底哪些车不符合标准，这种车辆我们也是在提醒他，不让进新发地。

我们在安全方面时时刻刻没有撒手，我记得2006年就组建了消防队，一直到现在。目前来说有六辆消防车，四辆是大型的消防车，有两辆是新出的电瓶消防车，消防队大概有二三十人。从建设规范来说，各方面都要有安全办的人来检查，符合消防安全，市场才可以建。这么多年，新发地也多多少少出现过小的安全事故，但没有出现大的安全事故，因为我们确实将安全放在首位。我尽管是总经理，但不能干预管消防的副总，他有一票否决权。消防安全方面，他说一句话比我好使，我们完全是放权让他去管。

对于市场来说，要让大家提升品牌意识。做品牌的我们给予支持，给予宣传、表彰，也是让他们自己能越来越规范。有些时候他们在食品安全、消防安全和各种法律法规方面了解得不多，但是我们会经常性地跟大家沟通，也经常开会和传达，提高大家这方面的意识。

王春元： 在这么大的一个农副产品的批发集散地，作为掌门人，你除了低头拉车，我觉得更重要的是要把控方向，如果出现了方向性的问题，那是致命的。对于 20 年以后新发地的发展，你有没有蓝图？是不是可以跟我们分享一下你脑海中 20 年后的新发地？

张月琳： 首先从现在来说，我觉得新发地发展的顶峰，就是大家所谓的《清明上河图》延续下来的人、车、货集中的顶峰已经过去了。20 年以后，新发地不会再有现在这种场景，这种跑马圈地的现象没有了。现在是 1680 亩地，未来一半甚至一半以内的占地面积就能满足北京市人口需求的百分之七八十。

王春元： 实际上是现在三分之一的营业面积就可以供应北京 70%、80% 了？

张月琳： 三分之一多一点就可以完成。怎么完成？人口在这儿呢。北京人口要在 2020 年减到 2300 万，到 2020 年以后也可能达到 2000 万左右。除了人口，更主要的是交易的方式和快捷度改变了。而且，将来人工成本会上升，那就意味着这里人员会减少，交易的人也不会再有那么多，都是机械化、现代化的。快速地分拣、配送出去，机械化地卸车、分拣、出货，你在办公室里就能看到每一单的完成，不用再上市场里去看交易情况。哪个区域什么情况，全是在办公室里完成。

王春元： 就是物联网了？

张月琳： 对，一个是监控，一个是数据。今后的运营机制，基本上都是订货模式。北京市区要多少，提前下订单，你明天需要多少今天已经下订单了，你的货在什么位置都在电脑里体现出来了，什么时候能配送到指定地点，都有数了，基本实现了物联网。

王春元： 节约下来的土地呢？

张月琳： 我觉得应该是绿化，供现有人员休闲、娱乐。我想 20 年之后，在这片土地上，我会感觉到完全是在花园里完成北京市农产品的配送——那就不叫交易了，是配送。

王春元：你这样的认知跟大家有共识吗？

张月琳：我并不知道大家如何定位的，但这个我想象的模式，需要完善太多太多细节。首先说中国的标准化什么时候才能完成？我想三五年之内很难完成，但是如果五年以上到十年之间不完成，那也不可能。产品标准化、消费标准化，我们这块是由消费者和产地催赶着完成的。

王春元：你有没有测算过达到这种程度，是一种逐渐逼近呢，还是需要投入大量的资金一次性完成？

张月琳：从硬件上肯定是要改善的，现在我们的硬件在改造，改造过程中也想到了今后会跟现在是不同的，所以说在设计的过程中，也把这块稍微考虑进去了。有的时候你感觉不到，但对我们来说，我们想到了以后如何发展，在发展的过程中要面临的问题都有哪些。从软件上来说，我们也一直没有停，在做研究，哪些数据是我要掌握的，哪些是要加入进去的。

王春元：新发地整个的数据工作很多年前就启动了吧？你们能够成为整个中国农副产品的晴雨表、风向标，是跟这么多年的数据积累有关系的。

张月琳：从数据来说，我们做得最早，新发地的发展也是根据这些数据起来的。但是从现在来说，我觉得数据不够完善。将来的发展过程中，数据要比这个更加多、更加全面，甚至更加精细。所以后期的过程中，我们会把更多更精细的数据加进去，这样就能使我们的市场延伸下去，发展得更好。就像董事长所说的，过去的30年，是市场从无到有的30年，这是他人生一份沉甸甸的硕果。而我们，不管是我还是下一代，如何在下一个30年或者20年，做出一个高峰，是需要仔细考量的。

王春元：月琳，你不担心在20年以后，北京会出现另外一个竞争者吗？

张月琳：会出现，不是说在 20 年之后出现，时时刻刻都在出现。

王春元：你担心人家超越你们吗？

张月琳：我觉得他速度越快越好。为什么？他速度越快，有很多东西我就能吸收进来。利用已有的传统，我要把他现代化的东西借鉴过来，使我的发展更加融合，支持我的提升。

王春元：就是说如果有竞争者的话呢，他的竞争会让你很快地产生后发优势，是吧？

张月琳：我觉得他缺少的是传统的东西，我有。他有新的理念，如果能相结合，我发展就快了。他如果从头起的话，不一定能超过我。

王春元：或者我们用另外一个方式来比喻，新发地为什么没有走上像京东、淘宝这样的路，我认为它是有条件的。

张月琳：早晚能走上这样一条路，只不过新发地考虑多一点，也有自己的体制问题。但是它要发展，它要成长，必然要有这样的催化剂来帮助它发展。

王春元：就是需要有另外一个对手的出现吗？还是有一种体制上的突破？

张月琳：我觉得对手是一直有的，从体制上来说也是有突破的，从理念上也是有突破的，各方面上都是一种突破。

王春元：如果说你的净菜达到一定的标准化的程度，我认为实现网上买菜、网上购物那是顺理成章的。

张月琳：对，现在农产品基本上达到净菜了，但是没达到标准。

王春元：你认为这是现在的网购，网上所谓的生鲜一个致命的问题？

张月琳：对，致命的问题。你有什么标准？是国家标准，还是地区标准？现在没办法的情况下，能做的就做自我标准。你看现在网上做的，凡是做农产品的全是自有的标准，因为国家没标准。

王春元：这是一个很大的壁垒，这个你要不破的话，意味着国家的标准化的平台没有，那不光是对于其他人，对新发地发展也是一个巨大的障碍。

张月琳：对整个行业都是这样。

王春元：其实新发地可以带头做这样一个事情，比如跟农业部、跟相关机构来共同推这个事情。

张月琳：现在没有标准，我们在结合客户做标准，也是想新发地的标准将来能够被国家相关部门认同。

王春元：这个可能真是万条大河归于整个大洋的路径。

张月琳：对，我觉得前30年的新发地一直在做量，一开始解决的是温饱问题，现在不是了，现在是如何吃好的问题。所以说我们从现在开始做标准、做安全、做大家所需求的，也正好是一个时期。我记得2010年左右，我就去了解考察过半成品，觉得这是一个方向，但那个时候估计太早，需求方没有需求，现在不一样了，现在有需求了，就好做了，成熟的时期也到了。

王春元：你父亲对自己的定位很清晰，他说祖祖辈辈都是新发地人，他现在定位自己还是一个新发地的农民，他做的所有事情就是三个字："稳民心"，造福一方百姓，实际上他也做到了。他用了将近70年的时间跟这块土地打交道，外面叫他董事长也好、企业家也好，他自己定位还是农民，这让我听上去非常亲近、非常舒服，也非常自然。我觉得你和你父亲的成长路径、成长轨迹有一部分重合,有一部分已经完全不同了,怎么定位你自己?

张月琳: 我家祖祖辈辈是农民,一直到现在,我的身份还是农民,还没转居民。但是我觉得我们跟他们那一代不一样了,我们是新型的农民,既沿承了老一代的传统,也是做了一个事业,如何把这个行业、这个事业做出一番天地,是我们要做的。我们也想如何在这种传统之后,再转变,再延续,甚至能有突破,我觉得这是我们这一代新型农民要做的。

王春元: 你给自己的定位是新型农民?

张月琳: 毕竟没转居民,农村没了,生产方式没有,但还在做农产品。农民身份没改变,还是农民。

王春元: 新发地这个企业脱胎于原来集体的大队,最早就是一个乡镇企业,或者说是一个集体性质的企业。由于它的发展壮大,由于经营上和这个城市的资源匹配上的考虑,有更多其他的资本进入,这个企业现在叫做混合所有制企业,所有权归股东们,当然也包括新发地。你作为新发地这个农产品批发中心的创始人张玉玺的儿子,在这样一个体制和机制下,你自然就不是这个企业的一个继承人,不是这个企业的传承者,也不是这个企业的创二代,我理解的一个准确的叫法,应该是叫继任者,是不是这样说更准确一些?

张月琳: 首先说我这不叫二代。父亲从无到有,把这一个企业,也是农业、农产品的事业做到现在,不管他背后是谁,是集体所有制还是混合所有制,这是他的责任心、一种托付。现在他的精力不够了,我们只是替父亲把他的心愿继续传承下去,继续做下去,能让他感觉到他培养出来的企业还成活着,还是有知名度的,并没考虑到这个背后是谁的。

王春元: 当你担任这个企业的总经理的时候,你更像是这个企业的一个职业经理人,可以这么说吧?

张月琳:差不多。

王春元:抛开感情成分来说,职业经理人可能就带来一个问题,你愿意为这个企业服务一生吗?

张月琳:我从小出生在这块土地,从小就干这个行业,我觉得我的生命已经定格了,我的一生就干这个,没有别的。我一圈转过了,也出去过,转来转去,选择半天还是回到这儿,回到原点了,因此我应该按这个原点继续走下去。

王春元:冥冥中有一点点宿命的东西?

张月琳:对。

王春元:小时候你看父亲他只是父亲,有他的严谨、威严,有他不可亲近的东西。那么现在他是一个董事长,在父亲和董事长这两个角色之间,你怎么看?

张月琳:不管是父亲也好,董事长也好,我觉得一是特别感谢他。我转回这个圈子,他能带我,尽管这其中我也有过想法、有过意见,但是我能够在这儿了,担任了这个职务,就要对这个企业负更多责任。

他也常说过,我不一定能管得了我儿子,但我一定管得了这个企业。他的想法就是如何把这个企业搞下去。我觉得他这一生不容易,能把这个企业搞到现在。说实话以前不了解,通过这十几年的了解,我觉得他的付出不是一般人能想象到的,以前我不了解,不会意识到,现在也意识到了。他或许没为子女、家庭寝食难安,但为新发地,他做到了。

在我眼里看他,我觉得还是很严厉的。在企业的发展面前,他甚至有些苛刻,所以对他来说,我更多地认为他是董事长。

王春元:最后一个问题,月琳,1978年左右出生的这样一群人、一代人，已经逐渐地走上了历史舞台。毫无疑问，在刚刚过去的这40年里面，你是改革开放的宠儿，没有受过太多苦，看这个时代一直往前走，高速地走，这个国家也是从站起来，富起来到强起来，那么面对即将过去的40年，你有些什么话要对这个时代说吗？

张月琳：其实我是1980年的，但我觉得我是70年代末的那一代人，并不是80后那一代人。我们这一代人会觉得身上有的是责任。说到过去的40年，肯定是快速发展的40年，我觉得它是历史上没有过的，但今后无论如何看待这40年，它是过去时。这40年给我感受最深的就是变化，这40年里，每走一步都在变，有量的变化，质的变化，一直在变。

严介和：狂人史记

2018年1月25日，淮安，开元大酒店。

窗外下着微雪，渐渐变成大雪，而酒店内的多功能厅里是另外一番天地，苏太华系的年会在这里举办，来自全国各地的干将1000多人济济一堂，气氛十分热烈。

"热烈"绝非通稿里的套话，主席台上一字排开的金条耀人眼目——这是年会要发出的奖项。素有"全球华人第一狂人"之称的严介和出手果然不凡——重金酬士不是虚言，的的确确发出真金白银。随着金条陆续被领走，年会现场的气氛燃至爆棚：在苏太华系服务年资达到20年的员工发一斤重的，30位被严介和命名为"军师"的有功之臣每人收到两斤半重的，10位"将帅"领到的是五斤重的，而"大平台统帅级"的人物则收到了令人艳羡的十斤重金砖！

这次年会一共发出166斤黄金，过程中严介和不时站起来评点这些人的业绩和工作，并不失时机地鼓劲造势，承诺在这个基础上黄金的数量每年递增50%。可以想见，在未来不长的时间内，他的年会会发出货真价实的"千金"。这不是一个炫富的故事，而是一个关于财富的隐喻。

业绩的公布、重奖的刺激、打鸡血的亢奋，让大厅里爆出一波又一波掌声和欢呼声，加上严介和的推波助澜，久久不能停息。会场的气氛是浓墨重彩的，也是微妙的——一年一度的团聚很难得，尤其是对于苏太华系遍及全国乃至全球的精英骨干员工来说，但也正因为与会之人"优秀扎堆"，见面时既有老友重逢的喜悦，也有竞争对手间暗暗的比学赶超。颁奖时的互动也可见一斑——台上的人很激动，这是财富，更是荣誉；台下的人也很激动，这是榜样，更是鞭策。所以，台下的人跃跃欲试，希望有朝一日自己也能登台领奖；台上的人自然希望能够保持优势，继续冲击来年的大奖。

严介和很好地拿捏了这种平衡，掌握着整台年会的走向和气氛，巧妙地调节着节奏的轻重缓急，犹如一位高明的指挥，让一部交响乐以最完美的状态奏响。

狂人底色

事实上，企业管理本就是游走在技术与艺术之间的一门学问，能够数次登顶中国财富榜，让一手打造的企业进入世界500强，且排名不断提升，严介和堪称我们这个时代最优秀的企业家之一。年会只是管中窥豹，公司员工的精神风貌以及他如何对待员工，给我们留下了更深刻的印象。

采访中，我们询问随行的入职五年的大学生的收入，他很不好意思地说："我挣得不多，一年就是30万。"据他介绍，公司的平均薪水不低于每月7500元，最基础的保洁岗位也能拿到这个薪金。这个说法得到了司机不无骄傲的认同："苏太华系的薪水在当地是有知名度的，公认的不低。"而苏太华系已经是一个庞然大物，仅"大平台"就有三四十个之多，其下所属的企业集团有300家以上，全系统员工人数超过了30万。粗略地估算一下，严氏家族企业集团每个月仅工资就将发出至少20多亿人民币。苏太华系在全球建筑行业私企第一的地位果然不是浪得虚名。

2017年，严介和家族以5000亿人民币的营收进入世界500强第89位。在将儿子严昊统领的太平洋建设集团和女儿严昕统领的苏商集团均打造成世界500强之后，严介和顺势退居二线，为自己的第三个世界500强目标奋斗，那就是以华佗论箭为引擎的教育产业。他再度放出"狂言"："什么哈佛商学院、沃顿商学院，哪一家能有我这样的实践背景、实战经验？"他有信心把教育产业打造成严氏家族的第三个世界500强。这是严介和在北京接受我们采访时表达的核心要旨，"全球华人第一狂人"果然名不虚传。

江苏淮安，确实是个人杰地灵的地方，历史上出了三个非常有名的人物：一个是淮阴侯韩信，一个是明代著名小说家、《西游记》作者吴承恩，另一个就是伟大的无产阶级革命家、中华人民共和国的缔造者之一、国务院总理周恩来。周恩来诞生地在淮安楚州的驸马巷，严介和的老宅也在这条巷子上。

1960年2月5日，淮安紧邻古运河和漕运水道交汇口的严庄村，严介和诞生在一个世代教书的家庭里。毫无疑问，这样的家庭为他的教育和成长埋下了先天基础。但在特殊的历史环境下，也让他的人生多了另一个维度上的看点。"文革"期间，他的父亲由于出身和所谓的"不当言论"，被打成"现行反革命"，一家人的境遇跌至谷底。受此冲击，他的父亲发誓从此不让后代有知识有文化，严介和的几个哥哥都在父母的强制下娶了农村不识字、没有文化的根正苗红的女性为妻。但严介和没听父亲的，他不仅娶了有知识有文化的女性，而且还是自己的学生。违抗父命，加上那个时代的"师生恋"，严介和骨子里的叛逆可见一斑。而这次人生选择的正确性和远见，在严介和之后的人生岁月中不止一次被验证，女方不仅是他的爱人，后来也成为他事业上的有力臂膀，而两人的结合也诞育了相当出色的接班人。他的夫人张云芹精明能干，不让须眉，而且出身商业世家，家世在淮安颇为显赫。

严介和身上充分体现出他所说的"读万卷书，不如行万里路""知识改变命运，不如智慧改变命运"。

1979年春天，嗅到了中国大地回暖气息的严介和，发现了村里烧砖窑需要草帘子的商机，便组织村里的年轻人向砖厂提供草帘子，开启了从商经历。

他也确实有着常人没有的敏感，在"万元户"都十分稀少的年代成了几万元户，而且直接威胁到村里供销社的生意。但好景不长，也许是枪打出头鸟，也许是因为那时的改革开放真正处于"摸着石头过河"的阶段，政策摇摆，对很多新生事物的看法还不统一。1985年，工商局的"打资部"查封了严介和的作坊。

案子前前后后查了18个月，换了几任工商局局长，最后也没说清楚严介和犯了哪条哪款。最新一任马局长上任后，明确表态：你这些事现在都合法了，是国家鼓励的，我们也支持你。严介和气不过，支持我？支持我搞得我半成品、产成品、应收账款都冻结了，企业都倒闭了，赔了几十万上百万的钱，可以说是倾家荡产，这个损失怎么算？而工商局的回复也颇具时代特色：谁赔得起你这个损失？我们市里面也没有人能赔得起你的损失啊！你就继续搞吧，你不是有本事嘛，你有能力继续搞，我们支持，但损失赔不起。严介和哭笑不得，也求告无门——"打资部"已经撤销了。没办法，他只能重打鼓另开张，毕竟还欠着别人八万块钱，他严介和是硬汉子，不会赖账。而且，人也只能面对现实，过去的就让它过去，既然现在让搞了，就再搞起来。

严介和是能人，很快又把生意做红火了，不仅还上了八万块钱，还让供销社的人愿意给他打工，因为跟着严老板能赚钱。但严介和却出人意料地说不想搞了，因为做草帘子含金量太低，挣钱辛苦不说，还做不大。严介和想做一般人做不了的大事，不想再搞农副产品加工了，他想做制造业，做真正的工厂。那个时候他就想做企业家，认为"全世界企业家是最伟大的"。他卖掉了草帘子作坊，寻找成为企业家的机会。

事有凑巧，1986年，正逢严介和的儿子即将出生。计划生育政策管得很严，为了获得二胎指标，严介和亲自上阵进行公关，下厨亲手烧菜宴请形形色色各路人马。于是便有人支招，既然超生不能继续干公职了，不如到企业去。当时淮安有两个乡镇企业搞不下去了，便面向社会"请能人"，谁有本事谁上。大家都说，严介和你既然这么能干，不如去试试。这也正中严介和下怀，他正想当真正的企业家呢，毫不犹豫便报了名。

竞争淮安水泥制品厂厂长的有七个人，六个人都干过厂长，起码当过副厂长，就严介和一天工厂没干过。但他很自信——"只要现场公开的我就有信心"。

严介和记得那是在1986年5月份，正好是两代会期间，纪委、公证处都在，现场打分，现场公布，他一看这个阵势就更有了信心。

他的确表现精彩，一整天公推、公选、公开竞争程序走下来，所有的笔试、考试、现场答辩、专家提问、抽签答辩，他所有单项分、总分都是第一！很多人当场就惊呆了，这个人没做过企业，他怎么得的第一？面对严介和遥遥领先的成绩，现场公布：严介和竞聘成功，当选厂长。

严介和当天晚上设宴招待参加竞聘大会的所有人，用了各色罐头——水果罐头、鱼罐头、虾罐头、肉罐头，请大家吃饭。在那个年代，罐头是有钱和有身份的象征。当时很多东西还凭票限量供应，水果、鱼、虾、肉都是稀罕东西，拿着钱都没地方买去。临走时，他还给每人送了二两龙井茶叶，让人觉得简直快赶上国宴水平了。

这顿饭可以说让人吃得百感交集，了解严介和的人觉得前景光明，盛宴说明人家有底气，看出手多大方；不了解的人却在心里暗暗嘀咕，这个人做得了厂长吗？企业这么困难，第一天招待人就这么挥霍浪费，以后可怎么办？

而一年后，严介和让质疑的人大跌眼镜：企业竟然起死回生，扭亏为盈。

严介和的方法很简单，让企业回归市场的规则，按照商业原则用人：能者上、平者让、庸者下。有方方面面关系的，待遇上可以照顾，但岗位不能照顾，他称之为"无情岗位、有情待遇"。团队必须"一丝不挂"、公开竞争，让有能力的人占据关键岗位。

严介和"只管人不管事"，他的理论是，让一头狮子领着一群羊，久而久之，羊都会变成狮子；如果让一头羊去领着一群狮子，最终狮子也变成羊。他用人看才干,哪怕这个人是反对派都不要紧,只要能把事情做好就行,最终以数据说话;他做事倡导"少讲如果,多讲后果,承担结果",生活没有假设,他也不关注过程,而是重视结果。这些言论放在今天看并不出奇,无非是我们熟悉的数据说话、结果导向、任务导向,是管理学中司空见惯的东西。但在当年,在改革开放还处于摸索阶段的年代,这无疑是创造性的,也会产生石破天惊的效果。

严介和创造了奇迹,企业在手上接一个活一个,干一个成一个。巅峰时期,他一共接手了七个企业,都起死回生。他还放出狂言:没有亏损的企业,只有无能的厂长。

他的企业那时就以待遇高而著称。他上任第一家企业的第一天就宣布,所有人工资上调25%。这震惊了所有人,工资低的时候都发不出来,还往上加钱?但他的"狮子理论"很快见效,不仅加薪25%的承诺兑现,半年后又加了25%,员工的工资待遇就比同行高出了50%还多,让所有不服的人都闭上了嘴。这个传统一直延续到今天,苏太华系尽管体量庞大,依然在同行中保持了较高的薪金水平。

严介和的高调行事做派也刺激了很多人。"没有亏损的企业,只有无能的厂长",这句话得罪了不少人,亏损的厂长们在背后议论纷纷。虽然他是当红的"十大杰出青年"、人大代表,但面对中国的人情社会、乡里乡亲密不透风的关系网,很多言论和主张也显得苍白无力。

企业的现实环境也令他萌生退意。尽管领衔厂长,但企业并不属于他个人,当时叫企业租赁,有点像农村的大包干,把国有企业租赁给个人,每年向政府交一定的费用作为租赁费,政府不过问企业经营,承租人自负盈亏,多出来的盈利归其个人所有。虽然比起一般的国有企业有了很大自由度,但说到底还是打工。敢为天下先的严介和不满足于此,他想干完全属于自己的东西。

时序进入1990年代,经济社会环境更加宽松,人们的意识也更加自由。

狂人胆色

严介和注册了一家名叫"引江"的公司，意为把长江水通过他的家乡往北京引——南水北调。严介和从不掩饰其野心，每每口出狂言，公司的名字也保持了这一风格。令人不得不折服的是，他最后也往往做成了。

引江是完全属于严介和自己的私人企业，他也开始在南京"干私活"了。这一单私活，不仅载入了太平洋建设的史册，甚至也进入了中国当代商业史册，在李嘉诚的自传中被引用，在各种报道中作为经典案例频频被提及，这就是著名的"赔5万不如赔8万"。

严介和想进入高速公路建设领域，这个领域一向是国有企业垄断，可他却铁了心要做第一个，还真是被他死磕出了裂缝。严介和从国有企业食堂大师傅那里找到了中间人，求得了南京绕城公路中三个涵洞的小项目，而且一问至少是第五包了，层层盘算下来得赔5万。严介和不由分说拍了板：5万块钱赔得起！就从这儿开始！

部下都嘀咕，赔钱生意做它干吗，还一上来就赔？严介和说："我想做别人做不了的事儿，5万块就是买学习机会。如果赔了5万什么也得不到那不是二百五吗？我们要得到口碑、得到形象，以这个来交朋友，做大事都是先交朋友，后做业务。所以既然不能把钱赚了，那就赚个脸、赚个口碑，要赔就赔到位！"

严介和自有叫人心服口服的本事，很多人就算听不懂也愿意跟着他干。团队在他的激励下干劲十足，三个涵洞原定140天的工期，结果72天就干完了，而且流程、质量等方方面面都无可挑剔。最后一结算，三个涵洞赔了8万块钱——公司一共12万元注册资金，赔了三分之二，但严介和说"赔得好"！

果不其然，三个涵洞的事很快传开了，口碑传到指挥部，一直传到分管南京高速公路的指挥长那儿。第二年，指挥部就把1000万的项目给了引江公司。绕城公路全部完工后，引江公司合计干了5000多万的工程，净利润达到了860万！

严介和从此一发而不可收，引江公司的业务一下从南京铺到全省，而且都是精品项目，因为严介和靠得住。严介和看到这番成绩，也不由得激动，这毕竟是平生第一次见到这么多钱。他心里笃定自己能做企业家了，能实现心底的梦想了。

对于什么是资本家，什么是实业家，什么是企业家，严介和有自己的理解。在他看来：思维围绕钞票运转的人叫资本家，是钞票的积累；围绕企业转的叫实业家，是能力的积累；围绕社会转的才叫企业家，是形象的积累。真正的企业家，有利于社会又有利于自己的事，他干；仅有利于自己，不利于社会的事，他是不干的。当时的严介和，在心里盘算的还是860万元能给自己带来多少亿的财富，如何实现从实业家到企业家的转型。

1995年，严介和成立了太平洋建设，引江成为历史。为什么要取"太平洋"这个名字，严介和依然不掩饰其野心——因为原有名字地域局限性太强，也太浅，不足以涵盖他的志向。"太平洋"有两层涵义，一是取其大，太平洋因地势低洼，方能成就其浩瀚，这就是老祖宗说的虚怀若谷，胸怀有多大，事业就有多大；第二是要走向国际化。那时还不敢在单位公开讲，但他心里就是这样想的：这家企业不应该只是中国的企业，还要成为世界公认的企业，"太平洋"有国际范儿。

太平洋建设不负所望，延续了引江公司的高歌猛进，先后参与了南京新机场高速、京沪高速、江阴大桥、连霍高速、沂淮高速、南京地铁等一系列国家和省市重点工程的建设，把业务范围从江苏又扩展到了全国。

时至今日，太平洋建设走过的路完美实践了严介和当年的设想，不仅走向国际，而且成为了国际上排名第一的民营建筑企业。按严介和本人的话说："没有当年的太平洋建设，就没有今天的建设太平洋，我现在不是建设太平洋了吗，全球都欢迎我！"

严介和频频出现在富豪榜上，财富在迅速增长。他在国内首创BT模式（Build-Transfer），即先由承建方以全额垫资的方式来进行基建，在项目完成后将其所有权和运营权转交给政府，而政府通过分期付款来偿还项目资金。BT模式为那些急于搞基建，而又苦于无资金的地方政府提供了一条捷径，而这些项目无一不是大单，严介和的生意开始高速发展。

与此同时，他大量收购国有企业，而且是亏损的国有企业。一来他初入商场就是借此起家，对如何将国企扭亏为盈不陌生，而且有底气；另外，国有企业体量一般都不小，收购可以快速扩充太平洋建设的总量，同时，这也是企业社会责任的体现，可以更好地圆他"从实业家向企业家转型"的梦。他心里一直揣着那个企业家的梦想，财富并不是终极目的。

对于他的"暴富"、高调的作风和BT模式，很多人都有质疑，认为太平洋建设赖以成名的BT模式涉嫌官商交易、利益输送和地方债务隐患。严介和以其固有的方式回击：为什么我敢这么狂？因为太平洋建设的屁股是干净的！

究其实，公益和挣钱本就不矛盾，严介和早就明白这一点。看起来收购亏损企业不挣钱，背下所有债务和人员安置，这都是包袱。但不言而喻，这容易带来良好的社会声誉，并赢得当地政府的信任，在未来的项目竞争中成为加分项。BT模式无非是这一思路的衍生和放大。

对于外界的毁誉和猜测，严介和颇有些"世人笑我太疯癫，我笑世人看不穿"的无奈，众人都把目光聚焦于他的财富，却不知道他心底的梦想。

2005年，严介和以其个人资产125亿元从胡润百富榜第66位跃升为第2位，成为年度黑马。而据严介和本人说，本来他是被评为榜首的，但不想那么显眼，特意做了公关，才退居次席。这么看，他也不是一味狂妄不知收敛，只不过他的处世哲学异于常人而已。

戏剧性的是，不过一年时间，2006年，严氏家族集团被爆出欠银行3.82亿元，严介和被告上了法庭。对于这个风口浪尖上的人物，媒体当然不会放过，对此大炒特炒，情况愈演愈烈，严介和的欠款数额在报道中不断攀升，半年多内其12处住宅先后5次被查封，绝大多数被反复冻结3次以上。但有一个令所有人都想不到的细节，他的所有房子居然都是按揭的。

按照严介和事后的总结，这还是步子太大了惹的祸。当时形势一片大好，太平洋建设一边有多个在建BT项目，一边又在不断地收购亏损国企，作业面越铺越大，资金链也越拖越长。在钱的大出大进中，还有项目的大干快上中，很多问题被忽略了，顾不上细致地分析和思考。这时，突然有些人说话了，认为他在绑架地方政府，于是有些项目突然被停掉，有些项目拿不到付款了；更可怕的是，这一情况被透露给了媒体，银行一听坐不住了，纷纷挤兑。他没想过银行会这么做，签好的合同，银行会让提前还款——到期的、未到期的都要还，一下出现了150多个亿的资金缺口。

他的命运从高点瞬间跌落，从前一年的"首富"跌落成被银行穷追猛打的失信之徒。不断突破禁区的严介和，终于撞上了一面他也无法突破的墙，快速发展虽然一俊遮百丑，但也积累了问题。这么大一摊子，十几万工人要吃饭，那么多贷款和利息要还，怎么办？这回，严介和真的摊上大事了。

换个人，这也许就是崩盘的开始。但严介和确实不是一般人，他愣是凭借非凡的视野、胆略、韧性和强大的抗压能力，把自己从悬崖边上又拉了回来。由于之前承接了海外订单，已经具备了国际视野，国内的路不通，严介和便转向了国际资本。他通过向一些中东巨商借短期贷款周转资金，再加上巧妙地闪转腾挪，在短短三年时间堵上了100多个亿的窟窿。然后他默默蛰伏，以最小成本的存活方式等待东山再起。2007—2010年，中国地产迅猛发展，这趟快车又被他赶上了，再加上他同时有了资本市场的加持——通过借壳ST纵横上市获得大笔流动资金，更加如鱼得水。

在这个基础上，他开始筹建事业的另一翼——总部设在上海的苏商集团，侧重于在资本市场的发展。严介和说，2006年之后，他再也没有找银行贷过款。而且，此役之后，严介和总结出"小成靠苦难，大成靠灾难""小成靠朋友，大成靠敌人"。2006年的灾难，也许于他，是一种成全？

2010年后，他又一次崛起，在北京筹办了一个名为"华佗论箭"的机构，即"苏太华系"中的"华"。该机构手笔很大，遍邀国际国内政界、商界、学界、媒界的精英共襄盛举，志在众筹众智，建立中国第一家中小企业诊疗机构。他利用自己做企业多年的实践经验和傲视群雄的认知高度，开始打造自己的"黄埔系"；对公司治理结构也打造出新的框架，将其划分为"产经、财经、智经、文经、子经"的"五经"体系。

严介和的视野和胸怀进一步放大，已经远远超越了赚钱的阶段，他要让人生放光芒，达到马斯洛需求层次的最高等级——自我实现。他说，古今中外逃不过"教、科、书"三个字——也就是教育、科技和著书立说。雁过留声，人过留名，他要让自己的人生满帆满船地向前行驶。科技是严介和的短板，于是他另辟蹊径，创立太平洋商学院；他在家乡筹建五味书院，培养自己的子弟；他回归到传统文人讲经、求学、带徒弟的路径，传承所学。

狂人本色

严介和的"狂"在方方面面，说话狂，做事狂，连交接班都那么张扬。2011 年，儿子严昊的婚礼盛极一时，美国前总统比尔·克林顿、纽约前市长鲁道夫·朱利安尼、爱尔兰前总理伯蒂·埃亨夫妇、澳大利亚前总理约翰·霍华德夫妇以及诺贝尔经济学奖获得者埃德蒙德·菲尔普斯教授夫妇受邀出席，高朋满座，熠熠生辉。婚礼上，他宣布将太平洋建设集团交给严昊，同时放言：严昊的能力是他年龄的 20 倍。

到底是不是 20 倍，我们无从衡量，也无法知晓，但严昊在集团的威信是可以感受到的。采访时，与 90 后员工的聊天中有这样一句："昊总是我们的精神领袖，有人格魅力。"一个 85 后，能得到员工这般评价，也是难能可贵了，而且还是来自以要自由、不服管著称的 90 后的评价。很多人说他，一个 80 后，活得像 70 后，严谨、老成、务实、低调，完全不似其父。

严昊说：父亲足够高调，也打下了足够的基础，我要做的是守成，以及在此基础上的再进步。我和父亲，还有很大的差距，因为有些东西是需要时间的，比如阅历、比如积淀、比如对这个世界以及人情世故的理解。

当然，我也希望能够青出于蓝而胜于蓝，比如我希望20年后也能交班给我的儿子。如果能做到，他将比我接班时年龄还小，这可以说是比父亲更加成功了。

严昊待人谦和有礼，表达逻辑清晰、有理有据，而做事得到了众多员工的认可和敬佩，确实是身先士卒、以身作则，而且不乏高瞻远瞩——太平洋建设响应"一带一路"倡议，早在几年前就布局了沿线地区和国家，去年还在乌鲁木齐和南宁设立了总部，用实际行动成为这一世纪性倡议的排头兵。这不仅让太平洋建设成为承担社会责任的企业典范，也为它谋得了更大的商业布局——在严昊的带领下，太平洋建设自2014年起连续入选世界500强，并在2016年位列第89位，雄踞全球建筑业私企之首。因为"一带一路"的关系，严昊几乎走遍了中国的国境线——沿线多老少边穷地区，急需资金和资源支持，严昊总是坚持亲临现场、亲自考察，一年至少有200天在出差，多的时候甚至高达300天。他说，时代和父辈给了他这个机会和责任，他没有理由偷懒，投身于事业是不辜负信任的最好的办法。他喜欢工作，不怕吃苦，希望能延续父亲的事业，并为其打上自己的标签。

在严昊身上，看不出任何富二代的骄娇二气，更难得的是没有任何"拧巴"。不少二代要么成为只知享受父辈余荫的纨绔子弟，要么走向另一个极端，极力撇清自己与父辈的关系，号称如何如何独立，似乎自己是从石头缝里蹦出来的，和上一辈毫无瓜葛，就是通常所说的"得了便宜还卖乖"。而严昊两者都没有。一个可以佐证的例子是，他出差经常去的是穷乡僻壤，没有像样的厕所是经常的事儿，他开始会有些不适应，但很快就会想到"别人能适应我就可以，谁也不比谁高贵"；有时候甚至连个睡觉的地方都没有，就一领席子铺地解决。严昊的"皮实、抗造"从员工的叙述里也可见一斑，他从不矫情，更不娇气，都是以工作为重，不搞特殊化，或者说他是真正从心里放平了自己。

严昊也绝不把功劳据为己有，他敬佩父亲、感恩父亲、尊重父亲，二人有着非常好的父子关系。严昊始终铭记父亲给予自己的一切，强调父亲的奠基人身份，审视自己与父亲的差距。2017年末，他爆出金句，总结自己的成功经验首要一条是"生得好"。这种被网友称为"耿直"的态度引起热议无数，为他圈粉不少，年轻人都很喜欢这种"耿直BOY"。

严昊又是老道的，说他胸有城府并不为过，而且也不是贬义。做基础建设本就要行走在政商两界，没有超人的智慧和情商是做不好的，而严昊已经用自己的业绩说明了这一点。严昊相信成功不是偶然的，作为继承者，首先要学习和传承父辈身上的优点，在此基础上有所创新。他说："在我尚未为公司发展做出贡献时，我清楚我自己是谁，剥离掉来自父辈的光环，可能我什么都不是。"儿子是父亲的影子，在孩子身上，往往会折射出最真实的父亲。严介和虽然以"狂"著称，但在他的儿子身上，看到的更多是务实、精明、善良和稳扎稳打，这也许是严介和成就其事业的基础。

严昊说，我与父亲的性格反差虽然巨大，但我们是一脉相承的，可能是表达方式不同。于我而言，永远不要定义自己的起点，一直保持在路上的态度，刚刚好。

2018年，严介和已经变成一个银发老人，一方面，岁月对任何人都是公平的，另一方面，生命的能量在他身上没有丝毫消减。他依然声如洪钟，说起话来滔滔不绝，充满智慧、哲思，极富煽动性和说服性。

采访了诸多企业家之后，我们发现这些成功的企业家有一个共同特点：具有超强的通透和通悟能力。张玉玺说务农也要悟农，这决定了格局和意识，处江湖之远想庙堂之高，出生在一个逼仄的空间，但有着青云之志。严介和也是如此，出生在苏南一个农村，但从小心怀天下，才会完成从作坊到企业，从农副产品到工业，从"引江"到"太平洋"的飞跃。但他又与众不同，逆潮流而动，别人是低调做人高调做事，他是高调做人高调做事。性格上也爱憎分明，对好人要加倍好，对恶人要加倍恶。他活得通透，悟得通透，从心所欲。

严介和把这份通透用三个字解读：躬、韧、癫。所谓躬，稻子熟了要低头，讲的是胸怀、谦卑；所谓韧，是持续不断的能力，不是轻易可被战胜的；所谓癫，就是癫狂，有别于中国文人的狷狂，是指通透，高人一等的智慧和经营、济世和规划人生的能力。所以他说:"就我了解的世界史,自古以来没有一个有钱或者有权的人流芳百世的,真正能传世的就是三个字:教、科、书。科学我没办法了,教育和书我还是蛮有兴趣的,我祖祖辈辈就这个德行,一直是做这个行当的。转来转去最后还转到教书,祖祖辈辈就是教书匠,最后还是一个教、一个书。"

严昊：基业长青，不辜负好时代

严昊身为"全球华人第一狂人"之子，看起来与其父完全不像，谦和、低调、彬彬有礼。作为25岁就早早接班的"富二代"，他身上没有骄狂之气，也看不出数百亿资产掌舵人的"霸道"。

1986年出生的他极其稳重、老成，甚至有些"守旧"。很多员工评价他心理年龄在40岁以上，更像个70后。他也说自己与长者沟通无障碍，与父辈也没什么代沟，反倒是显得和一些同龄人有些格格不入。他对奢侈品没什么兴趣，自我评价"有些土"，对时下最火的互联网和虚拟经济也不那么热衷，他更喜欢做实业——既是家族传承，也是个人兴趣。

王春元：我主要还是围绕着人说，并不过细讨论企业本身的经营，因为这是一个反映历史观的纪录片，不强调某个企业的历史，而是强调企业或企业家所在的这个时代。

严　昊：在这个历史时代里起到的价值。

王春元：对，是这样的叙述角度和出发点。刚刚过去的这40年，对我们这个国家、民族，还有活在这个时代里的每个人，都是一个波澜壮阔的时代、一个举世震惊的时代。这40年,原本一个积弱积贫的东方大国,经过不懈的努力、追赶,几乎与西方国家并驾齐驱甚至完成了弯道超车,非常振奋人心。每个生活在这40年中的人,都有一种油然而生的自豪感。

你我都在其中,沐浴和感受着这个时代的好,但每个人对这个时代又有不同的理解和解读。作为一个85后,你人生完全被这40年覆盖了,我想听听你怎么感受改革开放这40年的?

严　昊:如果让我完全叙述这40年,叙述不出来。我1986年出生,那时改革开放已经进行了8年,而我们记事开始可能得到七八岁以后。您刚才讲的40年的改革开放,我们首先应该是从父辈的叙述当中感受到的,这是改变了中国人命运的一件大事。

要说从我自身的角度去体会,大概是90年代以后的记忆了。回想、感受改革开放给中国带来的变化,给我们每个人带来的变化,我想首先是自信心。您刚才问这个问题的时候,我回忆起今年(2017年)去马来西亚吉隆坡。我们投资马来西亚的项目,马方国家主要领导也都参与了接待。当我踏入吉隆坡的时候,突然回想起上一次到吉隆坡是1997年——整整20年。20年前,作为一个懵懂少年,当时觉得吉隆坡很好,同时去的还有新加坡,经济都好发达、好繁华,令人羡慕。今年再去吉隆坡的时候,也去了20年前去的那些景点,感受不一样。

王春元:就是"不过如此"。

严　昊:这背后反映出的就是改革开放给中国人带来的硬件、软件的提升,我们的眼界放开以后,有了荣耀和自信。让我谈改革开放的体会,就是自己感受到的这部分变化。

王春元:某种意义上说,你我都是幸运儿,有幸生活在这样一个时代。你还生活在一个知名企业家的家中,俗话说是"衔银匙而诞",这也注定了你的人生和普通人的路径走向完全不同。在你成长的过程中体会到这一点了吗?

严　昊：体会到了。

王春元：什么样的感受？

严　昊：无非现在年轻人比较流行的一句嘛：我们生在最好的时代，但也是不好的时代。为什么？最好的时代就像您刚才说的"衔银匙而诞"，父辈通过他们的积累，能够让我们的人生少走很多弯路，又给我们打下了很好的基础，创造了很好的平台。理所当然，我们的起步要轻松一点，起点要高一点。但我的感受是，既然你的起点比别人高，那你到达的终点也应该比别人远才对，这是起码的——甚至你要远远超出人家的终点，那才是该做的事。

最好的时代意味着时代给了我们一切基础，而最坏的时代，意思是自己要给自己加压，这么好的时代、这么好的基础给你，如果不把它发挥好、用好，那就是犯罪，我一直讲不作为就是最大的犯罪。

很多二代都有一个观点：创业容易守业难。但按照我的认知，我认为自己没资格讲这句话，要给自己压力，就是守业肯定比创业容易。毕竟父辈是从零起步，从无到有，从小到大，而我们已经有了基础。

王春元：你没有搏命的时候，他们都是搏命。

严　昊：他们要拼命，而我们不需要为了生存而拼，但我们必须为了发展去拼。

王春元：讲一下求学的问题，你的大学经历也有一比：你看当今世界上两个了不起的企业家，一个比尔·盖茨，一个叫扎克伯格，这两个人严格意义上都不是好学生，都从世界上最优秀的大学——哈佛大学退学创业，但也成就了自己人生非常精彩的一段风景。有意思的是，我们发现你在严格意义上说也不是一个好学生。

严　昊：我首先不是一个合格的学生。

王春元： 四年的学习，你可能有 80% 的时间都不在校园里，而是在你父亲创办的企业里，不是实习就是实践，在不同的岗位上积累经验，当然也可能跟你学的人力资源管理专业有关系。我想问的是，这一安排是你有意为之还是你父亲强迫你去做的？

严　昊： 我觉得聪明的孩子走弯路的能动性会多一点，因为想法多，主观意识强——我想干什么？我愿意干什么？就我个人而言，本质上我的发展路径并不是父亲强迫的。我觉得是不是一个好大学生，不能完全用在学校上了多长时间的学、有没有把四年坚持完来定义。但对于"合格"这个标准来说，我认为自己不是一个合格的大学生，因为四年课程没有按照学校要求一科一科读完。

我可能用形式主义应对了我们的应试教育，我觉得这不是一个人成功的主要因素。针对我上学的问题也跟很多年轻的学生交流过，我觉得，我选择这样的发展道路不一定是对的，但至少到现在对我来讲也不能说是错的。而且，成功是不可复制的，扎克伯格和比尔·盖茨退学创业成功了，但我相信也有很多退了学但并没有创业成功的人。

成功是不可复制的，但我坚持一点，就是实践出真知。对于我这种家庭，有这样的基础，未来必然有事业的发展，必须要成为一个优秀的企业家。那对我来说，可能行万里路，实践过程中的体会和经验更为重要，所以我必须走在前面，提前切入。但我并不赞成每一个想创业、想成为优秀企业家的人都要走这一条路。

对于我们这些父辈已经打下基础的人来讲，现实是我不需要毕业后立刻凭借文凭找一份工作。但对大部分大学生来说，必须要有这个敲门砖，才能给未来奠定基础。我自己的成长体会是想成事就得实践，就得行万里路，这样老师教给我们的、父母传授我们的东西才能深刻领会，真正变成属于自己的东西。所以我觉得年轻人要想有一番事业和成就，就是要去干。实践是检验真理的唯一标准，这样才能在社会发展过程中找到适合自己的一套方法。

王春元：说到实践，你大学刚毕业，你父亲就把一个刚并购的大型国有企业交给了你。幸运的是——我说幸运的是，这家亏损了十几年的企业，在你手里一年就扭亏为盈了，这是事实吗？

严　昊：是。我觉得确实很幸运。

王春元：所以我又加了一个幸运，这个幸运里面有质疑的意思。

严　昊：对。

王春元：我想知道，你认为使这样一个企业扭亏为盈，采取的最重要的办法是什么？这个任务交给你的时候，内心是有一些忐忑，还是满怀自信？

严　昊：从学校出来接手的第一个企业能做好，我也觉得异常幸运。回顾自己的成长，我一直觉得我是一个很幸运的人，上天可能比较眷顾我，所有的好东西好像我都沾上了，但这恰恰让我有了更多的珍惜和感恩。当时接手这个企业，没有很忐忑，但也没有信心满满，是一种懵懵懂懂的状态，可能真的是无知者无畏。

王春元：好，无知者无畏！

严　昊：这么多年在父母身边受到的言传身教、耳濡目染，包括之前在企业基层的历练，让我就没考虑能不能把它做好，做不好怎么办。既然交给我了就干，需要考虑的是怎么干。当时国有企业还是固有的体制，一直搞不好，人员年龄都比较大，都是过去的铁饭碗，干好干坏一个样，所以我的理念就是首先要改革。总是死气沉沉，那怎么样扔一个石头，一石激起千层浪，怎么样让这个浪花溅起来？这个企业也是父亲来历练我的，那就大胆干吧，干不成是正常的，干成了是不正常的。所以当时首先是给老人提高待遇，但要把位置让出来给年轻人，要想干事、有激情、有执行力的年轻人。老人定位于顾问的角色，能"带"这些年轻人。

第二就是从父辈个人领袖时代走向集体决策制的团队时代，这是一直延续到现在的企业治理理念。我作为一个大学刚毕业的人,说实话没有多少社会阅历,在企业的重大项目上也没有经验,这个时候必须依靠团队,专业的事情交给专业的人做,充分地放权。权力与责任对等,也锻炼团队。

第三个方面就是体系内的薪资改革。包括我父亲可能都没想到我会有这么大的魄力,当时我喊出了董事长起薪一百万,而这一阶层普遍薪水可能就几十万,一下就充分调动能人的积极性。

王春元:最早你带的第一个企业的骨干,给他们充分的信任和职位空间的这样一群人,是不是后来也逐渐成了你统领下的太平洋建设的生力军?

严 昊:他们都是我们太平洋这几年飞速发展的绝对的主力军。

王春元:方面军司令?

严 昊:都是当年的"青年近卫军",现在都变成了统领一方的"将军"。确实,我也为当初选择了他们这批人感到非常骄傲。这种选人、用人都是从小到大父母言传身教的,教我们怎么做人做事,我们从耳濡目染中融会贯通过来的。

王春元:你不经意间说到了另一个问题,就是传统的领袖型企业家是怎样的作风,你不会那样去做,而是向着现代企业管理的集体决策方向去走。我听出来这是话里有话,我认为在企业管理理念上你跟你的父亲是不太一样的。你父亲被外界称为"华人世界的第一狂人",他也乐见这样一个称号广泛传播,觉得跟他的个性很贴合。你恰恰相反,要内敛得多、沉静得多。此外,我们看到普遍的年轻人接班后极力想排斥创一代给他们的标签,想要从旧有的关怀和铺就的道路里面挣脱出来。就企业发展本身而言,你怎么看待你跟你父亲在认知上和管理上的不同?又怎么看待二代和一代的关系?

严　昊：我认为不冲突。包括您刚才讲的第一代企业家也好，第二代企业家也好，所谓第一代企业家个人领袖时代的管理方式也好，还是现在所谓追求现代化的管理制度和团队也好，我想在太平洋建设是不冲突的。如果冲突，就不会有这五六年太平洋飞速的发展。

我父亲在二十年前创业的时候是个人英雄主义，就像您刚才讲的，为了生活他得拼。要决定他生死的东西，他能不去拼吗？但是二十多年后的今天，我接班了以后，大家应该能看到他也在变。他能够这么早考虑第二代人传承的问题，并付诸实践，他本身就在变，而且也说明了他的思想是非常开放的。说实话，现在像我父亲这个年龄的第一代企业家，应该没几个真正像他这样放手的，他的实际行动就说明了他是一个善于改变自己、比较开放的人。

王春元：很多人在放与不放之间不停地拿捏，犹犹豫豫。

严　昊：很多第一代企业家就是在犹犹豫豫，但是我父亲没有犹豫，而且父子交接这么长时间，没有真正地为工作红过一次脸。有些小争执是很正常的，但多数时候——我觉得大概四六开吧，60%他能说服我，我也有40%的机会能说服他。当然，说实话，我们现在的综合能力跟父辈比差的还不是一两个档次，没有到真正能在一个水平线上去比的时候。我很感谢父亲，包括太平洋能够表现出来的父子交接班的顺利。我觉得恰恰并不是因为我有多么优秀，而是反映出我父亲是一个多么智慧、善良的父亲。

我也常有一个观点，中国人的传统，父母看子女永远是孩子，这个不可否认。至少在我们四十岁之前，你的综合能力，一件事能做成什么样，父母心里都是有数的。但父母可能也在权衡，因为这个世界没有完美的事，接班的过程中肯定是要交学费的，如果在这件事上你得到的提升大于所付出的代价，即使有损失他也会决定去做。所以我一直也开玩笑，说我当这个主席是被他算计的。

这几年企业能够高歌猛进，确实也离不开他大的战略指引。我现在更多的是做事情的状态，而他在做趋势。所以说我父亲才是最高明的一个人，他不仅能够让企业越来越好地发展，又能够把第二代逐渐培养起来。他的思维是一箭双雕的事情都很少做，他就要一箭十八雕。

王春元： 要不叫超人、狂人嘛。刚才涉及你接班的问题了，大概在2007年、2008年的时候，有媒体问你父亲儿子什么时候接班？当时他说20年后再考虑这个问题。很有意思的是，他很快就让媒体措手不及，在2011年为你筹办了一场国际化的、跨世纪的婚礼，同时在婚礼上向全社会宣布交权给你，把太平洋建设集团董事局主席的位置交给了你。所以你刚才的评价我是认可的，抛开智慧层面、战略层面不去说，确实看得出你父亲用心良苦。更多的人可能认为这有炫耀的成分，但作为儿子的解读我认为是最真实的。他以一种最合适、最大胆、也是最用心的方式把它呈现了出来。

这场婚礼还请到了美国前总统克林顿、纽约前市长朱利安尼、澳大利亚前总理霍华德，最重要的是还请到了著名经济学家、诺贝尔奖获得者菲尔普斯教授，还给你们夫妻做了证婚人。在这样一场婚礼上，他宣布要给你交接班，我想问的是之前他跟你商量过这事吗？

严　昊： 应该就是举行这场婚礼前一天晚上通知了我一声而已。

王春元： 怎么通知的？

严　昊： 就说明天婚礼上正式地要交班给你，有一份委任状在婚礼现场要交给你，就这么一说。

王春元： 你怎么回答的？

严　昊： 我就说"哦"，就跟当年接手第一个企业的感觉是一样的，懵懵懂懂地就上路了，跟他在一起永远有一种"天不亮就出发吧"的感觉。不要想我们为什么要出发，不要想我要到哪里，先走上去再说。

王春元： 目的地不知道。

严　昊：当然对我们来讲，对事业有一份追求，我想可能无法用数据、用财富去衡量，我觉得应该还是最初的那份精神，企业家的精神。

王春元：那一天你25岁，至少是几百个亿的企业交给一个25岁的青年，在这样一场特殊的婚礼上交接班，我想知道那一刻你内心是什么感受？

严　昊：说实话没什么特别的感受，真的是在这个家庭大世面见惯了，当时真的就没什么感受。要真正谈接班的感受，这两年反而会更强烈一点，因为不断深入地了解企业，包括怎么去运作，以及深入体会做人做事，说白了就是你有了更多的经历以后，才能有更多的感受。

从小父母都觉得我是一个比较听话的孩子。我当时觉得父母说的都是对的，后来经过检验确实也是对的，所以从小形成了这种惯性。而且我也常说，我们没有资格去选择愿意还是不愿意接班，父辈生育我、培养我的目的就是要传承那份企业家精神，况且企业有这么好的基础，能够真正地为社会担当起更多的责任，这个没有纠结。从小父母教育，要感恩、不要自私，不纠结于愿意还是不愿意。我曾说太平洋建设董事局主席的位置不是为我准备的，父母生养儿女就是为这个位置准备的，言传身教也是为了未来能够尽最大可能让孩子挑起这份重任，传承好这种家国情怀。

也不是父亲刻意用这样的方式来教育我，是自己悟出的道理，所以我从来不纠结我想干什么，我愿意干什么。从父亲交班的那一刻，我就觉得这一切都很正常，都是应该的，没有什么特别激动或是紧张啊。当然，第一次在那么大的场合发表几句感言还是有点紧张的。

王春元：当时说了什么还记得吗？

严　昊：就是对这份事业充满信心嘛，绝对会努力担当起这个角色，尽快地成为一个合格的董事局主席。

王春元：这个问题涉及了太多的内心感受，你表达得已经很纯朴、很真实了。你1986年出生，今年还不满32岁吧？30出头，已经有了这么大的企业的管理经验，中国经过了40年改革开放，有无数的企业家到了交接班的时候，这是一个时代命题。在交接的过程中，既需要继续有创新，也需要有传承，尤其是代际的传承。我们发现，二代择业普遍选择了更轻巧的、轻资产的东西，比如虚拟经济、资本市场上赚快钱的方式，而我们从你身上丝毫也没看到要向那些方面去伸手的念头，你还紧紧围绕着实体来做，而且做得很辛苦很累，为什么？

严　昊：我想经济就好比生态世界，它既需要轻资产、互联网这样的千里马，也需要实业这样的老黄牛。在传统实业里面，我觉得太平洋建设也属于千里马，但这几年中国互联网高速发展，对比之下，实业很辛苦。但是我不后悔，毕竟社会生态发展需要不同的角色。

过去没有对比，现在有了对比，我觉得我就是为实业而生的，喜欢看到有血有肉的东西，实实在在的东西。当然不是说虚拟经济就不好，但是虚拟经济需要有人去做，实业也需要优秀的、专业的人去引领。作为我来讲，还是要立足当下做好我们自己的事情，这几年太平洋建设的发展还是一个高歌猛进的态势，彰显出蓬勃的生命力和后劲，所以也没有考虑转型，或者去做互联网产业。当然，这不代表太平洋建设未来就一直坚持做基础设施，但大方向还是实业。

王春元：我们从其他媒体报道里看到你对太平洋建设的未来规划，希望它在不远的将来能到美国上市，希望能够达到3万亿的市值。这是什么时候的事？怎么规划的？

严　昊：对。这件事我更看重的是那份荣耀感和自豪感。至少从目前来看，太平洋建设上市不上市不是必选题，最终还是立足于企业本身的发展规划。当时提出是因为我们的体量也好、软实力也好，不亚于现在一些大的成功的企业，这种想法我觉得是一种正能量的竞争。企业之间，包括企业内部，没有竞争就没有活力，没有竞争就没有动力。上市这个目标可以倒逼企业不断地拼搏，不能懈怠，所以当时提出了这样的战略目标和要求。

王春元：刚提到三个字我觉得很奇怪，一个85后的人提到了"正能量"这三个字，感觉你们这代人更多的是使用网络用语、网络新词，而刚才吃饭时你提到过你非常认真地学习习近平总书记的有关讲话精神和著作，你从中领会到了什么？我想听一听一个85后的认识。

严　昊：太平洋建设真正高速发展就是2012—2017年的五年，总书记的依法治国理念给我们带来了更大的空间。

太平洋建设从事的基础设施行业是一个高危行业，很大程度上因为这一行业与政府项目紧密相关。太平洋建设这20多年来，一直坚持走市场不走官场，走法律不走权力，才能够干净地走到今天。以前，国家的一些重点项目、重点区域的项目，太平洋建设的条件就是再优惠也沾不了边。依法治国让政府越来越透明、越来越宽松，企业越来越有空间、越来越放开。

同样，总书记每次的讲话我都实实在在地听，说到我们心里去了。比如说企业讲究核心运营价值观，安全第一、口碑第二、效益第三，通过强化我们的产品来形成口碑、形成品牌，包括我最喜欢的一句话"诚行天下，信立伟业"，这个和总书记讲的企业家精神是相吻合的。

王春元：所以你们才有了在"一带一路"这个伟大倡议下的大布局，而且步伐很大，速度很快。据我所知，你们在以原有的淮安、南京为中心之外，又确立了以乌鲁木齐为北中心、以南宁为南中心的这样一种全身心地配合"一带一路"建设的总体思路。我想知道这个总体思路是你什么时候提出来的，怎么安排的？

严　昊：企业家就是把复杂的事情简单化，用最直接、最简单的方法把事情做成。

"一带一路"倡议提出后，我想作为这么大的国家战略，本身国家就经过了深思熟虑，肯定是结合了一大批精英人才的智慧和未来的人力物力财力。作为有民族责任感的企业，国家的重大号召我们肯定要响应，于是展开了怎样融入、参与、践行这个战略的讨论。2016年9月，我们在新疆参加了欧亚博览会。新疆作为陆上丝绸之路的核心区中国的起点，延伸至中亚五国。做任何事你不能光听和说，要做，要站到最前沿去，才能看得最直接，也最清楚，所以之后就做出了太平洋建设迁址新疆这样一个决定。到2017年1月份，就实现了这个战略决策。

我清楚地记得在2017年2月份，把下属所有集团的一把手召集到新疆开了一个2017年一号战略会议，就是决战大西北，进军云海藏。一号项目就是全面进驻新疆，要求下属所有集团2017年在新疆必须完成单体项目以亿元为单位的项目的落地。

王春元： 底下的集团有多少家？

严　昊： 我们有35个大平台，每个平台平均还有接近十家的集团。当时我要求所有的大平台在新疆必须要有项目落地，然后每个月督办。

在这个过程中，六七月份我们又布局了"一带一路"海上丝绸之路的起点广西，体系内苏商的总部、太平洋产业全部迁址到广西，希望能够全面地融入海上丝绸之路，通过广西进入东盟市场。

我们不仅仅是参与到了"一带一路"核心区的建设中，还深入地参与到总书记的又一个重要战略——精准扶贫。中西部的一些地区还是贫困区，总书记提出2020年要全面消除贫困人口，这也是中国百姓的一大福祉。总书记提出的"人民对美好生活的向往"，是我们奋斗的目标。我们不仅深入地介入"一带一路"，也通过产业扶贫、教育扶贫，包括基础设施扶贫，改变了当地的面貌，这也是这两三年挺自豪的一件事。企业因此产生了变化，业绩有了井喷式的发展。

王春元： 有实实在在的好处？

严　昊： 2017年是太平洋建设成立这么多年来，历史上第一次从过去订单相对短缺走向了订单过剩。"一带一路"带来的机遇和市场，我们也没有想到会这么快、这么大。我们跟广西壮族自治区人民政府签订了"十三五"要投资五千亿的订单，加快广西的基础设施发展。这五千亿都是有项目清单和具体合作模式的。

王春元：不是意向？

严　昊：不是虚拟的，所有的地级市，包括一些县都介入。新疆也给我们带来了大量的订单。"一带一路"的核心还是要走出国门。今年在乌克兰首都基辅，地铁4号线已经成功签约中标；在阿尔巴尼亚，连接八个国家的蓝色8号走廊也已经成功得到了国家有关部委的支持；同样在中东、在伊朗，也有项目签约。马来西亚建设部的负责人带着核心团队专程来中国，到江苏宿迁看太平洋建设修的第一条路，20多年下来，这条钢筋混凝土道路一个裂缝和疤痕都没有。他们来看我们的工匠精神，来看太平洋干的中国第一个PPP项目。我们这次入围了马来西亚吉隆坡的一个地铁项目，都是几百亿人民币的，和央企中交一起，与日本、澳大利亚的企业竞争，成功入围。

这都是我们深入地、深刻地参与、介入"一带一路"带来的最直接变化。APEC在越南召开期间，越南总理与我会谈的时候，听说我们在广西投资这么大，就一直跟越南驻中国大使叮嘱，一定要把太平洋建设引进到越南去。所以我想能够紧随国家战略，站在国家的制高点上真正去践行、去用心做，对参与的每个企业来讲都会有一个比较好的结果。

王春元：我们稍微回溯一点，你2011年接手太平洋建设的时候，尽管有一个不错的基础，但是局面没有像2017年这样好。在这六七年你接手的过程中，太平洋建设和以它为龙头的苏太华系去年名列世界500强的89位，企业的资产超过5000个亿——

严　昊：是营业额。

王春元：营业额超过 5000 亿,也成为了全球最大的私营建筑商。这六七年的成绩是在年轻的你担任董事局主席以后所取得的。是什么原因使这个企业发生了跨越式的改变?来自管理,还是时代的机遇,还是你的运气?

严　昊：我确实想澄清一下,这六七年太平洋取得了非凡的成绩,也恰逢我坐在董事局主席的位置上,但是我觉得这份成绩、这份功劳不属于我,可能最多我是重要的参与分子之一,如您所说的,能够取得这样的成绩,我想首先是时代的机遇。第二是我们太平洋人共同的努力、共同的付出。运气,我觉得可能是属于我个人的。对太平洋建设这个企业来讲,运气的成分不大。因为这么多年来,我们一直坚持核心运营价值观,就是刚才提到的安全第一、口碑第二、效益第三。我们参与国内国外的项目,除了口碑就是口碑,你是想要眼前的一锤子买卖,还是要可持续发展的长远的效益,这是选择。

我们清楚地知道,我们的奋斗目标是要成为百年老店。这就可能需要至少三代以上的人不断地努力、不断地争取,才有可能实现。我骨子里就有这种家国情怀,有这种要做百年老店的长远的打算和努力,所以才有了过去这么多年来的坚守,不断地完善,正好又赶上了总书记倡导依法治国的好时代,叠加到一起,才有了这几年的飞跃式发展。

王春元：你接手太平洋建设董事局主席的这六七年的时间里,提拔起来的骨干人员和你父亲原来用的人,比例大概是多少?

严　昊：说真话,现在这些优秀的人,我觉得 95% 我们父子是没有争议的,可能有 5% 的争议。应该说现在太平洋的骨干——70 年代末、80 年代的人,特别是 70 后的这批人,他们进太平洋也都 20 年了,可以说跟我一样沐浴着父亲的智慧,其实他不单在培养我,也在培养着所有值得培养的人。所以在用人这方面,我们存在高度的共识,就是精英治企,企业必须选择精英、能人来干一把手。

王春元：说到精英治企，有两句网络上流传得比较广的话，一句是你父亲说你的能力是你年龄的20倍；还有一句是你说的"生得好"，你怎么解释这些被议论的网络语言？

严　昊：我父亲这么说，更多的是源于他的自信和对我的信心。同样，我也不是调侃自己说"生得好"，因为我觉得这一切确实是上天赐予我的，给我的福分也好什么也好，我觉得太多太多，所以太平洋取得的成绩不是我的个人运气，是时代，是大家的共同努力，是我父亲的战略智慧的引领。我从来没觉得自己有多么了不起，而且我时常会有一份危机感和自我怀疑的态度。如果不是这个平台、这个团队，这件事我一个人在那儿做，我能不能做得好？

自小父亲培养了我该骄傲时骄傲，该自信时自信，但同样也培养了我无时无刻该拥有的危机感。所以我也会用这样的态度要求自己，这件事做好了是应该的，有这么智慧的父亲，这么用心培养你，给你这么好的平台，你做好不应该吗？但如果某件事交了学费，那就必须好好地总结自己，就说明还不够努力，还不够执著。唯有不断敲打自己才能时刻保持动力和清醒，所以我一直会用"做好了不要觉得了不起，你是因为生得好"激励自己，面对成功时不骄不躁，面对失败时也不气馁。

王春元：据说你一年有300天都在出差，那就意味着你很少有属于个人的时间，也很少有精力去过所谓富二代追求的奢侈生活。你对奢侈生活怎么理解？你为什么这么淡然？

严　昊：我觉得这跟从小的家教有很大的关系，我父亲他就是一个对别人很慷慨大方，对自己很小气的人。其实他这个特点在中国第一代民营企业家身上很普遍。作为我们来讲，好的心态源于好的家教、父母的耳濡目染。我觉得大学学得怎么样对我不重要，而从小父母的言传身教塑造了我现在很多的品格和性格。当然，富二代的奢侈生活我也经历过，但可能就是一刹那，就这么个概念，经历了也就这回事。

王春元： 买个几百万上千万的车，住个豪宅？

严　昊： 我也有过，但也就这回事。原来江苏华西村的吴仁宝老爷子讲，其实人一辈子就一天三顿饭，睡觉一张床，我体会到了。

我上大学时第一个历练的项目是在安徽的淮北，在一个镇上。因为我去，公司已经很重视了，在镇上把人家不用的税务所租下来做项目部，两层的小楼，里面都是有地砖的，条件在当地已经是非常好的了，但很尴尬的就是它周围几十户就用一个旱厕，一开始去真是不适应。但很快就觉得大家都能用你为什么不能用，就要去适应。包括刚到那儿还没租小楼的时候，我跟司机几个人地上铺张席子，买个电风扇，也过来了。很多事情经历了以后就这么回事，改变不了条件就只能去适应它，日子该过还得过。

父亲是对别人慷慨，对自己小气，我觉得我是对别人也慷慨，对自己也慷慨，已经比父亲"奢侈"了很多。当然，更重要的是你真正做了企业以后，你才知道效益、荣誉背后真的需要太多人付出汗水、艰辛，最后才能变成我们的口碑和效益。

说白了，挣钱不容易，花钱很容易。如果能知道挣钱不容易，就不会乱花钱了。正是因为钱来得太容易，才会去乱花钱。就像您说的做轻资产、做风投、做互联网的这些年轻的二代，我经常会自嘲跟他们都有点代沟。我觉得自己有点土气，我更愿意做事接地气，做人也接地气，回归人的本真、本质。

父辈给了这么好的条件，我们应该是全身心地投入到事业当中去，不让那些别的东西去占用时间、精力。更关键的是，我怕懈怠，所以我习惯不断奔波于一线市场、一线项目，在这个过程中才能体会到同事的艰辛，也能体会到自己的艰辛——总结 2017 年，对我来讲是精神很亢奋，身体很疲劳。但是这种亢奋让你有动力，有用不完的力气，每天为事业而奔波，这也是我体会到的企业家精神之一。

王春元： 这段谈话让我很感动。原因就是不要说在二代身上，在一代身上现在也很少能看到在企业精神这个层面上有悲悯的情怀，更多的企业还是在讲占有、坦然地占有、残酷地占有。在你这个年龄有这样一种悲天悯人的东西，我真的对企业家精神有期待。

由此我想回到人的层面上谈几个问题，每个人的生命原始能量是有差距的，我在你身上看到了一种生命能量很大的东西，那种生物场和生命的律动，很能感染我。你觉得你的原始生命能量是来自哪里？源于父亲还是母亲，还是老天的馈赠？

严　昊：我觉得从现实的角度讲，源于父母从小的家教，而且当走上社会后有了对比，更体会到过去父母不仅做得对，而且用心良苦。我的女儿今年7岁，从2017年开始每逢中国传统的祭祀节日，我哪怕给她请假都会带着她回老家淮安，去祖坟上祭奠。我做了父亲以后，在不断回想过去我父亲怎么教育我的，想着怎么把这些好的东西传递到我的孩子身上去。从我记事开始，所有重大的传统祭祀，父亲都会带着我去爷爷、奶奶坟上祭拜。女儿现在马上上小学了，她也会有她的人生观和价值观，我要拉着她把这些祖宗的好的传统传承下去。

王春元：你回答得很好，我问的实际上是"我是谁"这个哲学命题。抛开太平洋建设董事局主席的位置，抛开严介和的儿子、富二代的光环，你首先是严昊，为人子，为人父，还是祖父的孙儿——人要有这样一个层面，时刻告诉自己我是一个普通人，才会有人性的东西。你这段话感动我的也在于此，如果都不食人间烟火了，那做多大的官、挣多少钱就都没有意义了，是吧？

严　昊：说白了还是总书记强调的中华民族的美好传统，人不能忘本、忘根。

现在我只有外婆在了，看到外婆，我就是她的外孙，抱抱她，跟她多聊一聊，给她倒杯水，这些简单的细节让人回归到人本身。面对事业，我是勇往直前、敢于拼搏、敢于牺牲，但回到家里就是家里的一分子，要尽儿子该尽的孝，尽父亲该尽的责。

王春元： 这是一种更大的财富，会加持你的后代。中国的祠堂文化、城隍庙文化，都是讲因果关系的。

严　昊： 所以在企业里，无论是原来跟我父亲创业的退下来的老一代，还是他们接班的子女，包括现在的应届毕业生，大家都对我有一个统一的评价，就是我性格特别好，从不会轻易发火。但是他们又知道，尽管我不用发火的方式，可我对事业追求的执著和完美也从没降低过标准。

王春元： 今天绝大部分时间都在谈历史、谈过去，我只有一个问题跟你谈未来，改革开放经历了40年，第一个阶段是1978年，那个时候没有你；第二个阶段是2008年，你刚大学毕业，事业还没开始；第三个时段就是2018年，改革开放40年；最后一个阶段是2038年。2038年包含了几个层面的问题，一是从1978到2038年是60年，中国文化概念的一甲子；第二，从国家未来发展的规划来看，本世纪中叶要基本达到中等发达国家水平。在2038年，也就是20年后这样一个时间点上，请你畅想一下，回答三个问题：第一，你认为2038年的社会和时代发展会是什么样的？第二，太平洋建设集团或者苏太华系20年以后在你的心目中会是什么样子？第三，你在20年后会有什么个人的诉求、打算？

严　昊： 我刚才想，20年以后我就51岁了。20年后，谁也不敢去想，但又要敢于畅想。就像1978年的时候，我相信99%的人没想到2018年的中国会是现在这样的。

就我个人而言，最近因为"一带一路"跑了很多国家，也去了欧美。二战以后的世界秩序是欧美人建立起来的，中国人40年改革开放，很多东西还是遵循欧美人走过来的规则。但我现在敢于去畅想，中国如果发展得好，2038年，就是中国引领新的世界游戏规则的时候。

上次参加一个资本企业的年会，我说现在的资本市场很现实、很嗜血，为什么？欧美人过去不就这样吗？中国人现在也在这样做。但是我说未来的中国资本，随着中国的强大，随着中华传统文化的融入，未来中国人会不会在资本市场打造像华为这样的实业企业？我们能不能不要那么现实，不要希望钱来得那么快，在企业发展好的基础上能不能打造真正的诚信文化？现在的金融市场很简单，利益至上，没有感情，没有所谓的雪中送炭，只能锦上添花。

我们要敢于畅想，中国14亿的人口，集中力量办大事的体制优势和经济优势。比如基础设施行业，修一条高铁中国只需要两年，欧美可能要十年——国家政策不能延续造成的内耗从未停止。我们真的有理由敢于畅想，中国要引领二战以后世界新的游戏规则和新的文化。其实游戏规则背后就是文化实力的支撑。

王春元：制度自信和文化自信。

严　昊：这次到东南亚一些国家，我觉得中国的廉政建设比他们强多了，最近有深刻的体会，对国家充满了信心。

当然作为企业来讲，暴利的时代过去了，中国经济高速发展的时代也已经过去了。中国现在经济总量这么大，不可能老保持这么高的增速，但过去1000%的增速可能都不如现在1%的增速。做也是要做民族品牌，要在工艺上精益求精，要放低收益预期，做可持续发展的战略。我相信再过五六十年，中国就会自然而然地形成一大批百年企业。只要你坚守诚信、坚守务实的做事精神，踏踏实实地做事、做实业，往前走，我相信随着时代的变化，百年老店会越来越多。我们企业发展一直有一个理念，就是过去澳柯玛的广告讲的：没有最好，只有更好。

如果给2038年定什么具体的目标我觉得不现实，这个时代每天、每个小时都在变。我们唯有以不变应万变，去做好我们该做的事情，那到2038年的时候，我们在中国优秀民营企业当中还会有自己的一席之地。当然在这个过程中，我们也会不断地完善，做到大而强。做企业不是一味地摊大饼，关键还是要强。

您刚才问的第三个问题，作为我个人，2038年51岁的时候，我想可能那个时候谋划交班。

王春元：比你爸还早？我是不是可以这样解读，你的潜台词是要超越你父亲，才会这样想？

严　昊：有这样的想法。我25岁父亲交班给我，20年以后我的儿子也21岁了，敢于畅想嘛。

当然就像我父亲交班给我，他也一直在培养我，不是说2011年一年培养出来的，这也是过去二十几年不断栽培的结果。所以我对自己的规划也是，一定要为这个企业、为社会培养一个栋梁之材。

茅理翔：从点火枪大王到方太缔造者

和那个时代的大部分企业家一样，茅理翔的创业充满了艰苦和酸涩；和那个时代的大部分创业者一样，他最初的动因不过是为了多挣点儿钱，能让家人过得好一点。

1978年，茅理翔正在社办企业搞供销。当时的农村经济十分落后，农民的生活条件非常有限，社办企业是绝对的新生事物，大多数人对此的感觉是莫名其妙，有些疑神疑鬼。自小爱看书、村里有名的"文化人"茅理翔率先选择了到供销社工作，他的想法很简单，因为在供销社挣钱多，工资是农民收入的好几倍，农民从早忙到晚一天就挣几工分，一年到头拿到手的可能就是几十块钱。所以尽管大家觉得这是要冒风险的，企业规模也非常小，但茅理翔决定"搏一把"。

茅理翔最初在单位里被安排当会计。那个年代，社办企业没有任何的支持和帮扶，一切的原材料、订单都不会有分配，全要靠自己去找、去抓，为了能让厂子活下来，所有人都跑出去搞销售。茅理翔很幸运，第一次出去就拿到了生意，这下让工厂里上上下下对他都非常"崇拜"——因为只有拉来生意才能让企业存活下去，大家才能拿到工资。于是茅理翔被委以重任，从会计变成了供销员，专门出去跑销售。

会计是安稳的工作，跑销售则非常辛苦，但尝到甜头的茅理翔咬牙坚持住了。他的想法很简单，农村要富，社办企业肯定是方向，尽管条件艰苦，困难也多得不得了，但作为年轻人，还是要去奋斗的。

茅理翔形象地把跑销售称为"五子登科"。一是"跳上火车像耗子"。因为上了车就得立刻钻到座位下睡觉。那个时代，物质匮乏，流通不畅，衣食住行都需要各种各样的票据、凭证。社办企业没有名分，也没有资格，往往只能买无座票，上车之后人满为患，根本没有地方容身，座位底下躺平了睡觉反而算是最好的选择，所以一上车就像耗子一样蜷在下面。二是"跳下火车像兔子"。当时城市管理、人口管理非常严格，旅馆、招待所少，而且同样需要介绍信才能住宿。社办企业的介绍信同样不好使，稍有耽搁就没有床位了。你能走吗？明天一早还要办事，当然不能走，只能就近对付一晚。夏天往往就在马路上睡，刮风、下雨、下雪就在大桥下、防空洞、水泥管子里凑合到天亮。所以跳下火车就像兔子似的赶紧跑，抢先找一个能睡觉的地方。第三就是"走到对方单位像孙子"。茅理翔还记得，某次他到北方某城市的仪表厂跑业务，那个仪表厂有很多给国外加工的配件订单。茅理翔拿的是浙江省设备企业的介绍信，进了供销科刚递过去，对方看了一眼介绍信抬头，就很生气把信纸往他的脸上一摔，大发雷霆："浙江人都是骗子，滚出去！"虽然莫名其妙受此大辱，但茅理翔说，我能滚吗？当然不能，滚出去就没有生意了。他厚着脸皮一边递烟一边解释："我不是骗子，我原来是一个中学老师，后来做过十年会计，我们人民公社现在允许办一些加工厂，因为农民实在太苦了，这个工厂我们安排的都是最贫困的老百姓来干活，真不是骗子。"千言万语终于说动了对方，一言难尽。第四是"回来的路上像驮子"。有了订单，就把样品、图纸、方案驮回来加工，有时还带着当地的特产。因为物资不流通，就捎点东北的坚果、木耳，山东的苹果、花生什么的回家乡，南方很少见这些东西。所以回来的路上像驮夫一样大包小包运回来。最后是"报起账来像呆子"。好不容易销售出去了，报账还报不出来。香烟买了都敬给甲方，还要请他们吃饭，自己平时就吃窝窝头，但一说起报账对方就像呆子，木无反应，就要不断地催讨。虽然供销员的工资跟普通人相比很高了，但为了打点甲方可能一顿饭就花没了。但即便这么苦，这么委屈，茅理翔也没退缩，因为毕竟看到了希望，相信通过自己的努力日子会一天一天好起来的。

就这样跑了十年，身患类风湿性关节炎的茅理翔靠着止痛片、靠着意志、靠着希望支撑，跑出了经验，也跑出了经济效益。家里的条件逐渐得到改善，但社办企业渐渐走到头了，完成了它的使命，悄然消失在那段历史中……

点火枪大王

1978年，农村开始实行联产承包责任制；1985年前后，工商业领域也开始了承包制。已经45岁的茅理翔开始了第一次创业，创办慈溪无线电九厂，加工生产电视机零配件。但很不巧，1986年就碰上国家宏观调控，电视机卖不出去了，配件也无人问津，工人纷纷离职。为了生存，茅理翔决意从配件加工走向成品生产，增强工厂的自主性。他到处跑去寻找新的适销产品，发现了煤气灶的电子点火器（后来开发成点火枪）有外销需求，研发门槛也不高，便转向了点火枪的生产。

产品生产出来后销售形势一般般，茅理翔听说广交会搞得热火朝天，在那里能找到更好的销售渠道，便带上自己的飞翔牌点火枪到了广交会。改革开放已经将近十年，但乡镇企业的地位还是不怎么高，拿不到进场证，必须由外贸公司去申请。茅理翔到宁波、北京的外贸公司去申请，回复说要两天以后才能拿到，可时间不等人啊！茅理翔觉得"我必须进去"，他看到坐轿车的人进去不需要检查证件，便租了一辆出租车进了场，结果发现里面还有四道门，仍然进不去。他再观察，发现有一个区老外进去得多，他便西装革履，拿着公文包，一边跟老外"Hello, Hello"地打着招呼一边往里走，还就这么混进去了。

进了展区，茅理翔找到了产品委托方——北京家电进出口公司的展位,就在楼梯口,"飞翔"点火枪躺在展位上,但只有两支,完全淹没在琳琅满目的众多产品中。茅理翔着急地问该公司的彭经理:"我的点火枪有人要吗?"对方爱搭不理地说:"没人问。"

外贸公司浑不在意,茅理翔可心急如焚。等了二十分钟,人流来来往往,但确实没人关注这个产品。茅理翔突然想起茅台酒一摔成名的故事——在某次国际博览会上,茅台酒一开始无人问津,工作人员就把酒摔在大堂,酒香四溢,一举成名。酒香成了最好的广告,最后被评为国际金奖。想到这,茅理翔拿下两支点火枪,一支是脉冲枪,按动就会"哒哒哒哒"地响,另一支是点火枪,一打就"啪"地喷出了火。这下吸引了外商的注意力,很多人停下脚步,茅理翔也不怯场,"Hello,Hello"地打招呼。点火枪原来只有日本生产,没想到现在中国也有了,不少外商纷纷走上前来,问"How much"?彭经理一看外商上门,态度一下变了,赶紧热情招待。没想到这惹恼了旁边的上海中标进出口公司的吴经理,他觉得风头被茅理翔抢走了,便向市场举报了"无证人员"茅理翔。

茅理翔刚把箱子打开,满满一箱子都是点火枪。围上来的人越来越多,纷纷打听怎么购买。茅理翔正应接不暇地回答,突然有人厉声道:"你是什么地方的个体户?"

"我不是个体户,我是乡镇企业。"

"乡镇企业有你这样做生意的?这样有损于中国人的形象,你知道吗?"因为无证,保卫科的人员罚了他300块钱,没收了点火枪。

茅理翔想,没收没关系,我还有。他出门取了另一批样品,就在广交会大门口摆地摊。一群外商尾随而来,一位马来西亚的华商下了第一单。第二天,众人便开始抢购茅理翔的飞翔牌点火枪。北京家电进出口公司当然是第一个抢的,彭经理给他办好了进场证,让他坐在自己的摊位,只管"Hello",把外商叫过来就行,剩下的事就交给他们。就这样,茅理翔凭着血气之勇打开了点火枪市场。

广交会还没结束,茅理翔就匆匆赶回了工厂,他不敢再接单了,因为产品才刚研发出来,还没有批量生产,他得赶快回厂解决量产问题,否则就无法收场了。厂子确实因此一下打开了销路，订单纷至沓来，十万美金以上的订单也不在少数，并形成了"滚雪球"效应。媒体听到这样的传奇，也纷纷跑来报道，又进一步提高了"飞翔"点火枪的知名度。鼎盛期，飞翔点火枪一度占到世界点火枪市场50%的份额，茅理翔被冠以"点火枪大王"的美名。

树大招风，很快，点火枪市场引来了众多的竞争者和模仿者，陷入了价格战，以致其后的广交会上几百个摊位都有点火枪，三十几个厂商竞相压价，报价从1.2美金一路降到了0.3美金。对于茅理翔而言，作为行业的领先者，他在初期赚到了第一桶金，并因此扩建了厂房，增添了流水线和员工，全方位发展了企业。但经过一团混战，企业再生产几乎不赚钱了，茅理翔开始寻找新的突破口：必须要有自己的品牌和技术，才能增强企业的自主性和竞争能力。

交班：大胆交、坚决交、彻底交

恰在此时，儿子茅忠群即将研究生毕业，茅理翔感觉点火枪之路再走下去困难重重，而且自己也是五十多岁了，有些力不从心，便召唤儿子回来。

此时的茅理翔颇为焦虑，年轻时立下了雄心，一定要创办公司，所以无论出现什么情况，都没有阻挡他将公司办下去的决心。之前企业曾遇到过两次重大危机：第一次危机，他的太太辞去了当地针织厂副厂长的职务，来到工厂负责所有职能管理；第二次危机是在女儿婚后第三天，当时茅理翔急火攻心住进了医院，女儿、女婿断然辞去公职下海，到工厂负责进出口业务；现在面临着第三次危机，点火枪行业陷入僵局，是坚持走下去还是另创新路，他需要儿子来帮助决断。

茅忠群自小优秀，正在上海交通大学读硕士，毕业可以选择出国读博，或者留校当老师，也可以到国家电网做工程师，出路还是很多的。改革开放给了茅家史无前例的机会，尽管企业出现了问题，但是不能轻言放弃。但这个选择对茅忠群来说压力还是很大的,他两个月都没有表态,一直在公司里走来走去。

两个月后的一天晚上,父子彻夜长谈,儿子决定留下来,但有一个条件,他不要做点火枪,一定要另外做新的产品。这让茅理翔既高兴又失望,高兴的是儿子愿意回来帮他,这么多年没有白培养;失望的是,茅氏企业以点火枪起家,他内心深处不希望就此放弃。但儿子的分析论证是科学而充分的,这是一个面临萎缩甚至消亡的市场,再继续投入显然是非理性的,必须寻求新的产业。二次创业必须从新的项目开始,很快,茅理翔克服了情感上的不舍,与儿子统一了意见。

点火枪最早是给煤气灶引火用的,父子俩决定新产品还是厨具类用具,并且最终在微波炉和吸油烟机中选中了后者。这时,茅忠群提出品牌名必须换掉,"飞翔"的品牌名太泛,而且缺乏与厨具的联想性,"方太"这个名字跟厨房的气质比较贴近,同时很女性化,容易产生亲和力。茅理翔坚决不同意,一个原因是"飞翔"已经全类别注册了,而且也使用了多年,有了相当好的客户基础,品牌知名度在乡镇农村还是很高的;二是,"飞翔"来之不易,是当时想了三个月才想出来的,最后把女儿名字中的"飞"跟茅理翔他自己名字里"翔"合起来取了"飞翔"二字,寓意非常好。点火枪要飞翔,厨具也可以飞翔,完全没有障碍,所以早早就做了全类别注册。

但茅忠群认为问题恰恰出在"放之四海皆准"上,哪里都能用,恰恰说明这个名字没特色,不能产生精准定向的联想;而方太则恰好相反。两个人各持己见,谁也说服不了谁。因为父子俩都是稳重的性格,所以并没有吵架,但是都很不高兴。有一天吃饭,茅忠群问:"爸爸,你想通了吗?"茅理翔回答说其他都可以,就这件事不行。结果儿子推开碗就走了。这个时候,茅理翔的太太出来化解了僵局,跟茅理翔仔细分析了儿子的想法和计划,觉得他的确是深思熟虑过的,不是为了推翻父亲的权威有意为之,而是为了企业的发展考虑,而且有新意,又有可行性。最终,老茅同意了小茅的方案。

接着又迎来了第三个问题，儿子坚持新的企业用新人，他要重新"组阁"，不要原有的家族成员和邻里亲戚进入新公司。茅理翔也意识到了儿子说的问题，但创业初期，他的太太抛下自己的事业，把自己和家人都投入进了飞翔；二次危机，女儿、女婿又抛弃医院和银行的稳定工作，全力支持飞翔的发展，还有其他一些亲戚朋友因为这样那样的原因加入飞翔，现在企业要大发展了，就翻脸不认人，过河拆桥？茅理翔在心理上和面子上都过不去。

经历激烈的思想斗争，也因为企业经营确实遇到了瓶颈，茅理翔意识到儿子指出的确实是症结所在，所以表示排除万难，全力支持，淡化家族制。方太成立后，茅理翔亲任董事长，总经理是茅忠群，之下的管理层不准一个茅家成员或亲戚进入。在茅理翔的第一次创业中，十多年来，太太始终在身前身后陪伴，但为了企业更好的发展，新企业第一个淡化的就是他的太太；女儿也为哥哥的事业让了路，兄妹俩感情一直很好，妹妹也用实际行动对哥哥做了支持，但茅理翔特意又和女儿另外创建了一个企业，继续自己的事业。

改革之后，效果立竿见影，招聘的障碍一下小了很多，500强企业里的很多优秀人才表示愿意进入方太。因为是浙江省乡镇企业里第一个硕士总经理，媒体一直在追踪茅忠群。"飞翔"变成"方太"就被大肆报道了一番，说"老子输了，儿子赢了"，到处都在夸这个硕士总经理意识超前，名不虚传。而民营企业淡化家族属性，向所有优秀人才敞开大门的做法，更加赢得眼球和人心，很多优秀人才主动上门。

但这时出现了一个棘手问题。茅理翔的弟弟做生意失败了，他想进入方太。此时，茅理翔已经宣布了淡化家族属性的原则，家里、社会上都知道，但弟弟表示哥哥不能见死不救。茅理翔马上召开家庭紧急会议，茅忠群毫不让步，坚决不同意，茅理翔当然也不同意，出尔反尔会动摇公司基础的，何况在这节骨眼上。但老母亲的态度让茅理翔非常为难，老太太一边哭一边骂："你是个不肖子孙，富了连自己的弟弟都不要了！"茅理翔是出了名的孝子，他一下跪在母亲面前："我不会不管弟弟，请母亲放心，我一定会用别的办法把弟弟的事情解决好,但公司的原则不能动。"虽然内心万般纠结,但茅理翔还是顶住压力,维护了方太的诚信和原则。公司开始真正走入快车道。

回想起来,茅理翔觉得,方太其实是他与儿子共同创立的,也包括太太在背后的支持,这是一场共同创业。茅理翔同时认为,这也是一种传承,传承有子承父业型,有独立创业型,也有方太这种混合式的,在合作中学习、传递。对于"创二代"来说,其实交接的形式并不重要,关键是要传承父母辈的奋斗精神,因为创业是全方位的考验,强大的内心是前提。

而茅理翔对茅忠群的历练和放手也用心良苦。1996年到1998年,方太创业初期,虽然茅忠群意识新、闯劲足,但毕竟没有搞过企业,全面接手还是有困难的,不如用其所长。茅忠群在研发方面有比较深的基础和功底,而且有很强的做自己设计的、适合中国人使用的产品的愿望,他想要推翻洋品牌一统天下的局面,做出有中国特色的好产品。所以茅理翔首先把研发权放手交给了儿子。

第一个三年,茅理翔把自己定位为"袋鼠",带着儿子前进;三年过去,看到产品研发的思路非常清晰,而且每一个产品都引领中国厨具的潮流,他很放心,也很振奋,就把第二个大权——营销权也放给了儿子。之前茅忠群在工作合作中参与了营销,而且发挥了他善于理性分析的特质,事先做了很多功课。接手之后,他就进行了全面的营销体系变革,引进大量销售精英,将原来的营销员制改为现在的分公司制。营销制度改革让方太的业绩和管理又上了一个新台阶。在变革过程中,茅理翔也被儿子的新思维、新作风深深感染,开始受到他的影响。

2002年到2005年,茅理翔把管理权也交给了儿子,不再插手任何实务,除非儿子提出需求,否则绝不干预。这个时候,真正是全部的担子都压在茅忠群身上,他彻底放开手脚,在企业内进行了全面的变革,大批引进人才、培养人才,同时引进现代企业管理制度、绩效考核制度、激励制度等,并对企业文化进行重新梳理。茅理翔一贯重视企业文化建设,但比较偏感性，茅忠群则擅长理性文化教育，重新梳理了公司的文化体系和建设方法，树立了使命、愿景和价值观。

2002年，茅理翔彻底交权，把方太的所有职务和事务都交给了儿子。到2012年，只保留了一个名誉董事长的头衔。

茅理翔认为，交就要毫无保留地交。他倡导"三交"——大胆交、坚决交、彻底交，还有"三放"——放心、放手、放权。既然决定了新的事业舵手，就不要掣肘，把舞台交给年轻人，让他尽情挥洒。

永远在路上

从方太退下来的茅理翔并没打算退休，回想自己30多年的创业经历，第一次是做产品，靠拼搏，第二次是做品牌，靠创新，那么之后准备干什么，又为了什么呢？

是为了茅家吗？随着时间的推移，茅理翔的想法已经变了，不只是为了小家，也不只是为了日子过得好一点，而是要振兴民族工业，为社会、为员工创造价值。

2002年到2005年，茅理翔应邀到全国各处讲课，跑了三十几个大学、二十几个省市，接触各式各样的企业家，而他们有一个共性的问题，就是传承。第一代企业家中很多人跟茅理翔说："你有一个好儿子，我的儿子没你的儿子优秀，而我们慢慢老了，干不动了，很焦虑。"很多二代又反馈："你儿子有个好爸爸，你把所有权都给他，我爸爸什么权都不交，七十几岁了还不交，我很痛苦。"

这种两代人之间的矛盾让茅理翔开始认真研究家族企业，问题显然已经到了很严重的程度。欧美有很多百年老店，中国的民营企业能否基业长青，能否做出百年老店，让整个社会更加富裕呢？按照世界范围内的统计规律看，第一代传给第二代，继续成功的比例只有30%，70%的企业要被淘汰。中国现在的民营企业500强至多10到15年内都要完成交接，第一代大多数在55岁到75岁之间，年龄不饶人。如果按照70%的概率被淘汰，对中国经济来说不是利好。中国改革开放的成功因素之一就在于千千万万的民营企业，他们对工业的振兴、经济的繁荣、人们的富裕做出了巨大贡献。如果大批量被淘汰，不要说家庭、家族会一蹶不振，整个民营经济改革开放的成果、经济的繁荣都要受到巨大冲击。

2006年，茅理翔在他的66岁开始第三次创业，立志要做百年善事，用自己的亲身经历现身说法，也系统总结自己的人生智慧，帮助更多的家族企业实现百年长青。在这个过程中，茅忠群渐渐意识到传统文化的高明与奥妙，他试图将中国传统文化与现代企业管理思想相结合，重塑企业文化和管理模式。父子二人殊途同归，彼此影响，互相促进。

在茅理翔看来，这是一个量变引发质变的过程。企业家要追求经济效益，但不能只追求经济效益，那充其量只能叫"富豪"或"企业主"，真正的企业家要有社会责任和社会担当。儿子茅忠群对企业文化态度的转变，充分体现了他个人能力和境界的提升，他已经从关注经济效益到经济效益、社会责任并重，并达到了一定的高度。企业家是要给社会留下精神财富的，那就是企业的文化。身为中国的企业，自然有责任把中国传统文化中的家国情怀、国家命运与企业命运紧密结合起来，也把对人类的贡献结合起来。有了这样的认识高度，茅忠群越来越感到中国民营企业照搬西方管理模式是远远不够的，必须要把中国的传统文化与西方思想结合起来，创造出有中国特色的企业文化和管理模式，所以提出了方太的"道"。

如今，方太园区令人最印象深刻的一道风景是：一对七八十岁的老夫妻，双手紧扣，步态安详地走向食堂，慢慢吃完饭，再手牵手走回来。他们就是方太的名誉董事长茅理翔和夫人张招娣。张招娣年轻时曾"官至"当地国营针织厂的副厂长。为了茅理翔的创业，她辞去公职为他全力保驾护航。时至今日，她看起来依然落落大方、端庄娴雅，透露着年轻时的风采。

当初为了打开供销社的局面，茅理翔吃着止痛片跑了十年供销，后来又含着止痛片克服了种种危机，结果留下了后遗症，严重影响了视力，双目接近失明，所以夫人既是他的臂膀，也是他的眼睛。

创业付出的代价确实很大，但对茅理翔来说是无怨无悔，而且这恐怕是第一代企业家共有的素质。经历了太多的苦难，有了改革开放的好政策和好环境，他们都有一个共同的家国梦想，要把小家建设好，更要为大家多做贡献。从苦难走来，顽强拼搏、艰苦奋斗的精神对他们来说几乎是与生俱来的，所以没有人叫苦叫累，只觉得时不我待，只争朝夕。还有更重要的是奉献精神，对于茅理翔而言，第三次创业主要是做奉献，并不谋求实利，而是为了体现自己的人生价值。今年已经78岁的茅理翔在与时间赛跑，在他看来，就算活到100岁也只有22年时间了，要抓住每一分每一秒为社会做点好事、善事，才对得起人一生的价值。

回顾40年的改革开放，茅理翔觉得怎么评价都不为过，它的确是中国史无前例的伟大实践，用三四十年的时间把一个落后的农业国变成了一个工业制造大国，走过了别人用300年走过的工业化历程，这在中国历史上、世界历史上都是绝无仅有的奇迹。生逢这个伟大的时代，我们很幸运；能成为某一领域的带头人，就更加幸运。方太能够成为中国厨电第一品牌，而且超越了洋品牌，这是民族工业实力的一个实证。在打造优质品牌的过程中，同时还在输出文化，这才是由大到强的真正路径，这可能需要不止一代人来实现，但令人欣慰的是，我们已经在路上。

茅忠群：一个理工男的传统文化之旅

严格地说，"方太"是茅忠群父子共同创立的品牌，茅忠群算不上"接班"，而且企业早已由他自主控制，完全主导。

在我们采访的"创二代"中，49岁的茅忠群也是年龄最大的一位，他身材清瘦、思路敏捷，正在带领方太朝千亿目标迈进。就在几年前，他还抱着"顺其自然"的想法，认为人不要给自己太大压力，工作之外还应该兼顾生活。

茅忠群是一个典型的"理工男"，严谨、精准，甚至还有些刻板，对于采访提纲，他每个问题都事先做了准备，而且有密密麻麻的批注，可见其认真与用心。但他同时又有很高的美学素养，无论是产品外观还是园区风貌都说明了这一点，包括他的完美主义倾向——整个方太就像一架精心设计的机器，严丝合缝、环环相扣，容不得半点含糊和马虎——有典型的日式风格和德式风格，而他也确实推崇日式的精益管理。近些年，这个理工男又开始推崇国学，并切实在企业管理中加以应用，这种风格的"混搭"非常有趣。

王春元：我看你与父亲在神韵上有很多相似之处，之前我也了解了一下你的成长经历，相对来说比较简洁明快，求学一路很顺利，加入到这个企业也没有太多曲折，中间有小的迟疑也很快纠偏。在工作之余，关于改革开放这样的思考或理念性的东西，你以前有吗？

茅忠群：思考不多，我是学理工科的，早期除了专业之外，其他的思考得非常少。2004年开始学习传统文化以后，会思考多一点。

王春元：有一点悟道的感觉，当时是什么样的情况？

茅忠群：也不是一个突然的悟道。我是从2004年开始接触传统文化，在清华、北大都上过国学班，之后基本上就以自学为主，是一个逐渐感悟的过程。尤其近几年感悟更多，因为我从小很偏科，非常偏理工科，语文不爱学，思维方式非常偏理性，感性的东西非常少。

王春元：这个扭转是很大的，国学讲礼义仁智信，都是感性的，你怎么解释这个转变？

茅忠群：我为什么会选择学传统文化？要看过去的经历好像不可思议，因为我不爱学语文，从小除了武侠小说，其他的小说基本没看过。这跟从小在农村长大也有关系，除了上学就是玩耍，不看书。2000年起我在中欧商学院读书，两年读完后就思考下一个班去读什么，在思考过程中日本式的管理给我一些启发。在商学院我们学的都是西方管理，或者严格讲是美式管理。日本式的管理跟西方管理差异很大，它吸收了西方管理的很多东西，但同时对本土文化保留得很好，两者之间有一个很好的结合。

我想中国五千年历史，比日本文化底蕴更深，为什么没有产生特别好的管理思想？直觉告诉我不可能，然后接下来就觉得"麻烦了"，因为我从不学文科，从不学自己的传统文化，知识结构有很大一块空白。我赶紧得去补课，这是第一个想法。之后就开始找这些课程，第一个课程找到的就是清华的，在2004年初，学了之后其实我就感兴趣了，并不是为了学而学，而是发自内心地想要深入探究，觉得这些东西太好了，为什么以前都忽略了，要抓紧补课。

王春元： 慢慢地还和你的企业有了对接。

茅忠群： 这是一个很长的过程，因为毕竟从零起步。2004年到2008年我一直在听课，基本上每个月有三四天的课程，专门飞一趟北京，第一门课是清华的，第二门课是北大的。听着听着就有感觉了，到企业里正式推行是在2008年。

当时就想借总部搬迁的机会导入传统文化，拿出大楼的一角建了"孔子堂"，就这样开始的。当然刚开始推的时候还不知道传统文化跟现代管理怎么结合，因为方太以前的管理方式都是西方的，传统文化都是最古老的东西，这两者之间怎么结合课堂上也没讲。课堂上学的都是儒释道纯国学，但对我个人帮助很大。

王春元： 它实际上在你的身体里起化学反应。

茅忠群： 我觉得这么好的东西，员工们都应该享受到。并不是说当时已经想好怎么用到管理上，根本没想好，但哪怕用不到管理上，仅仅是让员工学传统文化，我认为对大家的帮助都会很大。

当然一学之后，它势必会跟西方管理思想产生一些冲突，然后再慢慢去思考这些问题，自己揣摩融会贯通，把中华优秀传统文化和现代管理融成一个完整的系统，这就花了将近10年时间。

王春元： 刚才讲了你在中欧商学院学现代管理，和中国文化对接的时候有些拧巴，对接不上，最后你怎么把它们调和为一体，能不能举例说明？

茅忠群： 例子比较多，说一个最早遇到的。早期我们对员工有一个"员工行为规范"，如果违反了根据严重程度分成几类，A类最严重，C类最轻，B类是中间，C类的错误就是迟到、早退之类的常见问题，惩罚方法也很简单，也是通用的，大概就是罚款20元之类的。本来这是一个很正常也很有效的手段，但是我学了传统文化以后，发现这个方法有问题。因为儒家文化首先强调教育，认为"不教而杀谓之虐"，没有教育直接处罚其实是不对的。以罚代管相当于不管，交20块钱相当于今天的迟到一笔勾销，其实员工心里完全不会有所触动。

王春元：没有深入到灵魂里去。

茅忠群：所以这是第一次思考，怎样用儒家思想的教育理念来改变这种管理方式，而且还更有效。当时我提出拿出C类错误——因为C类错误比较小，先做一下试验，把罚款都取消，就是20块钱不罚了，前提是儒家文化教育已经潜移默化开始了。那么不罚了怎么办？比如某员工迟到了，我们要求他的直接主管找他聊几分钟，当然这个聊并不完全是批评他，而是比如说从关心的角度问一问，今天家里是不是有事情，为什么会迟到等等。当然也是一种教育，提醒他下次注意。

王春元：更多对于人的关爱。

茅忠群：把关爱融在教育里，员工也会明白，原本迟到一次交一点罚款就结束了，现在主管抽出时间跟他交流，他会内心有歉意，就会告诉自己下次不能迟到了。我们统计了随后四年一个员工的违纪违规比例，每年下降50%，比原来罚款的效果要好得多。

王春元：就是说道德教育在企业现代化管理里起到了显著作用，这个例子很有说服力。那么你随后应该是开展了一场运动，因为你要用一整套的现代企业管理模式和传统的儒释道文化做一个个分项的对接。

茅忠群：有分项的对接——当然起步阶段也只能这样，但慢慢它会成为一个系统上的改变。当然这是后期才发生的，这与我的个人感悟的阶段性也是匹配的。

王春元：我理解它是一个润物细无声的过程，一个长期潜移默化的过程。但是这个经验如果推广到所有企业，比如有的企业员工忠诚度不高，流失和跳槽的几率都非常大，那么这种悟心教育的火候还没有到人已经跳槽走了，那就收不到效果，你怎么看待这个问题？

茅忠群：这是有可能的。但我们先不关注这个问题，因为我们每年流失的员工是很少的。我肯定先关注主流，只有先解决大多数人以后，再去关注少部分流动的人。流动的人我们也会有一些办法，比如加强素质培训等等。其实环境很重要，当一个环境形成的时候，新来的人很容易被环境感染，他的行为和思维方式很容易改变。

王春元：这种教育本身是不是在忠诚度上也有很好的效果？

茅忠群：有一个数据，我们每年请国际上最权威的第三方翰威特评价敬业度。现在国际上最有名的"最佳雇主"评选就是这个公司发起的，它的依据就是敬业度调查。我们在 2014 年、2015 年得分大概是 81 分，离当年"最佳雇主"还有好几分的差距。但去年下半年再次调查的时候，我们是 87 分，而去年亚洲区"最佳雇主"的平均分只有 81 分，我们比最佳雇主还要高 6 分。

王春元：这是在什么平台上做的调查，有什么可比性？比最佳雇主还要高，是相对于哪些企业，或者在国际上多大范围的评估？

茅忠群：都是最有名的企业，刚才说的最佳雇主的平均分是亚洲区，不是全世界的。去年"最佳雇主"是丽兹－卡尔顿，总体来说服务性企业入围比较多。因为调查发现制造业企业分数一般比服务性企业低，制造类企业很难进入"最佳雇主"，所以去年方太这个分数也让他们非常意外，也让我明确了一件事：我们的传统文化体系可以说是基本成型了。

王春元：你的试验带来了正效应，在企业管理学方面的实践得到回报了，内心应该是比较满意的。因为往往试验性的东西才是开创性的，能够给人带来更大的刺激，甚至超越你对产值的追求。

茅忠群：这也是几十年当中我最关注的一件事。去年很多人问我，自己给这个体系打多少分？我说五六十分，今年可能会加十分，还有很大的空间。因为我相信中国文化的力量，将来这套体系的威力应该远远超过西方，不仅超过一点。

王春元：这份自信来自于哪里？

茅忠群：来自于我这十几年对传统文化的学习。现在起码看到了方向，还有一些试验要继续推进。去年这个成果在我看来也只是阶段性的成果。

王春元：谈得很好，我们换个话题。1978年，你的生活状态是什么样的，家里的生活状态是什么样？当时你上小学三四年级吧？

茅忠群：三年级，在农村里，这个国家发生了什么事情当时基本不知道，唯一知道的是1976年我刚上小学那几天毛主席逝世了，因为集体去悼念，其他都不知道。小时候的生活基本上是无忧无虑的。

王春元：除了记住毛主席去世这件事情以外，关于你的父亲母亲还记住一些什么细节？

茅忠群：我上小学前一直住在外婆家，所以细节方面记住的不多，唯一印象就是他们忙，每天很早上班，晚上回来。我当时认为这就是生活，可能大人生活都是这样的。

王春元：你当时对长大以后有什么设想？

茅忠群：没有想法。那时太小了，再加上各种信息都没有，比较闭塞，也不看书，也没有东西好看，除了上学。

王春元：如果让你自己评价自己，你是一个什么样的人？是老实孩子还是捣蛋孩子，是不安分的还是好学生？性格是什么样的？

茅忠群：应该是一个好学生，因为我从小学开始成绩一直比较好，也是比较规矩的，从小到大很少让父母操心。我有一个小一岁的妹妹，我们的性格就不一样，我相对比较内向，妹妹相对比较外向。

王春元： 有时候家庭遗传很有意思。可能女儿会遗传父亲的一些性格，儿子会遗传母亲的一些性格。

茅忠群： 我们家里就这样。

王春元： 我们来到第二个时间点，2008年的时候你多大了？

茅忠群： 2008年40岁。

王春元： 改革开放30年，你刚好不惑之年。你是在2002年完全执掌方太的？

茅忠群： 差不多，后来总结带三年帮三年看三年，其实就是前面6年。方太创始于1996年，差不多2002年由我全面管理。

王春元： 从2002年到2008年，你执掌这个企业已经有六年时间了，通过你的企业来看时代发展，当时你怎么看待改革开放30年中国的状况？

茅忠群： 首先企业从1996年到2008年做到了十多亿，我印象是2007年破10亿。总的来说得益于整个改革开放的大势，企业从零开始，并获得持续的和相对快速的增长——虽然现在看10多亿不算大，但毕竟是从零开始。

第二方面，我刚回来的时候去做市场调研，因为我是学电的，所以调研的项目都是家电类或电子类。我发现家电高端市场都是清一色的洋品牌，国内品牌都是中低端的。当时我就有一个梦想，要么不做，做就要做家电行业中国人原创的第一个高端品牌。

方太的创业就是从这样一个梦想开始的，到2008年这个梦想可以说初步实现了，我们的同行都是国际大品牌，同类产品我们比他们卖得更贵，销量更好。

看整个国家的30年改革开放，我们的成绩是巨大的，尤其是在经济建设上取得了举世瞩目的成就，人民的生活水平有了翻天覆地的变化。我也能感受，因为我从小尽管说没有饿肚子，但物质做不到丰富，到2008年，其他的不说，房子、汽车已经是非常普遍了。而且这还只是个开始。

这里讲一个插曲，我们这里建厂的时候，我在下面建了整层的地下车库，很多员工提意见，建那么大地下车库干什么，我说停车。2008年的时候普通员工车还不多，所以大家觉得没必要。结果现在车已经没地方放了，当时员工还反映建那么大车库干什么，可见我们的发展速度。我到国外看得多，欧洲工厂的停车场比厂房还要大，但他们一般都是露天的，因为他们人少地多，一问才知道每个工人都有车。我就想要不了多少年我们也是每个工人都有车，所以得先把停车场建起来，虽然地下车库建造成本比较高，但也得把它先建好。后来旁边新建研发楼，有一个更大的地下车库，也都停满了，这一件小事就反映了中国改革开放30年的成就和变化。中国在国际上的地位大幅度提升，这是2008年的一个总的感受。当然，因为学了传统文化对有些问题会思考得更加深入，也会看到改革开放过程中还有哪些问题没有解决得很好。

王春元： 这就是一个诱因，所以你会把更大的精力用于在企业里尝试儒释道文化无形教育的试验。通过之前的描述，如果用2008年做节点的话，方太之前处在学习、追赶、试图超越的阶段，希望达到跟世界产品并肩的水平。就像我们国家改革开放30年后需要有一个集中的让世界认识的方式，就是奥运会。2008年奥运会是一次集中呈现，是一个国家姿态的呈现。而方太的呈现就是2008年前后，在大商场里再也不是放在国产区里低档的那一栏了，与国外知名品牌在一起，而且价格要比它们高，市场份额比它们强。这样就产生了发展的自信，最后自然而然就会导入文化自信，我理解是这样一个过程。

茅忠群： 这个可能还不完全是，高端品牌的打造跟传统文化的关系还不是很大，2008年之前方太也没有整体导入传统文化。一个高端品牌更多还是物质层面的，传统文化要解决的更多是人的心理层面。

王春元： 我们再把时间往回去拉一些，你向我简单说一说你从小受教育的过程。

茅忠群： 小学、初中都是在我的家乡慈溪昌河镇接受的教育，初中毕业考到了慈溪的重点高中——就是慈溪中学。在慈溪中学总体成绩不错，就是偏科比较严重，我这个人性格就是喜欢什么才学，不喜欢就不学，导致偏科很严重。

王春元： 偏科加偏执。

茅忠群： 可以这么说。我对数学、物理特别感兴趣，就学得很好，当时高中有全国物理竞赛，我考了宁波地区第一名，说明平时基础打得好。没有像现在的小孩子天天集训什么的，没有准备过一次，就是平时的基础。

因为物理竞赛的成绩，浙大的老师过来说你可以保送浙大；第二天，上海交大的老师来了，说保送名额没了，但你去交大可以送40分。我当时没概念到底是浙大好还是交大好，班主任说你还是去上海交大。我想想还有40分的保险系数，那就考吧，但考完后基本也没让他送分，已经超了分数线40分。所以说还可以，文科考得不好，就是理科分拉高了。

我在交大学的专业是电力系统智能化，本科毕业后觉得好像还没有做好心理准备去工作，就继续读研究生。研究生换了一个专业，但也是学电，叫电力电子基础，就是介于强电弱电之间那块。研究生快毕业的时候，父亲找我，想让我回家创业。因为父亲第一次创业是点火枪，后来大家模仿一哄而起，在广交会上打价格战，企业已经到了亏损的边缘。这时候我正好要毕业了，他想把我拉回来共同创业，看怎么样渡过这个难关。所以我就回来了，整个过程也很简单。

王春元： 我插问一句，你在即将毕业，想要去美国读博士的环境下，回身看父亲的点火枪内心是什么感受，尤其你本身也是个行家，你怎么看那个企业，是不是有点不屑一顾？

茅忠群：当时倒没这个想法。说实话我在学习的时候，对这些思考得比较少，事实上出国留学只是一个备选项目，并不是说那时候已经做好准备了。对我来说有很多道路可以选，比如出国留学，比如留校留上海，很多同学都是这么几个选项。只不过1994年的时候，上海交大硕士生回农村创业还是很罕见的。当时有人调查过说我是浙江省第一个。

我觉得这跟两个因素有关。刚才说了我为什么读研究生，因为本科毕业没做好思想准备，可以选择的工作方向我都没兴趣，没兴趣的事我都不愿意干。小时候父亲给我们种下了一颗种子，他对我们兄妹俩讲以后要办一个很大的企业叫茅氏集团。虽然说得不多，但我们记住了。另一个方面可能跟宁波这个地方整个创业氛围有关系，因为好像整个城市都在创业，据父亲说我们这里办乡镇企业的时间远远在1978年之前，60年代就开始了。这里面的故事我父亲讲得比较好，他有亲身经历。

王春元：一般往前走的时候人不太愿意往回看，或者没有心思往回看，但是采访你父亲时，他强烈地要往回看。你还在人生的盛年期，还是一个爬坡阶段，状态也很好，标准的理工男。

茅忠群：所以国学传统文化完全用工科的思维在学，跟人家学的不一样。比如文科学传统文化比较感性，不会追根究底，这样就是这样，这样好就是好，但是我会问为什么好，一直会问为什么，为什么是这样。这就是理工男的思维，我会追根究底。

回来之后父亲想让我介入他的点火枪业务，因为遇到一些困难，想让我帮助点火枪业务回到正常状态。但我思考了一下，觉得整个点火枪市场都非常小，全球市场很小——这个市场主要在美国，他们点圣诞树的时候用一下，就是那一小段时间，然后就是野外烧烤。市场就这么大。

我父亲已经做到这个行业的第一，号称"点火枪大王"，而且技术门槛比较低，大家一拥而上。这种情况下再去做，我觉得看不到前景，或者说我介入进去意义不大。

所以我当时跟父亲说让我新做一个行业，目前的行业不理想，我们找一个更有前景的。父亲同意后，1994年剩下的大半年时间我一直在做市场调研，调研的结果就是选择了吸油烟机这个产品，当然也想通过吸油烟机再进入整个厨房。这个行业当然比点火枪要大得多。

在做市场调研过程中，我作为一个旁观者去观察点火枪那个企业。我对企业其实也是一无所知，就想可以学学企业怎么做。在观察过程中发现一些问题，比如说企业在一个小镇上，小镇上有很多亲戚、邻居，这样的复杂关系有时候处理起来比较难，乡里乡亲的非常麻烦。我想后面的创业要尽可能避免类似问题，所以我跟父亲提了三个要求，第一个要求就是新的公司、新的业务不在这个村，而是移到慈溪市开发区——当时我们在那里正好有一块地，本来父亲买下这块地打算和日本人合资做一个新业务，最后就拿来做油烟机。第二，因为知道原企业人情比较复杂，我说除了我选中的人，那边的老员工不要过来，新的员工自己招聘。第三就是有关新业务的重大决策要尽可能尊重我的意见。这些主要是为了规避观察到的点火枪企业中出现的问题。

王春元：所以说你还是很有谋略的。

茅忠群：也做了一个规定，就是家里的亲戚不能进入方太管理层。因为我发现如果在管理层有亲戚的话也特别难搞，这都是当时遇到的实际问题。我父亲也非常开明，就接受了，从小我们就有一份信任，就这么开始干了。

王春元：父亲对你留下一个好的印象，跟你从小识大体明大理有关系，是不是所有这些也促使你将传统文化导入企业管理？

茅忠群：表面上我接触传统文化可能是一个偶然的因素，但是如你所说，背后也有冥冥中的联系。

王春元：有一种润物细无声的东西。

茅忠群：否则听到传统文化就不会觉得特别好，肯定还是跟我内心比较相契合。

王春元： 这带来一个问题，就是我们今天会形而上地看一些问题，人一辈子的成就——在实体上能看到的成就，到了后期会看淡，因为只要你努力做总有一天会达到。而看不见的东西才没有天花板，这恰恰是一个企业家毕生的追求，是高于物质本身的。对你个人来讲，有没有额外的诉求？传统文化是不是你想要结合诉求的方向之一？是出于对自己的价值判断吗？

茅忠群： 学习传统文化，对我自己的人生，包括方太企业的发展方向，都有很大的影响。比如说做企业的目的，早期的时候其实我想企业也不要做太大，做太大有点累，就做一个小而美的企业。所以我们很早就提出50亿的目标，高端定位，各方面效益也不错，企业形象也很好。

这几年随着对传统文化地不断学习，我的想法有了很大变化。2014年下半年，我开始思考一个问题，究竟什么样的企业称得上伟大的企业？因为我知道西方教科书上对企业的定义，企业是一个经济组织，目的就是追求利润最大化、收益最大化。而从传统文化的角度来看，我觉得企业不仅是一个经济组织，还是一个社会组织。作为经济组织它要满足并创造顾客的需求，但作为社会组织它还要积极承担社会责任，要导人向善，促进人类社会的真善美。

所以在2014年底员工大会上，我正式宣布了方太的新目标：我们要成为一家伟大的企业。现在的想法就是要把方太做大，当然前提是成为一家伟大的企业，具体讲就是方太在不久的将来要成为一家千亿级的伟大的企业。为什么要这么做，因为要给别的企业家树立一个榜样、一个标杆，让更多企业家相信中华优秀传统文化可以为中国企业助力，比西方文化更有效，效果更好。但如果只做了一个小企业，人家不相信，所以要做得大一点，相信的人就会多一些。

另一方面，就是后半生能拿出更多时间去推广中华优秀传统文化，推广方太文化，把过去十年再加上将来总结出的一套体系推广给更多企业家。这是我后半程人生的目标使命。十九大报告给我很大鼓励，没有高度的文化自信，没有中华文化的繁荣兴盛，就没有中华民族的伟大复兴。目前方太在规模上、体量上跟现在千亿级的企业没法相提并论，但是我有信心在中华文化的繁华兴盛上，做出比他们更大的贡献。

王春元： 讲得非常好，很解渴，把企业管理的理念和个人的人生目标都放在里面了。我们再回头看，人们耳熟能详的你们父子之间的故事就是三次大的认识的矛盾统一：一次是选择吸油烟机还是点火枪；一次是企业换名字；第三次就是万宗归一，最后你们俩都统一到文化建设上。能不能把这三点掰开细说一下？

茅忠群： 其实谈不上矛盾。就是我刚才讲的过程，当然我父亲开始还是希望我做点火枪，没有想到要去做一个别的产业，但我认为整个点火枪市场规模就那么大，你已经成为点火枪大王，没有空间了，我们不如去做一个更大的别的产业，这个他很快就同意了。接下来就是大半年的市场调研，最后聚焦到两个产业，一个是油烟机，一个是微波炉，我父亲去调研微波炉，我继续研究油烟机。最后我们在一起碰，并没有太大分歧，我们就选择了油烟机。

为什么选择油烟机，当时分析了几个因素：第一个就是在1994年的时候看，油烟机是一个家庭必需品，但微波炉并不是必备的。第二，尽管国内的吸油烟机市场已经不再是蓝海，但仍存在巨大的市场需求。吸油烟机行业不仅存在着产能不足的问题，消费者的"痛点"也没有得到解决。中国人的饮食习惯决定了其对吸油烟机较大吸量的需求，但是当时市场上的产品只是一味模仿欧美，吸力并不大。除此以外，中国的吸油烟机行业既没有自主技术，也没有高端品牌。第三是当时油烟机正好处在转型换代的过程，早期的油烟机都是薄形，薄薄的一片，有很多缺点，特别容易漏油，我们当时总结出六大缺点。后来出现了新型的油烟机叫深槽式，我们叫深形油烟机，比薄形油烟机性能好很多。而且因为深形油烟机刚出现，整个行业还没反应过来，尤其一些老的大品牌生产转型速度跟不上，根本做不了。我们觉得这是一个很好的机会，直接做深形油烟机会达到事半功倍的效果。

第一次分歧比较多就是品牌的命名，因为我父亲以前用的一直是飞翔，对这个品牌很有感情，而且"飞翔"这两个字是有讲究的，"飞"是我妹妹名字里的一个字，"翔"是我父亲自己名字里的一个字，这个名字他觉得比较得意，而且有感情寄托。他希望我做油烟机也一直用"飞翔"，因为一直用了那么多年，起码在当地也有一定知名度。但是我的想法不一样，可能因为我是学理工科的，感性的东西比较少，不理解我父亲的这种感性的想法。

因为家庭经济条件比较好，我读书的时候都会用当时最流行的随身听，在学校里会用比较时尚的电子产品，对品牌已经有了一些初步的认知。所以我当时总结要做好品牌，第一笔划要简单，第二朗朗上口，第三个要求比较高——人家看到这个品牌名就能联想到你是做什么的。在第三点上我认为"飞翔"没有优势，看到这两个字想不起来你是做厨房产品的，是做油烟机的。

王春元： 感觉是做摩托车头盔的。

茅忠群： 所以我坚持要用新的品牌，但新的品牌也做了很长时间，当时取了很多名字，最后用了方太。

王春元： 这还有一个故事吧，你给我讲一讲是怎么确定的？

茅忠群： 是因为我们的合作伙伴有一次看到一本《方太美食广场》的杂志，这也是当时香港一个电视台的一档节目。他直觉这两个字很好，就给我推荐了。我想，在广东"方太"家喻户晓，而且每天教大家炒菜，虽然其他省份不知道这档节目，但这两个字的联想也很好——方便太太，或是方便太平，你怎么联想它都跟厨房有关，所以我们就确定用这个名字。当然也做了咨询，也问了香港方太，他们说没问题，毕竟是在两个区域里，所以我们就去注册了。当时，还请出香港的方太给我们拍方太广告。

王春元：这是一个比较有意思的问题，很多人看了这个广告后有一种感觉，觉得这个吸油烟机跟这位女性有关系，因为她叫方太，这是她的企业。很多人是这样认识的，并不知道它是茅理翔、茅忠群父子创办的，你们是怎么看这件事的？

茅忠群：刚才的故事还没讲完，我坚持要用方太，我父亲要用飞翔，最后他在我母亲的劝说下同意用方太。后来拍广告，策划里提出来是不是能够体现香港的方太，去拍她？当时广告里我们设想炒菜要有方太，除油烟更要有方太，"炒菜有方太"指的是她本人，"除油烟更要有方太"指的是方太牌油烟机，这句话后来是传遍全国，家喻户晓。我们的合作也可以说是珠联璧合。

王春元：你们去找方太谈的时候，她一看你们把名字注册了，还要请她做广告，这里面会有纠纷吗？怎么同意的？

茅忠群：开始是有一点想法，但我们能把利益说清楚，也不会对她有负面影响。而且通过广告合作，她也可以得到一些回报，后来合作一直很愉快。

王春元：还有就是第三个问题，传统文化导入到企业管理，你和父亲早期也有一些不同的认识，但最后取得统一，让企业在这个方向上走。开始时你的认知不如你父亲，是不是可以这样说？

茅忠群：是，开始我对企业文化没感觉，毕竟是学理工科的，对文化的东西不关心也没感觉。当时讲的文化主要是党建工作，我父亲从飞翔公司开始就一直比较重视党建工作。那我就做我自己的事情，对文化没有太多认知。

好像也没有一个明确的时间点，就是在过程当中觉得企业文化确实是重要的。后来我对企业文化有一些研究了，就发觉父亲讲的企业文化还是比较初级的。比如在1986年或1987年的时候，他有一个产品，也是点火器，获得浙江省的金奖，为了庆祝，年终时有员工自编自导自演搞了一台晚会，就是为了庆祝获奖的事情。后来发现搞文艺晚会的效果很好，对于员工凝聚力等方面很有帮助，就每年搞下去。当时叫"文艺大奖赛"，还请外面的评委老师来打分、颁奖，所以叫文艺大奖赛，这个形式确实取得了很好的效果。

方太成立的时候，大奖赛正好搞了十届，第十一届就把名字改成"方太杯"，一直延续了下来。方太现在22年了，搞了22届，加上前面10届，其实已经到了32届。当然，在现在方太文化体系里，"方太杯"只是其中一个点，现在我也是党委书记，方太的党建工作也由我来主抓。

王春元：关于市场经营方面，你执掌方太后更倾向于按自己规划和设计的方向走，而且也有你性格里的很多东西——有时候企业的气质往往是企业家的气质。有两个小问题想要问你，第一个是方太经过了30年发展走到今天，差不多成为厨卫行业领军企业了，这样的规模，为什么没有考虑上市的问题？企业从私营企业或者家族企业向公共企业的转型，是现代企业的一个基本方向吗？

茅忠群：美国大量的优秀企业也没有上市，有限责任公司也是现代企业的一个形式。关于这个问题我是这么思考的，前面讲方太在做一个伟大的试验——科学家在做试验的时候，要把所有的干扰因素降到最低，因为有干扰就会影响试验的结果或过程。方太把中华优秀传统文化和西方现代管理结合的过程本身就是一次试验，没有标杆，没有可供参照的东西。

这个试验很多时候要像科学界那样，把所有可能干扰到企业的外界因素降到最低，所以我决定不上市。上市对企业的干扰还是不小，投资、股价、舆论等很多方面，不管怎样都会带来干扰。我选择不上市，就是一下子把那么多干扰因素降到零了，这是最主要的考虑。

当然另一方面也不能因为不上市而影响企业的发展，影响企业发展也会影响这个试验的结果。这个我也思考过，基本上不受影响，因为毕竟方太不是一个拼命求规模的企业，简单要规模我可能需要大量资金去收购兼并，但方太走的是精品化道路，定位专业化、高端化、精品化，要把产品做到精益求精，不断达到专业、专心、专注，因为中国的产品不缺量、不缺规模，缺的是质量。

习总书记几年前也提出三个转变，其中一个就是中国制造向中国创造转变，包括近几年的供给侧改革，我理解主要也是质量的提升。方太正好在走这条路，那么我们要把它走得更坚定。而且我们每年效益也很好，根本不影响企业自身的发展。

王春元： 实际上，发展过程中你用的都是自有资金，上市需要扩大规模，你不需要走那条路。现在国家也在倡导工匠精神，你怎么理解工匠精神？方太的工匠精神如何呈现？

茅忠群： 工匠精神方太也有，就是精益求精，全身心投入，或者我刚才讲的专业、专心、专注。我们在供应链也提出了工匠精神，它是两句话：在平凡的岗位坚守扎根，把简单的工作做到极致。

王春元： 这是方太提炼的工匠精神？

茅忠群： 严格讲是方太的制造系统提炼的工匠精神。

王春元： 沿着这样一个思路再往下走，方太在做实业，在做制造业，国家对高端制造业也提出目标，中国制造2025有很多规划，方太在高端制造业上与国际相比，处在一个什么位置上？

茅忠群： 如果按照4.0的说法，我们应该在3.0的位置，我们现在讲两化融合——信息化和自动化的融合。我们处在这样一个阶段，一方面抓自动化，一方面抓信息化，做到两者的结合。

王春元： 最后达到智能化？

茅忠群： 不同行业、不同企业对智能化要具体分析，有些因素其实已经包含在自动化、信息化里了；当然，个性化的定制可能需要更高智能化的集成度。但在我看来，或者说在方太战略里面，这目前不是重点，全世界销得最好的产品，比如苹果手机，它的硬件只有两个信号，早期只有一个信号，它不做个性化的定制。关键就是产品一定要做到极致，在低水平上搞个性化定制，这不是方向。什么叫个性化定制？就是我问你你要什么样的产品，我帮你改改弄弄做出来。但真正好的产品消费者自己说不出来，消费者只有看到的时候才会说：你们还有这么好的产品！这是方太追求的目标。

王春元： 想得很透彻。我们就根据现在展望一下未来，虽然你是理科生，我还是希望你有点想象力，20年后——或者确切地说就是2038年的3月19日，你可以大胆想象这个国家有什么变化，方太有什么变化？

茅忠群： 首先国家到2038年，用十九大报告的话说，应该基本实现社会主义现代化。我想这其实已经是高度浓缩了，2050年建成社会主义现代化强国，2038年是基本建成。富强、民主、文明、和谐、美丽这几个形容词，可以代表我对未来的想象。

我个人到2038年其实很简单，也可以看得很清楚，我从前20年到现在再到后20年都是简单的经历，70岁的时候我想我在方太已经退居二线了，90%的精力应该在对外面、对广大企业家传播中华优秀传统文化，以及传播方太文化，这个基本比较明确。

方太会变成什么样，这个确实比较难描述，但是总的愿景就是要成为一家伟大企业。我们现在设想方太要成为一家千亿级的企业，在那个时间点我相信早已经实现了。至于这个愿景实现以后，下一个愿景是什么，现在我确实还不知道，我们一直在往前走。

王春元： 我们用一个形而上的问题来结束今天的采访，在实业家和企业家角色里，你认为你现在是企业家还是实业家？

茅忠群： 我倾向于企业家。

王春元： 为什么？

茅忠群：好比我刚才对大企业的描述一样，企业家除了做好企业自身的本分之外，还会更多考虑社会责任，积极承担社会责任。当然我们方太对自己的要求更高，企业家除了做好企业的本分之外，还要更多考虑社会责任的担当，如何导人向善，促进人类社会的真善美。三年前我提出方太要成为一家伟大的企业；去年底我又提出一个新的使命——为了亿万家庭的幸福，这已经远远超越我们对一个产品公司的定义。

为什么这样提？首先传统文化确实能做到让人幸福，让家庭幸福；另外一方面也是我们国家有这样的追求，人民群众对美好生活的向往应该成为我们的追求，所以我们提出"为了亿万家庭的幸福"，要实现这个目标，不仅要做大产品，还要做好服务，同时在这个过程中还要以某种适当的方式把中华优秀传统文化传播到千家万户，这是我们的想法。我想作为一个单纯的企业经营者不需要考虑这么多，但是作为一个企业家必须要在社会责任上考虑得更多。

王春元：所谓使命驱动的问题。跟你聊天也是我学习的过程，我觉得在你20多年的统领下，这个企业完成了两个重要的转型，一个是从传统的家族式企业向现代的家族企业转型；二是从一个传统的生产企业向现代企业转型，并且赋予它中华文化，这两个方向对于企业家而言应该说了不起。在短短20多年时间里能把它完成，也可以看出你是用情用心了。

最后一个问题，从一个企业家的角度，你来告诉我，改革开放40年对你个人和企业意味着什么？你怎么看待？

茅忠群：对企业来讲，没有这40年的改革开放就不可能有民营企业，也就不可能有方太，所以一切的源泉都要归功于40年的改革开放。从我个人角度讲，没有这40年改革开放就没有方太，没有方太可能就没有我试验实践中华优秀传统文化这个场所平台！

张兰：半生归来，还是少年心性

再见张兰，她依然像一朵花开富贵的大牡丹，雍容华贵，大气爽朗，笑意盈盈。她刚出差回来，听闻我们造访，便光着脚，亲热地下楼打着招呼。她凌晨刚到家，脸上却并没有倦意。一头浓密的长发，虽经梳理但并没有精心做过造型，看上去很自然。她热情洋溢、气场强大、活力四射，看上去比实际年龄至少年轻十岁。她一边踩上高跟鞋一边与我们握手拥抱，没有丝毫的做作，自然而真挚，就像多年未见的老友重逢。

从加拿大到北京，逆行的人生精彩

这是一个充满温情、悲情，又极具梦想色彩的故事，张兰的创业极富代表性。

从1989年她决定到加拿大留洋打工挣第一桶金起，到1991年在东四的一个粮店开起"阿兰酒家"，到2000年创立"俏江南"，再到2008年北京奥运会、2010年上海世博会承办大型国际盛会的餐饮任务，她用了极短的时间把自己和企业推向极致。从提出要做中国餐饮业的路易·威登，到2015年败走香港IPO，张兰用二十五年的时间走完了中国第一代创业家走过的所有路径，完整而快速，也最精彩地画完了一个圆。

张兰从小有股韧劲儿和猛劲儿，她知道自己要什么，也知道怎么去获得。虽然出生于北京，但其实很小她就跟随父母下放，来到湖北孝感。在那里，她学会了上树掏鸟窝、下河抓鱼抓螃蟹，这给了她最原始的南方水乡记忆，并成为她创立俏江南的一个诱因和美学基础。

张兰是姐姐，下面还有个弟弟。弟弟生于颠沛流离的下放岁月，从小营养不良，张兰就从小"罩着他"、照顾他。两人相差十岁，虽为姐弟，亦情同母子。张兰对弟弟的感情别样深厚，这也养成了她有担当、能撑事的大姐大做派。

张兰自小聪慧，特殊的时代环境和家庭遭遇又培养了她的勇敢和坚韧。才十几岁，她就用自己的胆气和智慧，恳求同学的父亲，将身患重病的母亲，还有继父、弟弟和自己一家人从湖北调回北京，第一次改变了命运的走向。

按部就班上大学，结婚生子，张兰那颗不安分的心又开始跃跃欲试。上有生病的母亲，下有一天天长大的幼子，张兰想要给他们更好的条件，但丈夫却是一个善良而安于现状的人，张兰便决定自己放手一搏。

在跟远在加拿大的舅舅取得联系后，她选择了出国打工。

打工的日子是无比艰辛的，张兰在餐馆里每天扛冻牛肉，半扇大概有80公斤。她有从小苦出来的好身板，更有赶快挣上钱让家人过好日子的信念，什么苦都能吃。她一咬牙，每天扛20片，就这么扛了下来。她没日没夜、全年无休地干，苦活累活、粗活细活都一把拿了下来，最高纪录曾一天打六份工。两年，她攒足了自己当初定下的目标——两万美金。她准备回国，也想儿子了。

恰在此时，她的移民指标下来了，美国和加拿大的亲戚都力劝她不要回去了，还邀她到美国参加圣诞狂欢，希望能用发达国家的繁华和富庶打动她，留下她。张兰思量了很久，她惦记国内的亲人，也怕自己动摇，不仅拒绝了移民指标，连圣诞狂欢也一并拒绝了，踏上了回国的飞机。

1991年12月22日，张兰再次落地北京。

从山清水秀的加拿大回到漫天风沙的北京，落差不是没有的。从现代化的大别墅又住回平房，又是捅炉子，又是烧煤球，还得糊窗户，张罗冬储大白菜，生活是很现实的。但是开弓没有回头箭，而且在家人身边，张兰踏实。

春天的北京，黄沙满地，张兰骑着一辆二八大车，头上捂着一条红纱巾，满北京跑着找创业的机会。她很着急，她怀揣着钱、怀揣着梦想，她已经放弃了那么多，她怕热情凉了，也怕钱花没了，更怕自己后悔。

"阿兰酒家"就是这么诞生的。张兰在东四发现了一家正在寻求转让的粮店，她动用了自己所有的资金、人脉、技能盘下了这间店，又用自己与生俱来的审美，和在鱼米之乡的生活积淀，让它与众不同。从店面的装修到菜品的设计和摆盘的采购，都显得富于美感，处处透着江南水乡的温婉，一下子从众多饭店中脱颖而出。从此一发不可收，她又陆续开了阿兰烤鸭店、阿兰海鲜大酒楼、阿兰川菜等。由于她的匠心独具和全心投入，饭店开一家火一家，她成了京城餐饮界有名的女老板。

张兰用九年时间打造了"阿兰"这个品牌。这九年间，她完成了原始积累，包括资金、经验、文化的积累。到1999年，她开始莫名有了一种紧迫感、压力感。人生迈入四十大关，尤其是作为一名女性，她更加觉得时不我待。人至不惑，精力、阅历正处于巅峰状态，她在知识结构、眼界视野、品牌意识等方方面面都达到了一个前所未有的成熟度和高度。

要与时间赛跑，张兰想把时间"抢"到自己手中。她隐隐约约觉得，到了产生理念的时候了，到了应该做一个中国品牌，走向世界的时候了，到了自己代表中国餐饮开创一点什么的时候了。

正在这时，命运之手又猛地推了一把张兰。或者说，是给了她当头一棒。她生命中不可言说之痛，直到今天，这都是她记忆中一个绝少触碰的禁区。她与弟弟，那是患难年代情逾姐弟的一份深情。在张兰心里，她与弟弟的感情甚至超越了父母。她心里最看重的两个人，一个是儿子，一个就是弟弟，她在年轻时扛下了很多苦，就是为了给他们创造更好一点的条件。

张兰创业时，弟弟义无反顾地来帮忙。当时他已经考上东方歌舞团，成为了一名国标舞演员。她的弟弟一表人才，又高又帅，已在团里崭露头角。但因为姐姐需要，他毫不犹豫地辞了职，做起了阿兰酒家财务大管家。正因为有他在大后方扎稳阵脚，张兰才能毫无顾忌地在前方冲杀。

姐弟俩配合得很好，事业蒸蒸日上。物质上，张兰基本实现了当初想要给儿子和弟弟的预期；但内心里，她还是有些愧疚，她知道弟弟有自己的志向，但为了帮自己都搁下了。亚运村百鸟园海鲜大酒楼开业后，她和弟弟订了一个五年之约：五年后，她支持弟弟去实现自己的梦想。

但人生就是这样，你不知道明天和意外哪一个先来。

1999年的春夏之交，张兰报了一个欧洲旅行团，去看望在法国留学的儿子汪小菲。正值汪小菲的暑假，母子二人趁这难得的机会团聚一下。半个月后，母子先后回了北京。汪小菲到北京当天就约了舅舅见面，要把在法国给他买的皮鞋送过去，他知道舅舅爱美。舅舅说，正逢开工资的日子，太忙，过两天再说。

谁知道，上天没有再给"这两天"。当天晚上对完账已到夜里11点，张兰的弟弟像往常一样回了家，楼道里的灯没有像往常一样亮着。同行的同事想送他回去，他说："不碍事，估计是淘气小孩用弹弓把灯崩了。"他打发同事回家去。

谁知道灯是一群犯罪分子故意弄坏的。他们把张兰的弟弟堵在楼道里，见他身上没钱，便起了急。更为要命的是，张兰的弟弟仗着此前喜欢李小龙，练过几手拳脚，奋起反抗……本意求财的歹徒也慌了，残忍地下了毒手，一共16刀，张兰的弟弟倒在血泊里。张兰疯了一般冲到医院时，弟弟已经躺在了冰冷的太平间。

那年早些时候，张兰陪母亲拜佛求签，一位大师曾说她会有"血光之灾"，但会有贵人帮她挡过。如果早知道这个"贵人"是弟弟，是弟弟代她去死，她情愿没有被大师提醒，没有收下大师当时给她的"平安符"。

她锲而不舍地追查凶手，感动了公安局的刑警，刑警帮她一直关注这桩无头案。半年多后，凶手因为再度犯案落了网。张兰这才知道：本来凶手的目标是她——北京城里有名的女老板，又经常携带大量现金。案发前，他们已经踩点很久，张兰住在哪儿，有几家店，家里有什么人，邻居是什么人，每天的作息规律等，都已经摸得一清二楚。可正当他们要下手时，她突然出国看儿子去了。目标突然消失，歹徒们急得不行，这时其中一人出主意说张兰有个弟弟，在帮她打理生意，身上也应该有钱。他们便调转了目标。

知道了前因后果，张兰追悔莫及，她不该在那个时候出国，她不该让弟弟替她挡那16刀！

她很长时间走不出来。直到今天，她都不敢看弟弟的照片，甚至不敢去回忆。

弟弟刚走的时候，她像个游魂一样，每天带着弟弟的手机去宜家商场，一待就是一天，直到商场打烊——只有那里熙熙攘攘的人气，才让她觉得自己不是行尸走肉，才能找寻到一点"人间"的温暖。手上的餐馆也无心料理，不是已经卖掉，就是在商谈出售。

这么过了半年多，那天，和往常一样，清早一睁眼张兰就开车到了宜家，在里面漫无目的地游荡。看着来来往往的人群，她暂时可以忘记心底的孤独无助。傍晚时分，她突然发现弟弟的手机不见了！她的心一下子提到嗓子眼儿，立刻沿着刚才走过的路去找，逢人就问，甚至惊动了商场经理，直到最后也没有找到。她痛悔不已，恨自己怎能如此大意，这可是弟弟给她留下的最后一点念想啊！

但是说来也奇怪，第二天早上醒来时，她竟然不想再去宜家了，一连数月都不能摆脱的恐惧和依赖，就在那个清晨奇迹般地离开了她，了无痕迹。

理智和坚定重新回到她身上，她觉得那是弟弟冥冥中对她的暗示。弟弟为了姐姐的事业，付出了他最美好的青春，甚至生命。他所做的一切，不都是为了帮自己实现梦想吗？如果就此消沉下去，又如何告慰弟弟的在天之灵呢？逝者已去，生者仍需前行。也就是在那天，张兰发现了让爱永生的秘诀：继续为了梦想前行，弟弟便与她同在。她在心里对弟弟说：陪姐姐一起向前走吧。

张兰终于从心灵的废墟中重又站起。

定位CBD，餐饮界的"路易·威登"

"俏江南"就是在这样的心境和环境下诞生的。

个人事业的瓶颈，以及弟弟的骤然离去，一定程度上可以说是"毁灭"了旧的张兰，但从另一个意义上说，又让她涅槃重生。此刻，张兰越发觉得需要在事业上有一个质的飞越。生与死的考验，让她对人生、对人性有了全新的认识，她需要重新打开自己，去拥抱一个全新的未来，去启动另一段人生。

她成就了俏江南，俏江南也成就了她。

经营阿兰酒家时，她就不断分析客户，决心要做一个商务品牌，而且是高端商务品牌，全球化的商务品牌。因为，商务时代来临了。那是2000年，她的感觉没有错，非常准确且具有前瞻性。没有国内餐饮品牌想过这么做，她的竞争对手一开始就是国际品牌，包括港台品牌。听到她的计划，多数人觉得是异想天开，但也不乏被她打动的人，比如为她设计第一家店面的香港设计师，比如国贸大厦租赁部的武经理，比如俏江南第一任总经理杨凯，比如国贸店第一任总厨陈舜泉……他们本来也半信半疑，却都陆续被张兰的热情、理想以及眼前的现实所打动。

短短四个多月，张兰把她的设想一一变成了现实，第一批员工眼睁睁看着俏江南从设计图纸变成了美轮美奂的时尚餐厅，而且是以不可思议的速度。他们对这个言出必行的女老板由衷佩服，进而死心塌地。

第一家俏江南门店选在张兰生日的前一天——2000年4月16日开业。精准的定位、充分的准备，让俏江南一炮而红，宾客盈门。众人再次为张兰的先见之明而折服，当初她力排众议选址国贸，此时充分展现了其引领地位和示范效应。第一家店仅3个月就收回了投资。此后，俏江南势如破竹，频繁拿下北京中高端商圈的黄金位置，短短三年就拥有了11家店，而且还在不断高速增长。

出国在加拿大那几年,她一直对外国人常说的"法国大餐,中国小菜"耿耿于怀。国外的中餐馆大多是由海外华人经营的家庭作坊,难以避免规模小、环境差、口味不地道等弊端,中餐因此给人留下廉价、低端的印象。张兰不甘心,天生的倔劲让她要去扭转这种刻板印象——中餐明明具有五千年的文化底蕴,又极具营养价值,不应该被这样评价。她希望由俏江南来改变外国人对中餐的偏见。

她把中国文化融进了菜品设计,琴棋书画、文房四宝等都成了她的灵感来源。俏江南有一道菜就叫"文房四宝",通过美食向全世界介绍中国的古老文化,诗意栖居;她还发明了"晾衣白肉""象棋甜点"……其中蕴含的中国故事、中国文化,是别人抄不走,也学不来的。

在嗅觉和味觉上做足功夫之外,张兰在视觉、听觉也要做到极致。俏江南的环境设计和背景音乐都独树一帜、别出心裁,成为京城餐饮界的一时之选。张兰要求背景音乐一定是古典音乐,而且不同的气氛要配上不同的音乐,不仅有中国古典音乐,还引入西方音乐,这在中餐厅是史无前例的,再配合俏江南精美的环境设计,令宾客耳目一新。这种"新"口口相传,俏江南知名度和美誉度双飞。

当张兰着手兰会所的设计时,引来很多人质疑:是不是太奢华了,不像个吃饭的地方!张兰说,这恰恰是她瞄准并想改变的。很多人长期将餐饮视为低端产业,觉得餐馆只需要拿出优质的菜品,其他的都可以不顾,可以"不修边幅"。这也是不少外国人将中餐与低端画上等号的原因。张兰认为包装十分重要,很多中国生产的产品在国内只能卖几元钱,到了欧美、日本,别人稍加包装,就能卖几百元,这难道不是我们一直以来的心头之痛吗?为什么还要让它继续重演呢?俏江南就要做一个味觉、视觉美轮美奂的高端品牌。

而且,张兰所设想的,并不是简单的、流于表面的包装,而是将中国的餐饮文化与艺术相融合,带给每一位来客人美的享受,不仅仅是餐厅,更是一个高端商务会谈场所,张兰的设想再度体现了超前性。

兰会所一开张，就名震京城，收获了中外宾客的好评。张兰距离"餐饮界的LV"的梦想，又迈出了实质性的一大步。

2008年北京奥运会、2010年上海世博会，俏江南都以实力取胜，口碑爆棚，成为承担供应任务的唯一一家民营企业，在国际化、规模化的征程打出了亮眼的战绩。有了这样的加持，俏江南公众知名度越来越高，那时的热闹，用"鲜花着锦""烈火烹油"来形容并不为过。张兰和俏江南都日渐走上了巅峰时刻。

张兰形容那段时间像是"被老天把天灵盖给打开了，各种好东西往里灌"，她有使不完的劲儿，有不枯竭的创意，有各种各样令人血脉偾张的想法，她只觉得时间不够用，来不及让她把所有想法付诸实现。

"事情很多，困难也很多，但不觉得委屈——打心眼儿里觉得自己做的事特别有价值，就不觉得委屈了。"而蹚平了困难之后，还有抑制不住的自豪感，"真的是能量爆棚，有时候都会怀疑自己，觉得自己何德何能啊，能干这么多的事儿？"她经常夜里做着梦突然醒了，赶紧把想法记在床边一个小本上，就好像是"上帝告诉你明天要做什么"，第二天上班就照着这个布置去了。而这些"上帝密语"似乎也没有出错的时候，俏江南在其加持下蒸蒸日上。

一个人的生命能量，不仅有天赋，也有是否被这个时代所加持的机缘，有了时代和命运的点化，一个人的生命会燃烧得更旺。显然，张兰的生命燃点较常人更低，所以在激情和艺术天分的助燃下，她的生命绽放得格外华丽。在不那么优越的条件下就可以熊熊燃烧，并保持了长达十几年的高温、高速运转，用她自己的话说，"做俏江南的十几年，我都处于亢奋状态"。

张兰，无疑是与俏江南共生共荣，水乳交融，密不可分。

2000年左右，张兰已拥有亿万身家，成为国内屈指可数的女企业家，无论从企业的业绩、规模上看，还是她本人在公众场合的明星效应，都那么光鲜亮丽。那也是房地产业如火如荼的日子，很多人劝她投点资，但她拒绝了。张兰内心里其实挺"轴"的，也很朴实——与其介入自己不熟悉的领域，她觉得一盘一盘炒菜来得更踏实，也是她的热爱。继续做餐饮，是她的命中注定，也是人们常说的"愿意"，有钱难买我愿意。

然而华丽舞台总有落幕的一天。在"摸着石头过河"的粗放经济发展时期行将结束前，张兰与时代共舞，完成了她的原始积累和个性的极大释放；接下来，在日渐进入国际规则的时代，张兰暴露了自己的短板，同时也是时代附着其上之痛。一路顺风顺水、无所不能的俏江南和张兰遇到了人生怎么也过不去的坎，运气这次并不站在她这一边。

张兰惨烈地倒下了，她不是这个转型期倒下的第一个企业家，但可能是最容易被人记住的一位，也是最悲怆的一位。中国进入国际资本浪潮后，她可以被看作是第一个躺着中枪的、充满了悬念和故事的企业家。如果我们画出张兰的事业曲线，可以清晰地看到其走向和时代振幅如此吻合，青春、亢奋、运气、华丽、乖张、高调、八卦、无所不能……而接下来则是背运、质疑、不幸，而后是不断地下沉，直至一无所有，最终退回到本我……

在张兰即将60岁的2018年，我们看到了一位最终洗尽铅华、享受人生的中国女性。是自然的力量押住了她生命的高调和过度拉伸，让她还原回来，回归到一个普通、平凡的社会角色，回归到一个有经历然而已可坦然、从容面对生活的曾经精彩的女人。

资本，"创一代"的双刃剑

当然，那时的张兰和俏江南，还在风口浪尖上，还不知道这一切。

危机是一点点孕育并暴露出来的。

高歌猛进的俏江南在谋求上市，但事不凑巧，先是2012年筹备A股上市遭遇"10号文"，对餐饮行业的机会窗口关闭；张兰转而寻求H股上市，但因对环境和政策不熟出现了很多始料未及的障碍。急于上市的俏江南此时有点病急乱投医，出了不少昏招，包括张兰放弃了自己的中国公民身份，而后来惹出轩然大波的CVC也在此时乘虚而入。

张兰在后来反思前因后果，一方面是客观环境的转变，另一方面也是真正的"性格决定命运"。她天生乐观豁达，又加上后天闯过了重重阻碍，觉得自己能打能拼，不怕硬仗。这种性格用来做实业帮助她战胜了很多困难，所向披靡；但在资本市场上，这种披荆斩棘、谁都不服的性格，恰恰让她栽了跟头。她习惯了勇往直前、乘风破浪，但资本和实业的浪不是一个量级的，都告诉你了是18级台风还奋不顾身往前冲，粉身碎骨也是有可能的。

"企业的掌舵人要跟科学，跟社会的进步、时势相结合"，这是张兰事后冷静下来的反思。"不是太顺的时候呢，这个时候应该沉淀沉淀，等一等"，现在的张兰，平和从容了很多。但在当时她是"一根筋"，偏不信邪，硬要拱出一片天来，越不顺越急，导致了很多动作变形，以至追悔莫及。

张兰特意在采访中澄清了俏江南与鼎晖的关系，并非如外界传说的那样是鼎晖做下了局导致俏江南易主，恰恰相反，鼎晖是一家非常负责且有远见的投资机构。这也是张兰接触的第一家投资机构，创始人王功权给她留下非常好的印象，之后双方的合作也很愉快。在2008年全球金融危机的时候，鼎晖给了俏江南11倍的估值，只稀释了10%的股权，鼎晖的两亿人民币让俏江南在信息系统建设上突飞猛进，彻底奠定了行业领先者的地位。

这也给了张兰错觉，以为投资人都是看长远利益的，国际上的大基金更会如此。但后来的事实让她知道，"门口的野蛮人"并非传说，而资本的贪婪面目，会以她意想不到的方式赤裸裸呈现。

张兰是急于引入资本的。与鼎晖的合作让她尝到了甜头，而且唯有资本才能实现她的梦想：引入先进的管理经验和专业人才；整合上下游环节，确保食品安全；成立专项基金，使那些国宝级老厨师的技艺得以传承。这些，都需要钱。也必须依靠资本，才能进一步支撑俏江南的国际化之路，真正成为"餐饮界的LV"。

而命运就在这里开始转弯。

为了在港股上市，张兰必须转换身份，成为一个听都没听说过的"圣基茨共和国"公民。1991年即放弃了入籍加拿大机会的张兰此时要选择成为一个"外国人"，这听起来既像一个笑话，也是一个寓言。张兰纠结了整整三个月，才怀着极其复杂的心情去派出所和外交部办理手续，把中国国籍注销得干干净净。为此，她伤心地大哭了一场。

不巧的是，此时张兰与某人发生了房产户籍纠纷，户籍注销一事被曝光，媒体获知后更是被多次放大，上纲上线。她从光鲜的知名企业家一落而成为过街老鼠，操守被怀疑，也严重影响了即将上市的俏江南的声誉。

直到2016年11月19日，事情已经接近尘埃落定，还张兰以清白的《俏江南对赌协议子虚乌有，〈新财富〉隔空致歉张兰》的文章才算为此事定论。但无论对俏江南还是张兰来说，都显得为时已晚。虽然洗脱了恶名，但俏江南上市和升级的最佳时机，都已过去。

费了这么大的劲，如果俏江南能够顺利上市，付出点代价也是值得的。户籍风波虽然沸沸扬扬，但张兰相信清者自清，她很"轴"地把香港上市的流程又都走了一遍，包括严格的财务审计和各种苛刻考核，加上巨额的律师费，俏江南终于在2012年6月通过香港的上市聆讯。

但时不凑巧，正逢全球股灾，各个投资机构都在过紧日子，出手十分谨慎。俏江南的上市可以说是叫好不叫座，其明星效应毋庸置疑——张兰所到之处都受到了热烈欢迎，甚至像对待明星一样要求合影和签名，但一谈及真金白银的投资，大家都谨言慎行。

那段时间张兰在世界各地见了一百多家基金，包括黑石、高盛等有名的投资机构见了一个遍，但都没有下文。她开始变得焦躁和怀疑起来。

CVC就是在这个时候出现的。2012年3月双方见面，CVC这样分析当下的情况：若逆市而上，企业估值过低，很难做大。不如先停止上市，让CVC成为俏江南真正的股东，过两年借助他们的欧洲餐饮管理团队，引进先进经验，帮助企业实现海外拓展。

他们所描绘的一切，既是张兰的梦想，也是她的短板。在香港上市遇冷后，张兰又想起了CVC的建议，CVC也报以极大热情。尽职调查报告完成以后，2013年8月10日，张兰与CVC签署了由他们准备的收购协议。这在当时看起来是一个皆大欢喜的结局，但最后又成了一个罗生门——从张兰和CVC两个视角看去，事件呈现完全不同的样貌。

也许是处心积虑，也许只是事情在无意间一步步地滑向了不可收拾，总之蜜月期过去，俏江南和CVC的合作并不如人意。CVC也许低估了实业的难度和回报周期，急于想从这只下金蛋的母鸡身上变现，也许是对大陆的商业环境和餐饮业均不熟悉做出了误判，总之它给出的策略与张兰的想法背道而驰。

而当张兰准备运用法律武器维权时，却发现合同都是按照香港法律拟定的，她觉得似有不对劲，又说不出所以然。而她带去的大陆律师显然也对此相当陌生，无法胜任回击的任务。

回忆及此，张兰特意提出了一点，希望后来者能够从她身上吸取教训：第一代创业者多见的"俭省"害了她——这可能是那个时代的人的通病，赚钱不容易，又经历过物质匮乏时期，下意识地想要"性价比"，所以律师事务所没有选用国际上有名的，而是用的国内的大律师事务所。岂不知国内的律师事务所虽然熟知国内的法律，对香港法律和国际上的通行规则还是大有欠缺，直接导致很多盲点的出现，后期受制于人不足为怪。而且，她作为女性创业者，不自觉地有完美主义倾向，总希望把准备工作做得十全十美再上市，哪知道时间不等人，在追求完美的过程中却错过了最好的窗口期，这也是她痛定思痛后的结论。

当张兰准备把这些经验向儿子传授时，却惊奇地发现，儿子和他湖畔大学的同学并不存在这样的误区。这一代人对创业的理解是有先天优势的，而且是与国际接轨的：他们一开始就知道创业是不断试错，快速迭代的过程，不存在什么完美状态，自然也不会追求完美，而是不断地升级、打补丁。无论会计师事务所还是律师事务所，他们也都选国际上最好的，这一部分得益于很多人的海归经历，本来就与国际无缝衔接，但也充分说明这一代人的法律意识、国际化意识和互联网精神是赢在起跑线上的。

不管张兰愿不愿意承认，其实问题的症结在于：时代变了。

在她的记忆中，2010年前的俏江南形势一片大好，几乎战无不胜，"天灵盖被打开了"，想什么来什么，做什么成什么，真有一种被上帝之手触摸过，自己无所不能的感觉，说"膨胀"也并不为过。而2012年之后，这种好运气没有了，步步遇坎、处处掣肘，那种顺风顺水顺手的感觉一去不复返。

人们很容易把这归为宿命，好运气不可能一直围绕着你。但其实，时也，势也，时代在发展，每个时代都会有自己的英雄，上一代的英雄再煊赫也总有落幕的时候，随着那个时代的渐行渐远，还希望能够占据舞台中心，无异于刻舟求剑。

后面的故事我们都知道了，博弈之后的结果是：俏江南向CVC出售82.7%的股权，剩余股权由张兰持股13.8%，员工持股3.5%，张兰留任董事长。但之后很快，张兰的职位被一个台湾人替代。

离开了张兰的俏江南并没有如以往一般平稳运行并持续高增长，而是团队动荡，人心不稳。资方与员工间的矛盾不断积累、升级，直闹到报警，最后双方对簿公堂。闻风而动的媒体又推波助澜，"张兰净身出户、资产全部冻结"的大字标题在各大网站上刷屏。

张兰痛不欲生，内心深处最痛的点被触到了。虽然一度行事高调、张扬，但张兰希望人们心目中的她是遵纪守法、积极正派的，这也是她穷尽一生来维护的形象。即使像改换国籍这样的事引发了轩然大波，至少自己问心无愧，只是为了企业发展不得已而为之，并没有掺杂私心杂念；但突然有一天资产被莫名其妙地冻结，且不说世人如何猜疑，她自己都开始怀疑自己，是不是真的做错了什么？

乐观的张兰想到了死，两周内暴瘦了十六斤，每天都要靠安眠药才能入睡，而两片安眠药只能维持两小时，又在巨大的惶恐中惊醒。她不敢见人，不想见人。有那么两三天，她想到了母亲过去的那些老同事，在"文革"中今天张阿姨上吊了，明天李阿姨跳楼了。张兰忽然间理解了她们，她深刻体会到了生无可恋的意味，那不叫轻生，该叫解脱。

事情已经过去了两年多，张兰说起的时候还难免有点哽咽，但情绪基本正常,叙述也是流畅的。正如她儿子说的:妈妈这两年变了很多,不再那么较劲了,也开始学着对自己好了。减了肥,身体更健康了,心态也放松了很多。这是他想要的妈妈。

但我们依然能从张兰的话语和眼睛里读到不甘。

世人认为俏江南已经不属于她,张兰的时代已经落幕。张兰也承认:"人生不可能永远在高处,不可能永远在舞台上,要谢幕谢得精彩,让人家掌声不断,这是最重要的。"但她又说:"我觉得掌声中我还会返回这舞台,用最短的时间演奏一曲最精彩的乐章。"

人们说,性格即命运。张兰的性格,让她从来不安于平庸的生活,也勇于为了想要的东西去战斗,并由此书写了中国当代商业史上不可抹杀的一笔。

可以称为幸运的是,她占有了这个时代最为精彩的一段,登上了时代的高速列车,而她独特的经历、家世和性格,以及性格中的乖张、强势和不服输,又为这段人生经历增加了调料,让她成为时代舞台上格外夺目的一个,让她的人生看起来熠熠生辉、与众不同。

所以,令人遗憾的是,她登上了这座舞台,但又过早地走完了,过早地谢幕。当大戏终结时,她的故事、她所代表的那个群体,以及他们身上可以考量的价值,依然值得人们长久地去思考、去回味。而张兰本人,无疑是过去四十年群星灿烂的群体中不可忽视的一个。

从张兰身上,可以读出"做企业家难,做一个女企业家更难,做一个成功的女企业家难上加难"。值得称道的是,她是地道的草根阶层——尽管自称没落的八旗子弟,喜欢讲自己的家族传承,不断强调底蕴和经历;但她更令人关注的其实是个人的生命张力,还有她所从事行业的原始性、斗争性和荒蛮性。在这个过程中,她也不失时机地穿上了区域优势的外衣——正所谓老北京的讲里讲面,拿得起也放得下,挣得下金山输得起人生,唯独输不起面子,这也恰恰成就了一个爽朗的、灿烂的、侠义的,同时也是悲情的、张扬的、执拗的张兰。

正如一开头所写的,张兰给人的感觉像一朵艳丽雍容的大牡丹,这样的国色天香本来应该开在王爷府里、四合院里，但她不巧，开在郊野里，一样灿烂，一样艳压群芳，但却没有人呵护。

她挣扎，她绽放，吸引了许多人围观，但也难免沾染上一些令人诟病的习气，因为环境的残酷。

而后期，经历过冰与火淬炼的张兰不仅愈加出挑，而且更为可爱，褪去了乖张和戾气，有了更令人心疼、怜爱的东西。

六十年一甲子，即将满六十岁的张兰，返璞归真，脱胎换骨，有圆熟，亦有童真。

汪小菲：四季年华，赤子之心

汪小菲温和谦逊，彬彬有礼，我形容他一直在冬天和秋天里摸爬滚打，但把四季呈现给了你。

他身上有着北方男孩的共同特点，爱打抱不平、爱承担责任，爱拔份儿，当年的"京城四少"或许可以从这个角度去理解。而今天，褪去金钱本色的汪小菲，越加凸显了他的赤子之心，而且依然拔份儿，依然爱打抱不平，有着四季分明的轮廓和性格。

王春元：你妈妈很早就出国了，在你很小的时候，你是1981年出生的，那大概是你八九岁的样子，你还能不能够回忆出妈妈离开以后你的生活状态？

汪小菲：那一两年我记得特别清楚。那时候住大杂院，邻居也多。我记得有个阿姨说："你看这小孩多可怜，一个人跟这儿玩蚂蚁。"我当时就每天蹲那儿逗蚂蚁，那一年学习成绩直线下降，也不愿意去上课，学习也没有什么目标。那一年的班主任跟我恰好也不是很对付——我当时是军体委员，他们觉得我不好好学习。那一年没有母亲在身边管着，挺凄凉的。

而且，我妈走的时候是夏天，接下来就是整个秋天跟冬天，觉得特别漫长。

王春元： 季节越来越冷了，和你的心情一起往下落了？你那个时候就像一棵小树一样。

汪小菲： 没错，真的是。我是独生子女，也没有兄弟姐妹，我爸下海也早，所以基本上没人管我。我奶奶、我爷爷性格比较孤僻，也不愿意跟邻里来往。我们家是后来盖的小平房，跟我奶奶家共用一个厨房，偶尔能看到我奶奶。

当时都生炉子，我就记得很冷，特凄凉。早上自己爬起来，6点多就上课去，然后周末的时候去我姥姥家住一天半。我爸那时候在郊区开工厂，也不能每天都回来，他偶尔不忙的时候回来带我出去吃吃饭，跟叔叔、阿姨吃吃饭。但是当时的心情确实挺难过，我到现在都记着。

王春元： 你认为是个创伤吗？

汪小菲： 我不觉得。唯一算创伤的就是我学习成绩下降了，那年学习不好，从班里前三名一下掉到后十名去了。

王春元： 看过《阳光灿烂的日子》吗？之前我们也聊到过这个话题，你性格里面有一点点江湖的、打抱不平的东西，中学时代的场景你还有什么印象吗？

汪小菲： 都记得。从小学一年级到初中毕业我都是军体委员，军体委员是中队委，但是从来没选上过中队长，也没当过大队长、大队委，老是中队委。那时候特别有激情，记得上小学的时候带我们班课间操，从二年级一直到六年级毕业，我们班永远是课间操模范班集体。我还代表我们班参加各项运动、各项活动。

我从小学到初中都是在北京市市重点，而且初中是在朝阳区唯一一所市重点，朝阳区当时教育确实不行，就那么一家。

我们班都是好学生，而且是八十中第一届文科班，学英语的。我们班男孩少，39个女孩，12个男孩。班里有几个人都是往前拼着走，因为他们父母都是政府机关的——当时学校那片政府大院的多，从小就很规矩。

王春元： 朝外这边？

汪小菲： 八十中在白家庄，就近有很多纺织部的。朝阳区最大的部委就是纺织部了，国棉一、二、三厂都在，还有一些武警。当时我们班大部分同学父母都是国有企业的，住的都是六层楼房，特别好，家里有暖气。我可能是我们班唯一一个住平房，还生炉子，从小摸爬滚打长大的小孩。我就是从小爱动，又是军体委员，经常替同学打抱不平，回忆起来挺有意思的。但是也没耽误学习，学习成绩还是不错的。

王春元： 这倒难为你了。

汪小菲： 因为压力太大了。39个女孩，12个男孩，基本上后十名都让男孩占了。我就想不能男孩都去了后十名吧，自己要努力。我妈先是出国，等我初中的时候她又创业去了，开餐厅，也没空管我。我就自己搞一些课后补习班，姥姥盯着我学习，盯得挺紧，所以也没掉下队来。

还有，我不是体育委员吗，朝阳区游泳队到我们学校来挑人，一年级的时候就把我挑到游泳队去了。放学后五点半在工体南门集合，然后开到海军大院，就开始练游泳。那六年真是太苦了，五点半出发大概六点一刻左右到，练到九点，至少两个半小时。那时候的游泳馆漏风啊，冬天的时候别说水里恒温了，外边的冷风还直接吹进来，就那么练。二四六是游泳，一三五是早上五点半在工体集合练体能，基本上一礼拜能歇一天就不错了，寒假、暑假也都不能停。

我妈对我要求特别严格。我记得晚上工体集合坐大巴车，我不想去就往男厕所跑，我妈就去把我揪出来，连打带踹给我弄到车上，那六年是挺苦的。

王春元： 所以你看很有意思，现在想一想可能早年的这点苦是个财富，对你的身体、体能，包括未来都是有好处的，因为搞过体育的人面对困难不容易胆怯，是这样吧？

汪小菲：对，特别有意思。我现在台北、北京两边来回跑，气候不太一样，台湾赶上雨季经常一下一礼拜，我就特别消沉，等出太阳了就特高兴，我老婆说怎么没见过像你这么关注天气的人。后来我想想，我就是那种有了太阳就开心，给点阳光就灿烂的这么一个人，再难的事有朋友聊聊，大家说说就高兴了，没有什么过不去的事。可能跟小时候那六年练游泳有很大关系，那时候就奠定了还算能吃苦的基础吧。

王春元：八十中后就直接出国了是吗？这是怎么想起的？

汪小菲：对，但是毕业后在国内又待了一年。我毕业的时候就去签证了，当时说签证很快就下来，所以心都浮了。签的加拿大，结果等了半年多给拒签了，说我有移民倾向。因为那半年基本上都在学英语，没好好上学，被拒签整个人就特别受打击。

我妈也管不了我，天天忙餐厅还忙不过来。就像您说的，那一阵我叛逆了，喜欢自己一个人待着，也不愿意交朋友，性格发生了一个巨大的转变。您想我从小学到初中都是军体委员，特爱"嚣张跋扈"，特别喜欢组织活动，跟大家在一块儿。但那段时间就是一个人待着，看看英语书，或者自己坐公交车到动物园，一逛就逛一天，晚上七八点再一个人回家——愿意跟我老祖一块儿住，我老祖是我姥姥的妈妈，那时候都85岁了，已经有点糊涂了。当时就她带着一个阿姨，加我三个人。那个时候开始喜欢听音乐，尤其喜欢张信哲的歌，越听越惨。

初中毕业是6月份，待了半年给我拒签了，到11月底又赶上是冬天，心情特别不好，就想不管去哪儿，反正我在北京待不下去了，就去南方看看吧。当时去了广州和深圳，还是第一次坐飞机。当时看广州、深圳那么新潮，觉得留在这儿也不错，就跟我妈说要不然在这儿找个学校吧。

正在犹豫的时候，法国一个学校来招生，我就报名了，报名之后签证下来了，所以我第一站就去了法国。

王春元： 在什么地方？

汪小菲： 法国南部。就是学语言的学校，可以攒一些学分，学一两年后毕业了就可以去考大学了。用英语教法语，因为我英语不错，就去了。

那时候我母亲做餐馆也有点积蓄了，就是阿兰酒家，一天有个三四千块钱的流水了。但出去了还是要省吃俭用，那个时候学校旁边有一个家乐福，我就拣最便宜的去买，每天自己做饭。

我是1月份去的法国，6月份放假了有20天的假期，我就去了巴黎，去了就觉得整个人被打开了，再也不想回到南部的小城镇去了。回学校把箱子一收，找了一个值班的主任把学分一打包，然后跟学校拧了大概两个月，要求退学费，最后退了一点学费。我就带着学分和学校开的证明，还有部分学费，一个人跑到巴黎去了，拿着两个大箱子。那个时候也没学校、也没房，就住在一个华人开的小破旅馆里，一天80法郎——到现在我都记得，觉得特贵，还只能睡在睡袋里，房子还漏雨。那时候才16岁，还没有成年。

然后每天一起来就去找学校、找房子。后来找到一个温州人租了房子，也找到一个学校愿意接受我的学分，还是去学法语。总之在9月份开学前把这些事全都搞定了。在那个小镇待了不到半年就在巴黎开始上学了，学校都是自己拼来的、找来的。

王春元： 这期间你和你母亲交流过吗？

汪小菲： 没有。

王春元： 全是自己在找？

汪小菲： 你跟她交流她骂你，报了名了不在那儿好好学习，想干吗？我也问我自己想干吗？在（小镇）那儿每天上一个大巴车，大概能坐二十六七人的样子吧，车上都是七八十岁的老人，从来没有见过中国人，每天固定的时间发车，我的生活就是学校、家乐福。同学呢，有摩洛哥的，有阿尔及利亚的，也有一些法国当地的，都是贵族学生。一路上的私立学校，咱又融入不进去，所以觉得很压抑。直到我到了巴黎，觉得这才是真正的法国！就在那儿待着了，一待待了五年。

王春元：学的什么专业？

汪小菲：学了一段设计，我特别喜欢服装设计，觉得如果能把中国的服装文化和意大利、法国的剪裁做嫁接，未来绝对是非常好。上了半年就觉得我这画画实在是不行，基本功太差了，可能思维也没那么抽象，就选择转行了，改了酒店管理专业，因为我觉得酒店其实和设计也息息相关，是一个变相的体现。一直到我去加拿大读硕士，都是学的这个。然后2004年底回国的。

王春元：我们再说一说求学的事，你是第一届上的湖畔大学，是你自己去报考的还是学校找的你？

汪小菲：当时是我的一个朋友推荐的，说现在办了这个学校特别好，我推荐了你，咱们一块儿上去吧。我一听挺好的，也没多想就答应了。他就给我报上了。后来去面试，我一看好几百人，就觉得不能让人淘汰了啊，必须得上。后来面试真的通过了，就入学了。但是上课就发现了一个问题，就是我女儿当时还不到一岁，而且女儿、老婆都在台北。湖畔上课虽然是每两个月上四天，但那时台湾飞杭州的飞机少，不像北京航班多，我老调不过来这个点。要不就得上四天课待六天，要不就得请假两小时先奔机场去，因为只有一个航班。所以每次上课前就有负担，一想离家又得六天，每天看不见孩子，老婆身体又不好，所以每次上课都挺纠结。但是一到那儿学习氛围就出来了，就把学习的渴望调动起来了。

王春元：评价一下湖畔大学给你的最大收获？或者是跟其他教育有什么不一样的东西？

汪小菲：我觉得两个字吧，就是真诚，不是大家常说的什么圈子，或者平台，或者互联网思维。

我觉得综合下来，湖畔是特别真诚的一个地方。给我们上课的老师都是闭门授课，现场不许拍照、不许摄像，大家有什么就敞开了说，老师也很真诚，有时候自己都流泪。同学中还有一些90后的创业者，很成功，有的融资已经融到第9轮了，但做拓展活动时，他们拿呲水枪光着膀子大叫着互相较量——因为我没有在国内上过大学，没见过这样，看着他们觉得特别天真，把以前上学时班集体的感觉又找到了。我们这一届同学年龄跨度比较大，有很成熟的企业家，有90后刚创业的，还有我们这样70后、80初的这些人，但大家都能融合到一起，特别好。到现在同学每天都在发微信，或者组织聚会、写论文，我觉得这是一个非常有诚意的地方。

王春元： 是一个圈子吗？

汪小菲： 不是，我觉得不是一个圈子。

王春元： 你为什么认为它不是一个圈子呢？它显然是一个阶层的圈子。

汪小菲： 第一，这些同学没串在一块儿干事什么的，大家都是做实体的，各有各的一摊事，都忙得不行不行的了。但谁要是发起一个话题，大家再忙都是坐飞机去，讨论他公司的话题、事务。

第二，年龄跨度很大，有岁数大的企业家，有年轻的创业者，但没有社会小圈子的氛围，而是像一个班集体学习的这种感觉。起码从第一期、第二期到第三期，我不觉得它是一个圈子，因为有很多草根的因素，有一些经营企业很成功的创始人，或者部分企业第二代参与到湖畔，大家身份差异大，但目的很单纯。没有谁跟谁好，组一个小圈子这样的。

湖畔当时有一个口号：我们到这里学习怎么失败。

王春元： 有一个课是专门讲失败吗？

汪小菲： 不是，是每一个企业家来都必须讲他的失败——再知名的企业家，都要分享他企业生涯里最失败的一件事。我觉得这是非常好的，对于我来讲，愿意从失败中听一听他们是怎么解决问题的。还有90后非常冲的年轻人，也给他们浇点冷水，教他们怎么面对问题，尤其是和资本打交道的时候，如果能听一听以前这些企业家失败的案例是一个好事。像您说的，它是一个人文交流。

王春元：你是改革开放后出生的一代，等于是改革开放这40年把你的人生打包进去了。那么你可不可以讲一下你对这个时代——你经历过这个时代以后内心是什么样的一种感受，你怎么看这个时代？

汪小菲：我用颜色形容一下吧。从小时候有一点印象的时候，大概3岁到9岁，就是我母亲开餐厅之前的这段时间，我生命中的颜色就是金色的、金黄色的。小时候上的纺织部幼儿园，那时候天气也好，我印象最深的是下午家里人来接我的时候，大概三点钟左右，都是金黄色阳光洒满大地的时候。那时候心情也好，父母都在企业里面上班，我爸是豆制品厂的职工，我妈在豆制品厂干了几年，后来到五建去做，都是很规律的生活，所以我每天回家都能看到父母，非常开心。那时候每天生活都是金色的。

9岁到13岁这几年，从小学三年级到初三，我觉得都是灰色的。母亲出国，父亲下海了，每天家里都没人，我也不想回家了。父母都非常努力地去工作了，开始找机会，就剩我自己一个人，那个灰色就像深秋到冬天过渡那段时间，又生不了炉子，也没有开始卖煤。

不过上初中后有了班集体的感觉，住老宅，母亲的生活也比较稳定了，开始有了夏天的味道。阿兰酒家做得不错，我爸创业做的农场，夏天到那儿逮蛐蛐去，都是欣欣向荣的感觉，很开心。

初中毕业到法国后开始进入社会了，喜怒哀乐、酸甜苦辣，四季分明的心态慢慢就有了。我的颜色随着心情的转变，也恰恰体现了父母在改革开放这段时间里的工作状态。从一开始那种准点上下班，在家陪孩子，到后来各自创业，忽略了小孩的发展，再后来创业还算成功，赶上了这一拨改革开放热潮，我们慢慢感觉到受益。我也在我妈的饭馆里打工，那时候唯一能看到母亲的机会就是在我妈餐厅了，最起码我知道去哪儿能看到她，有盼头了。到后来我赶上了这一拨，算是第一拨80后出国的小孩，到法国看到完全不一样的西方世界。这些颜色正好体现了这个时代的发展。

王春元： 结了婚，找了大S以后，你现在感觉生活的色彩是什么样的？是不是更加梦幻了？

汪小菲： 我觉得都一样，就是过日子，踏踏实实地去做一些事情。因为现在不像以前做什么只要有机会、有朋友就可以。现在从生活角度上来讲更加踏实过日子了，从工作上讲更加知道自己想要的是什么、干什么，因为不是遍地都是机会，机会只留给专业的人。还有就是你愿不愿意去拼这个事，我觉得对每一件事都要拼尽全力。

生活也是，包括现在两岸来回飞，这个对我来说影响已经不是很大了。台湾不像北京这么四季分明，但咱们现在夏天有空调，冬天有暖气的，对环境变化的感受也不像小时候那么明显了。我觉得是更加接地气，就是更平稳了吧，心态也平稳，日子也更加平稳了。

王春元： 那你有没有想过你们这样的生活不能长久？对你和你的家庭，你太太和孩子来讲，你们有没有想过会有一个折中的地方，或者一家人在一起生活的状态？

汪小菲： 没有。

王春元： 你接受这样的东西吗？

汪小菲： 我觉得北京就是我俩的家，台湾也是我俩的家，那为什么要找一个折中的地方，广州或是上海？那更没有家的感觉了，现在我觉得两边都是家。

王春元： 如果把你父母那一代看作是创一代，你现在也在创办自己的企业，可以称为创二代。从你的角度看，你所处的创业环境和你父母那个时代的创业环境有什么大的不同?

汪小菲： 其实我觉得改革开放这40年，前十几年的回忆是有共性的，像我跟70后的人，包括71、72年的人都没有代沟。我1981年出生，而1970年到1985年这15年变化是不大的，都是宏观经济，通货膨胀也不大，也没有像后来80年代末的第三次工业革命，我们小时候也是用粮票，计划经济。1981年到1983年出生的人，和1983年后到90后还是不一样，更接近70年代人的成长环境。

和父母的时代不同之处就在于，1958年出生的那个时代，谁家父母是做企业的？没一个。而到我们出生成长时，正是1985年下海第一次热的时候。

王春元： 1984年是第一次民营企业创业潮，大规模下海应该是在1992年，南方谈话以后。

汪小菲： 我妈创办阿兰酒家是1991年的时候。我真的是跟着他们在厂子和店里长大，我妈做第一家餐馆，我就跟着她去端盘子。那时候我舅舅当会计，我妈在前边张罗，我跟着她收盘子，餐馆是一家人干起来的。我爸做了个豆制品厂，做好了豆腐跟我舅舅拉着板车去卖，我都记着。

所以我觉得我是陪伴着他们干起来的，对整个餐饮、零售这块是非常了解的。不是说有一天我懂事了，发现我妈已经是大老板了，把企业做好了，而是我从小的记忆就是跟他们一块儿穷着，住平房。他们创业我跟着他们一块创业，等他们的公司发展起来以后，我读书回来跟着他们继续干，我觉得还是有一定融入感的。

我后来再选择职业，比如我现在想好好把饭店、酒店的行业做起来，跟从小跟着我妈干阿兰酒家是分不开的。

王春元： 那你现在干企业，刚创业的时候你能体会和你父母那时候有什么区别吗？

汪小菲： 其实我现在做事不是一个干企业的心态。因为经历过俏江南这一波，从我母亲创业到企业做起来，已经经历过做企业这一大波了，我觉得现在还是要把项目做好。我是一个做事的心态，不是一个做企业的想法。

王春元：换句话说，他们那时候与其说是创业，不如说是改变命运，你不存在改变命运的问题。

汪小菲：对。我的命运其实跟母亲是一体的，我们一家已经一起在改变命运了。我爸忙，他俩后来就离婚了，我跟我妈可以说是相依为命，我们俩的命运是绑在一起的。我妈以前还有一个弟弟，但因意外很早就去世了——跟她创立第一家餐厅后，做到三家积累了一定财富后，就去世了。

王春元：有一句话可能小菲你也得面对，你介意别人说你是富二代吗？

汪小菲：别人说什么我都不介意，现在。

王春元：其实你前面告诉我的话呢，也是在告诉公众，这个过程证明了你不是一个富二代。

汪小菲：这是一个客观事实。因为我觉得现在大家提到80后，很容易会想到父母的财富。其实80后是一个很微妙的年代，1980年到1990年这十年其实挺微妙的。比如1985年后出生的小孩，他上初中的时候大概1997年了，那时候计算机已经相对普及了；我们1980年的小孩上初中的时候大概1992年，父母不是刚下海嘛，还什么都没有。最多我们骑的自行车比父母的好点，我从永久到后来能骑捷安特。我们坐的公交车都还是102、109、43路，一点都没变。1993年我印象最清楚，北京开始修路了，修三环、修八达岭高速，整个城市开始跑起来了，1993年到1996年这三年变化太大了。所以您看85后上中学时已经是1997、1998年了，那个年代因为国家的飞速发展，变化非常大。所以1980年后出生的人我觉得得分三个阶段，1981到1983年、1983到1986年、1986到1990年，他们经历的生活都不太一样。

王春元：时代的变化从你身上来看体现得还是挺明显的。在你从出生到9岁，或者到你上初中前后，这个时代好像还是在慢慢地走，但从你出国到回来创业，会发现这个时代奔跑得非常快速。

汪小菲：是的。

王春元：这个时代的加速度恰好和你的年龄是吻合的，正好在你青春盛年的时候，时代也往前跑，你也是最有能量的时候，你的年龄和时代的节拍是很吻合的。你内心怎么感受这个时代？扑面而来的时代对你的影响，和个人体验是什么？

汪小菲：2004年底回来之前，在上学过程中也经常去餐馆和酒店打工。我学的那个行业，我觉得没有一个比俏江南更适合的地方了，所以为什么还要到别的地方从零干起呢，就是浪费时间。

回来后我就跟我母亲讲，我也不善于经营，但看到了很多可以去包装的地方。那时候已经有7家店了，所以我想先从俏江南的品牌入手，最基本的是市场推广宣传片，拍一些广告杂志等等。回想一下，俏江南的宣传就是从2004年开始的，那时候朋友皆知俏江南，到著名的东直门大广告牌，一直到2006年我们开了兰会所，从出生它就有品牌意识。我找了平面设计大师陈幼坚，请他梳理了我们公司整个的VI、CI，因为我知道这件事一定要深入到企业里面，不是说你一个毛头小子回来就要干这些事，来做决策，那肯定不行。公司有企业文化，那是我母亲的公司，我只是希望把我学到的东西学以致用，对俏江南有所帮助。

比如说2008年的奥运会，是我带着团队去竞标的。开篇我给他们讲，咱们要做PPT，各部门把它当成专业，制作要漂亮。我们竞标的时候拿着六大厚本、一万多页的标书去的，有些竞争对手一看这架势，说我们是不是不要把标书拿出来了。后来到世博会的参与，还有兰会所六年的品牌运营，我觉得我对俏江南在这个领域还是有些贡献的。

王春元：相当大的贡献。

汪小菲：有一部分贡献吧。2004年刚回来时我也觉得使不上劲，就观察，然后到我妈边上煽风，告诉她要怎么开店，怎么有整体性。我们俩真的是命运共同体，互相帮助、搀扶。

王春元：你和你母亲相当于手挽着手，共同把俏江南这个品牌推到了它的高峰，最华彩的就是2008年的奥运会和2010年的世博会。当时那个状态下，你想象过俏江南今后会是什么样子吗？比如会往下走之类。

汪小菲：没有。

王春元：你好像没有你母亲那样要把它打造成餐饮界的路易·威登的想法，做成高档奢侈品牌。你们两人在认知上我认为是有一些冲突的，因为上次我跟你妈谈这个问题的时候你插了一句话，我想你们应该在认知上是有一些不同的？

汪小菲：从那个时候开始有一些。像您问我有没有想过今后会怎样，那么我经常想的是什么呢？我想的是，现在一起奋斗的同事，还能在一块儿走几年？是不是大家能做一辈子的朋友，或者一辈子把这个品牌干下去？

我从来不会想做一件事让它百年、千年怎么样，更不可能引用别的品牌去比喻我们自有的品牌，我觉得就是把现在的事干好最重要。我们国家每五年才一个规划，十二五规划、十三五规划，我们把企业年度预算给干好就得了，自然而然这个企业就会走下去。每年都能实现预算目标，完成考核，达到客户对你的期许，企业也不用喊口号要变成一个经久不衰的事业，相对也不给自己那么大的压力，定一个框框，比如我非要干几百家店什么的，没有任何意义。没准儿调整一下产业模式还会有新的出路，不一定非要靠开店，品牌都有了，可以做跟食品相关的很多事情。

再一个就是考虑到我母亲的身体，我希望她歇一歇。她从1990年起就没闲过，做餐饮这个行业非常操心，我们也不是家传干这个行业，还做川菜，而我们是北京人。您想想市面上火的四川的品牌，包括好吃的四川餐馆，没有一个老板不是四川人。我们是北京人，有文化差异、冲突，我非常非常钦佩她能把俏江南带领成这样，将近一万人的团队凝聚住。而且又是凭借自己的努力，在不侵占任何人一分资源的情况下打造出这样一个品牌，我觉得挺难得的，值得我们学习。

王春元：你认为在企业的管理和未来发展上，你跟你母亲有没有冲突？

汪小菲：思想上、理念上肯定是有冲突的。她当时想的是我要把它干成多大的企业、多少家店，我想的就是干好手上的这些事，将来可以多品牌经营。

对她来说，最大的财富和最大的欣慰就是这个品牌，她从来没有想过不干俏江南去做其他品牌。我想的是什么呢？这个品牌是一个公司，公司下面可以衍生出不同的品牌，针对不同的人群，因为消费时代变化太快了，可以做不同的产品。当时兰会所她也要叫俏江南呢，我们经过激烈的讨论、辩论，才又出了另外一个品牌。

另外我觉得更重要的还是我母亲的身体，她30年没休息过，一直处在精神高度紧张的状态，我觉得还是要稍微地放一放，不要对某一件事情太过于执着，您看我妈现在精神状态特别好，我觉得比十年前还要再年轻十岁。

王春元：刚才这段话，让我觉得你跟你妈好像颠个个儿似的，在理念认知上你妈更像你所处的年龄段，按照一般逻辑，你的想法又更像你妈那代人。因为从总体的表象看，你更趋向稳，趋向自然，趋向顺势而为，而你妈则有更大的企图心，恨不得要把天再捅一个窟窿。

汪小菲：其实最简单解释，那是她的企业，我永远只是一个旁观者。旁观者分析企业的时候，像您说得比较有个人看法，能看到很多问题。但对她来说，那就是她的儿子一样，她辛辛苦苦建立起来的企业，当然希望企业好啊，希望这个品牌能不断地扩大下去——而且已经有一万人了，下一步让那些人怎么办？得让他们跟着这个企业一起往下走。

我常常想，某人怎么能跟我干一辈子呢？我没这个信心。我妈就想让企业不断地壮大，让这些人能跟企业一块儿发展。她想的问题跟我是不一样的。真把我放那个位置上，我肯定干得不如她好，我没有那么大毅力。

王春元： 沿着这样一个思路分析，我是真的很欣慰。你身上有很多个人的性格色彩，我觉得是超越了你的年龄的。我们平静下来再看一个棘手的问题，就是俏江南以及你母亲跟投资圈的纠葛，你怎么看待？

汪小菲： 也不能算是什么纠葛吧，我觉得这是一个最好的结局了。

第一，任何一件事在这么快速发展的年代下，肯定是有始有终的，如果你不去适应社会的发展，肯定会被淘汰。俏江南虽然是2000年创办的，但它是从阿兰酒家一直延续下来的，如果不更换一拨新鲜血液，或者不去做副品牌的话，它还是会很挣扎地活着。我妈妈是企业创始人，那样她会更加痛苦，身体也许会到崩溃的边缘，我不希望因为企业而失去母亲。

第二个角度来讲，最大的问题在于我妈一直在闷头干企业，她对后来媒体的发展、和大众的沟通是无意识的，她不懂。

王春元： 就是以前老说的只低头拉车，不抬头看路。

汪小菲： 真的是，而且餐饮行业就是这样。这个行业的人你跟他说什么都觉得不靠谱，你告诉她今天买这只股票明天能翻四倍，她觉得不靠谱，还不如炒两盘菜挣这利润呢。她有这么一个思维方式，就是看自己手边那点事，她已经沉迷进去了。你说这样我们能找到搞宏观搞得特好的职业经理人吗？找不着。

就是因为当时她没有这种意识，造成了我们跟资本的误解。比如跟鼎晖的关系，我们跟鼎晖从来没有签过对赌条约，那是一个非常好的投资公司，而我母亲跟它的创始人是很好的关系。正因为是好的关系，所以有时候两人说话有点互相瞎聊，公开场合也没注意，结果让人抓住一个话题，也没有及时去澄清，最后闹得不可开交。

王春元：没有做公关？

汪小菲：对。而且那时候对赌也是不可能的，2008年鼎晖进来，正是俏江南最好的时候，我跟你对赌什么呀？从任何市场的考虑也不可能做这件事，对吧？这就是你自己不讲，结果给人机会乱讲的例子。后来我们去法院起诉编写这个文章的媒体，也赢了，但已经没有用了。

所以我觉得这是非常值得借鉴的一件事，真的体现了新的时代变化。什么叫自媒体？你自己就是一个媒体，你不发声就别指望别人为你发声，就是这样的一个传播方式。这都是对我们这一代，80后、90后的创业者要讲的话，是特别好的学习经验和财富。

而且我母亲这两年身体状况也不错了，保不齐她60岁以后再创业，做点自己喜欢的事。那时候她可能是真正开始追求自己喜爱的事业，追求自己想要的生活了。

王春元：我作为一个普通受众，有个基本认识，就是觉得俏江南和张兰是无法分开的，但现实的情况他们似乎是分开的。而通过你的谈话，你认为俏江南目前这个结果是好的？

汪小菲：是挺好的。

王春元：而且把你母亲也解脱出来了？

汪小菲：对呀。我们有时候特开心地去那儿吃饭，它还打着品牌。别太执着，没有任何一个东西永远是你的，你就当创造了这个平台、这个品牌，但不用据为己有，顺其发展，没有任何东西永远是自己的。

王春元：我非常赞赏。你说你是一个信命的人，冥冥之中你怎么会和一个台湾的女性产生了联系，组成了一个家庭？之后感受到另外一个完全不曾设想的生命路径，你怎么描述这样一种经历？

汪小菲：其实这两三年有了小孩，我开始想这个问题。我生命中充满了太多的惊喜，从当年的突然闪婚，到想也没想过能在台湾住一半时间，后来又开了大陆在台湾的第一家酒店，历史上第一家。很多人说你为什么要在台湾投资呢，北京、上海有这么好的机会。我想最基本的道理就是我有一半时间在那儿，不能浪费掉吧。

再就是我这个饭店在台湾来讲也是创新的，从设计、管理、概念都有很大的变化。冥冥之中安排我去了那边，似乎是有一些责任的。比如我打电话到一些老牌餐厅订位或叫外卖，对方会问您是汪先生吧？我说是啊。因为他老接电话，说您老吃那几样，而且在台湾说北京话叫外卖的人不多，几乎没有。

结婚后我在两岸间飞了大概得有400趟了，老婆又是台湾很有代表性的一个人物，一个有影响力的人物，我也不能给咱大陆年轻人丢面儿啊。从当时创业到开这个饭店，我觉得我也代表了一部分大陆青年人的想法，我想做点对两岸有意义的事。这也是人生追求的一个目标吧，做一件有意义的事。

王春元：大家很有兴趣的就是一个台湾知名的、有影响的美丽的女性，怎么会看上我们北京的一个小伙子？你觉得大S喜欢你、愿意嫁给你的最重要的理由，或者说是你的人生品质的什么？

汪小菲：其实最根本的还是缘分，我们俩一见面就觉得似曾相识，以前我老婆也经常讲。

兰会所其实是我俩的媒人。兰会所的设计很出名，我太太又很喜欢设计，她是慕名而去的。没想到正好我也在，正在宴请朋友，就认识了。她从内心认知上觉得我是一个很有品位的人，是个好的设计师，又懂得生活，又喜欢做菜，有共同的价值观吧。

她一直说可能北京小伙儿性子比较直、比较冲，但换句话说也叫有赤子之心，喜欢把一件简单的事简单化，复杂的事也给它简单化。就像您刚才说的见着阳光就灿烂，这可能也是她觉得我有意思的地方，觉得我挺可爱的一点。

恰恰这种文化方面的互补，造成我们这么多年还能不断去了解对方。

朋友们问你跟你老婆现在怎么样？我说挺好的，我们俩现在越来越熟了，一些小摩擦会让你觉得你们生活的差异更有意思。

王春元：你特别强调了互补性，这里面可能既有性格的事，也有价值观上的，此外我觉得在人生态度，对未来的认知，对婚姻、对社会的认知上是不是有更多的互补？

汪小菲：我说句心里话，不是那种喊口号的话，我觉得真的跟我们现在的生活、跟国家飞速发展的变化是密不可分的。想想以前"亚洲四小龙"的时候，我们国家是什么样的，而今天的中国是什么样的？等90后这一拨年轻人再起来，我相信整个社会都换了一拨人了，人的素质、价值观、世界观又会发生巨大的变化，我们的变化是飞速的。

举个例子，在我跟我老婆结婚之前，2010年注册之前，北京跟台湾的两岸婚姻里面几乎没有大陆男性娶台湾女性。到2016年底，这个数字已经到了49%多，我相信2017年会更超越这个数字。台湾的年轻人对大陆越来越好奇，愿意到大陆来看看，放下了以前一提到大陆就是我们"上厕所不关门"，或者"买不起茶叶蛋"，这真的跟我们的飞速发展、生活水平的提高、文化水平的提高有密不可分的关系。

包括咱们现在出去的游客也不光是像以前那样跟团游的，自由行的客人非常多，就体现了大陆的一个风貌，给别人看到原来中国游客是这样的。这都是小事，但最终把以前的认知、文化差异给刷新了。

王春元：我们谈了这么多，你是不是可以描述一下你自己，我们回到原点，你怎么样告诉别人我汪小菲是谁？不是外面铺天盖地说的那些东西，你怎么来表达自己？

汪小菲：其实我一点都不在意我是谁，我也不想跟别人说我是什么样的一个人。如果非要形容的话，那最好的身份就是当一个伟大母亲的好儿子，一个善良女人的老公，一对健康宝宝的父亲就行了。把这三个角色做好了，不用你自己去想你的人设、你的人生，你自己是谁就知道了。

王春元： 你最欣赏自己身上的东西是什么？

汪小菲： 我觉得是适应能力吧，能很快地适应和融入一个环境。比如说小时候父母不在身边，跟着姥姥、姥爷、姑姑、奶奶生活的那种环境；然后到法国一个人留学；包括后来我去加拿大——就是因为它当年给我拒签了，我就是要去那边读硕士，要争口气；后来又到了台湾，到那边创业。我觉得适应能力很强，还是有股拼劲儿的吧。

王春元： 刚才我们谈了这么多，都是谈过去，目的是更好地看未来。在今天这个人工智能、生物技术、信息技术大发展的年代，很多东西可能会推倒重来，就使我们有理由更大胆地想象，未来不是梦。在今天这个时间点上，我们讲了1978、讲了2008，同时站在2018这个点上来看2038，那时候你也50多岁了，你觉得你那时会怎么样？或者这个世界会怎么样？

汪小菲： 我觉得2028年和2038年这两个十年是有跨度的。2028年的时候，我觉得由于对生命的探索，生物科技的发达，对宇宙了解得更多，人的生命观、宇宙观会有很大的变化。比如说生命的延续，大家知道在另外一个时空里还有另外一个我存在，或者人的灵魂和生命是永生的时候，人们做事的方向和手法会不一样。我相信在未来10年会有这方面的突破。之后随着人寿命的增加，我们对宇宙探索的加深，人的思维方式会渐渐改变，到2038年或2048年，是一个非常大的自我清零的阶段，会万物归零，进入由繁到简的阶段。

我们现在做的很多事都是把简单的事情复杂化，本来自己可以溜达溜达去买饭，非得在家打一电话，让人送外卖上门，增加了很多没必要的环节。未来不是说AI能代替我们不出门干很多事吗？物极必反，可能那个时候大家的自我意识、对自我的认知会发生一个很大的变化。我感觉2038年会进入一个由繁到简的时代。

王春元： 就是更大的自我的存在，生活得更加返璞归真，是这样吗？

汪小菲： 我觉得更加返璞归真，但是人与人之间的互动就少了很多。

王春元： 那样的世界会可爱吗？

汪小菲： 所以任何一件事，像俏江南这个事，就像这个世界一样，我觉得它都有一个终点，这个终点不是由于我们犯错或做得不够好，而是到一定的规模，到最大规模的时候，它自动就回到起点了。

有时候我也研究一些书，我们生活的这个地球，在过去无数劫里，已经从没有发展到极端发达，然后自我毁灭到自我清零。就是因为我们太过复杂以后，造成了问题，最后地球也好，或者轮回也好，再回到一个从零开始的年代，重新再开始一遍，是一个轮回的过程。

想得远了点。

王春元： 这个清零的概念你可以想象，它可能是反物质化，也可能是人类把地球交还给地球。

汪小菲： 这是被动的，可能是战争，可能是自然灾害，总之是最后负荷不了的东西，被动地被终结了。但不可能是2038年，可能是3038年、4038年，我觉得任何一件事情都有始有终的，不存在一个千年企业，不存在一个永远属于你的东西，也不存在永远做不完的一件事。

王春元： 关于你和你的家庭，能不能想象一下到2038年是什么样的？你有没有设想和畅想过？

汪小菲： 有时候会想一下，因为现在科技变化太快，从小我跟我父亲之间对互联网的理解就产生了一些代沟。未来的小孩他们接触这些东西会更快、更多，我不能不跟着时代进步，那样就不会跟我的孩子会有隔阂，我不希望有隔阂。所以作为一个父亲来讲，要不断地学习新鲜事物，不要抵触。

我最希望到2038年的时候，我的儿子、我的女儿还愿意跟我交流，跟我老婆还是一个很恩爱的正常家庭。我觉得到那个时候，家庭还能和睦，跟子女还是一个正常良性的关系，这才是很难的，是一个很大的挑战。

岳成：守良知，存敬畏

岳成有句名言：律师挣的是"乘人之危"的钱。没有难处没有麻烦，人们不会找律师的。所以，岳成还说：律师从业的第一条守则就是"良知"。

身为改革开放后的第一代律师，而且是知名大律师，岳成的律师生涯伴随了改革开放的全过程，也亲身感受到这40年来的潮起潮落、波峰波谷。改革开放的大政方针中很重要的一条就是依法治国，岳成也因此有了一个比常人更为丰富的视角，来看待这40年的变化，说个人命运与国家和民族的命运息息相关并不夸张。

依法治国，是改革开放定下的大政方针中极为重要的一条，其含义是依照体现人民意志和社会发展规律的法律治理国家，而不是依照个人意志、主张。它更为理性，更为稳定，也就更为可持续。改革开放40年来，我们一直行进在依法治国的路上，可以说它是为改革开放保驾护航的最坚强卫士之一，保证了我们航向的正确，也保障我们不受各种人为因素的干扰。

谈到依法治国，就不能绕开律师队伍建设。身为"中国十大律师"的岳成，是其中很具代表性的一位。生于1948年的岳成，成长与共和国同步,又是改革开放恢复律师制度后的第一批律师,而且在这40年里经营出一个律师世家——从岳成起,岳家已有连续的四代人从事律师职业——就在2017年,岳家的第四代已经通过司法考试。

可以说,岳成的成长,是跟着共和国的成长而成长的;岳成的发展,是随着改革开放的发展而发展的。

人生三级跳

1948年11月,岳成出生于黑龙江省海伦县一个普通的农民家庭,一大家子十几口人,过着波澜不惊的平淡日子。岳家一直人口多,岳成上有哥哥姐姐,下有弟弟妹妹,日子虽然清贫,但那个时代东北的普通农村几乎家家如此,倒也不觉得有多苦。

岳家的家风很好,家人关系也都很和睦。让他印象深刻的一件事是六七岁时,有一次大哥领着他去供销社结账,回家时买了块当时最常见的青红丝月饼给他。已经成家分居的大哥没舍得多买,小岳成拿着那块月饼当成宝,走了两三里地到家还剩一半,因为不舍得一下子吃完。一块月饼,在他的心头一直甜到如今。而近年令岳成最高兴的一件事就是2017年底,大哥的曾孙女岳东雪通过了司法考试——这是在岳成的示范和激励下做出的选择,事业后继有人。

岳成在父兄的呵护下长到了18岁,学业一直都很顺利,家人也对他寄予厚望。1966年,正读高三的岳成准备考大学了。填志愿、体检、政审都结束后,6月19日却开始了停课闹革命,一夜之间他和无数同龄人的命运就此被改变。

城里的同学上山下乡,岳成本来就家在农村,就又回农村了。但实际上,他只干了18天的农活,因为当时公社的高中生很少,他被公社作为高级人才要去帮忙,后来调到林业中学代课,之后他结婚、入党,在那个年代的人生轨迹都算很顺利的。后来赶上1970年末中学教员转正,他一举转为正式岗,成为一名吃公粮的国家干部。

时间转眼来到1976年，岳成已在海伦林业中学任教几年，也算顺风顺水，轻车熟路。海伦县靠近中苏边境，中学的成立是为了备战备荒，1976年情况变了，林业中学要分家，岳成就离开学校到了海伦县化肥厂工会——1976年，他进了县城。

但没多久，1978年化肥厂下马，岳成又转到了民政科。那时他还不知道，自己无意中踩上了时代的节拍，登上了改革开放的高速列车，他的人生、他的家庭，乃至岳氏家族，都从此与改革开放的发展紧密贴合在一起，成就了伟大时代下一个人、一个家族的荣光。

1980年，岳成被调到法律顾问处——那时还不叫律师事务所。当时只要是国家干部，就可以申请律师资格，他没有科班背景，不太敢想，但有位宣传部部长很看好他，说岳成你口才挺好，当律师挺好的。岳成于是横下心报了名，参加了省里的培训，当时两法（《刑法》《刑事诉讼法》）刚颁布不久，岳成就起早贪黑地背，整部《刑法》除了反革命那一章，余下的192条条款，以及《刑事诉讼法》的164条条款，他都能从头至尾背下来，打下了扎实的基本功。

到了第二年，省司法厅开始律师认证，而且为了提高律师地位，要求各县凡是报律师的必须是副科级以上——因为当年"反右"的时候，很多律师被打成右派，导致没人敢做律师了，都怕挨整。恢复律师制度，首先要恢复其社会地位。于是县里就给岳成升了副科级，随后他又通过了黑龙江省司法厅的认证，正式成为一名律师。

1986年黑龙江省扩充律师编制，岳成被所在绥化地区司法局推荐到省里。当年8月，岳成进了省城，调到省司法厅下辖的黑龙江省律师事务所。刚进省城的时候，岳成感到处处新鲜，自己一个县城的律师居然到了省城，过去见到省里大律师都需要仰视，而现在居然成了身边的同事。兴奋之余，他开玩笑地说："1976年进县城，1986年进省城，等我1996年进京城。"

没承想，十年后，笑言成真。

岳成在省城的发展也顺风顺水，来自县城的小律师发现自己并不比别人差，而更加超人的勤奋让他在大律师堆里也脱颖而出，形成了很好的口碑。

1993年，他的心思又活络了。邓小平南方谈话的春风也吹到了祖国的最北端，而他家里孩子多、负担重也是现实情况。一番思想斗争后，岳成还是狠狠心辞去了公职。他想自己本来就是从一穷二白的穷小子起步，差又能差到哪儿去？何况这近20年自己一直是通过个人奋斗改变命运的，只要改革开放继续进行，就不会差。

虽然给自己这么打气，但他心里也还是很忐忑的。辞去公职后就没人"管"了，到底能不能挣钱，能不能养家糊口，还是未知之数。但开弓没有回头箭，岳成拿出全副精力打理自己的律师事务所。1993年一算账，8个月挣了100多万元，他心里踏实了，不仅能养活一大家子，而且生活水平也得到了明显改善。更令人振奋的是，1994年黑龙江省评选首届十大优秀律师，岳成票数遥遥领先，名列榜首。省里刚颁完奖不久，司法部就发文要评选"全国十佳律师"，而且一个省只能报一个候选人，必须是专职律师。岳成又被顺理成章地报了上去，又于1995年年底被评上了"全国十佳律师"。

1996年夏天，所里的律师们跟岳成提起了"1996年进京城"的说法："主任，现在都8月份了，如果现在不去北京的话，还能到京城吗？"岳成也觉得，似乎冥冥之中真有定数，自己开玩笑说1996进京城，1995年就得了"全国十佳律师"，不乘着这个东风闯北京，更待何时？

恰巧当时北京有位领导到黑龙江考察，岳成便咨询自己能否到北京开办分所，怎么样能开？领导帮着询问了北京司法局，表示此事可行。命运再一次眷顾岳成，就在1996年12月30号，北京岳成律师事务所被批了下来，实现了他每十年一步的大跨越。

岳成这"1976进县城、1986进省城、1996进京城"的三级跳，其实既没有强求，也没有事先规划，可是每一步都准确地踏中了时代的节点，不能不说是时势造英雄。

回顾岳成的人生，一介平民学子，因时代的变故未能高考，原本是一个不利的人生开局，一个略显黯淡的人生起点，却在往后的日子里有了一系列自然而然的转折。从学生到农民，从岳老师到岳律师，从县城到省城再到京城，人生的画卷豁然开朗，山高水长，有了意想不到的精彩和圆满。

假如没有改革开放，没有恢复律师制度，他的人生会怎样？岳成回答：他现在之所以拥有了一个不一样的人生，与改革开放、国家恢复法治密不可分，个人的改变与时代的变化完全同步，一切都是顺势而为的结果。

以艺服务人

岳成是做刑事辩护的，与民事诉讼和经济案件不同，刑事案件对普通人的影响和冲击会特别大，对一个家庭的影响更是巨大的，甚至是毁灭性的。比如做企业的商法顾问，是为了帮助企业更好、更健康地发展，即便有纠纷也是为了向好的方向努力和发展；但在刑事案件中，一个人被抓了是要判刑的，来找律师时都可以说是遇到了天大的困难，甚至是家庭的灭顶之灾。

岳成曾帮崔永元打过一场官司，两人相识于1998年夏末新闻界聚会，颇为投缘，就此结成朋友。2000年，某公司盗用崔永元的肖像和名誉，在全国90多家电视台播出近万次广告，很快电视台的热线由询问变成了质问，服用该公司产品无用或有副作用的观众大呼"小崔为什么骗人"。这给崔永元的工作和生活带来了极大的烦恼和折磨。得知此事后，岳成爽快地说："这官司我给你打，不能让你背不白之冤。"

为了准备替崔永元出庭的法律文书，岳成率领同事专注地熬了七个晚上，困了就睡在办公室里。开庭前一天，一个号称"很有来头"的中间人找到崔永元说："法院我们全都弄好了，肯定判你们输。如果你现在撤诉，我们还可以谈谈条件。"崔永元被激怒了："我知道你们能把区法院买通，但我不相信你们能把北京中级人民法院、高级人民法院买通，更不相信你们能把最高人民法院买通。咱们走着看。"

经过庭内庭外激烈的斗争，2001年2月，崔永元38岁生日，这场官司在这个特殊的日子胜诉了，法院判决该公司赔偿崔永元名誉损失费10万元，并一连七天在中央电视台《新闻联播》后播出道歉。对方虽然赔付了罚款，七天道歉却泥牛入海。崔永元没有精力再计较，把10万元捐给了延边二十几个考上大学却交不起学费的学子。正如崔永元的初心，打这场官司是为了两个尊严：一是维护自己的尊严，合法权益被侵犯，就要用法律的武器来维护；二是为了维护法律的尊严，被告方肆无忌惮地侵害他人权益，干着违法的事情而受不到应有的制裁，置法律的尊严何在？这也是岳成的想法，所以他才顶住各种压力，打赢了这场官司，两人从此成为莫逆之交。

虽然是知名大律师，但岳成一直非常有服务意识，而且也在律师事务所内大力提倡服务意识。他说，律师为当事人提供的是法律服务，而凡是服务都有三个层次：第一个层次是无过错服务，也就是合格的服务；第二层次是满意服务，律师打官司能保障当事人权益，餐饮业能让消费者吃得可口、吃得安全，医疗服务能治愈患者等都是如此。最高层次则是感动服务，能超出当事人的预期，令其在合格与满意之外获得更多的情感共鸣，这就是感动服务。岳成要求律所的工作人员始终要有感动服务的理念，接待来访者、出庭、写代理词的时候，都要想着不仅令人满意，还能感动对方，力求把服务做到极致。

岳成之所以能想到并做到让别人感动，正是由于他有着推己及人的体贴。他对自己的角色与定位有着清醒认知，能够设身处地为别人着想，有一种中国传统文化孕育的做人的良知，有着对别人的苦难能够感同身受的悲悯。面对当事人家属时，这种发自内心、没有偏见的悲悯，比之条分缕析的法律条款，更会让一个绝望无助的人在内心深处燃起对生活的希冀、对公平与正义的相信、对光明与美好的追求。在普遍的认知里，法律条款是坚硬和冰冷的，但将心比心的那份柔软，才会给一个人带来更大的力量，会让人在冰冷中感到温暖，在黑暗中看到光。

对于法律与道德、法律与情感，岳成有自己的解读，法律是经过一定程序制定出来的，是不可触碰的，这就是法律的严肃性；但另一方面，"法不悖理，理不悖情"，法、理、情是相融的，一部好的法律一定在三者中取得了融合和平衡，才会得到绝大多数人的认同。

岳成认为，一个和谐的社会，法治与德治都不可或缺。他收听广播节目时听过一份判决书，判决结果是不让离婚，而且写了一段非常暖心的话。对此律师界的同业各持不同看法，有人说判决书就应该严肃，不应该写过于感性的东西；岳成倒觉得对当事人讲法理、讲情理都不错，二者能达到平衡也是一种和谐，人是情感动物，硬邦邦的判决不能满足所有需求，人们天然地更亲近温情的那一面。

同样，完全生硬地套用条款也会有问题。比如一个人因为家里太穷吃不上饭，孩子生病了没钱救治而去抢劫，而另一个人因为要吸毒、赌博而去抢劫，虽然都是犯罪，但两个人的主观恶意是不一样的，那么在量刑上是不是要有幅度的考量？这中间的细微差别，向社会传递出来的信息是完全不同的，我们需要严明执法，也需要因事制宜。总的来说，对法律要敬畏，法律主要规定"不该去干什么"，没有禁止性规定的部分，民众就是自由的。当然，在行使自己的权利、享受自由的时候，要有度的把握，要考虑不能妨碍其他人的权利。任何东西都有"度"，就是这个道理。法不悖理、理不悖情，法理情相融，就在这一点上融合。

这种度的把握，岳成有另一种更接地气的表达，那就是"举头三尺有神灵"，要懂得感恩与敬畏。他常引用的一句话是"上帝欲其灭亡，必先使其疯狂"，做律师让他见到了太多被疯狂和侥幸打败的人，故而越资深越谨慎，时时警醒不可膨胀，始终保持着高度的自我约束和期许。他还特意请著名书法家写了一个条幅挂在办公室里，上书"心存敬畏，严格自律"，时时勉励与警醒所里的律师们。2001年10月，岳成自己花钱主动请税务师对全所在北京五年来的财务进行全面审计，并主动补交了因财务交接而漏交的税款。他坦言，一是怕税务检查出问题；二是因为自己是律师，从事法律职业，本身就应该做依法纳税的模范。

除了敬畏心，生长于农村的岳成，对人情往来还有一种格外的感受。

从小他便懂得"滴水之恩，涌泉相报"，这是中国民间最朴素的人情观；他也有着民间传统的道义因果论，很多人羡慕他的成就，他会归因于自己祖上几辈积德，到他这里回报了，所以要接着积德行善。他不认为这是"迷信"，而是一种信念。存好心、做好事，一个人做善事多了自然心情好，身心健康，社会的评价都是正面的，必然会形成一个正循环，当然好事就越来越多；而反之，一个人总是做坏事，内心也必然承受很大压力，长此以往对心情和身体都不会有好结果。

以德培育人

律师虽然是典型的现代社会制度下的一种职业，但作为律师的岳成却有着很多传统甚至是老式的做派。

岳家的日常生活是古典式的，岳成是大家长，两个儿子全家都和父母住在一起，没有分家。很难想象在北京这样一个快节奏、高压力的现代化大都市里，会有这样三代同堂的生活场景。

很多人表示不理解，岳成却说："孩子们也没提出分家呀，那干吗非要分呢？再说有什么不方便的？要说不方便，那是我们老两口子吵架不方便了，儿子、儿媳妇都在跟前，孙男孙女的，想吵架都不可以。去年、前年就我们俩在三亚的时候，倒是说吵一通就吵一通，因为没有约束了。但在北京家里，有孩子在跟前不能吵，我这些年也没看到两个儿子和媳妇拌嘴、打架，不是说他们一点矛盾也没有，但在父母面前都会有一点约束，是要互相尊重的。"对于被称为天下第一难题的婆媳关系在岳家也不是问题，岳成对此也很理性，让媳妇把婆婆当成自己妈是不现实的，但让媳妇把婆婆当成"领导"，这是可以类比的，也是可以做到的。换位思考一下，并没有那么难。

刚来北京时，岳成曾在一次演讲中说"最优秀的律师无一不是道德的典范"，一位大学生当场站起来发问：岳律师，您是十佳律师，是最优秀的律师，请您在自己身上举出一两个例子，体现出道德的典范。学生们热烈鼓掌，等着他的回答。岳成举了自己与妻子的例子，刚结婚时他妻子是农民，小学文化，没工作；后来跟着他进了县城，不再是农民而是城市居民了，但还是没工作；再到后来进省城、进京城，始终是一位家庭妇女。岳成知道大家想问什么，坦白说："我不是什么大款，但糟糠之妻不可弃，妻子跟我这么些年，辛辛苦苦拉扯了四个孩子，我在家里百事不问，家务事全都压在她一个人身上，任劳任怨到今天，我必须尊敬她、尊重她。"岳成说："我们这种年龄的人很少讲什么爱情呀浪漫呀，但有一次听说老伴被车撞了，我当时在洗手间里，急得老半天都没穿上裤子。"学生们报以热烈的掌声。

岳成的家长作风可能还体现在对孩子们职业选择的影响上。他的四个子女都从事律师职业，这与岳成的潜移默化和引导有着相当的关系。岳成喜欢律师这个行业，他认为律师是独立、自由的，而且不用说谎，虽不能发什么大财，但做一个合格的律师肯定是衣食无忧的，所以他认为孩子选择律师职业是一个不错的去向。现在，岳家第二代有6人从事律师工作，第三代最少还会有8人从事律师工作，第四代已经有了岳成大哥的曾孙女岳东雪。在40年改革开放的历程中，中国律师界诞生了第一个律师世家，岳成创造了一个纪录。

岳家是民族英雄岳飞的后裔，岳成是岳飞的第三十二世孙，各地岳成律师事务所的重要位置，都长年供奉着一尊岳飞雕像。岳飞精忠报国的故事在中国家喻户晓，岳成以此自勉，他为孩子们定下家训："懂感恩、知敬畏、有礼貌、要孝顺。"

岳成对律师事务所的发展也有自己的原则，就是坚持"三不"，坚持感动服务。三不原则是不给回扣、不给介绍费、不给找关系走后门。他坚信打官司就是打事实、打证据、打法律规定，而不是打关系，必须要做到在金钱面前不动摇。

律师是帮忙的，所以态度很重要，岳成的原则是"要把别人的事情当成自己的事情，把别人的官司当成自己的官司"，才能成为一个好律师。岳成对专业水平、专业能力很看重，优秀律师首先要业务好，其次是人品好，第三要有责任心、敢担当，第四要有自信心。律师没有自信心和责任心显然不行，但律师毕竟是专业人员，基础还是业务能力，该打赢的官司一定要赢，不能提供业余水平的服务，那就算态度再好也都没用，专业人士的基石还是专业能力。

以法律为准绳

回顾1978年改革开放的初始时期，岳成说与现在相比真是天翻地覆。现在的很多事情年轻人可能都觉得很自然、很轻松，是天经地义的；其实在1978年的时候，环境、人的意识和思维还是相当禁锢，稍微放开一点就可能被认为是资本主义。改革开放真的是一个非常需要魄力的决策。

世界是必然以进步为主题的，当封闭的中国一朝打开大门，看到了世界的广博与伟大，中国人要进步要变强的动力就再也不能遏制。从身处边缘被人封锁，到现在走到世界舞台的中央，仅仅只用了四十年，这是不容忽视的进步，与党的决策分不开，与每一个中国人也都息息相关，我们每个人都是参与者。

在这个过程中，法律是约束、是指引、是准绳。建立法治国家，对有着漫长封建帝制的中国来说其实是史无前例的，因为格外需要严谨和慎重。律师是法律的重要维护者和执行者之一，作为中介服务提供者，也是社会的润滑剂。岳成认为，这些中介的人员数量不多，但是能量很大，必须严格要求，否则破坏力是惊人的，因为知法犯法从来都是最恶劣的。随着四十年的努力，依法治国的理念已经深入人心。李克强总理在十二届全国人大二次会议结束后的答中外记者问时表示，"要正确地处理好政府和市场的关系。市场经济也是法治经济，我们要努力做到让市场主体'法无禁止即可为'，让政府部门'法无授权不可为'，调动千千万万人的积极性，为中国经济的发展不断注入新动力"。法律法规作为政府和市场的关系处理的依据，已经跟上了世界发展的步伐。

在人类文明史上，能够持续四十年的高速增长，尤其以中国这样庞大的体量，几乎是一个孤例。这就意味着，我们不能简单地模仿谁或复制谁，而必须是创造性地解决问题。改革开放牵扯到了我们每个个体生命的命运和事业发展，牵扯到每个行业的起伏，法治建设更称得上是突飞猛进，身先士卒。

法律是国之重器，它与政策有所不同，政策的时效相对短，易出台也易回收，但法律的稳定性非常重要，这就对立法提出了很高的要求，既要有前瞻性，又要考虑当下。以中国改革开放四十年的飞速发展，其成果远远超出大家的想象，而法律则要紧密地保驾护航，就非常考验立法水平。所以我们颁布了《立法法》，要按照规律立法，科学立法，专家立法，同时广泛听取民众意见，克服地方主义，克服官僚主义。只有良法才能善治，才能真正深入人心。这四十年来，我们的立法水平、司法水平都有了长足的进步，首先是与社会发展分不开的。

展望未来无疑有更广阔的空间，而律师也将朝着更加专业化、职业化的方向发展。到2035年，我们国家迎来一个节点：基本实现社会主义现代化。到那时，真正意义上的、现代化的律师是什么样，岳成非常期待，尤其期待岳家后起的律师新秀的表现。

通过岳成律师事务所的发展，能看到改革开放的深化和人们法律意识的增强。对于未来智能化与现代化的冲击，岳成持客观而乐观的看法：随着智能机器人的出现，会有很多职业被替代，这是必然趋势，也是进步，当然是不可阻挡的，也没有必要阻挡。但如果说律师都将被机器人完全取代，这是不可能的，机器会代替其中低端的、重复性的工作，但精密的、需要审慎研判的部分，机器不可能取代人类。所以律师和法官都变成机器人的极端情况不会出现，人毕竟不是机器，机器也不可能完全了解人类的思维和情感，而法律是约束和判断人的行为的，这里面的细微差别，机器永远无法感同身受。

随着中国不断深化改革开放，各行各业也在加速国际化，律师行业也是如此。法律是分国别和地域的，美国再好的律师也不懂中国法律，中国律师也更适合在中国大地上施展才华。要用哪国的法律，一定就请哪国律师，这是毫无疑义的。但并不意味着我们就要关起门来，故步自封，中国企业已经走了出去，为之服务的律师行业也会随之走出去。岳成也顺应了这一形势，在美国纽约开办了分所，聘请当地的优秀律师为走出去的中国企业服务，国际化并不意味着要学成全能，中国的、外国的个个精通，而是一种外向的、开放的、发展的视野和意识。这才是真正面向未来的思维方式。

岳成律师事务所的会议室里，挂着一副对联：

律师是民主的产物，律师是法治的产物，没有民主与法治，哪来律师；
律师是民主的象征，律师是法治的象征，没有律师，哪有民主与法治。

横批是：

律师兴，国家兴。

岳运生：依法治国离每个人都不遥远

岳运生是岳成的长子，生于1972年的他看起来忠厚稳重，与其父跳脱霸气并不相似。细究起来确也如此，理工出身，一直是不让父母多操心的"乖孩子"，当年顺应"学好数理化，走遍天下都不怕"的时代潮流读了交通工程，但几年按部就班下来，似乎也并没有表现过人。在父亲的建议下考了律师资格证，随后与岳成律师事务所北京分所共同成长起来。也许正是因为这样的经历，他看起来并不太像一个"巧舌如簧"的律师，反而更像一个靠谱的咨询师，他未必说得天花乱坠，但你却觉得可以放心托付。

王春元：非常高兴你能接受我们的采访。回首过去的40年，改革开放对神州大地产生了翻天覆地的影响，对于我们整个国家，每个家庭、每个个人都产生了无法想象的影响，我们每一个个体生命都感同身受，我们共沐其中，感受到这个时代的广阔和伟大，对于现有的生活状态和未来有更多的满意和期许。

我要是没有记错的话，你是生于1972年？

岳运生：对。

王春元：1978年你6岁，还是有一些记忆，比如说当时的生活环境，有一些什么片段的回忆能跟我们分享一下吗？

岳运生：1978年我刚好6岁，上小学。老家在黑龙江海伦县，那个时候经济条件确确实实是比较差，虽然能吃饱，但是想吃好还是不太容易的，那时大米饭是吃不上的。我们家里面四个孩子，1978年我弟弟出生，全家六口人，只有我父亲一个人上班有工资，我还记得很清楚，是37块钱，要养活六口人，条件肯定不会特别好。我还记得粮食都定量的，拿粮本的。粮本里面的细粮可以替换成粗粮，换成粗粮可以比细粮稍微多一点，所以我们家经常把细粮换成粗粮，这样大家都能吃饱，只有过年过节的时候才有可能吃细粮。生活条件可能差一点，但是对小孩子来讲，体会不是特别地深，因为大多数家庭都不是很富裕。

王春元：你父亲讲了改变你家命运的三个节点，叫1976年进县城，1986年进省城，1996年进京城。1976年的时候你还很小，1978年前后呢？

岳运生：1978年前后对我们家来讲改变比较大。我印象中大概是1982、1983年的时候，我母亲开了一个服装店，当时这是改变我们家庭生活条件的一个很重要的因素。我母亲初中没毕业就跟着裁缝当学徒了，有裁缝的手艺，但是没有正式工作，那时就是在县城里面一个百货商店做一些零工。

王春元：相当于扯几块布来裁剪衣裳？

岳运生：那时候基本上没有个体的概念。到了1982、1983年，我印象很深，有一天我放学回来，我们家旁边就是一条南北向的马路，我家是马路里边的第一家，朝向马路的门口树了一个招牌，上面喷绘叫时兴服装店。当时我还觉得挺不好意思，觉得怎么叫时兴服装店？感觉"时兴"这个词就好像有点洋气。但是确实有了服装店之后，我们家的整个生活条件就改善了很多，我是第一次切身地体会到改革开放的春风算是吹到我们家。

王春元： 就是说你母亲的手艺对你们家庭生活的改善产生了非常大的影响？

岳运生： 之前她有这种手艺，帮别人做一些，都是私下里的。给别人帮忙做做衣服，人家付点报酬或者带点礼品等等。以前政策不明显、也不明朗，个人如果做一些底下的小生意，还是觉得有点抬不起头来。1982年以后才是可以正大光明的，所以我的印象比较深刻。

王春元： 谢谢分享这一段精彩的个人体验。讲讲你的求学经历和工作经历？

岳运生： 我一路是比较顺利的，小学、初中都是在海伦，1986年我们家搬到哈尔滨，在哈尔滨上高中，1989年上大学。我们家为了我考大学，全家总动员，电视机都装到箱子里不能看了。后来我考到西安公路学院，我是学理工科的，当时也没考虑太多，好像我们这一代70年代的人，小的时候别人问你的理想是什么？当科学家，都觉得学理工科是顺理成章的。当时我就到西安公路学院学交通工程，1993年毕业分到北京，分到城建集团一个施工单位做技术员。

那一年变化很大，1993年我父亲成立了黑龙江岳成律师事务所，全国开始司法体制改革。以前是试点，1993年全国开始推开。律师要从国家的体制内分离出来了，《律师法》修改之后，我父亲是1993年第一个辞去公职出来成立了自己的律师事务所。

王春元： 是全国吗？

岳运生： 黑龙江省。那时候试点的律所也很少，1993年全面推开，我父亲是在黑龙江省第一个批的。那一年变化就比较明显了，1993年4月份成立这个所之后，短短8个月他就收入了100万。1993年的时候，100万还是很值钱的，所以家庭条件就一下子改善了很多。

另外，我是学交通工程的，主要是城市路网规划、高速公路网规划、城市信号灯设置等等。我去的是房建公司，专业不是特别对口，单位里就我一个外地分来的男大学生，基本上晚上值夜班、盯工地的这些活都是我的了。其他几位都是北京市的，晚上可以回家，还有女同志也不适合值夜班去。我自己也不那么成熟，把一些工地上危险的事情回去当笑话跟父母讲，母亲很担心，她说怎么这么危险，就不太愿意让我继续做这个工作。

结果1994年"十一"，在回到大庆我给爷爷过生日时，我母亲又提这件事情。当时我还想调到设计院等等，我父亲说干脆就改行，做律师挺好，你也做律师得了。我也没考虑太多，好像也行，那就做律师吧。回来就跟单位请假复习，就是这么一个过程。

王春元：这里面对我来讲稍微有一点点的困惑，运生，你觉得你这个人是一个逆来顺受的人吗？

岳运生：谈不到逆来顺受，我一般没有自己特别要坚持的东西，类似于包括考大学报志愿，包括职业的选择等等，都是家庭，尤其是我父亲的影响比较大。他是一个说一不二的人，我又不是特别有主见，从小顺风顺水惯了，所以很顺其自然的。父亲说别再调工作，调工作费劲，还要求人，干脆做律师得了。于是，就做了律师。

王春元：你的成长过程中，你父亲的导师地位从来没有发生过变化？
岳运生：对。

王春元：你也从来没有产生过怀疑？
岳运生：过去没有，后面中间会有一个阶段很困惑，对父亲的一些做法可能不认同等等。年轻人总是有这个阶段的。

咱们从1978年改革开放，但是司法体制改革相对是要晚于经济体制改革的，律师制度改革是1993年时才开始全面推开。到1994年已经提倡大学毕业生可以双向选择，不完全包分配，这些人事制度改革也开始了，相对而言，以后的道路有了更多的选择。所以到1994年"十一"过后，就说我干脆也出来做律师，这就开始了我的第二段求学经历。1995年

1月份就有研究生考试，但是只有两个多月的时间准备，考试不太理想，就开始准备律师资格考试了，要跟单位请假。那时对于体制内的单位直接说自己要辞职，还不太好意思。我们这种施工企业当时招来一个大学生挺不容易的，领导对我也很好，实在有点不太好意思，就先跟单位说我身体不太好，休息一段。结果快过年时我父亲给我打电话，说你们经理来哈尔滨了，原来经理特意去看我，说这孩子病养得怎么样了？家里人也挺感动的，我就赶快如实跟经理说了自己的打算，经理很开明，很支持，说这也是好事嘛。过完年接着在北京又复习，我记得是3月份，我父亲给我打电话，说听说（中国）政法大学有一个双学位现在还可以报名，我就赶快去位于蓟门桥的政法大学。真是特别巧，那是最后一天报名。我报了名后就赶紧复习，5月份就比较顺利地通过了政法大学的双学位考试了，9月份就去政法大学读双学位。1995年10月份有律师资格考试。当时我印象很深，我想等双学位学完了再考律师资格考试，我父亲说你都复习了这几个月，你去考试怕什么，又不是这次考不过下次不让你考了。我有时候碰到点困难容易退缩，但是我父亲他就要求很严，幸亏听了他的话，10月份我考律师资格考试，一次就通过了。

所以1995年是我的人生道路发生重大转变的一年，律师资格考试也通过了，开始了第二段求学经历，到政法大学读双学位。那一年对我父亲也比较重要，他那一年评了全国十佳律师，1996年就准备在北京办所，年底批下来，从1996年底开始我一直就在律师事务所了。

王春元： 帮你父亲草创北京所？

岳运生： 那时候我父亲还在哈尔滨，我正好在北京，要申报各种资料等等，都是我跑来跑去，到年底拿到批文。我父亲是1996年底过来的，1997年北京所正式开业了，正式执业了。1997年也是我最后一个学期，主要是写论文，我把大部分时间都放在事务所这边，一直到现在。

后面再有的学习经历就是2008年以后了，到光华去读EMBA，包括现在在读的管理学博士等等。主要是所里面有管理上的需求，需要提升一些这方面的专业能力。

王春元：你45岁了仍一直在学习，这个学习过程基本覆盖了你整个成长经历。学习给你带来了什么？学习在你的生命中意味着什么？

岳运生：其实我在本科学的那些知识后来基本上没用到过，但是理工科注重逻辑的思维方式会伴随你一生，受用终生。而且大学期间正是成年最开始的那个阶段，形成整个世界观、价值观及个人性格等等，这段时间对一个人来讲还是很重要的。

后面政法大学主要是专业上的系统学习了。法律背后的逻辑关系和理念这些方面不是靠自己看条文可以学到的，要有老师带你去专业学习。

到光华的学习主要是两方面，管理能力的提升和视野上的开拓。很多同学都是成功的企业家，能够给你带来更多的东西。

像我这种职业是要求你必须不断地学习的。另外我们中国处在一个急剧变化的时期，你如果不注意学习的话，很快会落后。如果有机会能站到巨人肩膀上，有机会系统地去学习一些最前沿的东西，多跟一些最前沿的学者去交流，自己的视野会更开阔。

一般人看，律师是一个相对比较专业的领域，其实这个社会很多时候需要跨学科的知识，律师也是这样子。你做业务的时候不光是需要法律方面的知识，还需要你考虑很多终极的、文化的、人文的精神等等。

王春元：你的法律专长是哪个方向？

岳运生：我更擅长的是公司投资类的，像经济法、公司法、证券法等等方面。我从1997年开始做律师，那时候所里的业务面很宽，无论刑事、民事、经济、合同等等都做过。现在的法律门类也是越分越细，我其他方面的业务相对做得少了，尤其像劳动合同等方面，我确实就不擅长了。

王春元：是不是这类案件代理的费用标的不高？

岳运生：到我这个阶段基本上跟费用关系不大，我经常会代理一些一分钱不会收的业务。关键是看它的重要性。我现在接触到的客户更多的需求是重大投资这些方面的，他更愿意听你的意见，所以我需要在这些方面保持业务水准，才能给客户提供好的服务。归根到底还是基于客户的需求，你必须选择适应客户需求的专业方向。

王春元：能不能跟我们简短地分享一个，比如说你代理案件中的得意的例子？

岳运生：现在我诉讼案件做得不是特别多了，更多是一些非诉讼的项目，公司类的、投资类的。我举两个吧。一个是客户非诉讼方面的项目需求，是我一个EMBA的同学，他的企业在天津，在医疗器械领域做得很好。境外一个在美国上市的比较大的公司想并购他的公司，这个项目前后将近两年多，我们的律师还要去境外出差，最后经过起码50轮以上的谈判，这期间相对重要的谈判我都要参与的。最近刚刚完成交割，客户也比较满意。我感觉整个过程中，除了法律专业上的意见以外，客户也很重视律师对市场的判断、今后战略选择的建议等等，他觉得你可以跟他对话，愿意跟你交流这些意见，不单纯是法律上的服务。

从经济效益上来讲，诉讼类可能比较好。前几年我代理的是一个贸易上的跟融资相关的纠纷，对方被一个世界500强的企业收购。客户目标相对比较大，客户的实际控制人又非自由身，在这个案件里面我们确确实实面临很多困难。客户最终选择了我们提供的方案，最后经省高院一审、最高法院的二审，顺利地使客户一个多亿元的损失收回来了，我们也得到了相应的报酬。在诉讼方案的选择、时间节点的控制等等这些方面，有很多技巧。我们对方案论证得比较充分，有可能发生哪些问题最开始都考虑到了，客户采纳之后确实就是按照这个路子来的，最后维护了他的权益。

王春元：中国律师业这么蓬勃地发展了二三十年，也是良莠不齐、鱼龙混杂。普遍有一个认识，中国律师最好不要代理国外的，比如说涉及尤其是并购、重组的案子，应该是找合作伙伴，找国外懂的律师事务所一起合作这样的事情。你前面第一个案子是跟国外合作的，还是你们独立完成的？

岳运生：独立完成的。这个案件是适用中国法律的，他要并购的企业是在国内。国外这家世界500强的上市公司到国内来投资的时候，这种收购在国内法律是专属管辖的，是必须适用中华人民共和国法律的，所以我们可以直接独立完成的。

是否请国外的律师事务所合作，要根据具体情况。最主要的是如果适用境外法律的话，作为中国律师来讲，是必须要找外国的律师事务所来合作的。即使那种在美国学过法律的，也不能就认为对美国的法律精通了，那怎么能保护好客户的权益呢，就必须要找美国的律师来合作了。

王春元：这就是你们要在纽约建立一个代办处的考虑？

岳运生：有这方面的考虑，因为中美之间贸易相对来讲还是比较密切的，各种投资也逐渐在增大。出发点还是满足客户需求，客户有这方面的需求，我们要尽可能地去满足。

王春元：前面讲了你的求学经历、你的家庭对你的影响，这个过程之中，从1978到2008这30年的时间，这个历史时期基本上把你的人生经历和你家庭的经历全覆盖进去了，怎么看待2008年之前的这30年改革开放？

岳运生：我觉得这30年你无论怎么评价都不为过，因为这是改变绝大多数中国人命运的30年。有一种说法，1978年之前解决的是中国人站起来的问题，之后这三四十年里解决的是中国人富起来的问题，后面是强起来的问题。律师行业发展也是一样。1978年、1979年的时候分别颁布《刑法》和《刑事诉讼法》，那之前只有《宪法》《婚姻法》。这30年对全中国各行各业的人来讲都有翻天覆地的变化，如果从律师制度和法治的角度上来讲，基本等于从一穷二白的时期，到逐步形成了法治社会的框架。

王春元：改革开放向深处去，它必然要涉及到体制的改革。涉及到体制改革的话，就没有办法绕开司法体制的改革，你能够告诉我一下整个的法治体系在社会变革中的主要的作用是什么吗？

岳运生： 无论是在变革时期，还是在平稳发展时期，法治体系的中心目标就是一个，维护社会公平正义，这是司法体系的最终价值取向。律师的使命是什么？我觉得《律师法》里面总结很好，开宗明义就是律师是什么——维护当事人合法权益，维护法律正确实施，维护社会公平正义，这是个递进关系。律师的工作是维护当事人合法权益的，当事人来委托你，你是要依法维护他的权益；维护好他权益的同时，你就会保证法律的正确实施，因为法律的规定是死的，最后要靠司法让它活起来。这个过程中怎么保证司法最后能够正确来实施呢，跟法律的规定不走样呢？靠的是各方的力量，律师是其中很重要的一点。法律正确实施了，才会形成达到社会公平正义的终极目标，司法也是这样一个目标，它的整体目标就是要维护社会的公平跟正义。

王春元： 改革开放40年，如果没有法律的完善、发展和健全，改革开放能有今天这样一个成绩吗？

岳运生： 那肯定没有，这是基本保障。其实很多事情都是有同样的规律的，我类比一下，企业初创时期可能步子要大一点，胆子也要大一点，什么你都要尝试，不然可能都生存不了。发展到一定阶段不再盲目扩张，你要想平稳发展，你要考虑风险，考虑规则。到了最后平稳发展时期，你更希望是一个讲规则的环境。国家要创造的就是这样的环境。改革开放初期，法制不是很健全，1979年《刑法》《刑事诉讼法》刚刚颁布，《经济合同法》《民法通则》都是八十年代才开始有，《公司法》到九十年代才开始，一直在不断完善。确实那个时候规则不是特别明确，但是发展到一定阶段的时候，肯定要出台完善的规则。

法律是什么？是规则，是引导正确价值观的一种规则。如果规则不健全，肯定长久不了。我国法律逐渐地健全，到本世纪初的时候，社会主义法治社会的框架体系基本完成了，但是体系完成不代表就结束了，法律界有一句话，叫"土法不足以自省"，光有法律是不行的，更多的还要在司法中去落实、去实践。

前些年，在许多领域我们基本做到了有法可依，但有法必依，执法必严还需加强，所以会有选择性执法、大家会觉得不公平等一系列的问题，现在逐渐都在走入正轨。依法治国要解决的是有法可依、有法必依、执法必严、违法必究的问题，做到了这个，我们的法治社会就建成了。

王春元：我们今天看到改革实际上是进入深水区了，尤其是十九大以后，中央成立了依法治国领导小组，你认为它的目的和意义是什么？

岳运生：成立中央全面深化依法治国领导小组，那就意味着不仅仅是司法领域的事了，要统筹了，而且必须动真格的才能实现依法治国的目标和方略。

举一个很简单的例子，司法领域自己解决不了依法治国的问题，只能解决你司法领域里面一些制度性的问题。比如执行难的问题，靠司法一家能解决吗？绝对解决不了。要想解决执行难的问题，必须要依靠金融、房产、公安等等所有这些才有可能，全社会配合才有可能。当然最急迫的可能是司法体制改革，但是随着它的深入跟深化，其他领域必须要统筹安排，光靠最高法院一家解决得了吗？解决不了。最简单的一个查房产，律师到房产机关去查询一个被告的房产登记情况，资料在谁哪里？在房产登记机关。房产登记机关听法院的吗？不听啊。而且还会出现，比如你到朝阳区去查可能提供五个材料给你，到海淀区去查可能给你提供三个材料，到丰台去查可能压根不给你查，靠法院发多少个文件都解决不了这些问题，只有统筹。这次我是很有信心的。

王春元：就是说这是一个自上而下的改革，必须得是有力度、有权威，才能够推进司法体系整个深化改革。

岳运生：依法治国仅靠司法一家是解决不了所有问题的，这是一个庞大的系统工程，是一个长期的过程，必须由中央统筹推进才可能完成。

王春元： 还有一个问题，社会发展总是长江后浪推前浪，青出于蓝而胜于蓝。在岳成律师事务所里面，有明显和清晰的代际传承、代际传递的关系存在吗？您和父亲有没有在认知方面有冲突？

岳运生： 我们家基本没有求同存异的，只能求同不能存异，所以冲突是必然有的。曾经有过尖锐对立的阶段，当然等我的孩子上大学了，而且随着阅历更丰富了，你会发现确确实实老人那些做法，他坚持的一些东西是对的。但是不代表你所坚持的一些东西是错的，只是你没有机会去实验。

举个最简单的例子吧。二十几年前的时候，对我父亲那一辈人来讲，工作就是第一位。但慢慢到后来，很多时候年轻人不以工作为第一位了，他们就有点费解。以前我父亲礼拜六、礼拜天都要上班的，当然他不要求其他律师、工作人员来上班，但是如果有来加班的他是高兴的，没来加班或者下了班就关手机的，那他肯定是不愿意的。我倒理解，你当老板，这是你的事业，你来加班、来一心扑在这上面，你是应该的；但是对于年轻的律师们来讲，这可能只是一个养家糊口的工具，你不能认为那样想就有问题，就不对。类似于这方面的冲突，包括具体措施上就会有很多，那时候自己年轻，有时候还和父亲对着干。

王春元： 能不能举个例子？

岳运生： 举例来讲，我说我不干了，我再出去找一个别的律师事务所，我还真去过别的律师事务所工作。

王春元： 已经采取了行动？

岳运生： 已经采取行动了。后来毕竟是还要考虑家里的情况，你不能光考虑工作上的事。我父亲是永远不会妥协的，只有整个社会的变化会使他做一些适应，关于所里边一切观点上的分歧，他不会做妥协。

像刚才举的例子，礼拜六、礼拜天加不加班，现在他会告诉大家：我希望你们以工作为第一位，但是我不要求你们工作是第一位的，自己的身体、自己的家庭这些还是比工作更重要的。他现在可以讲这样的话了，因为他在适应社会的变化。但是他骨子里面肯定还是愿意员工都以工作为第一位的，这一点是时代和他接受的价值观教育造成的，改不了。

王春元：但是随着时代的发展，年龄大的人总是跟不上时代，他的想法、他获得的信息、他的整个综合的能力一定是不如年轻人，容易出现失误，老人出现的失误可能是一种历史性的失误。

岳运生：我们这个行业不像那些高科技公司，必须是年轻人的事。律师还是相对比较传统的行业，很少有一个决策错了就全盘皆输的情况。另外，像我们律师事务所规模又不是特别的大，说句实在话也没有更多的错误可犯。有可能导致灭顶之灾的这种错误，我父亲是有非常清醒认知的，我们所里面都是贯彻这一点的，像我们的"三不"原则，你给人家回扣、给介绍费、走后门找关系这种乱七八糟的事件，偷漏税呀，这些都是被严令禁止的。剩下的相对而言都不是那种可以导致倾覆的风险，无非就是发展快点或慢点。律师事务所的使命跟公司不一样，公司是为了扩大市场份额、扩大经营，以盈利为目标的。律师事务所不是以盈利为目标的，关键是要给客户服好务，维护当事人合法权益，维护法律正确实施，实现社会公平正义，所以说我们并不片面地追求去做大做强。律师代理的每一个案件其实都是在创造价值，都是为了维护社会公平正义。所以我们核心关注点并不在效益好与坏，最主要的是你的业务不能出问题，一是从根上别出现刚才我说的那些问题，另外就是业务水准不能出问题，你出问题是损害客户权益的。这些方面我们有一整套的业务管理、质量把控机制，你只要坚持住，风险不是特别的大。

王春元：你作为儿子，最欣赏你父亲的哪一种品质？你认为他跟这个时代契合的哪种品质是最值得你认同的？

岳运生：我觉得坚韧是最重要的，他从来不会遇到什么事情就愁眉苦脸。他身上正能量真的是很多的。他都觉得没有过不去的坎儿，不管什么事情他都坚持，要不是这种品质的话，他不可能下来创业的。

王春元： 你作为二代，如果没有父亲这一代的成功，设想一下你们自己会走到自己创业这条路上吗？

岳运生： 不会的，我不是那种性格。

王春元： 比如说有人会认为你是一个成功的二代，或者富二代，你有什么想法？

岳运生： 其实我不赞同，我不认同富二代这种说法。他们有人说你是律二代，我说这可以，因为我父亲就是做律师的，我再接着做律师嘛。只是富呢，说句实在话，相比普通人来讲我们确实是富了，但这个时代一个律师是不可能有多富的。可能资本家、企业家们可以说是富，律师永远谈不上富。

王春元： 最后一个问题是关于未来的，我们大胆地想象一下，20年以后的律师和这个社会的发展会是什么样的？

岳运生： 现在随着技术的发展，有一些行业的前景我们可能都能看到了，就像以后汽车恐怕没有司机等等。律师相对是一个传统行业，而且是不可或缺的。只要走依法治国的这条路，这是很重要的一环。

我觉得20年以后，律师在整个国家的法治体系里面所起到的作用，会再上一个大的台阶。毋庸讳言，目前律师在社会中所起到的作用，还不太尽如人意，尤其在一些诉讼领域。在非诉讼领域，像刚才讲的企业并购这些方面，作用已经很明显了。

大家一想到律师就是最传统的律师，打官司做刑事辩护，这是最基础的一项业务。到目前为止，我国刑事案件的律师出庭辩护率50%都到不了，可能只有20%多一点。这次依法治国的实施方案里面很重要的一条就是刑事司法辩护全覆盖，就是刑事案件中被告人都要有律师维护他的权益。我想20年以后，在这些方面肯定能够实现了，这是从量的角度上来讲。

从质的角度上来讲，目前律师辩护意见的采纳率相对来讲还是很低的。律师在案件中，最早可能就是个摆设，现在你的意见还是得到一定的重视了，再以后就能够体现出这种控辩平衡、司法均衡等等。

王春元：20年以后，你设想过岳成律师事务所会成什么样子吗？

岳运生：还没有。家族律师事务所的规模不可能做得特别大，有人说打破这个框框，允许其他人成为合伙人，才有可能进一步壮大，但目前我们还没有这样的计划。如果说下一代还能认同的话，我们还是希望这么传下去。

现在我们不敢说自己是行业领先，但可能在某些方面能做到行业领先，例如像法律顾问业务这块，我们应该是行业领先。但是其他很多的业务领域不一定是领先的，我们希望能有更多的领域处在行业领先地位。

叶明钦：我与时代撞了个满怀

叶明钦的每一步，都踏在了时代的鼓点上。每一个里程碑式的时间和事件，他都正在现场。

从 1978 年上大学，到出国留学，到外企高管，到海归创业——每一次时代的变局，叶明钦都是第一批，他与时代撞了个满怀。

每一步都踩在时代节拍上

叶明钦出生于闽北山区，那里闭塞、传统、保守。在上中学之前，叶明钦没有走出过大山，不知道外面的世界是什么样子。好在家风好学，父亲又担任了废品回收的职责。在那个把各种名著当成"毒草"的年代里，很多书籍被当成废品送进了回收站，年幼的叶明钦便得天独厚地拥有了一个免费图书馆。他如饥似渴地阅读了大量书籍，无形中为他丰富了眼界，打开了心扉——他迫切地想知道外面的世界是什么样子，是不是如书中写的那般精彩？

"文革"中的大串联给了他这个机会——可以免费扒火车到处跑。他走遍了大江南北，对中国、对不同于故乡的世界有了更深刻的认识。他的好奇心更大了，想要更加彻底地离开这个小山村。

恰在此时，"文革"结束了，恢复了高考。叶明钦凭借聪明的头脑和超出同龄人的知识储备一举中的，考上了北京商学院。说起来，这还是个乌龙。本来叶明钦报考的是黑龙江商学院，但被拒收——理由之一是考分太高超出分数线过多，另外看他是南方人担心他受不了东北的严寒。如此奇葩的理由让今天的人们简直难以置信，还有看到高分考生往外推的，但也让我们看到了那个时代的人性温暖和对人才的珍惜。就这样，他被推荐到了北京商学院。

收到录取通知书的叶明钦半信半疑，自己并没报考这所学校啊，而且学校名录上也查不到，他一直怀疑这所学校到底在不在北京，直到火车抵达北京站。来北京一直是他的梦想，串联时两次路过，但很不凑巧，都阴差阳错差了一点点，每次都到了北京城边却擦边而过。这次竟然能在毫无准备的情况下空降，他实在不能相信竟然有这样的好运气。北京站迎接新生的横幅和热情的接站老师打消了他的疑虑，原来真的有这所学校，而且毫无疑问就在北京城里。

大学生活让他对知识如饥似渴，也让他感到新鲜。他头一次知道自己说的不是普通话，他几乎每次开口都会被同学要求重复，理由是听不懂，他才知道自己浓重的福建口音已经成了交流障碍。他立下志向，一定要学一口地道的英语，不能再重蹈普通话的覆辙。但不巧的是，英语老师是山西人，教的是一口山西味儿的英语。他便自己去闯英语角，去故宫、北京饭店、友谊宾馆等地做志愿者，给老外当导游。开始时，老外听到他的英语很茫然，慢慢地他越来越流畅，到最后老外露出会心的笑容，他可以自如地介绍中国文化，游刃有余。

当商务部准备公派学生出国时，叶明钦依靠扎实的基本功过关斩将，成为五个幸运儿之一。谈及此，他谦虚地说自己并不是最优秀的，只是恰好各方面都没有短板而已——先是考数学，刷掉了文科背景的一批人；再考历史，居然不是按课本出题，于是让从小读杂书的他脱颖而出；考地理，他说有赖于串联时的走南闯北，实地感知自然比课本上来的印象更加深刻;到最后一轮考英语时人已经所剩无几了,他在实践中锻炼出的口语和应用能力格外亮眼,顺利成为第一批入选的学员之一。

1980年代初期,留学生还十分稀少,在加拿大渥太华大学求学期间,恰好碰上时任中国国家主席李先念、时任水利电力部部长李鹏访问加拿大,学校安排叶明钦接待。因为他本来就是学校的"名人",一到校就主动要求做助教,学校看他如此积极便给了他200多加元外加一间办公室。在办公室里他除了帮助老师批改作业,协助教授做研究,还接贸易团、采购团翻译材料,最后还成立了一家贸易公司。所以当中国国家领导人访问时,校方毫不犹豫就想到了他。机会总是青睐有准备的人,说的就是这样的情况。

正是在这次会见上,主席和部长号召留学生学成后回去报效祖国,中国的改革开放,急需引进了解西方文化和商业规则的国际化人才。也正因为这次机遇,叶明钦明确了回国的念头。25岁拿下渥太华大学的工商管理学位后,叶明钦回到中国,并成为DIPIX公司进驻中国的首席代表,随后又进入外企的"黄埔军校"——IBM公司。叶明钦成了那个年代让人艳羡的第一代外企人,而且是其中翘楚。这不仅给了叶明钦一个高起点,也极大地影响了他今后的事业走向。

1986年回国,叶明钦是在北京的"外国人"之一——因为学制的不同,加上"文革"中断学业底子偏薄,按既定的年限根本完成不了学业,又没钱回国续护照和签证,叶明钦在加拿大求学期间入了加拿大籍。

福建人是讲宗族、讲家国情怀的,把根和血脉看得特别重。他不想让子孙后代和族人把他当成一个精致的利己主义者,一个机会主义者。八十年代末期,他放弃了许多次出国机会,决定还是留下来按部就班该工作就工作,该生活就生活。没过多久,中央电视台做了一个报道,表示在特殊情况下还有一批跨国公司留下来在中国继续发展业务,并明确提到了IBM、松下、美洲银行等一批公司的名号。

当时IBM中国有200多个员工,大部分是通过外企服务公司入职的,是中国雇员,借调给IBM,严格地说并不属于IBM。而叶明钦加入的则是

IBM 中国香港公司，而且是外籍身份，所以是唯一一个能代表 IBM 的人，只要他不走就可以说 IBM 还留在中国。当时 IBM 中国的总经理说："叶先生，你可想好了，IBM1939 年进入中国扎根上海，1949 年离开上海；30 年后在 1979 年又回到中国，每一个 10 年又得离开。这次离开什么时候再回来就不知道了，你自己可想好了。"叶明钦表示："想好了！"

结果话音刚落就收到总部消息，任命叶明钦为 IBM 中国的代理总经理。正常情况下，以叶明钦的资历大概至少需要十年才能"爬"到这个位置上，因为非常时期，中国还有 200 多个员工、几百个客户，不能群龙无首，总得有人管起来，叶明钦就这么临危受命成为了代理总经理。没过几天，外经贸部、财政部、冶金部分别找上门来，给了几个大单——"IBM 这几个项目原来你们没中标，因为价格比别人都贵，但现在竞争对手都跑了，不给你们给谁呀？时间不等人。"这都是几百万美金的大项目，当年的业务一下就盘活了。本来做好了吃苦和打持久战的准备，谁知道好机会来得如此突然。

1990 年，IBM 中国实现了盈利，终于摆脱了之前一直亏损的窘境。至今在 IBM 中国的总部办公室里还有个镜框里放着"one dollar"，即一块美元，用以纪念 IBM1990 年在中国挣到的第一块钱。而时年 29 岁的叶明钦也被正式任命为中国区总经理，是当时 IBM 全球最年轻的区域经理。

不久，叶明钦又做出一个在旁人看来不合常理的选择，就是试图恢复中国公民身份。从他以一个加拿大公民、一家高科技公司驻华首席代表的身份回到中国后，他就觉得必须恢复自己的中国身份。但一了解，答复是可以恢复，但户口只能落到原籍福建，不能在北京。有经验的人士建议最好不要这样做，会对频繁出国的人很不方便，福建籍和浙江籍的拒签概率非常高，会严重影响工作。恰好国内当时开始办理永久居留，叶明钦便与三个孩子一起办理了"中国绿卡"，一共才有几百个名额，叶家就占了四个，而且编号都非常靠前。

叶明钦此举不是作秀，福建人强烈的家族观念和寻根意识融入他的血脉，他本能地做出这种选择。三个孩子出生时他一直在跨国公司上班，大部分时间都在海外生活，1990年离开IBM后到SSA负责亚洲区业务，全家住在新加坡，后来又移居美国。两个大孩子都在新加坡入学，最小的孩子后来又都在美国读书，从小上的都是国际学校，但叶家的中文教育从没有间断，除了学校的中文老师，叶家还特意请了家教，起码让孩子在语言上不要产生隔膜。女儿读大学时，还特意选了北京去的同学做舍友，她的普通话有了很大进步。她学成之后也回到了中国，已经在国内工作了五年。

而小儿子叶志成，后来干脆申请恢复了中国国籍。受父亲创业的影响，叶志成从小喜欢赛车，并成了专业的赛车手。在参加国际比赛的过程中，他产生了身份困惑，到底是代表加拿大还是中国比赛？从国籍上讲他是加拿大人，但长着一张中国脸，别人认为他是中国人，父母的长期熏陶也让他认同自己是中国人。这种"拧巴"真的很不舒服，他表达了自己的愿望：我能不能加入中国籍？叶明钦到有关部门打听之后，表示完全可以，而且非常欢迎。就这样，叶志成加入了中国籍。

因为国内火热的创业氛围，叶志成辍学回到中国创业。他在美国大学读了一个学期，本来叶明钦为了让他安心读书，在大学边买了房子，还弄了一批赛车，即使这样也没有留住叶志成，因为他看到了中国改革开放三十多年的巨大机遇，觉得不容错过。中国已经成了世界汽车制造大国和消费大国，下一步在汽车文化上一定会成为一个大国、强国，不能失去这次发展机会。叶明钦尊重儿子的选择，积极帮他加入了中国国籍，并羡慕地看着儿子享受了很多他无法享受的政治权利——比如在中国的协会主席或副主席，他都不能担任，但儿子可以如鱼得水地做很多他想做而不能做的事情。现在，叶志成已经是金港赛车学校的校长，未来，他还将在汽车文化的打造和推动上做更多的事情。

从外企高管到实业兴邦

1990年下半年，叶明钦离开了IBM，来到另一家跨国公司SSA——

家做管理软件的知名美国上市公司，与 IBM 存在战略合作。

这一做就是 8 年，到了 1998 年，也就是叶明钦 38 岁时，他有了新的职业倦怠和人生困惑：到底是继续在跨国公司谋求一个高薪的职务，还是人生有所转变去寻找一条新的道路？他决定辞职创业。

周围的人再度大惑不解，知名外企的金领职位，多少人可望而不可即，怎么说不要就不要了呢？在叶明钦心里，这其实已经是个鸡肋——待遇很好，30 万美元的年薪，扔了会觉得可惜；但要继续做下去一定会有天花板，就算能做到亚洲区总经理，或者再往上到全球副总裁，但终归是别人的公司，而且就算让他去负责别的区域，也不一定有兴趣，因为机会在中国，在亚洲，在自己的故土。叶明钦和夫人一同做出决定，下海创业。此时距他 1986 年回国恰好 12 年，一个轮回。

SSA 公司的很多同事听到这个决定后都有些惊异，纷纷发问："我们是跟随您来到 SSA 公司，是您招来的，也觉得跟着您很踏实，但现在您离开了，我们怎么办？"为了对这些下属负责，叶明钦投资成立了一家公司，总部在香港，开发在天津，销售在北京，这批人都很乐意，跟着叶明钦来到了新公司。也是机遇奇佳，不到一年时间，当时刚上市的中华网表示要收购公司，并开价 1200 万美元。在那个年代是相当大的一笔钱，叶明钦做好了员工安置计划，出售了公司，获得了 500 万美元的现金，其余部分是股权。

因为是上市公司行动，这个消息立刻被公之于众，"叶明钦手上有一大笔现金"这事被业界传得尽人皆知，很多创业者找上门来，希望他投资。一直很幸运的叶明钦这回却频频打眼：先是朋友安排马云跟他见了一面，叶明钦当时觉得此人夸夸其谈，而且一个文科生跟他这个 IT 跨国公司总裁谈互联网，这到底谁给谁普及啊？公司里随便拉一个团队也比这个草台班子强。确实如马云所说"爱搭不理"。没过多久，有人组织了一次留学人员汇报会，叶明钦旁边恰好坐了一位百度副总裁，也是李彦宏的创业合伙人，很主动地给叶明钦演示了他们的检索系统，并问他有没有兴趣投资？叶明钦第一反应是"怎么这么粗糙、这么简单"，这种东西还能融到钱？

他直言不讳地说在 IBM 里随便抓一个系统都会比这个好若干倍。这位百度创始人也悻悻而回。多年之后，叶明钦笑言自己也不容易，BAT 中三个错过了两个，而且今天确实是"高攀不起"了。

但一路向前的人并不会太多地回头看过往，何况时代给了他另一个机遇。

多年的海外生活经历让他在很多方面先人一步。他看到了汽车行业起飞的迹象和先机，西方发达国家的汽车文化已经非常成熟，围绕汽车形成了包括赛车、改装、旅游、文化等多个产业集群；而国内还相当粗放，随着经济的发展，未来一定会追随发达国家步伐，有更为丰富和多样化的应用。

同时，多年在跨国公司的服务经历，也让他对人才流失有了切肤之痛。1995 年叶明钦执掌 SSA 中国公司的时候，北京公司就有 200 多人，微软那时才 3 个人，Oracle、ACB 等还没进中国；而到了 1998 年，这些竞争对手陆续来到中国布局，纷纷到 SSA 挖人，对销售经理许诺以总经理职位，销售员提拔为销售经理，并开出双倍或三倍的工资，结果 SSA 一定程度上成了"黄埔军校"，给全行业包括竞争对手培养人才。但这还不是大问题，令叶明钦痛心的是外派人才，当时为了项目的汉化开发，公司派了 100 多人到美国总部，最后 100 多人就回来了一个，其余的在完成工作任务后都以这样或那样的理由留在美国了。从此，叶明钦开始对做 IT 的人"不放心"，太聪明了，学得太快，算得太清。

叶明钦觉得，美国也不缺人才，我为什么要一直给美国、给竞争对手培养人才呢？这是他之所以会"踏空"阿里和百度的诱因之一，对 IT 行业有本能的警惕；但这同时引发了他的事业转轨，他下定了决心为自己做一些事，为中国本土做一些事。而且，要做实业。

叶明钦打算开家具厂，他看上了金港这个大窑坑，因为里面都是耐火砖，用来建工厂可以防患于未然。工厂建完了，砖块也用完了，剩了一个大坑干什么用呢？一个最简单的选择就是倒垃圾、倒渣土，一车 50 块钱——就凭这个坑可以收几千万的钱，但这未免太缺乏技术含量；另外就是建会展中心，但一调研发现民营企业不能做会展中心，而这个坑天然适合建赛车场，叶明钦便带着儿子全世界去考察赛车场。

国外的赛车场已经趋于成熟，但大的赛车场因为运营成本高也多半是亏损的，小的赛车场盈利状况还不错。回国再考察，当时中国只有一个赛车场在珠海，但因为有走私行为被停止运营一年。当时到珠海赛车场参加活动的人大部分是港澳台的，有些人便利用免税机会做走私，最后被查处。所以对叶明钦而言这也是冒险之举，因为那时中国还在自行车时代，别说赛车，就连汽车也未普及。汽车多半作为公车出现，还没有进入家庭。

可以说时间点很微妙，"领先一步成先烈，领先半步成先驱"。思前想后，叶明钦决定冒险一试，先少量投资，做越野赛道、超级短道，然后再做F3赛道——不用一上来就想F1那么高。

2003年赛车场刚建完，正准备大干一场，迎面碰上了SARS。北京市政府严令不许搞聚众活动。从5月份一直等到8月份，叶明钦心里默念"完了完了"，他心里没底了，因为病毒没法人为控制，而且传播这么快，真有一种"世界末日"的感觉。

但也不能坐以待毙，没有活动赛道就没有价值，之前的所有努力都白做了。创业团队一起想了个主意，准备做一个募捐活动——专门给120的司机募捐。因为当时医生、护士都收到很多捐款和荣誉，但是开120急救车的司机也很危险啊，他们也应该得到重视。既然是司机，就和赛车场有关系，金港要给120司机搞一个募捐活动，而且这个活动是人在车里，彼此不直接接触，这样就保证了活动的安全性。卫生局等部门的领导觉得这个创意不错，便批准了。

赛道第一次被启用，而且是在这么特殊的情况下，大家开着车在赛道上转圈，一起高唱《团结就是力量》，司机们也按着喇叭助威。那一刻所有人都心潮澎湃，觉得又看到希望了，团结确实可以产生力量。也受这次活动成功的启发，叶明钦带领团队开始多做这种人在车中不直接接触的活动，成为北京市那段时间率先恢复活动的公共场所。

熬过了 SARS 危机，赛车场开始慢慢向好，而且也赶上了一个接一个的风口浪尖。

2004 年是中国汽车销售井喷年，因为金港有北京市唯一的专业赛道，很多厂商选择到此做活动，并且随之在金港周边开始建店，并形成了扎堆的势头。汽车本身是资本密集型行业，很快就吸引了越来越多的投资，金港赛车场也越来越热闹，有了寸土寸金的势头。以北京五环半的地理位置卖出四环边的租金价格，专业赛道的附加值非常明显。

2005 年又迎来了一个没想到的机遇。北京市一位领导到金港视察，明确表示北京的汽车制造业和服务业要有选择性，以高端的、附加值高的、文化属性高的为主，这与北京的城市定位有关。北京是首都，是超大型城市，所以要大力发展公共交通，让大家上下班像东京、中国香港一样使用公交车系统，不要过多占用城市资源，而不要将汽车作为一般代步工具。但同时因为汽车产业有很好的带动性，所以北京也要发展，那就是高端附加，比如赛车，或者到郊区自驾游，可以带动贫困地区的经济发展。

2008 年又赶上了另一个机会，即针对全球金融危机提出的经济刺激计划，又因为拆迁和基建造就了很多富人，一时间豪车的需求量剧增，甚至加价出售都供不应求。奔驰、宝马、奥迪、保时捷这些高端汽车品牌开始到处找筹建高端 4S 店的地址，不约而同地发现金港的条件优越，离城市不远，还有专业赛道，便一拥而至。在那两年，金港响应号召率先实现了腾笼换鸟，引入了很多高端品牌。之后的聚集效应越来越明显，汽车巨头纷纷看好金港，法拉利、保时捷、兰博基尼、迈凯伦、捷豹也逐一加入，奔驰、宝马、奥迪在金港甚至沦为中等品牌。

2013 年北京开始摇号限制牌照，买车的人少了，但金港的业务并没受影响。因为摇号中签率低导致大家很珍惜这个名额，所以不会去购置太低端的车，而且北京原本也应该走高端路线，所以金港的营业额不降反增；再加上二手车、平行进口、零部件、保险业务，粗粗估算就有 200 亿的产值（2016 年数据）。原本打算做垃圾填埋的一个大窑坑，能有这么高的产出，当初谁也没有预料到。

就在有意无意间，金港形成了滚动发展，而且创造出一个独有模式：首先有赛道，很多品牌会来做活动；第二有人流，来的人目的很明确，就是来买车或来看赛车，目标客户很容易聚集。这样就造成了良性循环，越来越多的知名品牌寻求入驻，每年金港都会增加新的高端品牌，也带来了相应的差异化的文化。金港模式产生了溢出效应，旁边恰好是蟹岛休闲度假区，原本以政府采购为主，"国八条"之后业务量下降，不得不谋求转型，和金港的合作形成了一条成功之路。每年有几十万人在金港进进出出，他们可以在蟹岛吃、住、消费，参加各种各样休闲娱乐活动，再加上附近的回迁房，就形成了一个有产业、有娱乐、有旅游、有住宅的产业集群，很多人在这里生活和工作，在无意间造就了一个"特色小镇"。

"特色小镇"是这两年特别火的概念，但很多还仅限于概念，而叶明钦已经实践了15年。这15年来一直在探索，小镇里有就业、有住宅、有各种各样丰富的活动，居民不用每天为了上下班堵在路上，小镇不是睡城，也不是CBD，而是形成了自己的独有体系。这个模式在中国复制得非常好，秦皇岛、贵阳、福州、青岛等地现在有十几个金港小镇同时在复制。

而放眼国际，这样的商业模式也属于首创。国外的赛车场要么在荒郊野外，要么就在城市道路上；而且国外卖车配套设施发展比中国慢，2000年左右底特律还没有4S店的概念——或者说4S店模式是由中国开始并完善的，国外一般卖车、修车、赛车是分离的，各干各的专业。而金港特色小镇的概念突破了之前所有的束缚，首先把赛车、卖车、修车、改车都集中在一个地方，极大地方便了消费者；并且提出了"公园"的概念，把环境改造得很好很人性化，再加上与周边共同开发休闲、娱乐、住宿等设施，对人群的吸引力是毋庸置疑的。这个模式确实是金港自创的。

沿着这样的自主创新往下走，叶明钦认为未来的想象空间足够大，而且完全有可能做到世界领先。金港已经不是简单地卖车，或者体验赛车，而是真正的消费升级和体验经济。当下的金港，已经有很多客户是线下体验、线上买车，而且可以按需定制，像淘宝一样买车不是段子，而是真实的应用场景。

金港汽车与互联网+

很多人认为线上会替代线下,因为电商对实体经济的冲击到处可见。但叶明钦认为车有其特殊性,必须体验在先,不能只看颜值,因为车对安全性和操控性的要求是高于其他商品的,起码在现阶段是不能忽视的。而随着80后、90后消费群体的崛起,他们对消费的娱乐属性要求更高,不会只把车当做一个工具来看,这就为周边配套提供了很大的空间,让这个产业更加深入到各个层面,并演变为一种生活方式。

改革开放40年,中国日益成为世界经济的发动机之一,在很多领域实现了弯道超车。叶明钦认为在未来20年中国依然可以保持强劲模式,并在若干领域进入世界前列。金港模式走了快20年,一直在探索,一直保持创新,这都是以改革开放的大势为前提的。

在叶明钦看来,未来汽车具备三大典型特征:轻量化、新能源、智能驾驶。中国在这三方面完全有可能再度实现弯道超车,成为世界汽车行业的引领者。轻量化很简单,就是造车用的材料越来越轻,比如铝合金、钛合金等。新能源主要是电动,或者未来再出现别的替代传统燃油的动力供应。但中国发展最快的应该还要属智能驾驶,AI这两年在中国的爆发有目共睹,很多互联网公司都进入汽车产业。它们的优势会在什么地方呢?一是无人驾驶,二是共享汽车,就是随需随取,即叫即到,就像现在的共享单车一样,需要车的时候就叫一辆车,不需要的时候随手一放。而未来的汽车更为智能的是,要去哪里上车后把目标设定一下,它便会自动驶达。

那么很多人会说无人驾驶会不会完全取代人工操控,那赛车也没必要存在了。叶明钦认为这不是一个技术问题,而是一个文化问题。汽车代替了马车,但赛马产业并没有因此消亡;有了无人驾驶,也不意味着从此再没人驾车。还是会有人买车,但会更加个性化,因为买车是为了参加比赛,或者自驾游,或者只是好玩儿,会更接近于一种玩具。驾驶本身是有乐趣的,就像自动挡出来后,还是会有很多车友喜欢手动挡,因为有驾驶的乐趣。

当汽车和驾驶离代步和工具越来越远的时候,它作为体育、休闲、旅游的载体反而就更容易发展起来,这就是金港汽车公园和金港汽车小镇的模式。比如说秦皇岛正在规划巨大的汽车未来城,把首钢的工厂设备搬走,把曹妃甸工厂留下来,在一张白纸上重新打造、规划。汽车未来城当然以车为主,里面会有各种各样的小镇,比如说红旗智慧生态小镇,会有各种年代生产的红旗车,大家可以体验最新的,也可以玩一把复古,比如穿着年代感的衣服开着那个时代的老爷车。

中国的互联网公司和互联网应用是走在世界前列的,和汽车业、地产业的结合又非常紧密,所以完全有可能创造新的模式,并超越西方取得领先地位。汽车业目前在中国已经是仅次于地产的第二大产业,而且它的产业链更长,因为它本来就不限于是一个交通工具,同时还具备竞技体育属性,而且也可以向休闲娱乐方向发展。它本身又是技术密集型的,与科技密不可分,未来的汽车完全可以看做一个"移动的ipad"——就是一个移动终端、一个人机节点。未来中国也会是汽车轮子上的国家,但又和美国那种开着大车的风格不一样,中国会有很多智慧的、智能的小车,甚至如同共享单车一样普及。

回想四十年,叶明钦与时代的节点几乎都严丝合缝——虽然也有踏空了投资阿里、百度这种事件,但他不无调侃也不无自嘲地说,也许自己投了就不一定会成功,因为如果投资成为大股东,肯定不会容忍马云"胡来",而不让他"胡来",阿里也成功不了。但总体来说,这四十年遇到的所有重大变局,他都"正在现场";而每一次的转轨,他也都紧紧抓住了时代机遇,始终没有被这辆高速列车所抛弃。

当下,叶明钦定义为人生的第三次创业。第一次是回国的头12年,在跨国公司任高管,虽然名义上背靠大树,其实也是赤手空拳开创中国区业务。第二次是做了十多年的实业,一直到金港汽车公园的建设,都还算是实业。而从2014年起的转型是第三次创业,做得更多的是体育文化与互联网、娱乐结合的文化产业。这条路就很长了,值得用一生去经营,目前还无法确定它的终点。国外成功的汽车运动或者汽车文化公司都有百年历史，比如说纳斯卡已经经营了三代人；印地是美国第二大赛事，也有超过一百年的历史；欧洲的赛事也有五六十年或上百年的历史，而中国的汽车文化可以说是刚刚开始，所以还大有可为。而且令人兴奋的是，金港不会完全照搬国外的做法，而是要借鉴和参考，同时结合中国的国情做创新。

玩车的叶明钦显然进入了快车道，年近六旬的他没有想过停下来，甚至没想过减速。一是停不下来，时代赋予的机遇太好，已经做成的大势正在眼前，令人不忍辜负；二是不能停下来，这个时候需要80后、90后的闯劲，和对市场需求的把握，但也需要经历过改革开放40年的60后们帮助掌舵，把握大的方向——这个方向就是在遇到十字路口的时候，凭着一种信念、凭着不管发生什么都要将中华民族五千年文化传承下去的动力，继续传递下去。尤其是他的小儿子叶志成能够回国创业，并主动加入中国国籍，这让叶明钦大感欣慰。他自己虽然没有给孩子过多说教，没有刻意地讲大道理，但通过言传身教，通过让他看到父辈的路径和未来的战略布局，让孩子对中国、对未来充满信心。

叶明钦是改革开放的受益者和幸运儿。他不否认这一点，但更相信"越努力越幸运"。因为这40年来之不易，并非一帆风顺，也经历过犹疑和困惑，有的人甚至失去了方向，认为"看不到未来"，而只有相信的人才能克服困难走到最后。正因为目睹了改革开放前后的巨变，所以更加珍惜改革开放的机会，也不敢言退。用那一代人小时候流行的话说叫小车不倒只管推，一直推向更美好的未来。

叶志成：一个 CBC 赛车手的文化寻根

叶志成是我们采访的创二代里最年轻的一位。生于1993年的他落地便有加拿大国籍，后来又长于新加坡，求学于美国，幼时也随创业的父亲在北京生活过，可以说生来便是国际公民，是符合新世界和新世纪要求的一代。但他也不是没有困惑，比如身份认同。作为赛车手，自己究竟代表中国还是加拿大？虽然法律上他是加拿大人，但与生俱来的黄肤黑发，从小的家族教育，他在心理上更亲近中国，也认同自己是一个中国人。所以，他将国籍改回了中国。这是一位别具一格的90后。

王春元： 你好，志成，应该说哪怕在以个性著称的90后里，你的成长经历也是比较独特的。受父亲和家庭环境的影响，从四五岁开始就跟着父亲满中国、满世界地看各个地方的汽车城、赛车道。这个过程中，你怎么看待你父亲他们这一代的创业者？你今天也成为了一个创业者，又怎么看待你们自己这一代人？

叶志成： 首先父亲是从0到1，十五年前我们来到这个地方它就是一个砖窑，什么都没有，全是土，还有几块湖面。后来他把这儿改造成了中国大陆第一条F3赛道，真的是从0到1，先是土路，慢慢把它变成沥青路面，再变成一个正规的赛车场，这是他开创的事业。而我有了这个机会和平台，在这条赛道上就可以做内容了，就是汽车文化、汽车文化里的体育——也就是赛车这个板块。我觉得，如果没有这个机会，我是不可能进入这个行业的。

王春元： 也就是说你父亲给你搭了梯子？

叶志成： 是这个意思。现在金港也走向全国了，我们的内容也跟着一起复制到全国了，我在未来十年里有忙不完的工作。

王春元： 你父亲前两天跟我聊的时候说到很有意思的一件事，别人一说金港赛车学校的叶校长，都找你父亲去了，他赶紧解释说我不是校长，校长是我儿子——叶志成。于是大家都很好奇，一个90后的年轻人如何担此大任？向我们描述一下你的汽车学校和你的创业现状好吗？

叶志成： 没问题。金港赛车学校GT Academy跟普通的驾校是不太一样的，驾校有四个科目，有理论、有实操，最后有考试。我们在架构上也大概是这样，只不过我们用赛车教学，教的不是在公路上怎么守规矩，而是在赛道上怎么守规矩，同时还教你怎么更安全、更有控制性地操控一辆车——这个技术平时开车也用得到，尤其在北方下点小雪或在南方下点小雨的情况下，如果车失控了你会有解决办法，不会慌。

同时，从我们学校毕业的人都遵守一个原则，就是飙车只在赛道上，到道路上我们就遵守交通规则，负责任地去驾驶。因为他们知道车的极限在哪儿，知道驾驶的边缘，知道在路上达不到这个边缘，有太多不可控因素，只有赛道上才能专心地把这台车开到极限，因为赛道上只有你、车和这条路，没有别的因素。这是赛车学校的一个宗旨，安全、专业地去驾控一辆车。

其实赛车学校一大盈利板块就是收取报名费，跟普通的驾校一样，只不过我们的报名费比驾校要高一些，差不多两到三万元，因为我们用的都是专业的赛车。我们颁发的是国家批准的赛车执照，拿着这个执照就可以去跑国家认可的比赛了。

王春元：听你的介绍，中国 GT 的概念是你父亲创造的？

叶志成：对。

王春元：你创造的这个概念、这个赛车叫什么？

叶志成：我的事业部叫汽车娱乐事业部，有三家公司。为什么叫娱乐呢？因为两方面：第一，我们有个影视公司，专门去拍一些娱乐性比较强的汽车节目，无论是大娱乐、大综艺的，还是比较垂直的汽车媒体；第二，我们希望车不只是一个交通工具，还能变成一个玩具，一种生活方式，让大家能把车玩起来，娱乐起来。

我们做的赛车其实是低门槛的赛车。刚才提到的两三万块钱去学一个班，就可以成为一个国家认证的赛车运动员、赛车手。再往上走，就有我们事业部创造的低门槛的全民赛事，叫米其林竞驰 GPGP 金港大奖赛，由米其林轮胎公司冠名，是一个低门槛的赛事。五六万块钱的车就可以去参加这个比赛，只需要做两方面的安全改装，就是把刹车换一下，把座椅和安全带换成我们认证的，就可以去比赛了。

做入门级赛车或是有意思的、好玩的赛车，不用烧很多钱，可以让更多人参与进来，能把这项运动的人群基数做大。现在您看到了，从学校到入门级的赛事，再到中国最高级别的赛事——赛车中的中超，也就是 China GT 中国超级跑车锦标赛，我父亲推广的是一个阶梯。从入门级什么都不懂，到去驾驭一辆赛车，学习赛道，再到中国最厉害的赛车手，有望走上世界舞台，我们做这个阶梯也是为了培养中国的车王。

王春元：说到车王，你从小的梦想似乎也是想要做一个赛车手？

叶志成：对。

王春元：而事实上呢，你也是一个赛车手。

叶志成：曾经是，有两三年是。现在的工作主要是培养赛车手，我觉得这么做的意义更大。

王春元：从小在赛车场里长大，玩、泡，后来成为一个赛车手，再后来建立一个赛车学校，一路走来，是受你父亲影响还是自然形成了这样的兴趣方向？

叶志成：我觉得每个小男孩——小女孩其实也一样，儿时的梦想大同小异，想上太空，成为赛车手，或是成为歌手、明星，都是令人瞩目的工作。小孩子都希望被注意。

我从小就喜欢赛车，而且有好的机会和平台去发展赛车事业。但其实到十八岁时这条路就没有再走下去了，因为太烧钱，赛车太贵了，我真的得努力赚钱。也许等我三四十岁的时候再回到赛车，去从事我儿时的梦想。赛车在中国的商业氛围还体量不够，国外很多车手是可以靠这个吃饭的，在中国并不是，在中国95%的赛车手都是所谓的绅士车手，可能是一个影视明星、艺人，可能是一个企业的老板，有别的事业来维持这个兴趣。

王春元：就是玩票，又增加更大的关注度，是不是？

叶志成：对，就是个兴趣。

王春元：但你是叶明钦的儿子，从经济条件和经济实力上来说，你完全是有条件的，有资金可以去玩赛车。

叶志成：我觉得我拿着父辈的钱，还有我自己的精力，带着我身边优秀的团队，不应该只是自娱自乐，而应该把赛车文化和概念分享给更多的人。我们创办赛车学校和低门槛的全民赛车赛事，就是为了让更多人参与进来，而且不用花费重金，几万块钱就可以玩得很开心。这对我来说更有成就感。

王春元：你觉得你们这代人和汽车文化是什么关系？

叶志成：我觉得对上一代人，车就是A点到B点的交通工具。我们就看路上，90年代末就是黑色、白色的车，就这两种颜色；现在再去看，五颜六色的。而在英国，赛车上有各种各样漂亮的颜色，路上也是五彩缤纷的，可以看到车已经变成一个很个性化的玩具，而不仅是一个交通工具了。

王春元：是流动的风景。

叶志成：它的意义完全变了，以前可能是一个地位的象征，但现在这种意味是比较淡化的，就是陪伴我们成长的东西。我们在赛道里开车，讲究的是人车合一，和车有很多沟通，也有很多信任，所以真的就不是一个发动机带四个轮子了，而是跟我们亲近的一个伴儿。

王春元：这是一个时代的标志，你们生活在这个时代里，汽车文化是摆脱不掉的。

叶志成：我觉得在我生命中是一个很重要、很重要、不可替代的东西。

王春元：你生命中还有更重要的东西吗？比如说去上学，你的个性也比较突出，你在美国加州大学读金融管理，上了一年就退学了。

叶志成：不到一年。

王春元：讲讲这个经历，为什么要退学？

叶志成：我当时迫不及待回来参加工作了，当时我们公司有一个比较大的转型——从一个传统的物业商业地产公司，就是每天收收租金、收收水电费，转型到做体育营销、汽车文化和一系列的活动公关，我认为是一个非常好的机遇，不能错过。

王春元：那个时候你多大？

叶志成：18岁。那会儿其实我已经有一个小团队了，一直在做事情，我想回来带领他们成就这家公司的转型，成就这个公司伟大的目和这次关键的传承，希望把它做成百年老店。

王春元： 其实还有一个重要原因你刚才说了，就是为了你的女朋友。

叶志成： 不完全是，当然也是。初恋嘛，感情太深了，我在美国每一天都是痛苦、受罪，没法跟她在一起真的挺受不了的，这也是很大的一个因素，所以最后决定休学，很冲动地赶回来参加工作。她其实也是一名赛车手，中国最优秀的女赛车手之一，也是中国第一个女漂移冠军。我觉得我们会赛一辈子车的。

王春元： 是我那天见到的女孩儿吗？

叶志成： 是她。不过我们现在已经分手了，那会儿都是未婚妻了。虽然现在我们不在一起了，但还是一起玩车，赛车、修车、改车。我们俩说好了，可能60岁的时候还得继续赛车。

王春元： 这么说的？

叶志成： 对，赛车有速度与激情，可以让一个人心里面很年轻。

王春元： 后来再找女朋友了吗？

叶志成： 没有，就是专心赚钱，然后能早日回归我的赛车梦，这是最重要的。

王春元： 这没准儿是你另外一种恋爱方式。

叶志成： 总之我觉得很有意义，因为除了能成就我自己的梦想，还能帮助身边一些很能干、很想干的人，也能成就他们的梦想，同时能把汽车文化和汽车运动推广给更多人，让他们一起来体验这里面的娱乐和非常美好的感受。

王春元： 很好，很真实，我喜欢你们这代人身上的直接。我的问题也很直接，你尽管出生在北京，但一出生就获得了加拿大国籍，后来你放弃了加拿大国籍主动要求加入中国国籍，你内心的想法是什么呢？我想听几个理由。

叶志成：最主要的理由是想要在国内发展，但很多政策还是很倾向本国公民的。举个例子，如果想做互联网，很多政策和条款不支持外国人做。如果是一个中国人，在中国领土上去做这些事情，自由度要大得多。我们公司业务也比较广泛，会牵扯到很多方面，比如娱乐、资本，还有之前的地产、文化、体育，为了公司我愿意迈出这一步。其实我们的控股股东都是外国人，我们的控股公司也是香港的，公司需要这么一个代表，这不能叫牺牲，就是一个代表，我很高兴、也很荣幸成为这个代表。

王春元：是不是也与中国的强大有关系？能够代表中国，也让你更有自豪感？

叶志成：您说得很对。对我个人来说，我长远的发展就要在中国，这是肯定要做的一件事，是迈出的第一步。等我以后回归了赛车生涯，再走上国际赛车舞台时，我希望车上贴的是中国。

王春元：你以前作为赛车手出去比赛，都是以加拿大公民的身份参加吧？

叶志成：对，每次都得开特例，因为那会儿跑国家锦标赛是不允许外国人参加的。我从14岁就开始比赛了，开了三四年特例。后来就不允许开了，刚好那会儿我也要专心做我的事业了，不想在赛车上花更多钱了。只能说，时机很对。

王春元：你以一个加拿大车手参加比赛，第一程序上很麻烦对不对？

叶志成：对。

王春元：第二说俗一点，也不知道为谁辛苦为谁忙？

叶志成：是这个意思。如今赛车产业发展得非常迅速，它已经是一个很正规、体量越来越大的体育运动。当车手走上国际舞台的时候，除了要代表赞助商、合作伙伴、家人以外，就是要代表自己的祖国。这是我长远的一个梦想和目标，算是提前迈出了一步吧。

王春元：我应该说跟你的家庭很熟，也有很多年的渊源了，跟你父亲和母亲都是多年的朋友，他们两个人的事业我也很了解。你有一对非常优秀的父母，他们的事业都做得非常成功，但人的精力是有限的，他们忙各自事业的时候必然没有太多精力关注你的内心和成长，这个过程中你会感到过孤独和无助吗？

叶志成：有车陪伴着我，一直没有感觉到孤独。您说得很对，他们特别忙，尤其在我小时候，基本上都是阿姨带大的。我七八岁就开始接触车了，司机教我开车，教我怎么去改车、修车、玩车，十一二岁就学漂移，基本上我是跟车长大的。如果现在让我回忆当年，可能80%都是我跟车在一起，别的东西还挺少的。

王春元：这样的生活经历，你觉得会不会在未来的事业和人际交往中造成障碍？

叶志成：我觉得还行。虽然他们经常不在身边，但还是很关爱我们的。我们小时候想做什么他们都很支持，虽然他们没有精力在现场，但家里条件比较好，肯定会给钱去支持，所以那会儿就允许我犯错误。很多弯路都走过了，交了不少学费，现在我就能踏踏实实走上正确的道路，我的路线很明朗。我真的很感恩，要努力赚钱，除了圆自己的赛车梦，也要好好孝顺他们。

王春元：你父亲会介入到你公司的投资里去吗？

叶志成：首先我的事业部是属于金港股份、金港企业旗下的，所以我们是统一的财务管理体系。我的事业部有三家公司是我创立的，分别做赛车学校、体育营销、影视娱乐，这三个公司都处于盈利状态，不牵扯到太大的投入。而且我做事很稳，不会拿钱去砸某一件事，虽然我们公司有这个条件——但我不会浪费公司的钱去烧某一个不成形、没有商业模式的项目。我偏向轻资产地推进，而且做什么必须都得是赚钱的，体育这把火很难烧旺，前几年很困难，等烧旺了会一直旺下去。体育项目的前期投入还是会比较大，但由于我做的是全民赛车，不是那种高昂的全国一级锦标赛，意味着还是轻资产的，投入基本上能回收回来。

王春元：你不断地在讲挣钱，讲你的整个的商业，挣钱对你有那么迫切吗？

叶志成：您问得好。以前我对钱是没有概念的，现在我觉得钱真的很重要。重要的不是它自身，而是它带来的东西，能成就我身边人的事业，能让我的团队成长，拥有这个平台，能让我孝顺父母，更重要的是它能允许我买一辆很快的赛车，让我早日走上比赛的舞台，所以我觉得挣钱是我这个年纪最需要做的。现在就是踏踏实实地做好事业就行。

王春元：我面对你，更多的就是想到了这个世界的未来，因为你这个年龄就是未来。现在互联网技术和人工智能迅速发展，尤其是跟你有密切关系的无人驾驶技术的发展，这些会对你所从事的行业——汽车行业——带来极大挑战。有人说以后都智能驾驶了，都不要司机了，还要什么赛车手啊等等，你怎么看待这件事？

叶志成：首先这是一个趋势，没有人能够阻止的。无论是新能源汽车，还是您说的智能驾驶，这是我们马上就要面临的，甚至已经到我们身边了。很多汽车厂商像特斯拉在技术上已经有很多突破了，是看得到的。对于我们做汽车运动的人来说，要跟着潮流走，所以我们也在研制新能源赛车。为了绿色的草地、蓝色的天空，我们要创造没有声音、没有噪音、没有污染的赛车。

王春元：有意思吗那样？没有发动机的轰鸣了。

叶志成：您说得对，可能没有那个声音感觉就没了，这是一个弊端；

但还有一个大的优势，可以在城市里比赛，在街道上，可以真的把赛车带到人们的生活中去，近距离地去观赏比赛，这又是一大优势。

关于无人驾驶，车手是瞧不起的。代码怎么能替代我们这些天天跟车混在一起、达到人车合一、跟车有感情的人。坦白来讲，人是有失误的，每次过弯道，可能某一个动作、某一个时机做差了会慢个几毫秒，而机器是不会有失误的。我见过很精密的测验，上百个传感器对整个路面、车辆、环境、地表温度一系列因素进行采集，计算极其精细，最后分析得出的结果，它过弯道比人类要快，而且这还只是一个起步阶段。

在赛道里的所谓无人驾驶技术，我个人希望不要走到这一步，不要普及给大家。因为这是我们这些喜欢赛车、喜欢开赛车的人的灾难。那样以后大家只能去看了，根本没法开，坐在里面也只是个看客，这个很可惜。

王春元：你也对现代技术有恐惧吗？

叶志成：一点点。我觉得它不应该来到赛道上，还是在道路上最好。等这项技术成熟了，在道路上会解决很多问题，比如拥堵和不守规矩，这样上下班会顺畅很多，城市的运转也会更高效。

王春元：我想了解你们对未来20年的设想、幻想。打开你想象的翅膀，20年以后，也就是2038年，你认为你所在的行业会是什么样的，这个世界会是什么样的？

叶志成：我觉得两方面吧，第一新能源概念会影响我们整个行业。关于排放，包括能源政策等各方面补贴限制等，是一个趋势，我觉得20年后可能路上50%以上的车都是新能源，包括赛道里的也是。

另一方面，对于我们从事汽车文化和体育行业的人来说，20年后希望把它做成一个大的基数，现在中国持有我提到的赛车执照的人只有不到5万，基数非常小。玩篮球、足球的人随便拎出来就几千万、上亿，所以我们希望能把赛车运动普及给大众。这有很多途径，无论是通过入门级的赛车、学校，还是通过大娱乐去普及，都是我们未来20年的重点。

王春元：这是关于汽车的，如果抛开汽车不谈，你觉得 20 年后你的世界和周围的世界会有什么新奇的事情发生吗？能想象一下吗？

叶志成：我希望 20 年后咱俩还是坐这儿聊车的事，聊公司的事，我不希望有太大变化。我这个人比较怀旧，我觉得现在这个状态是最好的，能持续下去就行，没太多别的要求。

王春元：当下最好？

叶志成：对。

王春元：你跟你的父母在观念上有冲突吗？

叶志成：大体没有。这家公司是一个家族企业，主要就是金港这块，我和我爸经常会有决策要做，可能在这方面会有冲突、争议。

王春元：你举一个例子，最大的冲突往往是在什么地方？

叶志成：我爸很有远见，他做的决定可能十年、二十年后会有很大的突破和发展；但我是一个比较现实的人，我看的更多是眼前的，一个决定牵扯的可能是眼前利益和长远发展，我们会有争议。因为两个都不能忽略，需要找到平衡。

王春元：你觉得你爸的格局比你大是吧？

叶志成：他的高度比我高太多了，20 年前就已经看到了现在整个产业的发展和体量、规模，这个真的是很厉害。不过我还是代表新生代消费者，更接地气，我知道市场需要什么。

王春元：你要来实惠的，先让我把这个快钱挣到，我要活在当下，让我此时此刻快乐？

叶志成：对，因为我们公司也走上了资本路线，对于业绩、指标的考核是很严厉的。

王春元：上市了吗？

叶志成：还没有，不过我们有个三年计划。

王春元：要在哪里？

叶志成：之前想的是上新三，现在可能是主板。其实我觉得离上市还有一些距离，在业务模式和体量上还是要做得更好、更大。我父亲已经看到很辉煌的未来了，但我整天看到的还是更多眼前的事物，这可能是我们最大的不同。但其实论大体，我们俩还是很一致的，实实在在把这个产业规范地做得更大、更专业，这是我们的宗旨。

王春元：你觉得你这辈子能超过你爸吗？

叶志成：我觉得我必须超过他。因为这是一个家族企业，讲究的就是传承，需要每一代把它做得更大、更完善。像美国的纳斯卡和印地，这两家公司就是传承过来的，现在体量已经做到没有别人了，就剩下这两家赛车的体育营销公司了，他们相当于垄断了整个行业，就是因为几代人七八十年的努力做成的。我们也要走这个方向，我觉得我必须做得比他更好。

万捷：融科技之力，传艺术之美

雅昌是做印刷起家的，看起来是工业，但雅昌又是做高端印刷的，天生与艺术有着千丝万缕的联系，国内博物馆收藏和艺术品拍卖的画册印制，雅昌几乎是不二之选。所以，它有着工业企业的严谨和踏实，又有着艺术机构的唯美和浪漫。

雅昌董事长万捷也是如此跨界，他是一位企业家，同时也是一位艺术家——印刷学院科班出身，在国内最早、也是水平最高的印刷合资企业工作过，且成为最年轻的董事，随后又创办了深圳雅昌彩色印刷有限公司，成为国内翘楚。时至今日，雅昌涉足的领域已不局限于印刷行业，并更名为雅昌文化集团，艺术属性越来越浓烈，成为国内艺术品收藏、拍卖绕不过去的存在，并在文物保护和文化交流与传播方面做出了不可替代的贡献。

从北京到深圳，从职场到创业

万捷在北京出生、长大，但他觉得自己并不是一个典型的北京人。他出身军人家庭，后来父亲转业进入中科院系统，便一直在大院里生活。这是一个相对封闭、自成体系的环境，使得他和"皇城根儿"下的北京孩子有很多不同，至今没吃过卤煮、爆肚和炒肝。但父母是文艺青年，经常带着他去书店、美术馆、电影院。而早先这些地点集中在前门、天桥、隆福寺等地，所以他对北京，尤其对老北京的文化和艺术非常熟悉，使得他虽然形似新北京人，但骨子里又和老北京血脉相连。

因为父母的工作比较稳定，所以童年的记忆对万捷来说不复杂而且充满欢乐，除了中间随父亲在"干校"待了一年之外，生活是波澜不惊的，而且玩的时间占了大多数。

1977年恢复高考，15岁的万捷意识到：未来的命运不仅是去插队、当兵了，还能有继续学习的选择。从小成绩就好的万捷看到了新的希望，而且教他的老师陆续在1977、1978年考上了大学，他清晰地意识到自己也想成为其中一员，便开始发奋努力。

1980年，万捷如愿考上大学，成为当时人们口中的天之骄子。父亲建议他上了北京印刷学院——这是个冷门行当。因为父亲是搞情报工作的，接触过很多跟印刷相关的——比如复制、缩微等超前技术，以他的眼光看，未来印刷工业会有很多机会，便建议万捷报考。

但万捷被录取的是机械专业，他不太喜欢这种过于冷冰冰的东西。印刷学院是从工艺美院分离出来的，有很多课程还与工艺美院共享，所以有机会接触到很多艺术课程，他发现自己更喜欢这些东西。当时印刷机械系还有一个印刷工艺专业，那里的师兄师姐们艺术才能都非常棒，开设了绘画、摄影、文学等课程，各方面更像艺术院校，万捷很羡慕，便找机会与他们"混"在一起。对于自己的功课，他的原则是学到成绩不拖班级后腿即可，经常把课余时间用来看电影、看戏曲、看展览。那时北京的文化资源还没有现在丰富，所以万捷还要多方找机会，差不多跑遍了当时北京的所有公开文化艺术机构。当时可能只是觉得好玩，但也许冥冥中已经埋下了后来事业的种子。

到了三年级学企业管理，他一下来了兴趣，觉得终于不那么机械了。每天画图、模仿、计算，在他看来很枯燥，缺乏创造性，企业管理课程打开了一扇新的门。但是在那个年代,企业管理的教材和参考书十分匮乏,他觉得不解渴,便跑到常去的王府井书店买了很多日本出的管理方面的图书——国内这方面的书几乎没有,很有兴趣地自行研究。因为表现突出,他还破天荒被推荐为企业管理课的课代表。就在那时,万捷充满雄心壮志地跟同学说:"我不能在这儿画图,我要做厂长。"因为那时只有国有企业,民营企业这个概念还基本不存在,只有个体户,所以万捷立下了当厂长的志向。他不满足只做个工程师,想要做管理的工作。

1984年毕业分配,他毫无意外被分到了科学院系统,毕业前先到科学院印刷厂实习。万捷的第一反应是这个企业太沉闷了,虽然大学时立下志向想当厂长,但这个厂和他想象的大不一样。

也许正是因为想象和现实的落差,万捷在去中科院正式报到时还闹了一个乌龙。当时正好赶上两个中科院子弟在办理调动手续,人事科长说只要你们离开科学院就同意你们调走,因为这样可以省下两个编制指标,用于吸引优秀的外地人才。万捷便下意识地问了一句:"我不要科学院指标我可以走吗?"人事科长哭笑不得地批评了他一顿:"小伙子您干吗来了?您是来报到的,怎么第一天就想调走?这是闹着玩的吗?"

虽然被旁人当做笑话,但其实万捷心里是认真的。他开始琢磨:不占用户口指标、离开科学院系统就可以调走吗?那自己似乎是符合要求的。这时深圳恰好有一个机会,中国贸促会将要在深圳与日本合资成立一家公司,需要大学生,父亲问万捷是否愿意一试。

万捷没有太多犹豫,或者说这本来就是他心里的一颗种子。当时风气初开,深圳作为改革开放的排头兵和试验田,是一个充满了惊喜和梦想的传奇之地,让很多年轻人充满好奇和向往。万捷的同学里选择深圳的人数仅次于留在北京的,这已经形成了一种风气和潮流。而且当时的女朋友、现在的太太在毕业分配问题上遇到一点小曲折,学校建议她去深圳试试。有了这样两个因素,万捷愈发觉得,深圳不比北京差,不是一个退而求其次的选择,也许冥冥之中就和自己有缘分呢!他不禁有些憧憬:一个充满活力的城市、一个合资公司、一个现代化的企业,可以见到最好的技术、最好的产品、最好的设备、最好的专家，这才是自己想要的、想学的企业吧！

深圳没有让万捷失望，万捷也没有让他任职的企业——美光彩印公司失望。

美光由当时的中国贸促会、广东省贸促会、深圳外贸集团和轻工部四家国内顶级机构发起，又集合了日本三家顶级印刷公司共同成立。确实如万捷期望的那样，拥有顶级设备、产品、技术和专家。他感到充满了新鲜感和活力，如饥似渴地学习着。

都说日本人是工作狂，万捷工作起来比他们还拼命。总经理岩井非常赏识这个年轻人，他是技术专家出身，不仅将自己掌握的技术倾囊相授，还安排万捷多次赴日本实地考察和学习最先进的技术和设备，而且不吝时间，亲自辅导万捷如何做管理，去熟悉企业的方方面面，对他的器重溢于言表。

让万捷不能忘怀的是，岩井先生那时重病在身——他得了脑瘤，生命垂危。回日本动手术时，医院下了三次病危通知，昏迷中他一直在说胡话，护士完全听不懂，把公司的翻译叫过去后，发现他说的全是中文，而且都是工作安排的事。翻译的姑娘一下就哭了，病危还在惦记工作，真是舍身忘我。万捷记得很清楚，手术后没多久岩井就又回到了中国，状态还很萎靡，眼睛都耷拉了下来，但他为了赶上中国春节的新年晚会，还是强撑着来到会场。桌子上摆满了大鱼大肉，别人觥筹交错，但他面前就一碗白粥——他只能吃白粥，不能吃任何油的、咸的东西。这种责任感和事业心打动了在场所有人，也给万捷留下了难以磨灭的印象。

可能也正因为觉得时间不多了，岩井先生更抓紧了对爱徒万捷的教诲，他们几乎每天都当面交流，岩井亲自指点。1985年时，岩井先生安排了十几个不同的专家对万捷进行辅导和训练，将企业管理的理念融入日常工作。其严格和高水平与大学时不可同日而语，万捷觉得自己每天都在突飞猛进。时至今日，万捷也毫不讳言他对岩井先生以及美光公司的感恩，他们用日本式的严谨和敬业给他上了职场第一课，让他在那个年代就意识到"匠心"的意义和分量，并对他今天的事业和职业态度都产生了深远的影响。

万捷觉得，日本式的企业家更多地表现出一种理性精神，对利润的要求不是很急功近利，企业以长久生存为目的。比如有人问松下幸之助要把企业办成什么样时，他没说规模最大，利润最好，而是很忧虑地说争取办成活得更长久一点的企业。这极大地影响了万捷之后的创业思路和企业文化。

令人欣慰的是，岩井先生经受住了病魔的考验，至今还健在。他现在像农民一样整天种菜，晒得像非洲人，万捷每次去大阪出差都会去看望他。而岩井对中国的感情也从未断过，他的儿子也在中国工作，儿媳妇也是中国人。

为人民艺术服务，艺术为人民服务

只用了三年时间，万捷就因出色的工作业绩入选董事会，成为公司最年轻的董事，而且是由日方主动提出的。他一共在美光公司工作了七年，七年内连升七级，从普通职员做到副总，实现了大学时代立下的"当厂长"的目标，而且对现代企业制度下的经理人有了全新的认识。

但他想要离开了。从合资公司创立之初，万捷就实地参与，一手一脚，和创业元老们共同建设起来，从设备的引进、安装，到制度的建立、人员的招聘，看着它诞生、长大，处处浸透着他的心血，也完成了一个职场新人从青涩到成熟的全过程。但也恰恰因为这样，他觉得自己已经尽可能去学习了，今后的成长空间有限，而自己对公司的作用也不像一开始那么大了，他希望能换个环境，到更广阔的天地里去一试身手。

岩井先生极力挽留，从日本飞过来三趟与万捷长谈，并且发来多次传真，提出若干方案供万捷选择：比如说三年之后由他做总经理，美光交与他全权掌舵；或者先安排他到日本休息一段时间，再考虑去留；甚至提出在日本成立一个分公司，把中国的劳动力资源引到日本去，公司由万捷负责。

某些深层次的感觉很难言表。早期合资企业的优势是非常明显的，技术、资金、人才、管理、市场等很多方面，都是中国没有的，所以促进作用非常明显。但到了一定程度后，合资企业经历了新鲜期和学习期，逐步本土化的时候，会有很多妥协的部分——面对文化的冲突不得不提出折中方案，万捷觉得它的领先性就不那么明显了。他理想中的企业，就是按照现代企业制度去科学管理，让它按生命周期去发展，而不要掺杂太多人为因素，由于价值观的原因产生博弈和内耗是他不愿意看到的。他感觉到美光已经处于下降的态势。

此外，他认为自己一直都是一个有想法的人，有自己的使命感。他希望不管在什么企业，无论是自己的企业还是工作的企业，都能够走得长远，有一个远大的目标。在美光他已经感到了瓶颈，无论对公司还是个人而言。25岁的他已经被董事会选出来任董事，而且是董事厂长，这样已经实现了当初的理想，再向上发展的空间不大，而且已经看到了公司本身发展的制约，与其委曲求全不如换个地方放手一搏。

即便如此，万捷依然与岩井先生保持了良好的关系。美光公司的周年纪念还邀请万捷参加，而且中方的董事长和日方的副董事长都再度表达希望他回来的意愿。几年之后，美光公司如万捷预测的那样面临困境，做出了转卖解散的决定，岩井先生还执拗地说万捷买我们就卖，其他人我们不卖。这是后话。

虽然万捷很感谢岩井先生的知遇之恩与信任，但美光后来的结局恰恰证明了他的判断是正确的：一个面临文化冲突的企业是很难实现基业长青的。他需要一个全新的环境来实现自己的理想。

短暂地又在两家印刷公司担任总经理，锤炼了自己的全局掌控能力后，万捷于1993年创办了雅昌彩色印刷公司。

初创的公司规模很小，但万捷的梦想很大，他觉得自己占尽了天时地利人和。首先深圳的区位优势非常明显，它毗邻香港——香港是当时的世界五大印刷基地（日本、德国、美国、中国香港、新加坡）之一，印刷工业非常发达,而且特色鲜明,比如专业化、分工明确、管理严格,是公认的世界级水平,而与香港山水相连,深圳的近水楼台优势毋庸置疑。加上国家给予特区更为宽松的政策,使得香港的优秀经验和人才储备畅通无阻地进入到了深圳,深圳的印刷业迅速崛起,并跻身国内最高水平。相比之下,北京虽然也有国外的技术指导,也有很先进的设备,但市场经济的氛围不如特区浓厚,所以整体工艺水平、综合的工业管理水平还是相对较弱。

客户对深圳趋之若鹜,因为质量高、服务好、效率高,而且充分竞争下的市场价格还更便宜。加上特区的神秘感也对广大的"内地人"产生了吸引力——当时还得办边防证,有点像出国似的,很多人都希望有机会一睹真容。各方面原因导致内地的很多印刷品都拿到深圳去做,深圳成为国内印刷业的最大集散地。

在这中间,雅昌很快脱颖而出,因为万捷从一开始就瞄准了高端定位,要做高水平的、有难度的,做别人做不了的或做不好的。因为他有底气,在美光公司他见到了全世界最好的技术和管理,很多技术甚至比日本本土的平均水平还先进,因为引进的时候就是要最好的。这一切让雅昌很快后来居上,很多老客户始终跟随万捷,因为相信他的水平和人品,所以他走到哪里客户就走到哪里;当时又正逢国内时尚媒体大爆发,雅昌几乎成了承印这些杂志的不二之选——因为"时尚大片"对画质的高要求,其他印厂很难达到要求;由此又顺利迁移到艺术品印刷,它们对于作品还原度和精度的要求更加苛刻和挑剔,国内的印厂很难满足要求,而雅昌则令人眼前一亮——完全不输香港和日本的印刷水平!

就这样,雅昌顺理成章地将业务版图延伸进了艺术品收藏和拍卖,也成为国内拍卖行、博物馆、艺术家、收藏家印制作品的首选。

这也和万捷的兴趣和志向不谋而合,年少时对艺术的喜爱从懵懂走向清晰,并在事业中得到了成全,这是多么幸运和巧合!

奠定了艺术品印刷的领先地位后,雅昌公司势如破竹,不仅业务量节节攀升,而且几乎拿遍了印刷业所有大奖,包括2003年、2005年两次获得全球印刷界"奥斯卡"的 Benny Award。也因为这样，雅昌在 2000 年成立了雅昌艺术网，成为最重要也是最全面的中国艺术品专业门户网站，也是最活跃的在线互动社区，在全球收藏界的地位与日俱增。之后雅昌又首创了"中国艺术品拍卖市场行情发布系统"，建立了世界上独一无二的中国艺术品拍卖市场数据库、艺术家及作品数据库、书画印鉴数据库、画谱收录书画著录数据库四大数据库，并以此为基础生成一系列雅昌艺术市场指数，包括成分指数、分类指数、个人作品成交价格指数三大类。

取得了斐然的成绩之后，万捷也有困惑。他个人喜欢艺术，也从中受益良多，他希望能把艺术之美介绍给更多的人，但艺术与老百姓的关系经常处于一种悖论中：美术馆、博物馆跟老百姓挺近，但艺术家似乎跟老百姓挺远的；看到作品的时候觉得挺近，但艺术家的创作灵感、创作过程、创作思想等实际上跟老百姓没什么关系。说来说去，艺术界其实跟民众挺远的，所以雅昌的业务也不那么容易被普通人了解。

2005 年，中央电视台在复旦大学举办"年度经济人物"PK，有一位复旦大学的研究生向万捷发问："雅昌做的都是高档画册，为艺术家服务，这些高大上的东西很贵，老百姓既买不起，也接触不到，那么雅昌什么时候为大众服务？"万捷的回应很务实而诚恳，他说雅昌现在还很小，能力也有限，必须先做专——做专才能生存，才有发展。当未来发展到一定程度后，一定要为大众服务。

这番话不是为了应付场面，而是真真切切触动了他一直以来的夙愿，也关系到雅昌将向何处去的战略选择。虽然中国每年有 3300 万包括美术、音乐、建筑、时装、工业设计、文学等各种跟艺术相关专业的在校生，这个市场看起来也不小，但更大部分的普通孩子和家长还是在这个圈子之外的，没有经过任何系统的美育教育、博物馆教育和艺术教育，这个潜在的市场更为庞大。更重要的是，万捷觉得艺术一定要"为人民服务"。

万捷希望雅昌的业务更加下沉，去接触更广泛的民众。他首先提出"为人民艺术服务"的口号。"人民艺术"就是艺术家、艺术经营机构、艺术教育机构、艺术服务机构等，雅昌要用综合的印刷、出版、互联网、IT

等科技手段为他们服务，成为一个能提供多元化选择的综合性服务公司。雅昌首先是为这一撮人提供相对小众服务的公司。而在这个服务过程产生了大量的艺术 IP 和内容资源，由此衍生出如各类艺术培训教材、艺术读本和书籍、互联网资讯、艺术教育课程等多种门类，它们再演变成艺术欣赏、艺术生活、艺术学习的源头，成为能够为大众服务、提升艺术修养、加强美育教育的普及内容。这就是"艺术为人民服务"。所以，"为人民艺术服务"是为专业人士服务的，而"艺术为人民服务"则是面向大众的。

当然这依然是一个长期渐进的过程，因为艺术和文化本来就是慢功，不可能一蹴而就。雅昌创造的是一种全新的模式，在国外没有类似的样板——他们有艺术服务行业，如画廊、美术馆、博物馆、拍卖行、院校、基金会，发展也很健全，但各自都很独立，像雅昌这样打包在一起提供综合服务的案例是没有的。也就是说，它们各自为政，彼此的联系并不紧密，但当下处在互联网时代、大数据时代，如果能将这些数据都联系起来，统一管理起来，肯定会爆发更为强大的力量，这正是雅昌想做的事。

在万捷的设想中，将来艺术家的创造活动和画廊、展览、出版都能够互动起来，利用大数据实现全链条的管理，将艺术家和民众的距离拉近。万捷为其命名为"融科技之力，传艺术之美"，用科技手段把数据、资源、文献都连接起来，并把精髓提炼出来，做成大众能够接受和愿意接受的产品，并通过它们提升艺术品位和生活品位。随着改革开放带来的物质丰富，包括当下正在进行的消费升级，国人对艺术的关注越来越多，对子女的艺术教育也越来越重视，雅昌将在这方面提供更多更好的内容。

激荡三十年，激荡2008

2008 年对中国人、对国家都是一个重要的历史时刻，那一年的北京奥运会，向全世界展示中国的气质和风度，也高度浓缩地展示了改革开放 30 周年的历史成就和崭新面貌。在这样一个重大历史时刻，雅昌躬逢其盛，承担了 2008 年北京奥申委申办报告的设计和印刷工作，以及 2008 年奥运会所需的所有国际往来文件、外交文书、邀请函、仪程单等的印制工作。

2008年奥运会的确是雅昌发展史上的一个里程碑。还在2001年的时候，北京奥申委就通知雅昌参加奥运报告书印刷的竞标。说起来也有些戏剧性：当时参与竞标的还有一家美国公司，曾承担过2000年奥运会北京申办报告书的印刷工作；香港的一家公司也接到了通知，但因为正赶上放假，经理就把通知放在抽屉里准备等上班再说。万捷收到时就立刻兴奋起来了——他是北京人啊，能不支持家乡吗？而且他从小就热爱体育。他立刻跟副董事长何曼玲说，这辈子能为国家做这样一件事，不得了啊！必须做，马上做！他和何曼玲立刻组织人员成立了专项团队，何曼玲在北京跟奥申委保持联系，万捷在深圳组织技术、工艺、研发、材料、设备等方面人员随时待命，北京一有消息深圳就即刻反应，行动非常迅速。

雅昌的专业水准和积极的精神打动了奥申委，雅昌脱颖而出！

回忆当初，万捷说做报告书本身并不是难度最大的，以雅昌的技术水平，比报告书要求更高的作品也做过很多，但责任的重大则史无前例，而且有巨大的不确定性。制作周期一减再减，开始是一个月，后来变成20天，然后缩到15天，最后实际上只给了4天！4天，而且不能发生任何意外，深圳那时候经常停电，因而任何意外都要有预案，确保万无一失。

那段时间万捷几乎不眠不休，每天吃住在工厂，顾不上回家，加班加点完成了计划。当奥组委、国家体委的18人代表团来到雅昌时，万捷把计划做了详细汇报，具体到每一个任务节点、每一个时刻都清清楚楚，并配有相应的预案。代表团听完之后，心里踏实了，终于放心了。

但实际操作过程中还是遇到很多始料未及的困难和突发事件，毕竟是没有先例的一件事。代表团带了很多英文和法文的校对，因为奥组委要求报告用法文和英文撰写，没有中文版。中国和日本撰写起来相对困难，因为要从本国文字先翻译成英文，再翻译成法文——法文是最重要的。中国比起法国和加拿大这两个申请国，有语言的劣势。所以日本递交报告时晚了一天，而中国则正好是在截止当天递交的。万捷做战前动员时说，不管是停电、地震还是什么原因导致报告书不能按时出来，然后咱们国家说不申请了，公司就得关门，所有人就地遣散，所以绝对不能掉以轻心！这是国家的事，不只是公司的事。

最后报告成书大概500多页，一共印550套。即将上印机的时候突然发现进口的纸张不知道为什么出现了两种颜色，好在预案中有这一条，赶紧通知海关部门马上换纸，从香港再进口一批。等正式上了印机，还剩两天时间，万捷让工厂停下了所有工作，专为这套书开辟了绿色通道，终于在规定时间内完成了报告书的印制。

最终的申办结果是7月13日在莫斯科公布的，但万捷记得，6月份的时候北京举办了一个表彰大会，刘敬民副市长给做出贡献的企业颁奖，他说：不管怎样，大家已经做出了巨大的努力，该做的都做完了，最终结果已经不是我们所能左右的，不管成与不成都要表彰大家的努力。到万捷的时候，他不无遗憾地说：感谢万总，我们的报告书非常给力，但可惜的是北京的奥运申办报告要到深圳去印刷。万捷当时就乐了，说：刘市长你没错，你选择了一个北京的年轻人到深圳创业办的印刷公司印咱北京的报告书，正好。刘市长一听也笑了，果然正好，非常好。

艺术抵抗遗忘，艺术记录历史

印刷是绵延两千多年的古老技术，万捷认为，时至今日，印刷始终是雅昌的根本和核心，而且它依然有生命力。

毋庸讳言，数字技术大潮对整个印刷行业造成了巨大冲击，而且这种冲击是全球性的，纸质出版物的萎缩在哪里都看得到，但雅昌做到了逆势而上，万捷说他早有认识和准备。

还在读大学的时候，万捷就读到过日本印刷协会会长对未来印刷业的预测，他认为数字化、信息化将成为主流，替代当下印刷技术。那时还远在1980年代初，互联网也尚未出现，但万捷已经朦朦胧胧地看到未来印刷的趋势。后来他又研究过另一本日本书籍《出版大崩溃》。日本在1980年代时出版业崩溃过一次，与日本经济泡沫的破灭相对应——日本经济繁荣时日元翻倍增值，钱很值钱，日本号称要"买下全世界"，出版业的步子也跨得非常大，把全世界关于艺术方面的书几乎全部出过了，不管是古典的、当代的，把周边国家中、韩、印的艺术书籍更是"横扫"一遍。日本经济崩溃以后，印刷业的泡沫也随之破灭，但有两家企业不但没有倒下，反而以每年30%的速度增长，一个是凸版印刷，一个就是大日本的印刷。到今天这两家公司依然占据日本印刷业50%的业务，而且获取行业70%的利润。为什么能取得这么反常的效果？因为他们把印刷技术应用在了IT行业，我们现在看到的印刷线路板、手机、显示器，都在应用。万捷前不久造访京东方，同样验证了这一点，大量印刷语言和印刷技术的应用，推动了集成电路、芯片的发展。

很多古老技术并不会真正消亡，而是以另外一种形态存在，比如汽车的出现并没有消灭赛马，电视的出现也没有灭绝广播，但传统行业必须求变，以一种新的姿态和角色存在。万捷希望印刷技术能与艺术服务、艺术教育和艺术生活更紧密地结合——不是简单的印刷，书只是一个载体，印刷技术最核心的技术是数据处理。书上的内容、文字、图片都需要经过采集、编辑、处理、应用，然后成书。在数字时代，这些内容不只是成书，也可以成为互联网的内容，雅昌也推出的云、数字展览、VR等大量地应用了这些数据。怎样把这些数据用多媒体方式来呈现，正是雅昌25年来不断探索的事业。

不断地跟随科技的发展、时代的进步，根据大众的、社会的需求不断创新产品，这是雅昌的立身之本。但这其中也有一些永恒不变的东西——如果没有印刷技术，宗教很难广泛传播；没有印刷技术，乐谱靠手抄肯定漏洞百出，所以印刷对宗教、音乐、文化的发展是功不可没的，直到今天依然如此，尤其对经济落后地区更是如此。很多人文的、人本的需求是很难短时期改变的，因为它本来就是小火慢炖的事情。在万捷看来，传统纸媒和现代数字技术并非水火不容，而是可以实现很好的互补，这也是雅昌战略设计的前提。

万捷为雅昌提出了一个口号：艺术抵抗遗忘。

在万捷看来，纸质出版物有多种功能，比如教育、学习、欣赏、知识传播等等，其中很重要的一点是收藏功能，同时具备了传承功能。所以会有书房、藏书楼，会有公共图书馆和私人图书馆，能存在很多年。当然，现在图书馆也在改变，比如在美国波士顿，很多大学有相同的藏书，每所学校都留一本相同的书可能没有太大意义，可以把它数字化。有些书就不需要保存纸版了，只保留其阅读功能和查阅、研究的功能就够了，可以把位置腾出来，用于保存珍本、绝版和收藏价值高的书籍。

雅昌就是这么做的，做艺术品书籍，做文化传播和传承。纸质书籍在未来是奢侈品，是用以展示和传承人类文明的，所以要做得精美、考究、耐看、经典，这恰恰是雅昌的长项。

在人类历史中，很长一段时间都是缺少详细记录的，世界范围的历史与文化很多都是从艺术品里考证出的，一件陶瓷、一幅画、一个雕塑能告诉我们很多信息，艺术品帮助我们记住历史，镌刻文明。当代艺术就是在记录当下，记录我们的时代，雅昌责无旁贷，不仅要保存我们曾经的文明，更要记录我们身处的伟大时代，而且是用最合适的方式。

所以，在数字化浪潮下，雅昌的业务也实现了逆势上扬，不但没有受到冲击，反而增加了很多机会。这得益于雅昌的精准定位——就是做艺术书籍，以艺术为核心。就算再赚钱也不做包装，因为这点，雅昌在早期拒绝了很多赚钱的机会，曾被同行嘲笑为"傻"，但今天可以看到这一决策的先见之明。从传统的出版、印刷，到今天的互联网内容、数字出版，雅昌的业务均围绕着艺术作品展开。而在世界范围看，数字化浪潮对普通书籍冲击巨大，有些地方甚至是毁灭性的，但艺术书籍则每年有4%的增长，而且仍然保持增速，这就是趋势的力量。

融科技之力，传艺术之美

在万捷看来，数字化时代既不可抵挡，也无需抵挡。新的时代总会产生新的需求，只要你善于发现和捕捉。

数字技术的应用导致人的行为方式的一大改变，就是速食性和即食性。比如当摄影设备从胶片机变成数码相机和手机之后，照片数量急速增长，而烂照片更多，好照片的比重急剧下降。但无论哪种，都不适合保存，或丢失，或被删除，或者沉睡在手机和电脑的存储空间里，很难被再度翻看。雅昌看到了这块沉睡的市场，试图去唤醒它。

中国每天有几亿人在摄像摄影，但这么大的 IP 资源只在手机、服务器或云里，并没有和人发生联系，这有什么价值吗？雅昌推出了"传给雅昌"项目，能够把所有这些数字资料定制成各种各样个性化的产品——结合了互联网和印刷技术，可以做成各种尺寸的书，或者挂历、画册、海报等，可以按需定制，而来源就是手机。所有这些还能通过扫描图像与视频连接起来，比如给亲友发去一张贺卡，扫描二维码可以放出祝福的话，这就是数字时代的升级。人类的情感需求不会消失，而是表现形式发生了迁移。

雅昌推出的"传给故宫"项目就非常受欢迎。每年有 1600 万人去故宫，自从门票实现网上预约后更简便了，也更有序了，但也有一个遗憾——没有门票，连个纪念都没有，缺乏情感载体。雅昌便与中国邮票集邮总公司合作，把门票做成了一个邮票的样式，可以实现个性化定制——这大大提升了它的留存率，因为邮票本身具备收藏价值，上面又有游客自己的信息，比在景区刻上"某某到此一游"高级多了，而且可以永久留存在自己手里。

技术更迭，但人性不变。要抓住不变的东西，用变化的手段去更好地服务大众，企业才可以真正做到与时代共同进步。

情感就是不变的，万捷因此创造出若干经典案例。比如老一辈对电子产品多多少少有畏惧或抗拒心理，让他们整天拿着手机看微信是不现实的，而生活中年轻人却天天捧着手机。万捷曾用微信信息编辑过一本小册子，就是由儿女跟妈妈的长期对话累积而成，最后编辑成一本小书给妈妈，留在手边让她可以随时翻看，比手机让她觉得亲切。

又如，万捷曾有一个朋友的女儿结婚，过去父女关系紧张，送礼物成了大难题。如何送到孩子心里去呢？这位父亲十分焦虑。万捷想出了一个办法，说可以让父女关系破冰，叮嘱他朋友把女儿的照片偷偷取出来——从女儿出生到现在的照片，有多少算多少，然后请雅昌的设计师就这些照片编一本画册。婚礼上，父亲拿着这本画册交到女儿手上，在女儿翻开画册的一刹那，瞬间明白了父亲的爱，当时就泪流满面，父女前嫌冰释。

这不是价值问题，而是情感需求。这本画册很便宜，但情义无价，所以它能成为"爆款"。万捷觉得中国人讲故事的能力偏弱，我们长于调侃，但讲故事的水平并不高明，这也是我们现阶段没有创造出全球性大IP的原因之一。这应当是我们努力的方向，因为这才是文化，是给人类文明作出贡献的方式。文化不是说印刷能做到全球最大，装订能做成最精美，或者又用到什么"黑科技"了，技术永远是为内容服务的，要把内涵的精神留存下来，所以"传给雅昌"未来也将是一个内容平台，而不单纯是技术服务中心。

而且，也正像前面所说的，印刷已经发生了变化，不再单指印书，它的实质是数据采集工作——可以做书，也可以应用于互联网，用作各种电子产品。比如中国目前一年有6000个左右展览，把它们做成VR，就可以永不落幕，甚至100年以后依然分毫不差，这不仅留存了文物信息，策展的全过程也栩栩如生。这些记录都会非常精彩。

雅昌转型为文化集团，万捷也将雅昌定位为一个"IP公司"，并提出了"融科技之力，传艺术之美"的方针——首先明确雅昌是一个科技公司，艺术是由艺术家创造的，雅昌为他们服务，帮他们聚合、整理，变成各种各样的资源，最终为大众服务。传艺术之美则说明了市场之大，未来中国每个人都需要艺术熏陶，需要美育的提升，这是中国走向强国之路的必然，是国家软实力的直接体现。这两者一个代表雅昌的核心能力，一个代表市场方向。未来雅昌也准备IPO上市，通过资本市场将这些作用放大，从而真正实现"活着就要有益于世界"——这是万捷本人的座右铭，也是雅昌的愿景。

万捷始终将视线聚焦于文化。国人经常谈论文化走出去的问题，他也对此进行了长久的思考，并提出了务实的路线图：首先，中国要变成一个尊重世界文化的国家；第二，要真正成为一个有文化的国家，这个"有文化"不是总宣扬祖宗的文化，同时要创造现在的文化；第三，要成为对世界文化有新的贡献的国家，要有奋起直追的精神。这才是"走出去"的根本之道，首先自己必须有文化，否则别人不跟你交流；此外一定要有新的贡献，不能总说祖先五千年的文化，现代人必须创造新的东西。

雅昌的国际化走得比较早，眼界也比较开阔，在国内很多企业还在布局的时候，雅昌已经收购了美国公司、收购了日本二玄社，同时也在欧洲选好了目标。万捷表示，雅昌现在是在中国为人民艺术服务，未来一定是全球性的，要对世界文化做出真正的贡献。文化本身无国界，中国人创造的也不仅属于中国，它是全人类的财富。有这样的心胸，才能让中国真正在文化上达到世界水平，令人尊敬。

所以，万捷也不认为自己只是一个企业的老板，一个艺术财富的拥有者，他更愿意把自己视为"管家"，代表民众管理着社会的艺术数据、资源，取之于民，用之于民。

万捷对自己的定位也返璞归真，而且随着改革开放的进程不断更迭：80年代，他曾是印刷企业的产品总监；90年代成长为企业经理人，又转身为创业者；2000年后，再度进化为技术型企业家；而到今天，他将自己定义为一个产品创意人——他抽离出来，只负责战略，而且回归了初心。

不忘初心，方得始终。

万林：传给雅昌，留住美与记忆

第一眼看过去，万林就是一个清秀阳光的大男孩，白净、干净、安静，有着和父亲类似的艺术气质。父子二人清瘦干练，无论形与神，都颇为相似。

作为雅昌新兴业务"传给雅昌"的负责人，出身计算机专业的万林确实是很好的人选——科班出身的IT男，又受家庭的熏陶，对艺术的感觉已经浸入血液。"传给雅昌"项目将科技与艺术相结合，在数字时代里回归人识别与记忆的初始模式——模拟模式，把美的记忆、家庭的记忆还原成传统相册，有着直击人心的力量。

万林的话不多，但句句切中肯綮。

王春元：你出生在哪里？

万　林：1990年在桂林出生。

王春元：你一个典型的北京家庭的孩子怎么出生在桂林？

万　林：我外公外婆本来在北京工作，后来支援三线，把他们厂迁到桂林去了。当时桂林的条件相对比深圳强，至少在医疗条件上比深圳强,所以父母就决定去桂林把我生下来。在桂林长到五个月,又把我带回深圳去了。

王春元:那你现在的户籍在哪里?

万　林:深圳户口。

王春元:就是说你真正在北京生活的时间实际上没几天?

万　林:其实就是我回来的这三年时间,到这个月底三年了。

王春元:你是什么时候出国留学的?

万　林:高一,去的是加拿大温哥华。高中上的是公立学校,当地最好的公立学校,竞争也非常激烈。大学本科学的是电脑工程,毕业后又报了一个项目经理的课程,因为觉得这可能是我未来发展的方向,又修了这样的课程。

王春元:你父母都是搞文化产业的,你怎么学了计算机呢?

万　林:当时也挺多人问过我父亲这件事,因为一般我们这样的孩子出去要么学商科,要么学跟父母事业有关的专业。我当时跟父亲商量,第一是因为我真的很喜欢计算机,另一个是我很看好计算机。当时是2009年左右,互联网还没像现在发展这么迅速,但我觉得它是未来的方向。现在回过头来看,是一个挺好的选择。而且父亲对我也没有过多干涉,我告诉他我想学计算机,我喜欢这件事,他觉得喜欢那就去学。

王春元:你从小不在父母身边成长,一直上寄宿学校,之后还未成年,上高中就到国外去生活,到学成之后实际上已经有了自己独立的三观,独立的认知能力,那么在你人生选择、职业选择的过程中,是怎么考虑的?你现在担任传给雅昌科技公司的总经理,之前是不是可以有其他的选择?怎么考虑要回到雅昌来做?

万　林：我在大学期间就到外面的公司去实习，全职实习了大概有一年半的时间，后来那个公司也给我了一个 offer。所以当时放弃那个公司我也是再三考虑，因为也挺喜欢，对那个公司挺有感情的。后来机缘巧合，突然发现雅昌要做"传给雅昌"这件事，我觉得更有前景，也很适合我。

对公司来说，"传给雅昌"是第一次 To C 的尝试，因为之前雅昌都是服务 B 端的艺术家、摄影师、高端品牌和机构。"传给雅昌"这件事情我个人是极度看好，我认为我们应该在 To C 上做更多的尝试。大学还没毕业时我给父亲写过一个方案，是关于当时国外一个竞品公司做的类似业务。我跟父亲说为什么我们不能做这件事，我们 To B 的能力这么强，利用互联网和新型印刷技术，完全可以把我们的服务带给更多人，没有任何技术壁垒。而且现在中国的互联网已经超越任何一个国家了，又由于人口红利的原因，这件事在中国的可行性要比国外强太多。当时我也做了充分思考，因为肯定早晚还是会回国工作，与其在外国多待几年，不如抓住时机早点回到国内，真正扎到国内的市场来，早一点学习，早一点锻炼。

王春元：你能通俗地解释一下这个项目的技术要求和市场需求的状况吗？它的产业模式是什么？

万　林：这个项目其实来源于现在拍照、摄影的手段越来越简便。以前我们都要用胶片拍，拍完还得去洗，而现在数字拍照已经成为趋势，手机和数码相机占据了拍照的主流。但数字照片有一个问题，它们大部分沉睡在电脑或手机里，偶尔可能会去翻一翻，但更多时候它更像电子档案，并不会经常翻动。

而我觉得实物照片是一个很有情感的东西。我 20 岁生日的时候，那时我在国外刚刚上大学，父亲在国内偷偷给我做了一本相册，收集了从我出生到 20 岁的照片。当时还没有"传给雅昌"这个平台，所以他得拉着设计师一张一张去翻拍，一张一张去写它背后的故事。我在国外拿到那本书的时候，直接就泪崩了。当时就有这样的想法，只是那时的印刷技术并不能支持一本一本地印，成本非常高，但现在可以实现了，所以我希望把这种感动带去给更多的人。

我们通过打造线上的平台，把过去服务艺术家或服务于我自己的这些经验全部转移到线上，让用户自己把情感诉求和故事全部写在平台上，写入这个相册里，传递给他的爱人、家人、朋友——所有他想传递的人。我相信这个东西会比现在的朋友圈，或者是网络上的电子相册要来得更真实，情感传递会更加真切。通过线上整合，雅昌已经有了这样的能力，会把更好的产品、服务通过互联网带给用户。

王春元：你可以预测这个市场会有多大吗？

万　林：之前我们测算过一次，在电子输出——比如个性化的相册、图片输出大概有40个亿左右；未来我们还会提供更多的设计，包括个性化的小B端服务，这个市场就更大，当然还需要测算，是下一步要走的路。

王春元：今天的中国已经改革开放40年了，在你没有出生的时候这个影响世界的大浪潮已经开始了。你了解这个事情吗？

万　林：其实谈不上特别了解，但是在经历，算是跟它一起成长吧。

王春元：那你在国外生活的时候，你能够感受到中国和国外的差距在缩短吗？有没有这样的一种切身的体验？

万　林：真的是感触挺深的，特别感同身受的一件事就是2008年奥运会。我回来看奥运会嘛，等回到那边学校的时候，很多国外的同学就拉着我说原来中国是这样子的，原来中国发展得这么快。鸟巢、水立方，他们在国外都没有见过，甚至认为是不可能完成的一项任务。我觉得通过2008年奥运会，将全世界的目光集中在中国，这是我经历过的中国真真切切把自己国家的繁荣昌盛展示给外国人，展示给外面的世界的一个契机。同时他们通过全方位的报道，以及收看一系列中国节目，了解到中国的发展和壮大。他们在跟我交流的时候，就两个字——"震惊"，被中国的软实力、硬实力完全震惊到了。可能之前在他们的想法中，中国还停留在改革开放之前的状态，不知道中国已经发展到了这样的层面。

王春元：当时奥委会主席罗格评价2008年奥运会用的词是"无与伦比的"。实际上中国是用奥运会这样的形式向世界展示中国30年改革开放的成绩。那么不能不提跟雅昌，跟你父亲有关系的一件事情就是，申办2008年奥运会的时候雅昌竞标成功申办报告的设计和印制工作。那个时候你只有11岁，我不知道你还记不记得一些片段？你爸爸说有一个魔鬼四天的时间，你有没有印象？

万 林：有。那四天基本上处于见不到父亲的一个状况，当时他在印厂，基本上是住在深圳的公司里，天天如此。他后来跟我回忆说天天要校稿、看样，保证一页都不能出错，因为一来涉及国家层面，二来是雅昌自己的荣誉，要确保万无一失。他在印厂里住了四天，每一页都要自己去看。到第四天最后呈现给奥组委的时候，我们坐在一起，都在当时深圳的会议室里，我看他的眼睛已经全是血丝。

后来萨马兰奇宣布在北京举办的时候，我看他的眼泪就止不住了，一直在眼睛里打滚。对这件事印象最深的就是这两个时刻，印制的时候很担心他的身体状况，后来是听到在北京举办之后，他那种放松、兴奋，那种发自内心的感动。

王春元：更大的一种情怀是吧，是一种国家的意志，国家的力量在胸中燃烧。

万 林：没错。

王春元：当时你有什么反应？

万 林：作为11岁的我来说，其实还挺能融入那种感觉的，因为毕竟是第一次，而且雅昌也全程参与了这件事情。我心里觉得终于能在中国看到奥运会了，因为我打小就是个特别喜欢体育的人，9岁开始看各种球赛。当时我坐在凳子上，直接就跳到了会议桌上，跟着大家一块儿庆祝，心里觉得无比光荣，也无比兴奋。

王春元：你跟你父亲在认知上有冲突吗？或者有没有性格、价值观上的冲突？

万　林：从价值观本身来说，我们俩并没有太多的冲突。因为都在雅昌工作的关系，我们会公私分明，在生活上出去就是哥们儿，两个人能生活在一块儿、聊在一块儿。但是在工作环境下我们有时会有一定分歧，而且多半是战略层面和执行层面的分歧。他会更多以大战略、大方向的角度来考虑一个问题；我作为一个新进的职场人，考虑的东西会更具体。最后我们会达成的共识就是他的战略、我的落地，在我看来是一个挺完美的组合。我们在价值观上基本算是保持一致。

王春元：这里面有很多东西是血液里的，那种契合是不言自明的。

万　林：没错。

王春元：严格意义上讲，你是一个幸运的人，生活在第一代成功创业的企业家家庭中，当然无形中也会被人贴上标签，就是"富二代"。你对这样一个标签有什么认知？另外，你怎么向社会、向别人来传达你自己，我想这样的场景你是经历过的。

万　林：其实网络上漫天飞舞的那种"富二代"，个人觉得是极少数现象，更多的所谓二代其实都在默默地做着自己喜欢的事，或者为某件事在奋斗，我接触的很多人都是这样的。我觉得"二代"这个标签对我来说更多的是责任和动力。因为雅昌做的是文化事业，我觉得文化事业一定要有传承，那就会有二代、三代，甚至更多的人去传递、去传播。对我个人而言，其实只要做好自己应该做的事，对国家、对企业有利的事情，就是对外界最好的证明。我不需要去做过多的言论上的辩解，其实从行动上就可以向外界证明，"富二代"不是负面的概念，其实很正能量，而且我本人也希望做传播、弘扬中国文化的角色。

王春元：你对物质生活有什么样的诉求？有什么与众不同的要求吗？

万　林：我个人最大的爱好就是吃到我想吃的东西，这种物质要求，我觉得是能够通过自己的努力来获得的。我更希望做的事情是传播中国文化，个人生活上还真没有太多去考虑。

王春元：这样的身份和角色的传袭，会不会背上历史责任或者一种压力？

万　林：会有责任感，但压力倒没有体会太深，我觉得更多的是一种责任感。

王春元：你想过有一天父亲会把这个企业交给你吗？

万　林：这件事很多人都问过我，我也考虑过。我觉得还是要继续深造，如果有一天父亲把这个企业交给我，那我身上的担子或者说压力跟现在比就会变得无限大，在我个人没有做好准备之前可能会害了我。我说的害不是恶意的害，而是欲速不达的感觉。

王春元：你讲得很朴实。我设置了60年，前40年是第一代人，后20年是第二代，在中国文化里六十年一甲子，是圆满的。到2038年，改革开放满60年，我们希望这个国家一直开放到60年、100年，使中国和世界充分对接。我想请你大胆想象一下，20年后这个社会、国家和你以及你所在的行业会是什么样的？

万　林：这个问题真是特别的大。从我自身来说，在这个大环境下，从小到大中国各个领域都飞速地发展；从文化行业来说，本身是一个很传统的行业，涉及很多文化的传承和保护。未来我相信雅昌更多的是用高科技服务于很传统的行业，未来可能工厂就不是工人在做了，就是机器手臂、机器人在操作。但我们所做的事情还是有很多感性的东西，包括图像的色彩、线条，怎样去传达人们的感情，通过物质的东西去传达感情，这一部分可能是机器替代不了的，所以还是有人工的东西。

从企业的本质去看未来的中国，这20年肯定有一个更飞速的发展，尤其在我学的计算机领域。当看到AlphaGo把李世石虐得那么惨的时候，我就知道人工智能就在不远的将来了，包括现在炒得特别火的区块链技术，这些都是未来技术。未来的技术也许有泡沫，但我希望未来的中国不放下探索科技的脚步，希望20年后的中国彻底成为一个高科技的国家。在我看来这是完全可能的，中国会全面超越西方国家，无论软实力、硬实力，从根本上、从人的思想上，我觉得都是没有问题的。

王春元：你所在的行业有很多人的情感、思想，还有人的微妙的变化，相对于人工智能实际是一对矛盾。

万　林：对。

王春元：那么问题就来了，未来20年雅昌这个企业会不会被淘汰掉？

万　林：我觉得不是不可能。任何时候任何事情都会发生，我觉得存在即合理。现在雅昌做的事情是独一无二的，但未来这个事情我们不干机器人去干，其实也是一种文化，继承了我们现在做的事情。未来的雅昌可能就是一个自我颠覆的状态，可能它被自己淘汰，被自己所用的科技颠覆掉，但这个企业存在时依然是有它的意义的。

王春元：回答得很好。最后一个问题：你是谁？这是一个形而上的问题，关乎人的心理。世界越来越物质化，人们应该有更大的危机——并不是人工智能、机器人带来的危机，而是意识危机，人的认知危机，关乎人本身的东西。所以想问"你是个什么样的人"，向你工作之外的人传达你是谁？不是"传给雅昌"的总经理身份，而是像跟一个才认识的朋友一样。

万　林：这个问题真是难倒我了。对于90后来说，我们接触的事情、信息量真是太大了，在互联网上舆论更容易被炒作起来，这导致很多90后或更小的孩子三观会有很大的偏差。网上的很多刷屏其实是错误的，我们需要具备甄别、筛选和不断自我批评、自我调整的能力。我回来的这三年体会特别深，原来我觉得做一个完全开放、坦白的人，对工作是个好事，但是现在我觉得是要有所保留的，因为这种保留是一种筛选信息的过程。

对我来说，最重要的是对人一定要真诚，这是我对自己的第一认知，对家人、朋友、领导都秉持着真诚。其实做人最本质的就是要真，这可能是我对自己的一个小小的理解。

徐少春：好像一只蝴蝶飞进我的窗口

作为一个软件企业，金蝶的展厅做得颇有艺术气息：深蓝、正黑、纯白、高级灰的配色，既有科技感、未来感，同时也很具时尚感和设计感。

金蝶的掌门人——金蝶国际软件集团创始人、董事会主席徐少春也很"潮"，无论日常的印花T恤、牛仔裤，还是出席年会的欧式织锦缎礼服，都可以看出他对美和设计的追求。

果不其然，如很多企业家一样，徐少春说自己喜欢乔布斯，喜欢他的极致、匠心和理想主义，这样才能塑造一个伟大的企业，并带领一批人走向伟大。

他也如乔布斯一样，虽然是理工男出身，却一直对艺术情有独钟，从小就喜欢绘画，也喜欢文学。少年时的记忆里，不仅有学业和题海，还有一大沓被老师赞赏的画稿，有熟读很多遍的《林海雪原》《敌后武工队》《武夷山下》《新儿女英雄传》《红楼梦》……这给了他浪漫的幻想，也有那个时代特有的英雄主义气质。提起《林海雪原》中少剑波在悬崖峭壁下漫步，女兵白茹站在他身后的一幕，徐少春描绘得如在眼前……这也许是60年代生人特有的气质，也许是徐少春与生俱来的禀赋。或许，正是这浪漫与胆气，伴随了他的人生和创业。

三次转折

1963年，徐少春出生于湖南沅江北沙乡一个小山村，天性聪颖的他学习成绩一直很好。1978年，他刚好初中毕业，考上了沅江县第八中学，从农村来到了县城，实现了人生的第一次跨越。

考入县中不是偶然的，而是徐少春"处心积虑"的结果。为什么要从村里的学校考出去呢？因为徐少春在广播里听到了"恢复高考制度"这一新闻，农村的孩子有机会通过刻苦学习到大城市去发展了，他心里涌起一股冲动！从小他就和别的孩子不太一样，喜欢看书，喜欢独自想事情——初中的时候帮家里放牛，他就经常躺在牛背上望着远方，幻想自己在小说里看到的画面，幻想远方的生活。考入县城中学就是他实现梦想的第一步。县城中学离家大概有三四十里，他开始了住校生活，每个月回家一趟，本就早当家的穷孩子更有独立性了。

沅江八中是重点中学，通过考试成绩给学生排座位，用一目了然的方式刺激学生上进。虽然在今天看来这很不符合素质教育的原则，却是那个时代的通用手段，而且行之有效。徐少春进校较晚，开始坐在最后一排，但很快就在考试中脱颖而出，挪到了第一排。

在条件有限的区县学校里，题海战术是常规武器，而且以战代练，频繁考试，全区、全县各学校间也都较着劲比武，通过残酷的淘汰赛选拔优秀的苗子。徐少春每天埋头于答题、考试，在区县的考试里经常拿到总分第一名或第二名，成绩非常突出。他告诫自己要用功、要刻苦，因为父母都是农民，家境贫寒。而那时学生的生活标准是一个月5元钱加30斤粮食，他每个月要从家里背30斤粮食徒步三四十里地到学校，交上5元钱，才能住校读书，虽然今天看来微乎其微，但都是父母的血汗钱。他心里一直憋着一股劲，要到大城市、到外面去看看这个世界，去看看小说中说的精彩的世界。因为心中有向往，徐少春浑身是劲，在投入的学习中忘了这些辛苦，反而更加磨炼了意志。

当时的校长也给了徐少春以巨大鼓舞,在全校大会上,他讲的几句话徐少春至今还清晰地记得:"过长江、跨黄河,志在清华。树雄心、立壮志,胸怀四化。"这几句话铿锵有力,又形象易懂,为少年徐少春的理想刻画出一个鲜明的画面——考上大学,到大城市去,到外面的世界去,做一个有用的人!

现在想来,在改革开放伊始,一个县城中学的校长有如此胸怀和格局,是徐少春们之幸。这些一直生活在县乡、没有机会走出太远的孩子因此激发出人生理想,有一些人因此改变了命运,从此走向更广阔的世界。徐少春是其中翘楚,可以说,这是他眺望世界的第一个台阶。

2017年,徐少春再度回到母校,身为上百亿市值大企业董事局主席的他抚今追昔,感慨万千。他发现自己曾学习过的那栋楼还在,桌椅板凳也还在,但已经斑驳流离,更让几十年前的场景历历在目。为了感谢母校,徐少春捐建了一栋新的教学楼,并取名叫立志楼,用以激励更多的后来者。

1979年,经过短暂复习,徐少春以相当不错的成绩考上了东南大学,选择了当时看来颇为罕见的计算机专业。本来立志要当文学家的徐少春,却因为哥哥的一句话——"人造卫星在天空中放的音乐《东方红》就是计算机唱的",从此成为一名地道的理工男。这个看似无意的选择,却在今后的岁月里暗合了时代的走向,命运有时就是这么不可捉摸。

1983年毕业后,他被分配到武汉一家工厂上班,在那个时代,进工厂当工人,有一个"铁饭碗",已经是很多城里人的梦想生活了,何况对一个农村出身的小伙子。徐少春却不满足,从来争强好胜、宁做鸡头不当凤尾的他去了就想当厂长,结果引起了厂长的注意,也招来了背后的议论。受到挫折的徐少春开始筹备考研究生,将自己的人生再次洗牌。

1985年,徐少春实现了人生的第二次转折,考上了财政部科研所财会电算化专业研究生。当时他已经敏锐地看到计算机必将对企业管理产生重大的影响,而软件设计是其中一个非常重要的环节,于是他大力提倡要创办会计软件公司,当然,当时他并没有想到这个历史使命会落在自己肩上。

1988年，徐少春研究生毕业。本来被分配到深圳市财政局预算处的他，因为爱情的原因申请去了山东省税务局——因为当时的女友、现在的太太是山东人，两人的相识源于徐少春研究生期间在山东的一次调研，从此两人结下情缘，并一直走到今天。

虽然是一次浪漫的选择，但按部就班、一成不变的机关工作让激情满怀的徐少春度日如年，复杂的人际关系更让单纯的理工男无所适从。他又想起了深圳。

1987年时，徐少春曾去过一趟海南。那时海南还未建省，但已经可以感受到改革的热度——人头攒动，激情澎湃，每个人都信心满怀，认定这个地方会有一个很大的市场、很大的前途，有一种"一锅水要煮开"的感觉。当时因为没有办边防证，徐少春未能顺便到访深圳，但听同学说深圳比海南更发达、更市场化、更像国外。

税务局条件很好，几乎每天分东西，一到周末还分很多海产品、水果，在旁人看来，这是掉进"福窝"了，但这些东西对徐少春构成不了吸引力，他越来越受不了周围的保守氛围。早在读研究生期间，徐少春就曾写过一篇题为《论会计电算化的标准化、通用化和商品化》的论文，发表在《电子财会》上。湖北有位即将退休的某单位总会计师看到文章后给徐少春写了一封信，他说："徐教授，看了你的文章，对我影响很大，能不能我跟你一起创办一个会计软件公司？"这封信在徐少春心里埋下了一颗种子，他想创办一家公司，去真正解决财务人员在实际工作中遇到的问题。

徐少春正觉得英雄无用武之地时，深圳的同学又一个劲地打来电话，"老徐，我们在深圳过得很好，还能到旧货市场买进口电器，买旧衣服，很便宜，很好看，你不来真亏了！"现在的年轻人可能很难想象，在那个还没有全面开放的年代里，进口的旧家电、旧衣服都能对人们构成诱惑，代表着领先的生活方式。就是这种诱惑，再加上原本对深圳也有期待，在到山东税务局工作仅两个多月后，徐少春带着导师的一封介绍信只身来到了深圳。由于又没有办边防证，在广州转车的时候受到检查，但因为有工作试用通知书，有正式工作，工作人员见状就放行了。

那是1988年10月20日，一个徐少春终生难忘的日子，他在那一天来到深圳，一待就到了今天——2018年。

在深圳，徐少春最早落脚在蛇口中华会计师事务所，入职电脑部，主要工作是为会计师事务所的客户做电脑化咨询，拓展电脑化审计服务。很快，徐少春就当上了电脑部经理，成为一个小团队的领导者。

事务所的所长是一位非常富有正义感和技术理想的老板，也是一位专业人士，他非常支持徐少春的想法和创新。徐少春虽然本科学计算机，研究生学会计，但都是纸上谈兵，并没有真正在一个单位里做过会计的实务操作；这个会计师事务所也是中国最早设立的会计师事务所之一，浓厚的学习氛围和专业、严格的要求，让徐少春对财务会计审计有了更为切身的感受；同时为了解决这些实际问题，徐少春带领电脑部同事开发了若干款财务软件、审计软件为客户服务，积累了比较全面的实战经验。

1991年，徐少春辞去了月薪数千元的电脑部经理的工作。徐少春说："这个职位让我更清楚地知道，中国多么需要财务管理软件。"在与客户打交道的过程中，他已经能强烈地感受到企业对财务软件的旺盛需求，已经到了按捺不住的状态，但在传统体制下很难满足客户的需要，也很难打开市场，徐少春因而选择了创业——湖北那位总会计师在他心中燃起的火苗从未熄灭过，是时候让这把火熊熊燃烧了。

三个跨越

即便是在深圳，1991年想要创办一家公司也不容易。徐少春写了50多页的可行性研究报告，提交到当时的深圳市科技创业服务中心，因为要创办民营科技企业，要寻找办公地点，需经过深圳市科技局下属的创业服务中心审批。时任中心主任丁小宁对报告十分赏识，称这是他见过的写得最好的报告之一，很快签署了。但还有一个注册资本30万的硬性要求，且必须经过深圳市领导的批准，所以徐少春一边办手续，一边承包了一个电子公司的软件开发工程部，以这个开发部的名义对外承接生意，并赚到了人生的第一桶金——把一批电脑卖到了海南。

然而过程又很曲折,由于种种原因,买方向徐少春索要电脑的美国产地证书,但他根本拿不出来。一气之下,徐少春又把这些电脑拉回深圳,卖给了深大电话公司,终于积累出创业的启动资金。这些钱再加上借款,徐少春共筹措了30万资金,创办了"深圳爱普电脑技术有限公司",也就是金蝶的前身。

为什么徐少春有那么大的胆量下海呢?因为他听到邓小平会在1992年来深圳的消息,而且一再强调"科学技术是第一生产力",这让徐少春感觉到"春天来了"。加上在原单位的发展遇到了瓶颈,有这么好的大形势,他的革命浪漫主义基因又发挥了作用,为什么不在春潮涌动中做一回弄潮儿呢?

那以后的两年间,徐少春带着独立开发的爱普财务软件,叩开一家又一家公司的门,亲自演示自己的软件产品。几个月后,他的用户增加到30多家,包括许多知名公司。凭借顽强的意志和坚定的信念,徐少春取得了最初的胜利。

理工男徐少春依然保持着文艺特质,他为自己的软件起了一个诗意的名字——金蝶。徐少春觉得,财务人员每天埋头算账、报账,一天到晚很辛苦,特别到了月底和月初,可以说是企业里最忙也是责任最重的人,而财务软件可以帮他们从苦海中解放出来。怎么解放呢?毛阿敏那首著名的《思念》让他触景生情,"你从哪里来,我的朋友,好像一只蝴蝶飞进我的窗口……"财务软件就像一只蝴蝶飞到财务人员的窗口,而且是他们的朋友。他便为自己的软件起名为"金蝶"——金色的蝴蝶。

到1993年,很多客户打电话都问"是金蝶财务软件公司吗",很少人提公司名字,产品名反而更加响亮。徐少春就顺势将公司名改成了金蝶软件公司,而且还吸引了美籍华人的投资,以及蛇口社会保险公司的投资,规模一下扩大了,可以说是双喜临门。当时注册资本升至120万,为了公司发展,徐少春让出了第一大股东的位置——第一大股东是蛇口社会保险公司,占40%;徐少春居第二,占35%;那位美籍华人占25%。

这是徐少春人生中做出的第一个让出最大股东身份的重大决策。当时很多人问他，不会担心以后公司失控吗？徐少春的想法却与众不同，他只想把公司做大，蛋糕做大了，市场做大了，什么都会有；但如果不做大，占的股份多也没有太大意义。事实证明，这个决定是颇具远见的，对公司后来的发展起了很大作用。

很多创业者怕引入投资者，怕公司会变成别人的，会为人作嫁衣，会失控。但徐少春一是有胆略，有自信，二来他也心知肚明，作为一个民营企业，即便在最开放的深圳，生存也是不容易的。有时拿着名片到客户那里去，对方一看名片就会问："你董事长怎么亲自上门啊？看起来这个公司规模不大嘛。"

而让出第一大股东的位置，说白了就是合作共赢。徐少春心里很清楚，自己的方向就是把公司做大，让它上市，让员工们能够有未来，而不是把个人利益作为第一目标。虽然当时还不知道"欲平天下先要立天下"的道理，但随着事业的历练和视野的打开，他内心深处早已不再局限于个人，而是有了更大的格局，心怀天下。

蛇口社会保险公司是蛇口工业区的下属企业，是国企，有很好的户籍和福利政策，帮助徐少春解决了公司留不住人的问题；而因为与美籍华人合资，金蝶又成了外商投资企业，可以享受很多优惠政策。公司的思路和出路都拓展了很多。

你若盛开，蝴蝶自来。化蛹为蝶，翩翩起舞。1998年的一天，IDG中国的广东省总经理路过蛇口工业大道，看到一块"金蝶财务软件"的大广告牌，他暗道："这个公司很有名啊，可以打个电话看他们要不要投资。"这更加让徐少春开阔了思路：公司做好了，有名气了，投资也会找上门。"财聚人散，财散人聚"是有道理的，他更加坚定了携手共进、共谋发展的道路。

IDG的2000万投资进入后，金蝶借此迅速地在全国扩大规模，同时也开始积极筹划上市。2001年2月15日，金蝶在香港创业板上市，成为内地第一家在香港上市的民营软件公司。徐少春再度践行了"让利""共赢"

的理念，分配了超10%的股份给员工。这批员工也因此成为中国职场中最早的百万富翁和千万富翁。

而也是1998年，ERP概念开始在国内火爆，各大财务软件厂商纷纷向企业管理软件转型，金蝶也未能例外，提出了K/3ERP，并抓紧进行自主知识产权的研发。2000年，金蝶发布了中国本土第一个系统级中间件Apusic J2EE应用伺服器，成为民族软件问鼎核心技术的典范，成为国内第一家拥有系统技术的软件厂商。

2001年香港上市后，金蝶又并购了ERP老牌劲旅开思公司。开思公司成立于1990年，一直专业从事ERP开发和服务，在1999年IDC中国软件市场报告中，开思曾以4.6%的市场占有率名列中国本地ERP厂商第一。并购开思，更加夯实金蝶在ERP市场的地位，使它与对手拉开了距离，积累了宝贵的人才和技术资源。此后至今，金蝶一直在中国ERP市场处于领先地位，甚至不断超越国际知名厂商。

但出人意料的是，徐少春居然要亲手"砸掉"自己建立起来的优势。从2014年开始，他不断地"砸东西"，每次都用一把沉重的"雷神锤"，每次都令业界瞠目结舌，也因此获得了"雷神"的称号。

2014年5月4日，在金蝶大厦的大堂，徐少春跳上前台，把大锤抡向了自己的笔记本电脑，电脑很快便"粉身碎骨"。徐少春此举的目的是要倡导新的移动办公模式，他断言移动办公的时代已经到来，凭一部手机就可以处理所有的业务，不需要带电脑了。他看到了很多传统企业的后发优势，比方物业公司，有很多年龄较大的大妈级、大爷级员工，他们是从不用电脑的，但是现在手机里装一个APP，他们就可以处理所有的工作。反倒是在IT公司，在进入互联网比较早的公司，还都习惯于用电脑，反而显得有些"落后"了。徐少春正是要用这有些惊世骇俗的手段，倡导一种新的模式，其目的是为了颠覆传统思维，号召员工与过去彻底告别，开始一个新的模式、一个崭新的时代。

5月4日这一天也是徐少春刻意选择的，因为这一天最具革命精神，他身上的革命浪漫主义再度发挥作用。历史上的五四运动是一次反帝、反封建,以及要科学、要民主的青年运动;他选在"五四"青年节就是为了继承这种精神,要颠覆、创新,要"像90后的工作模式"。按照徐少春的想法,对于一家存在了20多年的公司,要改变固有的惯性是相当不容易的,"不砸不足以明志"。事实上这一砸,这刺激性的一幕让很多员工明白:老板是来真的了。他们这才真正受到了震动,思维上开始改变。

2014年8月8日,徐少春又把大锤挥向了服务器,而且还是客户的服务器。金蝶有一家客户叫深圳中天装饰,徐少春告诉对方董事长,以后你不需要服务器了,然后两人携手一起把服务器砸了。这一砸颠覆了传统的ERP模式,也是金蝶一直在国内具有领先地位的业务模式。壮士断腕,徐少春借此向所有客户,也向全中国的企业宣布,今后所有的数据、服务都可以在云端实现,金蝶致力于从传统的ERP向金蝶云ERP迁移。

徐少春后来透露,当时虽然砸了服务器,但其实新的服务模式还没有成熟,还在设想里,所以旁人觉得他超前、冒进似乎也不无道理。但徐少春依然是那个逻辑:不砸不足以明志,就是要用这种超前制造危机,倒逼大家的决心和意志,以及进度。果然,在此之后,金蝶全面加快了向"云"的转型,成为国内乃至国际软件厂商中的领先者。

2017年5月4日,金蝶在北京大学召开了一场发布会。徐少春和其他几位嘉宾砸掉了一把特制的巨大老板椅,宣告金蝶云ERP将正式升级为金蝶云。而这不仅是一次产品升级,更是一次思维、观念和管理理念的升级。徐少春兑现了三年前的预言:金蝶云将不再是一套复杂的流程系统,而是如用水用电一样方便、安全的企业大数据系统,帮助企业构建数据分析能力,也将云服务打造成为真正如水电一样的基础设施。

甚至,在此基础上,金蝶云提出了更为领先的理念:"激活无限可能",赋能于个体,让"人人具有CEO思维"——所以要砸掉象征老板身份的老板椅,因为未来人人都是CEO。这一理念一如既往地超前,但相信的人却越来越多了。

从2014年砸掉服务器宣布转型金蝶云ERP那时起,金蝶就进入了一个无人区。今天回头看,相较于金蝶的激进果敢,国内同行竞争者多半是在 2017 年才意识到"云"的重要性，然后幡然醒悟，奋起直追。甚至由于受去 IOE 观念的影响，SAP、Oracle、Salesforce 等国际软件业巨头在国内的云业务拓展也相对迟缓，这实际上让金蝶在中国企业级 SaaS 领域成为一个拓荒者。

没有竞争者并不意味着没有压力，因为这同时意味着没有任何可借鉴的经验，没有人告诉你方向何在。金蝶自 1998 年进入 ERP 市场后始终处于领跑位置，并从 2004 年开始，连续 12 年占据中小企业 ERP 市场首位，且在大型 ERP 市场展示出越来越强的竞争力。在领跑位置放弃自己的优势，去主攻一个未知的领域，这不是冒险是什么？

徐少春说，人要走出舒适区，企业也一样。他砸过多次东西，但这次尤为不同，过去的电脑、服务器等，虽然都和金蝶相关，但都是别人的东西，而这次砸掉的是自己的产品和理念，是真正的自我颠覆。

这源于徐少春多年来对管理的体验和研究。本质上，传统的 ERP 系统是一套复杂的流程管理系统。30 多年来全球 ERP 厂商只在做一件事情——提升 ERP 系统的敏捷度，为此不断修订 ERP 流程，导致冗余越来越多，系统越来越复杂，运行效率越来越低，适应性越来越差，结果是事与愿违。

"云计算"的出现，使得重构 ERP 核心理念成为可能，通过 SaaS 模式的软件开发和服务模式，使得碎片化、移动化、社交化企业应用服务成为可能，可以为企业提供更具规模和更经济的信息服务。也就是前文所述的将其变成水电一般的基础设施服务——更形象地说，用户从自建小水站、小电站转向购买大型水厂、电厂的服务——就像我们熟悉的打开龙头或开关一样，云计算服务就自然流淌到企业的所有流程中。

2014 年砸服务器是一次试水，结果取得了惊人的收效，仅一款云 ERP 产品，业务复合增长率接近 400%，客户续费率达到惊人的 90%。极佳的口碑也让客户名单愈加闪亮：无论是国内企业翘楚华为、腾讯、京东，还是跨国巨头捷豹、路虎、可口可乐，都相继成为金蝶云 ERP 的签约客户，全球最大的 IaaS 厂商 Amazon 更将金蝶列为在中国的战略级合作伙伴，而诸如 ofo 小黄车和创客工场、卓志跨境电商等新晋独角兽企业也选择金蝶云作为其全球业务拓展和企业管理的后盾，可以说是全面开花。

到今天，金蝶已经实现了以金蝶云（通用型，针对大型企业客户）、精斗云（针对中小企业客户）、管易云（针对电商客户），还有云之家（云服务社交网络）——这四朵"云"构建起的云端业务体系，实现并验证了徐少春制订的全面向云转型的设想。

金蝶蝶变

从财务软件到ERP，再到云计算，金蝶实现了企业的三次跨越，但这中间始终贯穿着一个理念：财务即业务，人人皆财务。这既是徐少春的实践，也是他从实践中抽象出的大道。在企业管理中，所有的经济活动最终都会反映在货币、价值上，通过财务以货币的形式进行计量、披露、反映，供企业管理者做决策。所有的企业都必须通过财务账目来反映经营效益和成果，但财务的记账、核算、处理报表、税务又是极其繁琐复杂的，所以需要计算机的辅助，需要人工智能，需要新的科技来不断提升效率。这就是金蝶成立的初衷。

徐少春认为：如果企业里的每一位业务人员在开展各项经营活动时，每时每刻都知道他花了公司多少钱，同时为公司创造了多少价值，那么他是不是会成为跟公司老板一样思考的人，会不会站在老板的视角上看待问题——为公司节省成本，并多做贡献？让每一个人获得他工作范围内应该获知的财务信息，对公司、个人的自主创造性将会有大幅的激发作用，徐少春对人性是持积极假设的。所以，金蝶的理念是："财务就是业务，业务就是财务"。

而这一切的前提是信息是透明、对称的，所以金蝶提出了一个更高的标准，就是让天下没有假账。

"不做假账"是朱镕基总理为国家会计学院题的词，也是向所有财务从业人员提出的希冀。看起来，这不是一个企业应该并可以担负的重任，为什么金蝶要提出这么理想主义的一个口号？

徐少春不否认，这件事也有些"理想丰满，现实骨感"，但是作为财务从业者，无论从个人良知，还是从职业操守来说，这都是底线，也是出发点。财务是每个组织的最后一道防线，如果财务人员能够真正地依照《会计法》，依照良知和职业道德从业，假账可以减少很多，甚至可以完全消灭。

金蝶的理想是不限于做一个财务软件，仅仅让财务的工作效率提高，更是要帮助财务人员提升心灵品质，不要做假账。这个任务很艰巨，但日复一日，年复一年，只要坚持下去，总有一天假账会消失。即便很多人都觉得这过于理想主义，徐少春依然坚持着他的革命浪漫主义和理想。

而这种理想或理想主义也并非偶然，是徐少春多年探索并总结的管理理念，甚至"道"。

之前说过，在建设云计算的道路上，金蝶实现了超越，不仅包括国内的竞争对手，甚至包括国际领先的巨头，如 SAP、Oracle、IBM 等。徐少春不讳言，金蝶成立早期的确是以之为师的，向他们学习，是他们的追随者。但是经过 25 年的创业，特别是最近 5 年的转型，还有徐少春超过 10 年对中国管理模式的探索，金蝶已经从追随转向超越。过去谈超越没有底气，不仅因为自己的产品、技术、服务还有很大的差距，更重要的是内心的信念、文化没有支撑，但现在有了。北京大学国家发展研究院教授陈春花曾这样评价徐少春："他是中国企业家里面最懂管理学的"。

徐少春最早提出"中国管理模式"概念的时候，很多人表示反对，要么认为管理是没有国界的，不存在中国模式，要么就觉得中国的管理本身水平很低，基本是复制西方或日本的，哪里谈得上输出模式！但徐少春坚信中国管理模式一定存在，而经过 10 多年的探索，他认为自己已经找到了。

中国管理模式的核心就是它的管理哲学，也就是中国管理哲学，其实质就是中国传统文化的精髓。徐少春创业已经走过了 20 多个年头，靠原来的勇气、理想、观念已经不足以再支撑，必须要获得新的力量。之前他一直学习国外，追随国外，已经有了"力道用尽"的感觉，而且西方模式并不完全适合中国的国情、人情。重新认识中国传统文化，并找到中国管理模式后，徐少春觉得自己获得了新生，也获得了更为强大、绵延的力量，这就是"致良知"。

为了找寻这条道路，徐少春付出了高昂的代价，甚至也经历了剧烈的阵痛，才得以焕然新生。

为了学习和进步，徐少春把自己曾经仰慕的跨国公司的高管都请到了金蝶。2000年到2001年请来了SAP大中华区的助理总裁黄骁俭，2006年到2007年请来了Oracle公司的何清华，2011年又把IBM大中华区的高级合伙人冯国华也请到了金蝶，几次尝试下来，他发现这些"空降兵"确实带来了一些新的观念，但公司并没有因此获得跨越式的发展，相反由于文化冲突而出现了一些问题。这让徐少春不得不反思：不是这些人不优秀，而是金蝶一直没有找到属于自己的、根本性的文化和信念，或者说信仰。在这样的情况下，学来学去都是皮毛，无非是削足适履，邯郸学步，没有在哲学思想上取得根本性突破，所以姿势并不好看，工具也不好用。

2011年，徐少春遇到了创业以来的最大危机。当时金蝶的员工人数发展到12000人，达到了历史最高点，很多专家给出的咨询建议是把公司规模做大，并学IBM进行服务转型。但徐少春到香港公布了半年业绩，跟投资者见完面后，觉得这样走不行，还是要找到属于金蝶自己的路，找到自己的信仰，单纯的模仿不足以支撑金蝶这样规模的企业，更不能造就一家伟大的企业。

徐少春也做出了创业以来最"痛"的选择，对公司进行瘦身，人数在一年内由12000人降到了9000人。之后的2012年，金蝶处于转型最艰难的时刻，徐少春每天都背负着巨大的压力，一度曾怀疑自己的选择。

就是在这样的极度痛苦中，徐少春每天一个人静静地冥想，不断地思索。某天晚上回到家里，他又不由得梳理自己的创业之路，不由得问自己："到底什么是我前行的力量？"他想到了三个坚持：坚持信念，坚持信任，坚持行动。信念是什么？信念就是相信金蝶人一定能找到自己的根，找到重新出发的根本点；相信金蝶人做了20年以后，还可以继续前行，要信任周边的同事；而且我们要少说废话，开始行动。

就是在这最艰难的时刻，徐少春从面壁到破壁，并从"三个坚持"渐渐找寻到"走正道，行王道"的价值观，再到后来又加上了"致良知"。到这时，徐少春发现自己不再觉得空洞和犹疑了，终于找到了信仰，这个信仰就是中国的管理哲学——中国管理模式的本质。徐少春深深体会到人生最大的保障不是功名利禄，不是个人得失，而是心中的良知。人生最大成功不是我要达成什么目标，不是上市，不是成为世界500强，而是依良知而行，依道而行。而人生最大的真理是有因必有果，在因上用功结果自然会来，所以要顺势而为，因势利导，反之则事倍功半，难以奏效。徐少春觉得自己找到了文化的根，也重新获得了力量，而且这种力量深植血脉，源源不绝。

行王道，致良知

传统文化的学习促使徐少春更加用历史的眼光看时代，更多地跳出企业，跳出金蝶本身去看问题。

自1840年鸦片战争以来，中华民族是世界上最苦难深重的民族。正因为经历了那么多苦难、那么多曲折，所以我们对美好生活的向往来得格外强烈，这就是我们这个时代的主旋律。改革开放40年取得了巨大的物质成就，徐少春觉得，如果再有40年，不仅物质发展了，我们的民族自信提升了，我们的文化复兴真正实现了，这才是真正的世界奇迹。在徐少春看来，这刚打完了"上半场"，正在进入"下半场"，家庭和孩子都是参与者和见证者，所以未来25年或40年，不仅有第一代的继续奋斗，更有第二代的传承。这种传承，最重要的不是财富，而是精神。

当儿子徐嘉祺从国外留学归来，徐少春在工作上没有过多的干预，基本任其发展，但他一直试图引导他学习"致良知"。徐嘉祺开始很不理解，他问："老爸，我在这么纯净的环境里长大，我还用学吗？而且正因为身在国外，我更理解爱国，也很爱国。"徐少春认为这还不够，最好学一学试试看。一年之后，徐少春欣喜地发现儿子对传统文化的理解不亚于自己，传统文化已经进入了年轻人的心灵。

改革开放四十年，我们制造了很多有形的物质，如基础设施、硬件设备，成就举世瞩目——运载火箭上天，高铁不仅通全国甚至通世界，修桥铺路的速度和水平也首屈一指等等。但是一个国家的强大，不仅"肌肉"很重要，软实力也很重要。文化复兴、自主知识产权都是其中重要的组成部分，金蝶希望在其中做出贡献。

作为国内资深的软件公司，金蝶早期也曾追随国外的技术，但到现在已经可以不依赖于国外的技术了，尤其到云计算以后，很多底层技术都是自己研发的，或者应用开源的技术，这是金蝶的底气，也是中国管理模式在金蝶的应用实践。

今天的徐少春，为自己总结了人生三件事——云计算、划赛艇、致良知，而这并非有意地设计，而是自然而然发生的。

金蝶正在由一个软件公司向一个云计算公司转型，希望能够在数字经济时代为民族复兴在云计算领域做出贡献，这是金蝶的主业，责无旁贷。而划赛艇则是受到了前万科总裁王石的影响。赛艇运动的本质是团结、协作、拼搏，八个人在一条船上，必须心齐，节奏一致，船速才是最快的——不是个人技术好就划得快，而是所有人节奏一致才快，很富有魅力，徐少春一下就喜欢上了这项运动。因为热爱，他担任了中国赛艇协会的副主席以及中国赛艇俱乐部联盟主席，并在深圳组建了第一个中国企业家赛艇俱乐部，在锻炼身体的同时将赛艇作为一项社会公益活动予以推进，并希望企业家群体从赛艇运动中找到力量。致良知则是回归本性，修身本就是无时无刻都在进行的，是永无止境的个人追求。云计算、划赛艇、致良知构成了徐少春生活的主体，他称之为"德智体全面发展"。

徐少春为金蝶规划了一个"三级跳"战略：2020年，金蝶的云计算收入要超过60%，成为一个真正的云计算公司；到2035年，进入世界500强；到本世纪中叶，金蝶要成为一家有理想，能为人类做出较大贡献的世界级企业。

看起来这也都是指标和愿景，和其他公司没什么区别。但徐少春说，这些都是果，他看重的是因——更多地从内心深处寻找生命的意义，这些果是自然而然得出的。从名和利到回报社会，从小我到大我，徐少春经历了人生的蜕变，站上了更高的境界。

徐少春将自己的成功归因于这个时代，他与时代同频共振，顺势而为。他说，"要感恩邓小平，感恩这个伟大的时代，感恩深圳这块热土"，他个人只不过比别人胆子更大一点，抓住了机会，又格外用功才走到了今天。徐少春当下更多的是反思，他有时也会假设：如果再回到创业的时候，他有更高的志向，金蝶恐怕也不会是现在的样子。当然历史不能"倒带"，所以他更乐于看未来：如果生命再燃烧，立志更高远，将可以惠及更多人，未来更加充满希望。

徐少春说，他已经立下了新的志向，就是把生命中的一切奉献给祖国和人民，为建设人类命运共同体贡献毕生的精力。这看起来似乎很宏大，但徐少春认为践行金蝶的事业就是为此做出贡献，金蝶不仅致力于经济效益，更希望推动新商业文明的建设。以徐少春的理解，新商业文明不仅是用新技术为企业构建基础设施，更是通过服务客户把金蝶的阳光理念输出到千家万户，把生命焕然一新的体会分享给每一个服务对象乃至每一个人。

《钢铁是怎样炼成的》里说：人的一生应当这样度过：当他回首往事时，不会因虚度年华而悔恨，也不会因碌碌无为而羞愧。在临终前，他就可以自豪地说：我已经把自己整个生命和全部精力都献给了世界上最壮丽的事业——为人类的解放而奋斗！

这种理想主义，是徐少春的人生底色，也是一个时代的底色。

徐嘉祺："深二代"是一个动词

徐嘉祺像我们采访的所有 90 后一样，阳光、清朗，一个清清爽爽的大男孩。不过 26 岁的他已经结婚，似乎是这拨人里成家比较早的，也许因此更多地体会到了责任感，内心比外形成熟许多。

他和妈妈都随了父亲的爱好——赛艇，但母子二人显然比父亲划得更好，也许是因为父亲太忙没有时间训练，也许是他和母亲更具运动天赋。他的母亲几乎保持了少女般的身材，和他站在一起像一代人，尤其是两人合力划桨时，配合默契，动作舒展而优美，只轻轻一下，船便倏地荡开，像离弦之箭一般远去……父亲看在眼里，是骄傲又略带羡慕，还有一点点不服输，这是真正有爱的一家人。

王春元： 嘉祺你好，这几天采访你父亲，包括走访你们企业，知道从你父亲起，公司高管以至员工，都在学习王阳明，学习心学，你是其中之一吗？对此有什么感受？

徐嘉祺： 心学、王阳明是我回国之后才接触的，我感觉他的学习方法和学习重心跟以往的学习都不太一样，没有那么多的两面性，可能也是因为时代的关系。总之这两三年接触下来，还是非常正面的，至少在学习的渠道上负面的东西很少。

王春元：你父亲说开始让你去读王阳明的时候你还是有些排斥的，原因是什么？

徐嘉祺：是。主要因为那个时候刚从学术的环境出来，不太想再去接触那么多的理论性的东西，更想从实践上、从做事的层面上去了解国内的情况。但是经过父亲慢慢引导，接触多了发现并不是当初想的那样，因为它是"心学"，是一个由内到外的渐进过程——早几年年龄也比较小，对内心能量没有那么强的感知，后来才逐渐体会到它的独到之处——激发自己的心，让自己心胸宽广，从而激发头脑，再带动四肢，是一个循序渐进的过程。这与西方的管理哲学、理念正好是相反的。

王春元：对，是两个路径走向。

徐嘉祺：再"过"一点的话，有人会认为心学是一个过于主观的东西，很难大面积推广。因为每个人心里的想法都不同，像指纹一样各色各样，很难标准化地管理，所以只能在别人心里种一颗种子，让它自己发芽、结果；而不是像西方标准化、军事化的管理——从西点军校传出来的，我给你一套标准让你遵循，不太需要知道你心里在想什么，你只要做出结果就可以了。这就是中西方文化和管理上的差异。

王春元：就是我只要求你的行为方式规范，你心里爱怎么想就怎么想，谁也无法左右你。

徐嘉祺：是的。

王春元：学了王阳明这一套，你突然发现了另一个认知世界的方法，是这样吧？

徐嘉祺：对。

王春元：学了多长时间？

徐嘉祺：快两年，2016年6月21日接触到，2017年1月份正式开始学。

王春元：嘉祺，请你说一下个人的基本情况，讲一讲你和深圳这座城市的关系。

徐嘉祺：我1992年在深圳出生，一直在深圳长大，基本上对老家没有太多印象了。我们都叫自己"深二代"，对深圳的认知与生俱来。印象最深的是当时家住蛇口——那时蛇口还是个小渔村，街上的牌子上有一句话："时间就是生命，效率就是金钱"。因为每天上下学会经过这块牌子，印象非常深刻，就觉得深圳是一个非常有朝气、有生命力的城市。

当然小时候也不太懂，现在有时去国内其他城市，会觉得跟当年的深圳比起来都还有很大一段差距，而反观现在的深圳已经是高度商业化了，一个商业帝国般的存在。我们这一代也是伴随着高科技和其产品成长起来的，所以对于新鲜事物的接受程度是非常高的。我们不会拘泥于老的方式或理念，因为很多过去不存在的东西在我们的时代是与我们的生命和成长历程密不可分的，水到渠成，自然而然。

王春元：你在国外也生活过，如果拿温哥华和深圳比，有什么不同？

徐嘉祺：最大的不同是节奏上的差异。温哥华给我最大感觉就是效率比较低，一天可能干一两件事情差不多就结束了。这不仅是你个人原因，很多机构上下班的时间、节奏，甚至整个社会的节奏都是偏慢的。到温哥华的行政单位去办事，会碰上很多的coffee time——就是任何时间都可以停下来买一杯咖啡，然后去跟自己的同事聊聊天——他们的幸福感的确比较高，但效率上绝对比深圳要慢一个节拍。

举一个最简单的例子，就是我上高中的时候，每年暑假回来一次。有一年回来一看，整个深圳的道路都完全翻新了，我认不出回家的路了。但温哥华从我刚去的那一年，到现在回国后再去看，几乎没有变化，说难听点儿就是这么久一栋大楼还没盖好——温哥华的节奏是非常慢的，这是最直观的感受。

第二点也算是中西方的文化差异吧，在温哥华大家都非常有礼貌，我觉得这种礼貌是对社会理念的认同，也是对制度和法律的认同，不会有太多民众去挑战法律的权威，但是他们会有很多自由表达自己观念和观点的形式，有很多的渠道和方式去表达自己的声音和观点，这也是西方的创新力的来源之一。

王春元：这两座城市让你去选择，你会更喜欢哪座城市？

徐嘉祺：我会更喜欢深圳一点。可能因为年轻，我觉得深圳有更多的机会，也有更多的活力让我去发掘很多不一样的事情，能够激活我。因为有时候在一个慢的环境里生活，会像温水煮青蛙一样，很难带动身边的人。而且温哥华已经是一个比较发达的体系了，也很难有条件再去迅速改变什么。

王春元：就是说深圳这个城市更年轻、更有活力，也更有朝气，但它少了一些规矩，会"粗糙"一些，是不是也意味着机会可能更多一些？

徐嘉祺：是的。

王春元：它符合你的年轻态，老了你是否会觉得温哥华更好？

徐嘉祺：我觉得这是肯定的，温哥华毕竟也是一个养老排名非常靠前的城市，生活质量、环境规划都非常靠前。但我觉得深圳有希望向温哥华这样的城市去看齐，包括深圳的整个规划、绿化，还有经济实力，一定比温哥华会更好，也更有基础。

王春元：你1992年出生，你父亲1993年创办了金蝶公司，应该说你的成长跟金蝶的25年发展历程同步，一个时间点上过来的。当你从国外学成回来以后，再来追溯一下自己的成长过程，怎么看待父亲和他创办的金蝶？

徐嘉祺： 就像您说的，我 1992 年出生，父亲 1993 年创办公司，开玩笑地说，当时的想法就是父亲有了一个小孩之后，觉得这个小孩不好玩，创业可能更符合他的心境，才去成立了金蝶。

我对金蝶的感觉像是一个兄弟般的存在，父亲在公司上花的时间、精力，肯定比在我身上要多。我对金蝶的整个发展也算是比较了解吧，因为跟父亲的交流话题很多是他对公司战略或公司情况的描述。我们父子可能有点奇葩，很少聊社会上的东西，生活上我更多跟妈妈聊，爸爸不太会跟我聊天，问完前三句：今天吃了什么？天气怎么样？最近好不好啊？然后，啪，就转到工作上去了。

当时对于一个小孩来讲，我其实听不太懂他在说什么，但今天反过头来看，这是一个潜移默化的影响，也在我脑海里对金蝶有一个伴随式的见证。我觉得父亲对企业的战略、发展踩的点都蛮准的，像 1995 年中国会计电算化国家指导性的政策出台，金蝶基于 Windows 系统发布了第一款财务软件，然后从点到面又做了 ERP 企业全面信息化管理的布局。也是机缘巧合，当时 IDG 在中国寻找投资机会，就跟金蝶联姻了，又在香港上市，走了一个资本化路线；然后又从美国上市公司的龙头企业中吸取了云转型的经验，从财务到 ERP，再到现在的云服务转型，不得不佩服我父亲的战略眼光。如果换作我，我是想不到这些事情的。现在追溯地看，能够看到很清晰的脉络，金蝶 25 年的发展很明确，也很坚决。当然公司也经历了波峰波谷的周期，不管是大环境的影响还是金蝶本身的主观因素，但我们 25 年还是坚持下来了，并且今年也是我们业绩最好的一年。所以我觉得无论我父亲也好，整个金蝶系的兄弟姐妹也好，大家都是非常不容易的，因为对企业服务和企业管理的自有理念与担当，我觉得金蝶会是一个百年好店。

王春元： 从你刚才这段描述来看，你更多看到的是徐董事长的深谋远虑、高瞻远瞩，而不是看到了父亲的那一面。这是不是因为你成长中的叛逆，导致你一直在观测，不愿意表达？但是当这个企业越来越好的时候，你又不得不折服于董事长的高瞻远瞩，你内心有没有矛盾点，或者是拧巴的东西？

徐嘉祺：其实倒还好，我没有想那么多，可能是因为每个人表达爱的方式不同。之前可能会有一些犹疑：是不是父亲不够爱我？或者说父亲对生活、家庭没有那么高的重视？但后来我发现不是这样，不管是从我自己的认知和感受上，还是从妈妈那里给我的信息和感受上来看，父亲有时候可以说是一个很木讷的人，他的生命里事业可能是他的全部，虽然他也很想把生活过得丰富多彩，但他不太知道怎么去主导生活的进程，这是我对他的一个判断吧。

记得我高中毕业的时候，他飞到国外参加我的高中毕业典礼，典礼结束就飞回去了，时间不到24小时。当时我的感受是你为什么不多花一点时间跟我分享，毕竟这是我人生中比较重要的时刻。但过了几天后，怨气也差不多散掉了，就觉得父亲能在百忙中抽出时间去一趟已经很不容易了，虽然短短24小时不到，但也证明了我在他心中的地位。这算是我的一种妥协吧，我对父爱的重新理解，转变了我跟父亲之间爱的方式。

父亲本身是一个以做事为导向的人，他会用言行举止和成绩让我体会到他想告诉我的东西，他很少说教，说嘉祺有一二三点你应该如何去做。不管是在我上学时还是现在工作中，他都是用一件具体的事情告诉我这样做会有什么样的结果，或者他先做一遍，让我了解到原来不了解的规则，让我去理解整个事情的全貌。我觉得这是一个非常好的方式，我理解的中国式的教育并不是这样的，父亲反而会用西方的教育思维带我经历很多事情，这是我非常感谢他的一点。

王春元：你2015年回国以后，父亲是怎么安排的？或者你自己是如何设想的？是怎么样一个过程？

徐嘉祺：我是2014年毕业的，是留在国外还是回到中国，当时还纠结了蛮久的，跟身边的同学探讨，也跟大学的教授、导师、学长交流。一直在犹豫，因为觉得一直在西方生活，对西方的文化、理念接受程度更高，而且毕竟在西方学了这么久，也想把西方的理论变成实践；但后来还是决定回来了，这跟中国的快速发展、经济增长有很大关系。我在金融行业工作，2015年是创投热度非常高的时期，当时的"双创"大力推进了中国的创业、投资事业，在这样一个大背景下，我在2015年年初回到了深圳。当时就开始创业，做了一个私募基金公司，也跟父亲做了探讨，但没有特别明确的方向或指令。

王春元： 他也没想明白吧？

徐嘉祺： 他当时也没想明白，所以没有明确的指令让我干什么。他只是说你要自己想清楚，5年、10年之后你是一个什么样的状态，或者想清楚10年之后的目标，然后反推现在的职业道路和自己的人生。他觉得生活跟工作是分不开的，所以生活状态、工作状态一定是1加1大于2的事情。

王春元： 听他讲，开始他也没管你，就是放手让你闯了一段时间？

徐嘉祺： 对。

王春元： 据说最后还赔钱了？

徐嘉祺： 是。

王春元： 从失败中你获得的最大经验是什么？

徐嘉祺： 我觉得是把生意和做事想得太简单了，很多事情不是闭门造车，或者说我自己想的如何就是什么样子，还涉及方方面面想到或想不到的问题。

王春元： 牵扯的事情比较多。

徐嘉祺： 是的。需要去钻研，牌照、运营、规范性，都有要求；另一方面，怎么跟商场方谈判，怎么对接更多的资源，之前没想到整条产业链会这么复杂。这让我意识到没有一件事是好做的，一定要充分去了解、研究，对整件事有了自己的判断和认知后再去做，会更十拿九稳一些。

王春元：说回今天的正题，"改革开放"这个词陌生吗？

徐嘉祺：挺陌生的，说实话。

王春元：刚才说了，你一直生活在改革开放的40年里，从出生到成长，说说你直观的感受。

徐嘉祺：最直观的感受还是整个深圳的经济增长和商业的繁茂程度吧。小时候住在蛇口，比较偏远，当时去罗湖叫"去市里，去深圳"。我满脑子问号，我们不就在深圳吗，为什么还要说去一趟深圳？当时坐公交一路过去，感觉很荒凉。

后来记忆更清晰之后，就觉得深圳跟早先是完全不一样的状态，不管交通方式还是说整个绿化，后来的深南大道整条绿化带变化非常大，翻天覆地，简直无法想象原来的水泥城市出现了一条这么长的绿化带，贯穿了蛇口、福田、罗湖，从新城到老城，很震撼的一件事。

更多关于改革开放的理解，是从长大之后才开始认识的，从新闻报道中了解，或是圈子里大家讨论，对经济、社会、商业更感兴趣，才会去主动了解。邓小平南方视察对中国来说都是一个大历史事件，我们说起来是"邓小平爷爷到深圳视察"，对鹏城的扶持力度特别大。后来通过新闻媒体了解到，邓小平南方视察给深圳、给中国带来了一个非常历史性的里程碑式的进步，意义是非常深远的。从我一个90后的深圳二代的视角，这是一件发生在身边的伟大的事情，也非常感谢邓小平爷爷给深圳带来的这么多机会。

王春元：你这个年龄能够谈到这些，我觉得挺了不起的。我们再说一说"创二代"和"富二代"的问题，你刚才说你首先是"深二代"，同时也是"富二代"，现在也叫"创二代"，你在意这个标签吗？

徐嘉祺：说实话不是很在意，我觉得没有创就没有富嘛。加上标签是外界对我们的认知，但对我而言，不管是"富二代""创二代"还是"深二代"，通过自己的能力、认知、资源去帮助身边的人，能带动企业去促进社会有更进一步的发展，是很多类似我的人的想法。这就像菜刀一样，厨师会用菜刀做菜、料理，但如果拿在一个有负面想法的人手里，可能会用刀去打砸抢，所以我觉得不管富贵也好，权力也好，还是名气也好，都取决于你有一个怎样的心去驾驭你所拥有的资源和能力。如果一味滥用，首先对自己就是不负责任的；二是你有这么多的资源，站在这么高的位置上，对身边的人、组织，甚至整个社会都是不负责任的。

我觉得我们这个时代的年轻人，更应该用好、管理好身边的资源，或是财富、权力，推动社会发展，回馈我们的客户、员工，还有民众。以这样的心态去做事，不会非常难，你会有全新的认知，从一个全新的高度看待问题，能破解很多麻烦。

王春元：你对物质生活有什么特殊的追求吗？

徐嘉祺：我比较在意生活上的细节，注重生活品质，但我一直有一个原则，或者说坚持，就是高调做事，低调做人。我不太喜欢把自己生活上与吃喝玩乐相关的东西公之于众，或者做一个很高调的人，让大家知道我是谁谁谁。我希望在项目和路演上展现自己的价值，或者用我这颗有这么多想法的心去帮助别人，让别人产生更多的价值。

王春元：你在公司确切的职位是什么，以及你的工作面是什么样的？

徐嘉祺：我原来是在金蝶上市公司内部做投融资的岗位——金蝶上市公司的战略投资或战略并购。现在我们做了一个控股集团公司，把金蝶上市公司的非核心业务做了一些私有化，通过管理，帮助这些子公司在非港股的资本市场做运作；同时也做了一支属于金蝶系的基金，做财务或战略投资，主要是帮助金蝶在企业服务领域去拓宽整体的面。

王春元：在资本市场？

徐嘉祺：对。

王春元：你的非核心业务不是指的上市公司业务？

徐嘉祺：对，因为上市公司是做财务、ERP、软件管理这一块的业务。我们现在剥离出来的业务，更多的是行业内贴近业务一线的，打个比方，比如医疗、物流行业，可以是互联网+医疗、互联网+物流，以及互联网+任何行业。因为金蝶本身是做水平的产品，就是标准化的产品，可以覆盖很多行业，我们希望能更深入了解行业需求，帮助它们解决企业端和用户端的需求。我们的基金也会更多覆盖和投资一些上市公司没有的业务，目的也是为了拓宽整个金蝶系在企业服务的影响面。

王春元：我觉得你很努力，而且把自己调试到了一个你想要的状态。金蝶是你父亲徐少春创立的，你也是他唯一的孩子，中国文化是家国文化，会有一代一代人的接续，推进事业往下发展。假如有一天，你父亲说我退了，不干了，或者说我希望你接班，你在做这样的准备吗？

徐嘉祺：我觉得长期来看是的。我对传承的理解是这样的：父亲可以给你很多东西，包括权力、财富和他手上的一些资源，但是像影响力这种东西必须要自己去建立，父亲给不了你影响力。如果没有长时间的积累、沉淀，和自己对事情的深刻理解，就算接了班，我相信也不会有人真正相信你。因为他们毕竟是跟着父亲一起打天下的，换一个人上去，说好听点儿是给你面子，如果你没有真正帮到这些兄弟的能力或是发心，他们是不会将他们的后辈交给你的。我觉得就是同理心吧，你想让别人相信你，你也要相信别人，同时要有让别人相信你的能力。所以长期来看，我一直在补充我这方面的能力。罗马不是一天建成的，我觉得还需要日积月累去实践、去学习、去再次吸收。

王春元：就是说你是有这样一种思想和心理准备的？

徐嘉祺：不能说思想吧，兵来将挡，水来土掩，我做好准备，但是我做好我自己的事情，至于未来有什么机会，我相信机会也是留给有准备的人。

王春元：我设了四个时间节点，一个是1978，就是改革元年；一个是2008，就是改革开放30年的时候，那一年北京奥运会；一个时点就是今天——2018；还有一个时点是2038，改革开放60年——60年在中国文化里是一个甲子，是一个圆满的概念，当然也隐含着我们对这个时代的期望，希望改革开放的路不仅是40年、60年，而是100年或更长。它为这个国家带来了巨大的好，和人民所期待的东西，我希望你想象一下，2038年世界会是什么样的？有哪些方面的变化？你会是一个什么样的状态？

徐嘉祺：我觉得2038，距离现在还有20年的时间，一定会有很多大的变化。

首先一定是科技上的进步和变化，还有人的生活和行为方式上发生巨大变化。像我比较喜欢"黑科技"，或者说科技的研究，今天我们已经看到了很多十年前觉得不可想象的画面和场景，比如十年前我们恐怕想不到一部手机就可以承载那么多功能，互联网可以给我们的生活带来这么大的便利，物联网能让没有生命的物体高度地与人配合。在这样一个时代，未来20年一定比2008到2018年的发展更加迅速，而且时间周期更长，所以未来一定会出现很多我们在科幻电影里看到的场景，包括高级的人工智能，机器与人类更高级的交互。我们接收信息的范围和深度都会增大，甚至未来头脑里会有一个CPU帮我们处理过量的信息——现在已经出现了信息的超载，一个软件的消息就让我无法浏览完全，还有以前可能是点对点的，现在变成了很庞大的群组、群聊的方式，信息是很容易流失的，或者快进快出。

所以我觉得未来20年，科技发展是一定的，也是至关重要的。科技的发展也会伴随人类的心灵成长。就像之前说的菜刀的用法，科技的用法也有很多种，去帮助还是去侵害别人，取决于掌握科技的人的用心。

王春元： 科技和伦理的关系？

徐嘉祺： 科技和伦理的关系。我觉得科技最终一定是为人类生活或工作赋能的。我也相信未来如果真的有高级智能机器人出现，它也是辅助人类完成人类比较难以胜任的工作，而不是说人类不可能完成的工作——就像无人驾驶一样，你不能让一台车在缺少司机的情况下自动驾驶，我觉得这是高危险的。我理解的智能是去辅助、帮助你驾驶——运用屏幕也好、感官提升也好，让人在驾驶过程中有更舒适的状态，或更低风险，这是我对2038年在科技上的理解。

我也相信在经济上，20年后中国一定是全球第一的大国，中国经济会超越美国，在长时间的发展下。我们也看到了与美国的差距，不管是在楼市、生产的硬实力、制造业上，我们还有非常大的差距。中兴事件恰在这个时间点上反映出我们的问题，我们缺少一个底层的、技术核心的"made in China"的东西。我相信这20年的过程中，我们自己去创造原生的东西，这一定需要一颗中国心，一个中国人有一颗中国心，去干成这件事，而不是把国外的好东西抄过来、买过来，我们一定要去吸收、消化、理解，然后产出自己的产品。我觉得这才是像中国这样的一个大国——有这么庞大的人口基数，有不输于西方哲学的东方文化和理念，要在20年之间完成的事情。

王春元： 20年以后，你46岁，你能想象你生活的状态吗？

徐嘉祺： 我随便说，我喜欢科技，我希望在20年的历程里亲身参与到科技发展中去——投资也好，赋能也好，帮助别人做产品迭代也好，希望这里面有我的身影；希望到一些能够为人类创造价值，以及提高人类生活品质的科技公司去。我觉得未来我一定是非常幸福和快乐的，因为我运用科技去帮助更多人，等于我直接帮助了很多人，或者帮助了这个时代的进步。

韩小红：我终究还是个医生

慈铭体检创始人韩小红出身于一个地道的知识分子家庭，父母是早年的大学生，自己与丈夫都是博士，女儿目前正在斯坦福大学医学院攻读硕士，可以说是满门高知。这还是一个医学世家，韩小红的父母均在医药行业工作，她本人和丈夫都是医学专业科班出身，这么多年也没有离开医学领域；她女儿虽然由于叛逆曾经有过别的选择，但兜兜转转又回到了家族本行，而且随着不断深入，也越来越热爱这个行业；眼看后继有人，家族的事业也许会在下一代手中有极具想象力的发展。

总是超前

韩小红出生在海滨城市大连，幼年的生活很单纯，父母都有稳定的工作，双职工家庭也很忙碌，每天按部就班，孩子们也在父母的言传身教下严格作息，一切都波澜不惊。

韩小红是三个孩子中的老二，上面一个姐姐，下面一个弟弟。因为父母想要儿子的心情，韩小红觉得自己有点"多余"，虽然父母并未表现出明显的偏心。从小她就能自得其乐，自己养了四五只鸡，她每天上山采鸡食，回来剁鸡食喂鸡，再不然就下海游泳。长期下来，她体魄健康，还多多少少有那么一点"野性"。父母并未给孩子过多的约束，所以上学的时光无忧无虑，而且养的鸡下了蛋，也很有成就感。在那个年代，食品并不丰富，而鸡蛋是富有营养的高蛋白食品。院子里的小朋友经常在一块玩，但有时别人玩，她会忙着剁鸡食，从小就表现出了一点点的不合群，或者说特立独行。她也会去妈妈的药房玩，看着妈妈在里面忙来忙去，闻着各种药味。总之，生活很平静，家里、学校、海边、药房，几点一线。

很快到了考大学的时间，成绩一直很好的韩小红给自己选择了西安交大的情报专业，因为那时候看电影，里面最美的就是女情报人员，而她又对自己的容貌很自信，所以特别想当"女情报人员"，当然，还有就是想走出去，离开家，到更遥远的地方去。

虽然过了分数线，但因为西安交大情报系当年在辽宁省只招一个人，韩小红与其失之交臂。第二志愿是大连医学院，父母从未明确地要求她女承父业，虽然他们觉得学医很好，而他们自己从事的药学工作在医药行业是配角，内心多少有些遗憾，但并未强制女儿去弥补这个遗憾。但多年的潜移默化可能已经悄悄渗入了韩小红的意识，她依然将医学院作为备选。远走高飞的想法没能实现，韩小红进了大连医学院英文班。

在大连医学院，韩小红认识了后来的先生胡波，他当时在读研究生。大学的生活也一样很顺遂，韩小红在课业上没有感到太大压力，校园恋情又为生活增添了不少甜蜜。毕业的时候，韩小红未做他想，便跟着胡波到了他的家乡沈阳。一方面，两人感情很好，她认定了这个人；另一方面，她潜意识里仍觉得自己在家是个"多余"的孩子，彻底离家可以腾出更多的空间给姐姐和弟弟，毕竟两室一厅里有三个孩子太挤了。

就这样，韩小红来到了原沈阳军区总医院，被分配到肿瘤科。1990年前后，国家的肿瘤研究还在起步阶段，各医院的肿瘤科都是刚刚建立，一切都是新的，没有专职的医生，也没有资深的专家，成员都是从各个科室调集而来，或者像韩小红这样刚从医学院毕业的大学生。

工作两三年后，韩小红没有找到预期的成就感，总有有劲没处使的感觉——这个科室的任务基本是癌症晚期病人的临终关怀。因为学科太新，而且当时癌症被视为"绝症"，全世界也没有攻克的办法，所以肿瘤科的医生更多的是在学习，不断地学习前沿的文献，但又解决不了问题。每来一个新病人，医生们回家现做功课，主任带着现学习，现拿方案，选择各种药物组合和放疗化疗组合在病人身上做试验——每次都像一次冒险，但并没有多大收效。几乎每天都在送走离世的病人，在这样的气氛下，韩小红的情绪越来越低落，甚至有点抑郁。她想为自己找一个突破口。

当时胡波准备留学美国，已经辞了工作在备考，但因为各种原因没有走成，所以来到北京闯世界，在一个国际药品公司工作，两人处于分居状态。为了结束分居，也为了在事业和学业上寻求突破，韩小红考取了北京医科大学的研究生，攻读肿瘤免疫学。她又一次领先时代——现在看，免疫学已经成为通识，而且前景大好，但在韩小红求学的年代，还为时太早，只有基础理论和专业知识，距临床应用还有十万八千里。但她运气不错，毕业后不仅顺利留京，还进了著名的301医院。

她依然被分到肿瘤科，因为之前的工作经历和研究生专业都是对口的。但大势并没有太多改变，肿瘤学科在几年间并没有突破性进展，301医院的肿瘤科也是一样，碰到的多半还是晚期肿瘤患者，处境与原来没什么不同，依然是临终关怀、心理辅导为主。韩小红没有觉得自己在"治病"，而是在做心理医生，而这并不是她的专业。药物研制虽然在不断进展，但治愈率没有任何改善，韩小红觉得自己又陷入了从前的怪圈。她决定出去看看。

韩小红申请了德国的访问学者，她的研究生专业申请出国很容易，因为非常前沿。她们那届一共有12个学生，11个都在欧美，只有她留在了国内发展——这是后话。访问学者的三个月时间一晃而过，韩小红大感新鲜，觉得什么都没看到呢，干脆申请了海德堡大学的博士，这一读，就是三年。

国外的经历很大地改变了韩小红的想法，而其中最重要的并不是科技，而是人文的部分。刚踏上德国，校方安排韩小红体检，当时她觉得莫名其妙，但还是乖乖地听从安排。抽血的时候让韩小红吃惊不小，一排十几支现在我们用的五颜六色的真空管——当时在国内是用一个大试剂玻璃管子抽血，阵势完全不同。一周后她收到体检报告，详细列明了身体的各项指标，并告知她能胜任目前实验室的工作，欢迎她的到来。她感到非常诧异："我这么年轻还给我体检？"入校体检不用花钱，是保险公司要求的。她踏上德国第一周，保险公司就做了安排。她觉得耳目一新，也对"体检"这个词有了一些不一样的概念。

韩小红眼前浮现起她在肿瘤科工作时的场景，有的疾病到了一定时期，治和不治没多大区别，生存期也不会被延长，而对于家庭来说，治疗费用是巨大的负担，人财两空是司空见惯的事情，而病人往往还要遭受巨大的身心痛苦，生活质量很低，但没有人告诉他们可以放弃；即使普通医生告诉他们，他们也不信。韩小红有巨大的无奈感和无力感——明明知道事情的现实和本质，但又不能成为普遍的认知，这是她觉得没有价值感的根源。当时在国外也没有特别有效的治愈方法，但病人的状态比国内要好很多，因为他们的预防做得更好。对于癌症，最有效的就是早期发现、早期诊断、早期治疗。在一些国家，体检是国民待遇和基本保障，人人有机会早检测，早发现，这对阻击癌症是非常有效的。

韩小红带着一脑门子的新思想回到国内，迫切地想要大展拳脚，却碰到了无形的墙。韩小红迫切地想要表达，但又不知从何说起，因为医学文献和资料是相通的，无论国外还是国内都是可以同步查到的，同事们并不落伍，也不会有人去邀请她做一个讲座或者进行对话。韩小红想要表达的东西又很难言传，更好的环境、更优越的人文条件，这些东西看不见摸不着，没有经历过很难感同身受。韩小红觉得很孤独，不被接纳，她觉得自己在同事眼里越来越像一个"异类"。

韩小红找到院长，希望组建实验室，把国外学到的东西学以致用，院长安慰她说"别着急，慢慢来"。她知道院长是好意，而且在当时的条件下这也是唯一的办法。但韩小红觉得不能再等了，自己已经35岁，而且学到了博士，空有一身本领却无处施展，她有一种"憋得要爆炸"的感觉。

胡波给她提供了一个出口。胡波出国未果，后来办了一个诊所，潜意识里他觉得这个诊所跟韩小红是有关系的——总觉得一个肿瘤专家回国了，不能浪费。韩小红平常在医院上班，周末、晚上可以到诊所坐诊，毕竟是大医院留过学的大夫，对提升诊所档次也很有帮助。但韩小红毕竟还在知名大医院工作，能不能兼顾还并不好说。

诊所很小，不到300平方米，书生来做经营并不拿手，每个月亏损几万块钱。韩小红几次申请实验室都石沉大海，觉得遥遥无期，而家里的这个小诊所，先生辛苦经营却成效不彰，她想，不如真的把精力转到自家的试验田。韩小红把周末的时间都用到了诊所里，很快连下班后的时间也都用上了。她惊奇地发现，这事也没多难，诊所里的工作人员看似没有大医院的医生专业，但他们也许更职业，而且更有学习热情。这让她很受鼓舞，自己不就是想把一身本事传授出去吗，这个诊所可以做一点事！

转身下海

在诊所试验了几个月后，韩小红决定辞职。所有的人都不赞成，她父母认为她简直是疯了，胡波已经漂着了，韩小红也出去没着没落，他们完全不能接受。连诊所的工作人员都不看好，说韩大夫你别来捣乱了，你在301上班多好啊，闲暇时间来指导我们一下就好了。甚至胡波也没有让她全职来干诊所。毕竟在那个年代，这个选择太不寻常了。但胡波也未阻拦，他不置可否，由韩小红自己决定。韩小红说：不犹豫了，我想出来，和你一起干。

她坚决地放弃了一切，放弃了到手的房子，还有军人的终身自主择业——距她拿到资格还有一年的年限，也就是说再坚持一年就可保终身无忧，没有人相信她会这样做，因为没有人会放弃。但韩小红算了一笔与众不同的账：那时离开的保底工资是2000块钱，几十年不就几十万吗？而当时市场上，在医药公司和一些民营医疗机构工作已经可以拿到上万或几万元了，韩小红相信自己会是其中的一分子，要算大账，2000块钱算得了什么。也正因为这傻傻的自信，她义无反顾地下了海。创业就是这样的，没有万事俱备，瞻前顾后永远也下不了决断，就永远不可能成功。

放下了所有包袱的韩小红一身轻松，她非常专注、坚定地投入到了自己要做的事情中去，但门诊并没有因此应声而起。韩小红是肿瘤科大夫出身，她一开始是定位在肿瘤治疗上，后来才联想到体检，走"早发现、早诊断、早治疗"这条路。但这依然跟韩小红之前多次的选择一样，概念太超前，市场上完全没有认知。但韩小红坚定地认为它是有价值的、有意义的，通过体检早期发现疾病，能节省医药费，能让人们的生活质量提高，这毫无悬念。他们发动员工上网查，发现中国台湾地区、日本、韩国都有类似的机构，便开始大量收集资料，学习别人怎么做。

模式设计出来了，但客户并不会因此而主动上门。3月28日开业，大概三个月的时间，一天不超过三个客人，最多的一天来了六七个人——员工说，今天的盒饭不用老板再出了，终于能挣出来了。因为有没有客户也要等到中午，而中午饭是员工的基本待遇，可店里没客人，员工都不好意思吃这顿中午饭。

坐以待毙从来不是韩小红的性格，她一边通过媒体做宣传，一边亲自上街发传单。她不是穿着白大褂以医生的形象出现，而是穿着小短裙以美女销售的身份出现。她拿着一摞传单往车里发，因为她自己坐车时也被别人塞过卖房的传单，她照猫画虎。为了多发传单，她甚至跑到了二环主路上，警察制止她这种极度不安全的违规行为。警车一鸣笛，韩小红就赶紧跑，但还是偷偷摸摸干了好几次。她的精神也极大地刺激了员工：老板都这么玩命干，我们能不努力吗？为了生存，她和员工一起绞尽脑汁，跑大街、爬大楼，或者跑社区发传单，能想到的招都用上了，但始终不能彻底打开局面。

正在胶着中，居然有生意找上门了！北京市律师协会来了，雪中送炭。北京市律师协会当时有8000名律师，每年要给律师做体检。律师每年要给律师协会上交管理费，律师协会认为保障律师的健康是最有价值的、最值得做的事，所以从2000年起就安排律师到协和医院体检。但医院的主业是治病而不是体检，所以没有医务人员来承担服务工作，比如体检前的秩序维持、导诊，体检中的分流、咨询，还有体检报告的传达和输送，医院基本不参与，只能由律师协会自己来完成。律师协会只有20多名工作人员，每次体检都要全部出动来保障服务，但由于不熟悉地形也不熟悉医院的流程，不可避免地陷入混乱。律师们在门诊楼里来回蹿，走了不少冤枉路，颇有怨言，而工作人员也疲于奔命，8000人的体检往往延续半年之久，费时费力费劲。当律师协会听说有"慈铭体检"这么一个形态时，便主动找上门来。韩小红听了工作人员的汇报，眼睛就亮了：这绝对是一个商机！她放下手上所有工作奔向律协。

那时候她对商业一知半解，也完全不懂谈判，就直愣愣地去了。律师协会的领导很有谈判艺术，上来先"洗脑"，告诉她企业经营要注重边际效益、成本收益，意思就是别在乎律协出的价格低，只要开门做生意就有人工、房租成本，要先有收入，收支打平，剩下的再去想赚钱。对方有理有据一大套，韩小红脑袋里一片空白。她心想："你只要肯来，只要给钱就行，什么成本不成本的，亏钱我也要做呀，因为根本没人！"慈铭急需的是客户，有了客户才能把体系构建起来，流程跑起来，否则一切都是纸上谈兵。律师协会出了一个很低的价格，韩小红想都没想就说："可以！"她心里想的是：8000人呢，简直是天大的利好！自己设计的那套东西终于可以被实践验证了。

第一个单子就这么颇具喜剧色彩地签下了，韩小红清楚地记得是2002年的9月，距诊所正式开业大约半年。8000人的体检，韩小红和同事们经历了从门可罗雀到门庭若市的大翻转。诊所一天最多也就能容纳200人，为了保证体验，一般控制在150人左右。一个月22个工作日，每个月大约三千人，这样就忙了将近三个月。

实战是验证模式和锻炼团队的最佳手段，原本设计好的服务体系一碰上这么大的客流就乱套了，于是倒逼他们梳理流程、梳理系统、梳理信息，不断优化。韩小红琢磨，一定要让律师们明年感觉到更舒服，哪怕赔钱，哪怕我们自己再多付出一些，明年绝不能局限在这样一个狭小的空间，必须再开店，分流客人。

一波三折

就这样，在公司还没有什么像样盈利的情况下，韩小红又咬牙去着手第二个店的筹建。她的心思特别简单，就是想让来体检的律师感受好一些，不要让人流都聚集在一处，适当疏解。她也不知道第二个店还能不能有其他的客户，但来的客人，要尽量服务好。

第二家店2003年1月开始筹建，4月份开业，正赶上当年的SARS。北京一时壁垒森严，大街小巷空空荡荡，群体活动基本绝迹。一直等到8月底才有客户，挺了有小半年之久。和第一家店一样，开始无人问津，一旦来了生意就爆满，一是因为之前积压的需求，二是SARS提高了大家的预防意识，所以下半年的客流呈井喷状态。她也愈加体会到了创业的不易：没有客人揪心、焦虑，客人太密集也焦虑，但也别无良方，只能接着开新店疏解人群。

第三个店一切都很完美，有了前两个店的经验，选址、装修都很顺利，空间规划也更加得心应手。但天有不测风云，刚开业就发生了火灾，精心准备的一切全部变成了焦土，韩小红真是欲哭无泪。一片漆黑，到处都是焦油，散发着刺鼻的气味。所有的东西都被泥覆盖了，天花板掉下来的焦油在地上盖了有十公分之厚……多少年，这个场景在韩小红脑海中挥之不去。员工都看着她，都在等着她的指令，她自己也是懵的，当时也不知道哪来的力量，瞬间清醒过来——没有人替你扛，你只有你自己，必须坚强起来，必须站起来指挥大家，直到把那片焦土重新恢复成一间崭新的店面。过后她自己也诧异，人的潜力真是巨大，不逼自己一把真的不知道底线在哪里。

不幸之中总有万幸，好在这是一个新兴行业，还没有那么多的竞争对手，还不至于为价格战和竞争而焦虑，总算有喘息之机。开到第四、第五家店的时候，开始出现市场竞争，很多人开始发现并看好这个市场，发动进攻，降价、抢单、挖人，无所不用其极。怎么会无端地降价呢？人怎么可以被200块钱挖走呢？这是医生韩小红完全不能理解的事。但市场逼着她去理解，否则就无法存活——也就是从那时起，她逐渐从医生韩小红蜕变为企业家韩小红，生命渐渐进入到另一个状态。

祸不单行的是，开到第四家店时，韩小红的父亲病了，而且是癌症，更为雪上加霜的是，紧跟着开第五家店时，韩小红本人也被查出胃癌。她知道，这与长期的极度劳累和焦虑有关，虽然每件事都看似有惊无险地扛过来了，但身体已经埋下了隐患。作为一位38岁的女性，得胃癌是一个低概率事件。胃癌多见于男性，男女发病比率在5∶1；胃癌是老年性疾病，一般在五六十岁发病，因长期生活方式不健康，营养过度而引发。从哪个方面看，韩小红都不应该是目标人群，但她明白，这是身体在报警，在提醒她。万幸的是，因为自己开的是体检机构，的确做到了早发现、早治疗，自己的事业完全验证了自己的初衷，虽然这个验证显得有些残酷。

虽然未能挽救父亲的生命，但韩小红总算实现了自救。在父亲去世前的三个月里，父女俩一起住在病房里，在一个极其特殊的环境下相依相伴。回想起来，韩小红既难过又欣慰，自己身为一名肿瘤大夫，却对父亲的病束手无策，但又因为同时患病，给了她悉心照顾父亲人生最后一段路的机会。而两人的经历也在警醒世人，体检和早发现是何等重要，她更坚定了要将事业进行到底的决心。

虽然市场竞争越来越风高浪大，韩小红却愈发从容，而且变得柔软了很多。正因为经历过生死，她才更深刻地理解了那句话：除了生死，都是小事。有了这样的心态，人会平和很多，会更加处变不惊，没有什么过不去的坎。当人的内心足够强大时，其实不只事业会更加稳健，连身体也会一并受益。

医能自治

相对于中国40年改革开放的步伐，医疗改革的步子是相对滞后的，民营医疗机构起步大概是在1993、1994年，直到今天也还在摸索之中。最早的时候采用承包制，必须挂靠，这样公司和医院有了交集，但身份模糊，责任不明，监管困难，暴露出不少弊端。

韩小红理解民营医疗机构起步的艰难，首先，医保不覆盖，国家采购只给公立医院，民营医疗机构只能到市场上挣钱，流量入口很贵。有些民营医疗机构为了存活下去，每来一个客户都会过度诊断、过度医疗，口碑不好。再一个，社会机构发展需要人才，但医生只要离开公立医院体系，职称晋升渠道就没有了，完全隔离在人才晋升机制之外，所以年轻医生不到主任医师级别不敢出来，而这往往都得20年后了，形成了恶性循环。此外，社会化的医疗机构施行的是企业财税制度，有营业税还有所得税，无法像公立医院、事业单位那样免税。这种种境况，使得民营医疗机构的起步很艰难，导致很多动作变形。

而体检则恰好规避了这些障碍。首先，它不依赖于医保，在公立医院体检国家也不支付，竞争是公平的；第二，体检毕竟是检测，不负责治疗，所以对医生的资质要求也不是那么高，退休医生也可以，而且工作量不大，这样就解决了人才的瓶颈；此外，体检更多依赖于技术系统，对个人的水平相对不那么依赖。医疗服务能够在体检行业撕开一个小口子，跟它的切入角度密切相关，虽然当时也不知道水深水浅，只是觉得体检有价值、有意义，韩小红觉得要再一次感谢自己的"无知者无畏"和一根筋干到底的轴劲。

只做诊断，就没有过度医疗的利益导向，容易取得社会信任，慈铭便坚持这么走。而这的确顺应了时代大势，人们开始重视健康和预防，陆续有更多的行业和企业愿意为员工的健康买单，形成了良好的示范效应。在这个过程中，也形成了B2B模式——体检行业是先天的大客户制，一个体检中心有数个规模客户就足以支撑住业务。

韩小红欣喜地看到企业在一年一年逐渐变好,到 2009 年有了质的飞跃——国家政策允许社会资本进入医疗,2010 年又免掉了营业税,医生的多点执业也开始松动,大型医疗设备的审批也逐步放开。到今天,申请门诊证执照已经比过去快了好几倍。慈铭也在此刻进入了飞速发展期,并开始考虑上市。

这也让韩小红彻底完成了由一个医生到企业家的转型,她开始认识到资本的力量。和投资人、券商、会计师打交道,让她对企业管理、财务、利润有了更深刻的认识。上市前三年的辅导期,她感觉自己脱胎换骨,焕然一新。以往她总是不由自主地用医生、用专家的视角看问题,觉得能把业务做好,把客户服务好就够了,但现在,她的角度发生了变化,企业要通过财务、利润来反映自身价值。这对她来说很"刺激",但这是企业做大做强的必由之路,她依然要抱着开放的心态去学习。她开始系统地学习企业管理,学习成本控制,学习风险控制,她清晰地感觉到自己的格局和视野在不断提升。经营企业,不仅要有专业工作者的眼光,同时更要有企业管理者的视角,这让她拥有了更大的弹性和容错率。

上市的过程也是一波三折,但韩小红已经有了更从容的心态。从 2009 年开始,一直到 2014 年,是企业上市最动荡的几年,慈铭恰好都碰上了,IPO 两次暂停,包括早期申请创业板也因为不是高新技术企业被停掉。她说,所有遇到的事情要么是来考验你的,要么是来成就你的。2014 年,慈铭终于拿到了上市批文,但又因股价过高被证监会叫停。要在以往,韩小红可能会宁折不屈非要讨个说法,但这次她心态很平和。上市的整个流程都已经完整走过,企业被暴露在资本市场的监管之下,所有都是合规的、过关的,而且不是一年过关。因为连续五年,年年上市,年年报批,企业已经被打磨得没有任何瑕疵,干净透明。

韩小红的心态发生了变化,她不再一条路死磕到底,既然此路不通,可以考虑换一条跑道。最终,在多方考察之后,全家人——包括女儿和先生一起做出共同的选择,从五家伸出橄榄枝的合作伙伴中选定了美年大健康,之后完整地借壳上市,又将资本市场的所有路程走了一遍。很多人诧异她为何会做出这种选择,但三年多来双方的合作证明了很多难以言传的东西,在并购市场中能合作得如此默契,能够相互支撑在复杂环境下走过来,是需要天时地利人和的。

而当慈铭以这样的方式实现上市后,韩小红完成了从医生到早期民营医疗机构创业者,到有资本加持的企业家的三级跳。

能力更大,责任也更大。韩小红开始重新审视体检以至医疗大健康行业。这其实是韩小红从建第一家体检中心就发现的症结——检后客户的管理问题。不管检了一百人、一千人还是一万人,检出问题后医院的承载能力是有限的,最多也就有百分之几的可能是危重病人。而中间有一大批患有慢性疾病和各种问题的客户全都被扔到了社会上,没有机构有能力,有意愿承载。作为一个医务工作者,韩小红从一开始就希望解决这类问题,但很快发现主营业务太繁重了,力所不能及,而且与起步时定下的"只管体检,不管治疗"的原则相悖,所以尽管尝试了各种模式和方法,也倾注了心血,但始终不能形成体系。最简单的还是律师协会的例子,十多年过去,律师协会的规模在扩张,体检供应商也增长到了五家,而且每年都进行苛刻的重新审定。韩小红说恰恰感谢这种苛刻,每年被律师协会骂得"狗血喷头",但每年也都在进步。虽然律师协会的体检供应商在增加,但最大比例的客户依然留在慈铭。这是信任,也说明了慈铭的进步和成长。

时至今日,体检已经司空见惯,并且更加个性化。比如律师协会有两万人来体检,这样会带动家族成员至少两万人;同时对检后的治疗,至少是治疗推荐也提出了要求,因为体检本就是医疗服务的一个入口。To B的业务慢慢转向 To C,而且人们的要求更加深入。之前因为民营医疗机构资质的参差不齐,慈铭规避了治疗环节,但现在随着市场的成熟,慈铭品牌的深入人心,民众呼唤更多更好的服务——韩小红和女儿胡依晗顺势创办了"记健康"品牌,专门为体检后的治疗、保健提供服务,而且运用大数据和互联网技术,完全可以实现点对点的定制化服务。

现在韩小红90%以上的精力都放在了检后检查管理体系的构建，即检后客户怎么在发现疾病后能够早期进行干预——体检是早期发现，早期诊断，而检后服务是怎么进行早期干预和调理，使之不进入疾病状态，能够在疾病早期阶段逆转回正常人，或者是已经被诊断的病人在没有进入医院治疗阶段怎么实现自我调控，不让病情继续发展。

在互联网出现以前，健康管理的成本非常高，一般依赖于家庭医生，但以中国的人口基数和医患比例来说，这是非常不现实的。医生不可能专职来做这件事，每天的日常工作已让他们不堪负荷，而且客户付费也不足以支付健康管理医生所做的服务。但当互联网出现后，尤其是人工智能快速发展后，这成为可能，一是可以极大地提升效率——频次不是很高，又可以帮助医生迅速掌握大量的客户一手资料；二是形式非常灵活——可以在线咨询，利用碎片化时间进行。因为不是重病，这使医生的远程操作和长期跟踪维护成为可能，对医生和客户都是双赢。

韩小红还欣喜地发现，自己和女儿的知识背景形成了极好的互补。女儿以互联网时代的思维，韩小红以传统思维，真正实现了"互联网+"，碰撞出很多始料未及的想法，最后成为"记健康"的雏形和发展方向。

归根到底，是技术的进步，是世界的进步，尤其是中国的进步，给予了最大的机遇和可能。回想改革开放四十年，韩小红认为自己是个幸运儿，1978年她刚满10岁，到现在改革开放几乎覆盖了她的整个生命，没有落下任何一个环节，而且在这个过程中她还有幸引领着一个产业往前跑——跟随政策不断地开放，自己冲在前面，政策又在身后不断地放开。这是几辈子的福气，能与一个伟大的时代共存共荣。

横向比较的话，比如以往的同学在欧美国家开诊所，几十年也就开一个，为什么不能连锁？因为制度要求医生必须是机构的法人，而且完税制度非常严格，监管制度也非常完善，所以医生的个人精力几乎全部注入在一个地方，劳动力成本极高，请不起其他医生，也养活不了其他人，只能靠把自己搭进去来发展。而中国独有的国情、特殊的人口红利，使得慈铭走出了一条确实具有中国特色的独特发展之路。它实现了韩小红在德国时萌生的梦想，又恰到好处地实现了逆袭和升级。尤为令人兴奋的是，惊喜并未结束。本来以为到了一定的时间点可以稍作喘息了，但又发现似乎才刚刚开始——大健康、预防医疗刚刚起步，一切又回到了创业初期的感觉。在这种刺激下，她甚至觉得自己的身体状态也回春了，充满了激情，完全可以再干几十年。

谈及未来，韩小红不仅对事业的前途、对整个人类的命运都充满了信心。在医学界，疾病治疗理念本身也在发展，现在基本达成共识：疾病要一分为三地看，不能一概而论，有三分之一就是不可治的，有三分之一是可以不治自愈的，还有三分之一介于二者之间，这才是医务工作者需要努力的地方。对于不可治的部分，重点要放在患者的生存质量上，而不要过度治疗或强行治疗，这样反而增加患者的痛苦。对于可以不治自愈的部分，要相信人体的自我修复能力，重点要为患者增强信心，这样才能更好地激活免疫系统。

在人类可以掌控的领域，细胞学、蛋白学和基因学等都在不断进展，而这些进展主要源于两个方向，一个是细胞学，一个是免疫学，最终人类疾病的治愈就是这两个方向——疾病来源就是因为细胞产生了病变，另外就是免疫状态的失效。当下这两个学科已经产生了实质性的突破，已经可以治愈患者。免疫学在晚期肺癌中已经出现了药物，这意味着未来癌症完全可以通过药物治愈，不管病人处在哪个阶段。

在大健康领域，还有非常大的想象空间和大量工作去做，韩小红说：广阔天地，大有作为！

胡依晗：世界公民的世界观

胡依晗是韩小红的女儿，斯坦福大学医学院在读，活泼、时尚、随性，是她给人的第一印象。她的知识面和眼界非常开阔，身体、心灵，乃至世界观，天南地北，海阔天空，都可以聊得来。

胡依晗能歌善舞爱美，是素质教育的出色代表。她本科读的是国际关系，有些令人出乎意料，这让她有了与众不同的视角，而此前此后的混搭人生，也让她的经历别具一格。

王春元：你从美国专程赶回来接受采访，恰好可以聊一聊比较直观的感受，你所接触的东西方人群的异同。你刚才说到东方的禅意，西方人本来是没有的，但往深处的话，这种禅意对西方人也有很大的诱惑和魅力。

胡依晗：对，其实国外的精英界很多人都信佛教，比如说乔布斯，他其实就信佛教。他们到了一定的层面后会去信仰佛教，去找这种平和与中庸之道。

王春元：我看他的 TED 演讲，有很多关照心灵层面的东西。经过 200 多年的"向外求"后，他们发现物质的东西不能够解决问题。

胡依晗：这也是为什么在美国瑜伽、冥想是非常畅行的一件事。在硅谷，瑜伽店和冥想打坐室都爆满，越是精英、前沿科技人员，越注重"向内求"，这是他们非常重要的一门课，有文化和财富的人都在做这件事。因为他们发现很多事情，比如喝冰水、吃甜食、油炸食品，反映的是一种简单刺激的满足，而没有深层需求的关注。所以他们也不满足，才会向内求。美国确实是刚建国200多年，文化还没有到沉淀的状态，也怪不了英国人、法国人觉得美国人不够 culturally，文化需要沉淀。

我在上斯坦福大学的预防医学，其中有一门课是食品预防，学营养、学食品，发现文化历史越悠久的民族，在饮食、养生方面的优势越能显现出来。美国在这方面绝对是发展中国家，我们才是发达国家。在美国学了这么多课，科技、生物制药什么的都是很发达的，理论知识非常完整，但我们在食品、养生、预防科学上绝对是超他们不知道几个世纪，他们没有概念。

举一个特别简单的例子，有一堂课学的是医院食品，我就问老师，你们美国医院有没有我们称为"普食、半流食、流食、软食"的这么几档？老师都听傻了，说你们医院吃个饭还分这么多档啊？我说对啊，病况不同的人要区别对待。他说没有啊，我们这里就是普食，或者医生开的处方食品，就这么两大类。我跟他们介绍，我们医院的食品很多样，比如还有绿豆汤、莲子羹、枸杞水之类的保健食品。我翻译成英文后，整个班都惊呆了，说你们好厉害，文化好先进。

王春元：我们的文化几千年来就是药食同源的。

胡依晗：对，我说我们认为饭就是药，药就是从草里面取出来的，对我们来说这是一样的东西。这个概念他们现在才知道，你说落后了多少年？

王春元：这里面有一个问题，你父母的医学体系都是现代医学，你学的也是现代医学，而且你大学学的是国际政治，接触医学后为什么这么自然地接受了中国传统的医学理念和观点？

胡依晗：其实也不奇怪，西方医学有它的长处，也有短处，就像任何一门科学。西方医学的长处是在于记录完整，科学方法、科学实验可重复，还有就是科学证伪，没有灰色地带；但这既是长处，也是限制他们发展的瓶颈。现在西方医学已经非常明确地意识到了自己的瓶颈在哪里，中医恰好互补。

中医的记录没那么完整，中医都是靠年头来做的，所以叫老中医。经方也都是经验之谈，可复制性不强。一个老中医可能需要二三十年才能出来，不可能说一个老中医把方式、方法输出后，弄200个老中医出来，不太现实。但与此同时，中医天生就是整合医学，我们几千年来做的就是现在西方科学里所谓整合医学、精准医疗的事儿。我们最常有的感受是，五个中医给您看病，能看出五个不一样的问题来，而且开的方子也是七七八八不太一样，这是它的弱点。但好处就在于它真的是整合医学，而且是精准医疗和预防医学。正是因为我学了西方医学，反过来会发现我们在这方面远远走在前面，非常发达。

举个例子来讲，老师曾带我们做过一个实验：所有的量都不变，不让这个人多睡觉，不让这个人少吃饭，不让这个人改变生活习惯，只让他在5点以前把晚饭吃完。我们用了500个样本数据，发现这500个人在其他变量不变的情况下——只是5点前吃晚饭，吃什么、吃多少我们都不管的情况下，所有人都瘦了。老师在课上说，但是到现在我们还不知道具体原因是什么，特别担忧，我们无法科学地证明这是为什么。我就去跟老师说，在中国这叫"过午不食"，我们认为从气和阴阳的角度上讲，过中午以后是阴开始盛，阳开始衰，所以肚子里不能有太多的东西。"过午不食"就是不给身体那么大的负担，人就会消瘦下去，因为不需要这么多累赘。但这么解释外国人往往还是不能理解。

王春元：因为他不懂道法自然的事情。

胡依晗：因为太虚了，他们不懂道法自然。老师很担心地说，我们到现在也没有明白，其他变量都不变，怎么5点钟之前吃饭人就瘦了，科学根据在哪里，就把自己要弄疯了。这就是两者间的不一样吧，挺有意思的。

王春元： 那么接下来就有问题了，你父母那一代，还有你父母的父母那一代，受了西方医学教育，他们是强烈捍卫现代医学科学体系的那群人，是不是对中医有强烈的排斥？

胡依晗： 有，爷爷。

王春元： 那你这个90后为什么这么容易就接受了呢？

胡依晗： 我觉得跟历史大背景有关系吧。90后也不能一概而论，我们其实也跟70后、80后一样，每个人特色不同。但90后共同的是可能会比较开放一点，因为从小处在一个信息开放的环境里。另外我觉得，尤其是中国的90后，真的很愿意吸纳和接受全世界各国最优秀的东西和最先进的理念。比如说我们很爱看韩剧、听韩文歌，我曾深入思考过这件事。也不是说你能看得懂、听得懂，而是他们做娱乐业是产业化、标准化、流程化的，明星的发挥和质量非常有保证。日本有日本好的地方，美国有美国好的地方，90后最主要的是比较open，对全世界好的东西都愿意去接纳，不管是衣服、食物、音乐、艺术、教育，都愿意吸纳，这是最重要的一点吧。

王春元： 就是在成长的过程中世界就是平的？

胡依晗： 对，世界已经是平的了。比如中日、中韩的关系，我们把历史学好了之后，也会有一个比较平和的心态，历史事件历史地看，我承认也接纳。现在就是现在，未来就是未来，我觉得我们这代人可能会掰扯得比较清楚，分得比较开。而不会说像我奶奶，她就说他们那代人不管日本再怎么好，对它都是有偏见的，但是她会很诚实地跟我讲。这个心理由于时代的原因是无法扭转过来的，这跟历史大背景是有关系的。

王春元： 我们再说一个你听起来比较陌生的时代，你对改革开放有什么样的认知，那时候你还没出生。

胡依晗：对，我是1991年生人，改革开放是1978年。在我的印象当中，1978年我妈妈才11岁，那就是我姥姥那一辈正在努力拼搏去抚养我妈妈这代人的一个时间段。我记得姥姥跟我说，那时候她一个月挣78还是87块钱，要养一家三口，又要抓生产又要抚养孩子，每天骑个自行车上班，回来再抱着娃喂奶。我知道那个时候还在用什么粮票、油票，物质可能比较欠缺吧，是要严格被分配的，大概也就这么多，再多我可能说不出来了。

王春元：你的知识不足以覆盖那个时代。

胡依晗：那个时代在我眼里可能都是故事。

王春元：就你的成长经历而言，应该说是一个含着金钥匙出生的人。

胡依晗：是。

王春元：你也成家了，也成为妈妈了，也开始创业了，处在现在这样一个状态，你怎么想象，怎么看待父母当年的创业斗志和环境?

胡依晗：我觉得每个时代都有每个时代的使命。像我父母那一代创业，机会多，当然也要看个人能不能抓住机会，依靠创业者、领导者个人能力比较多。那个时候，老板自己脑子清楚、能力强，能跟团队打成一片，使劲往前冲，方向不错，一步一个脚印地，能起来就起来了。有一些起不来的也不会太差，毕竟时代在那儿摆着。但是现在就不太一样了，这个时代可能是属于协同合作的，不是说个人能力强就能带动一番大事业，我觉得这可能是最大的区别。

王春元：你小的时候呢，我觉得是个品学兼优的孩子。

胡依晗：还算是。

王春元：性格活泼开朗，其中有一段时间对文学创作有兴趣，也写过书，而且探讨的问题还颇为深刻，既是别人的困扰，也是你的困扰，你想通过写书来发现、解答、调试自己的内心。后来为什么没有继续下去？

胡依晗：原因比较简单，我的文学功底还不错，我其实是文科生出身，但因为那个时候对我的要求是急速把英语提上去，就限制了在中文方面的发挥。因为我上国际学校，需要拿很好的成绩，需要跟一群母语为英语的人去拼大学，那时上课用英语，写作业用英语，朋友也都说英语，对我最大的要求就是把这门外语提升到和母语一样的水平。写书其实是写给自己的，但人的精力是有限的，当需要深耕细作另外一门语言的时候，母语没办法必须要放下，因为那个时候提升英语是我的正事。

王春元：爱好让位于现实了。

胡依晗：对，我没办法说用中文写得特别好，能跟中国的年轻作家一样。与此同时，我的生命、生活、考试、考学全部都是用英语，这有点拧巴，所以在那个时候就只好放下了，很遗憾。

王春元：你大学学的是国际政治，这样一个选择和你的家族是有冲突的，你的父辈、祖辈都是学医的。

胡依晗：是。

王春元：你当时没有学医肯定是有原因的，今天你又回来了，这是怎样的一个心路历程？

胡依晗：我上美国大学是一个特别有意思的事。我上的是英国高中，上美国大学其实是我妈妈一直坚持的，我跟她闹了很久。一开始她先逗我，说你不一定要上美国大学，但你先把SAT给考了，一开始是这么忽悠我的。我想了想也是啊，干吗把门关上呢，就先考吧。考完以后她又说咱先报报试试看，还说你不一定要去上，那就报报试试看。

我当时整个重心都在报英国学校的A-Level，因为我们学校的气氛都是往英国报。报完之后一路都还不错，最后到了节骨眼上了，我妈妈说你去美国，不去英国。我说为什么？英国TOP10的学校全都要我了，而美国只是综合排名前四五十的学校录取了我——因为我毕竟不是从美国中学教育系统里面出来的，人的精力也是有限的，没有特别完备地去准备美国学校申请，两者的落差很大。我觉得让我去美国学校的全都是笨蛋，因为英国的TOP10都要我了，却非让我去美国。当时17岁的我脑子是扳不过来的，最后去了一个排名53的学校——当时我被文理学院排名11的学校和综合排名53的学校录取了。我妈妈给徐小平打电话，请他给推荐。徐老师说看你想把女儿培养成什么样的人，他的建议是去一个地理位置好的地方，而不单纯看排名，就去了乔治·华盛顿大学。对我来说，那个时候还是接受不了，但我妈说就这么定了，你去这所学校。

我上了这个学校，开始是没有主修的，为了气妈妈，我第一个提交的主修是舞蹈系。我就想说你不是非得让我来美国吗，我跳舞给你看总可以吧。这是个很好玩的事儿。后来我遇到了一个朋友，他是学国际关系的，是个白人，拿的全额奖学金——他同时也被普林斯顿录取了，但家里没钱去不了，乔治·华盛顿大学给了全奖，他就来这儿了。他跟我说你不要这样，如果我是你爸妈，知道这件事情会气疯了，花了这么多钱让你到美国，你来给我跳舞。他跟我好说歹说总算通了，但我说那我学什么呀，我又不准备转学。他说既然我们在华盛顿，最好的是政治，我们学校最好的是政治中的外交，你跟我一起学外交吧。他大三，我大一，他说你所有上的必修课我都上过，至少我们两个关系好，还能帮帮你。就这样，我跟一个本土的美国人一起学了外交，我觉得既然不准备转学，总得上这个学校里最厉害的学科，全美排名第三，就这么选了国际关系。在我们系里，学国际关系、学政治的美国人都跑到乔治·华盛顿大学，要去问这个班里谁未来想竞选总统，半个班以上都得举手。乔治·华盛顿大学和华盛顿的很多学校专门为美国培养外交人才，未来的出路就是白宫、NGO、智库、世界银行这种机构。对我来说是硬着头皮学，学得也很痛苦，因为要跟白人一起写论文，要拿A。

其实也是老天爷眷顾我，这个专业把人的视野和世界观拉到了全球范围的高度，我要学比如中美、中日韩、美国中东、非洲中国之间关系，必须把视野拉到这个层面，读、看、写，而且要辩论。我把主修课学完之后，会故意读一些与中国相关的东西，尤其是中国的经济发展、改革开放，再从美国的知识库和老师的嘴里来看这件事情，从一个国家的发展再落地到医疗行业的发展，再细分到看看我们家在这么大的盘子里拿的是哪一个小角，再去分析改革开放的路径里，各个行业的发展有什么不一样，跟历史对比。最后发现我们家这个行业特别好，其实是非常扛经济周期性的行业，很稳，造福人类。所以我自己想通了，作为一个女生来讲，学这个对自己也很有益。

这也是为什么我学的是政治、国际关系，家里做的是医疗，回国后第一份工作去了国家卫计委，那个时候叫卫计委，现在叫卫健委了。

王春元：确实是学了国际政治，格局、视野大，而且能够洞穿和管窥你们家所在行业的位置，从国际政治的格局上发现你们家行业之好。

胡依晗：后来发现我们家这个产业在国外都没有。连锁体检虽然是我妈妈在德国学习期间有的灵感，带回了国内，但是每个国家的医疗体系都大不相同，也没有任何国家的医疗体系可以说一点问题没有。而目前来看，我觉得中国民营连锁体检真的为中国人的健康提供了不少支持，比欧美要走在前列，我很客观地评价。

王春元：你回国后进入了这个行业，实际上你在国外已经看清楚路径了。

胡依晗：对。

王春元：2015年、2016年，慈铭在结构上发生了很大变化，你母亲和父亲把公司上市了，等于交给公众了。你回来后做的最重要的一件事相当于跟妈妈共同创业，创办了一个新公司。

胡依晗： 对，慈记网络科技公司，产品名叫"记健康"。

王春元： 对这个公司是怎么设想的，有什么样的规划或者愿景？

胡依晗： 先说一下我毕业以后的头两份工作。第一份工作是在卫计委，其实是学习一下民营体检和民营医疗服务在整个中国服务行业里的定位，还有它的功能和作用，还有未来的一些政策的学习。

第二份工作是摩根士丹利，在股权部门做分析师，主要是为了学习从金融角度去看公司，以及从PE股权投资的角度看中大型公司的结构和治理，都是为了补课。大学四年学的是非常宏观的东西，没有任何细分行业领域的基础知识，尤其是金融一级二级市场。

王春元： 这些是你选的，还是你妈妈选的？

胡依晗： 卫计委是我自己选的。第一份工作和第二份工作其实是个交换，因为我妈希望我回来，回国，而我跟她说我能力非常强，在美国找工作一点问题都没有，但家里害怕我太强在美国就不回来了，所以就勾搭我。他们问我有什么要求，说尽力满足。我说我想进卫计委，最后进的体制改革司。

做了一年左右，我觉得学习得差不多了，对体制内的情况多少有一些了解了，这时我妈就说好了，我已经给了你想要的，现在该你给我我想要的了。我说干吗？她说你去摩根吧，学习金融。因为我们家都是医生，医生转做商人，金融、财务一直是个短板，他们希望家里有人可以在这方面提升一点。就这样，她给我我想要的，我也给她她想要的，make a deal。

王春元： 这个公司整个的架构设计，它的未来远景我想可能跟你有很大的关系，因为你就活在未来。

胡依晗： 是。

王春元： 未来就在你眼前，这个公司也设定了让人兴奋的远景目标，比如说你们想未来把50%以上的慢性病，再降低50%，这可能吗？

胡依晗： 可能啊，这就回到我们前面说的话题，就是中西医结合。其实中国人在做慢性病管理和慢性医学上非常有优势。我们几千年来秉承的理念就是这个，而且中国人普遍重视健康，比美国人要强很多。我们现在通过大数据，从数据分析，预防干预，利用科学手段做前期、中期、后期整个产业链的管理。慢性病一个重在预防，一个重在管理，如果在前期预防医学方面做得好的话，再把表观数据和基因数据以及体检后数据的追踪管理做好了，我觉得甚至50%的目标还能超越。

医疗其实是个非常重服务的行业，就算是有大数据，就算有新的互联网手段，它还是非常重服务的业态。记健康的产业和我在斯坦福学的东西契合度100%，我学的就是预防医学，与其说是医学，不如说是全生命管理，吃、睡、运动，监控人体的方方面面，比如从基因、遗传上看你的高风险是什么，是非常完整的体系。所以是很耗时、耗力、重服务的行业，但只要我们把各个方面——吃、睡眠、数据、基因测序每一块都做好了之后，人只要别使劲损耗自己，是一定不会得病的，注重保养就可以了。后续跟踪做好，已经有的慢性病不要让它发展得更快，很简单。

王春元： 你能不能用简练的一句话告诉我，不是对摩根说，也不是对投资人说，就对大众说，你们现在做的科技医疗公司是怎样的一个公司？

胡依晗： 我们这家公司的切入点，一句话概括就是我们通过企业客户建立起信任关系，通过给企业客户做企业健康管理服务，渗透到员工个人，再追踪个人健康数据。相当于有两块，一块是给企业做全体员工健康服务，还有一块是针对员工个人，给他们做个性定制化的精准医疗服务。

王春元： 听上去好像跟原来的慈铭体检没啥区别呀？

胡依晗： 慈铭体检没有个人这一块，是给企业做服务。

王春元： 慈铭体检给公司服务，也是个人受益嘛。

胡依晗：这么讲吧，慈铭体检是跟企业、跟 HR 达成协议，拉一票人过来体检，体检之后就没有了。记健康是从体检后开始，假设说企业有五千人，五千人的体检数据都出来了之后，我们帮企业做全年的员工健康管理，比如可以看到五千人里排名前三的慢性疾病是什么，我可以根据结果给企业做解决方案。因为人力成本对企业来说是最高的，如果因疾病导致缺勤、旷工，对企业的人力成本消耗是很高的。我们可以帮企业做健康管理，比如怎么做运动干预、食堂干预，这是给企业的服务。

同时，我不是有每一个人的数据了吗，还可以个人为中心，去发展他的家庭健康管理，比如说父母、孩子、配偶，这就是 To C。这些后续的东西慈铭是没有的，数据出来之后顶多会个诊，后面长链的这种叫效率管理。慈铭出来的数据全部叫表观数据，记健康会给每一个人做二次销售，做深度数据挖掘，看看有没有基因数据，最好是把每一个家庭的数据拼到一起，再去做整套管理。

王春元：基本上听明白了。问一个关于个人的问题，关于富二代标签的问题，你认可你是富二代吗？

胡依晗：我认可我是富二代这件事，但我打心里觉得我跟舆论口中的富二代还不太一样。

王春元：你觉得这个里面有一些道德评判？

胡依晗：对，这个词可能在网络上比较贬义。也不是说我们想要或不想要，就是被社会贴上了一个比较贬义的标签吧，我觉得这也是有偏见的，导致大众的印象都是片面的。

王春元：你怎么定义这个群体？把你放在其中，你跟他们有什么不同？

胡依晗：也不能说我有什么不同。所谓富二代，同样都是上一辈企业做得比较成功，家境比较好，衣食无忧等等。富二代就跟 90 后一样，这种标签都是泛泛的概念。富二代里也有各式各样的，从我的角度看，富二代之间最大的不同可能会受家庭、素质教育和企业所处行业的影响。

说回慈铭和中国的医学行业，任何一个国家的医药行业都是比较稳定的，扛周期，很单纯。我不太清楚其他行业是什么概念，有些行业跟中国的大经济环境息息相关，好的时候非常好，落的时候又落得比较严重，这样的行业里出来的孩子们，和比较稳定的行业的企业家教育出来的孩子，可能会有一些不同吧。

王春元： 你会带上父辈的历史使命和责任吗？

胡依晗： 历史使命和责任父母没有给我，但是会受很大影响。小时候最抗拒的可能就是每一个人见到我都会说你父母很优秀啊，要向你父母学习呀，那时也不知道父母优秀什么，不知道他们在干什么。最主要是我们家优秀的不仅是爸爸，妈妈也很优秀，有一个女博士的妈妈压力是非常大的，她是女博士，又是成功的企业家，这个压力对一个姑娘来讲是巨大的。我最想说的是希望有一天，我可以做胡依晗，而不是出去被介绍说这是胡波的姑娘，这是韩小红的姑娘，这是慈铭他们家的姑娘，这种标签屡屡在我身上。我每次出去都说"我叫胡依晗"，我不是谁谁的女儿。

王春元： 你觉得你现在是谁？

胡依晗： 我觉得我现在已经是胡依晗了，最主要的不是外面怎么看，而是父母的认可。

王春元： 我希望你给我几个标识来告诉我你现在是胡依晗。

胡依晗： 对于新型生命科技，未来与技术结合，不管是与大数据结合，还是与互联网结合，对未来的评判和预估远超我父母，而且我父母非常认可这一点，这是最大的吧。

还有一个我现在是我们家的骄傲了，虽然我妈妈是德国海德堡医学博士，但是我被录取的学校和科目已经是光耀门楣了。

王春元：具体是什么学校？什么科目？

胡依晗：被哈佛公共卫生、斯坦福医学院、UCSF 和 UC 伯克利的生命科技学院，还有哥伦比亚商学院录取，最终选的是斯坦福医学院。

王春元：为什么没有去哈佛？

胡依晗：哈佛是公共卫生学院，其实对我吸引力也非常大。但东西海岸还是有一定差距的，东海岸在生物制药方面会比较强，学术氛围浓重一些；西海岸的医学院科技和商业转化做得更突出。比如我们医学院里是要学编程的，要学大数据分析，商业转化其实是斯坦福最强的一点，这是我最看好的一点。

我家本身不是做制药的，我对药也没有对医疗服务、生物工程、预防医学那么感兴趣。斯坦福录取我的是医学院，而哈佛录取我的是公共卫生学院，和医学院是分开的，我觉得在斯坦福和医学会关联更紧密。

王春元：其实还有一些东西能证明你是胡依晗，而不是韩小红的女儿、胡波的女儿。

胡依晗：我现在心态已经很好了，可能刚刚大学毕业的时候会比较急功近利。

王春元：最重要的是你已经有了自己的小家庭，有自己的后代了。

胡依晗：是。

王春元：而且完全在美国独立生活，还执掌着美国的公司发展。

胡依晗：是，在美国的全部业务都是我负责。

王春元：那我们就说一说美国的业务，你有什么样的收获？

胡依晗：现在主要有两大板块，一块是房地产，还有最大的一块就是辅助生殖。我们认为辅助生殖和试管婴儿这方面美国的科技是比较领先的，我们也非常愿意在美国布局这个行业。我们在美国目前的业务是门诊，因为美国的医疗服务跟保险绑得比较紧，一个外国企业进到美国，辅助生殖是比较好的切入点，因为与保险完全不挂钩，较独立，不受保险约束。房地产是相辅相成的，我们会去拿地，然后重建，不仅仅是门诊。

王春元： 辅助生殖中心是在纽约？

胡依晗： 纽约开了一家。还有一些房地产项目在斯坦福附近。

王春元： 你现在要兼顾很多，有医疗机构、有地产，你还要学习，还要照顾你的孩子和家庭，你觉得精力够用吗？

胡依晗： 还不错，还可以。至少到目前看来还不错。我现在在重新跑规划，要有项目经理、项目助理、分包商，全部是我在课余时间组成的团队。组团队、建团队的时候是最困难的，但跑起来之后就慢慢顺了。儿子倒还好一点，白天就去幼儿园，晚上家里有阿姨，还比较能平衡，周末尽量安排时间陪他。组团队这件事是最耗时耗力的，我要去找人，找人之后要聊，聊完以后要见面，几个回合之后才能知道合不合适，然后不断地投标中标，跑规划的时候也要跟，基本占据了我所有课余时间。

王春元： 完成学业后是继续留在美国还是回来？

胡依晗： 我肯定要回来，当然两边跑吧，我们也希望自己会成为中国医疗行业在美国的优秀代表，我觉得这对国家也是非常重要的。我认为中国已经发展到了需要有优秀品牌、优秀企业家走出去正名的阶段，我们中国的企业家也是可以在美国做医疗的，这是非常不容易的一件事情。我们在那边建门诊经常会被问，说你是专门接中国到海外的客户吗？我说不啊，这个门诊在美国，一定是向广大群众开放的，美国人也可以来，只要是客人都可以来。

王春元： 刚才谈的过程中，实际上已经涉及到了"胡依晗"的多个方面，包括个人的社会价值。你认为你的三观有什么特别之处吗，除了你的学习、事业以外。

胡依晗： 我的三观有什么不同？哪三观啊？人生观、价值观、世界观？

王春元： 实际上就是你个人对事件的情绪，你怎么看待钱、看待世界、看待周遭社会。

胡依晗： 先说看待钱吧，我一直挺平和的，不属于使劲花钱的孩子，在这个方面挺佛系的，就是看东西质量好、好看就行，钱够花就行，挺简单的，而且对名牌无感，这个可能跟其他人不太一样，对名牌特别无感，跟我妈妈有点像。

王春元： 你妈基本不懂名牌。

胡依晗： 对，我还比她强一点。但是我们对漂亮的东西非常喜欢，也喜欢原创的东西。关于钱，这是未来发展自己对社会做贡献的事业也好、项目也好的一个基础条件，这是我对钱的基本判断。个人花不了多少。

人生观的启蒙比较早吧，我觉得西方思想对我影响最大的是在死亡观念上，还有就是我们家是做医疗的，死亡这个概念应该是主导我人生观的北极星。时间是公平的，人的精力也有限，每个人就这么一辈子，由于有死亡这件事，你会把每天尽量过得充实，明天回头看不会觉得今天没完成，什么事情能今天完成就完成，对身边的人都好一点吧，大概是这样。然后健康很重要，把身体养好才能去做你想做的事情，不能作，太作了折寿。时间很重要，留得青山在，不怕没柴烧嘛，所以死亡在我人生观里是一个很大的影响因素。正视死亡，然后你再倒着推，今天该做什么，明天该做什么，5年该做什么，10年该做什么，慢慢看。

王春元： 我可能认为你更悲观一些。

胡依晗： 没有，因为有这件事，反倒非常积极向上。

王春元： 讲得很好，再说说世界观。

胡依晗： 套用一句官方的话，我觉得未来就是人类命运共同体吧。因为互联网也好，区块链也好，开放合作也好，这个世界已经平到不能再平的状态，还有什么世界观可言？每个机场都长得差不多，每一个国家的牌子都差不太多。

中国发展到现在这个程度，可能更需要对外、对其他的第三世界国家，比如说非洲、东南亚，在稍微落后一点的国家输出商业模式、运营模式。有核武器，都不敢动，是和平年代了，就按照和平年代发展就可以了，我觉得未来也比较平和吧。有位日本作家写的书叫《历史的终结》，是一本挺有名的书，就是科技发展到一定程度之后，战争会非常有限，原来有战争是因为资源短缺，现在谁也不敢打了，都淡定了，就正常发展，合作共赢。

王春元： 我们再说说最核心的问题，对于人类而言，现代医学当下需要解决的最主要问题是什么？

胡依晗： 就是再生医学，其实干细胞技术已经出现了很久，但它的科研遇到了一些瓶颈，核心就是再生医学和免疫学两个学科。

王春元： 它们会给人类带来什么样的根本的改变？

胡依晗： 比如说癌症，常规手段是试着去杀死它，用外力去消灭它。免疫学是向内求，让你激活自己的免疫系统去对抗它。干细胞也是取之己用于己，从身体里取出来，再打回去自己生长，自我修复。其实不管是免疫学还是干细胞学，都是自我修复、自我对抗的路径，当然详细说的话就非常深了。

我认为这两方面如果取得重大突破的话，会根本性地颠覆我们现在所谓的治疗医学。因为根本不需要治，不需要外界拿药去医疗，或者使用放疗、化疗，而是用自身的东西去解决，这是最天然、最有效的一种再生。

王春元： 横向地看，在你所了解的中美医疗的前沿，兴奋点是什么？

胡依晗： 美国的兴奋点就是我刚才说的两个学科，在科技前沿上。而我们国家的兴奋点是在政策上，而不是科研。在医疗领域，一个科技的突破要很久，不是说今天没有明天就有了，而是很慢很慢，我觉得现在最大的兴奋点应该是我们国家的政策。

王春元： 说一说你们的博鳌医院。

胡依晗： 博鳌医院这次就是战略踩位踩得比较好，与中央推动开放的方针恰好吻合。我觉得中国医疗产业未来的五年十年会有非常大的利好。

王春元： 医学的春天来了？

胡依晗： 医学的春天来了！限制中美两国医学科技融合发展的最大障碍其实是政策，美国 FDA、中国 CFDA 的监管政策都很严。现在中国已经开口子了，国务院九条和博鳌特区允许美国医生落地执业，也允许部分 FDA 批准的药物、器械、疫苗流通到中国，这已经是非常大的兴奋点了。要知道原来流程是很卡的，经过了 FDA，到中国再做 CFDA，周期和流动性非常差。

无论对人来讲，还是从商业来讲，都是非常大的想象空间，这方面放开之后，光是政策红利兴奋点已经压倒一切了。

如果是科技突破的话，在美国有好多类似科幻小说的东西，比如说埃隆·马斯克在投 Neuralink，就是做脑机结合，在脑袋后面开个洞，脑机结合；还有人机结合，肉体在未来世界绝对不占优势，肯定是人机结合，这是在美国都比较认可的一件事。

王春元： 那么你尽情地想象，依托于你掌握的现代医学技术，能不能给我们描绘一下 20 年以后，在医学科技领域的前景是什么样的，可以冒险地说。

胡依晗： 我觉得 20 年以后，每一个人从出生开始，胚胎干细胞和全基因组都已经备份和破解了，这就是为什么我们认为人活到100多岁没有太大问题——先只说肉身，不说机器的问题。一旦基因被全部解码，你会知道自己未来有什么高风险疾病，从小就清楚应该怎么吃、怎么喝、怎么运动。人和人的个体差异是很大的，但只要按这个来走就不会有大的差别。与此同时，在你还是胚胎的时候，如果把胚胎干细胞取出来，到七老八十的时候，哪个器官不好，就打进去让它自己分化，该治胃治胃，该治肝治肝，只要打进去细胞分化就可以恢复。如果按照这种节奏，哪儿不好我修复哪儿，100来岁没问题。

王春元： 按照这个逻辑，是不是说癌症也迎刃而解了？

胡依晗： 对。癌症用我母亲的话说是早发现，早治疗，其实最好就是不要得上。如果你知道自己在胃癌、肝癌、乳腺癌高风险，这些从基因里是可以提前知道的，是可以直接干预掉的，该剔除就剔除。就像安吉丽娜·朱莉，她是BRCA-1、BRCA-2基因缺陷。未来在基因匹配疾病方面肯定是非常好的，它的预判程度、干预手段都是非常完整的。我们说预防重于治疗，万一得上的话，用自己原来的东西再生就好了，把你的干细胞拿出来，在猪身上长一个耳朵、长一个肺，再移到你身上去，这个已经出现了。未来可能就不用在猪身上了，直接打入体内就行了。

王春元： 这个技术成熟了？

胡依晗： 已经在临床阶段了。把人的基因片段取出来，在猪身上培植，长完之后移回人体。现在最有挑战的是肺，未来这应该都不是问题。

我一直是对科幻电影非常推崇，埃隆·马斯克现在做的就是人机结合嘛，其实生物科技到了一定程度之后是跟物理息息相关的。西方医学没办法解释中医的东西，是在那个"气"，找不到实体的东西。量子已经从物理上很好地被证明了，未来20年会被更完整地剖析和解释，并抓到规律，我觉得量子可能跟人类的记忆、气这些是互换的概念。如果是这样的话，很多东西就又进一步了，可以从人脑里提取出记忆。再往后走，我们会遇到一个非常哲学的问题：到底以什么去判断这个人是你？因为从生物角度讲，七年这个人换新一次，身体的每一个细胞从头到脚全部都换一遍，你还是不是你自己？七年前的你和现在的你是一个人吗？从细胞层面说是不一样的了。我们的判断依据是不是你的主观意识，只要你的记忆和意识在，你就是你。否则到时肝不好了换肝、心不好了换心、胳膊不好了换胳膊，或者干脆装个机械胳膊，这个 Me 的概念如何判断？这是我自己会遇到的一个终极哲学命题。

王春元：这会在表达上、在社会生活中带来很大问题——我把我的五脏六腑拿出来让你看，这是一个文学表达，象征坦白，但是在医学上来讲已经不成立了，我的五脏六腑已经不是我的五脏六腑了。

胡依晗：对，我可以用你的干细胞造出一个器官再拿回来，这个是不是你的肺呀，也是啊。我认为20年后最大的挑战和兴奋点就是"我"这个概念，会开始受到挑战了，然后就是主观意识。

如果可以把胡依晗所有脑部的记忆，还有性格的东西都提取出来，这个身体、这个房子不够好了，放到另外一个房子里去，或者用我的基因片段造出一个一模一样的胡依晗，她还是胡依晗吗？也是一个问题。20年以后，我们可能真的会面对这些问题。

比如《未来简史》里说，你是可以干预脑电波的，放在士兵身上，士兵就会兴奋，就能扛下来。也许很快人的意识就不会被单向干预了，同时也能直接用脑输出。比如说现在 CS 上有一种狗链，狗"汪汪"两声，狗链就能翻译出来——"我饿了"。放到人身上也一样，比如说做一个类似的读取脑信息的仪器在 baby 身上，小孩哇哇哭，它就能翻译出孩子的意图，意识是可以被翻译的。生命科学会跟未来科技联系得越来越紧，比如我们现在用手打字发微信，以后就戴一个手链，不用打字了，想就可以了——"我今天吃饭了"，一键就发出去了。卡耐基梅隆大学已经在做脑神经方面的翻译了。

王春元： 意识化成语言？

胡依晗： 意识化成语言，而且是自动的。之后逻辑再推的话，就是你的意识是可以被提取的，如果我能翻译，我就能找到它，在脑子的哪个部位储存，把它提取出来，我是不是就可以安到别的地方？

王春元： 这个比较可怕，坐在对面的人他在想什么，不用问我就知道了。

胡依晗： 对呀，《三体》中描述的高等级文明的生物就是意识透明，想什么可以直接看到，不用说话，其实人类离这个一点也不远了。而且《三体》的软科幻在第三本书，之前都是硬科幻，很多东西都已经实现了。

高文：这个世界，一切皆有可能

高文，中国工程院院士，国内乃至国际计算机界的顶级专家。

1979年，高文考入哈尔滨科技大学（现哈尔滨理工大学），1982年本科毕业，获计算机软件学士学位；1985年于哈尔滨工业大学获计算机体系结构硕士学位；1988年获哈尔滨工业大学计算机应用博士学位；之后赴日本留学，并于1991年取得日本东京大学电子学博士学位；之后又先后至美国卡内基梅隆大学（CMU）机器人研究所、美国麻省理工学院（MIT）人工智能实验室做访问科学家。可以说，高文教授的求学经历，覆盖了中国、亚洲以至世界最优秀的计算机教育和研究机构，这不仅让他在学问上日益精进，还结交了一大批遍布世界各地的顶级科学家。

高文可以说是盛年成名，不仅很早就在领域内被同仁们熟知，而且事业全面开花。1992年回国后，他入选国家863智能计算机主题专家组，担任智能计算机接口领域的责任专家，并于1996年当选专家组组长，同年入选中国科学院"百人计划"青年专家；1998年至1999年，他出任中科院计算机所所长；2000年至2004年调任中科院研究生院，任常务副院长，2000年至2003年兼任中国科技大学副校长；与此同时，他还兼任中国网通集团宽带业务应用国家工程实验室首席科学家、中科院计算所研究员、哈尔滨工业大学教授、大连理工大学软件学院名誉院长等职务。

2002年，高文教授发起成立数字音视频编解码技术标准（AVS）工作组，并亲任组长。2008年底，他因为在视频编码方面的技术贡献，被评为美国电子电器工程师学会会士（IEEE Fellow）；2010年，他因在音视频编解码理论、标准及应用中的突出成就，被授予中国计算机学会王选奖；2011年12月，因为AVS标准在国内及国际上的地位与贡献，他当选为中国工程院院士；2013年，因对视频技术的贡献，以及对计算在中国发展的领导力，被美国计算机学会吸收为会士（ACM Fellow）；也是在2013年，他出任第七届国家自然科学基金委员会副主任。卸任自然科学基金委员会副主任后，高文回归了老师的身份，为计算机学科的高校教育和社会普及以及推动企业应用做出更为积极的工作，他不仅担任北京大学信息与工程科学部主任，还是"博雅讲席"教授，亲身推动和践行通识教育，同时兼任新一代人工智能产业技术创新战略联盟理事长、中国计算机学会理事长，对技术成果转化和普及率先垂范，并继续担任数字音视频编解码标准工作组组长和全国专业标准化技术委员会副主任，为我国在标准和核心技术领域的夯实及突破不懈努力。

我只想读书

高文是从一个普通学子成长起来的，甚至比一般的学子走得更为曲折和不易。1956年，高文出生在大连一个普通的工人家庭，像那个年代的大多数人一样，他的求学经历被"文革"分割得支离破碎：小学没毕业，就碰上了"串联"，迁延到1970年才毕业；1974年中学刚毕业，就插队下了乡；幸运的是，只在瓦房店的复兴岛上锻炼了两年多，就在1977年回了城。插队期间，他被推荐为工农兵大学生，但因为追求进步，很高姿态地将名额让了出去。好在大队干部比较公允，而且也有惜才之心，看到高文表现突出，便表示要给大家做个示范，送优秀的年轻人回城做更大贡献。高文就这样顺利回到了大连。

经过一年多的培训,高文进了工厂当学徒。在那个年代,这几乎是当时年轻人的最佳人生选择,能够拥有城市户口,还能进工厂当工人,而且是很吃香的电工,这在很多人眼中简直是天大的幸福。所以,当高文提出想考大学继续读书的时候,不仅周围的人不理解,连父母也表示担忧和反对:"考出去就没有大连户口,万一念完书再分到一个很差的地方,回不来了怎么办?""就算你能回来,你还能干这个工作吗?好多人找门路都干不上电工呢,你可想清楚了!"

但高文就是有个强烈的愿望——想念书,而且想进正规的学校好好念,不是跟着师傅口传心授,或者找资料自学。就这样,他坚持斗争了一年多,终于说服了家里,说服了周围人,参加了1979年的高考,并一举考中哈尔滨科技大学。这年9月,高文重新捡起学生身份,开始了前途未卜的大学求学经历。

进入大学的高文如鱼得水,在哈科大,那个时代的很多大学生试图把失去的时间抢回来。高文更加如饥似渴地学习,并因为成绩优异被特批跳级,三年即完成了本科学业,取得学士学位。

之后,他没有去解决家人曾经担心的工作问题,而是选择继续深造,考入哈尔滨工业大学继续攻读硕士和博士。博士期间,高文被学校送到日本东京大学做访问学生,期间以出色表现赢得指导老师的赏识,对方表示希望他到东京大学再读一个学位。就这样,高文先回到国内完成了哈工大的博士学业,之后又赴东京大学读了第二个博士学位。而且他是以当时少见的"自费公派"身份完成了学业——那时还没有纯自费的留学生,都是公派,但因为日方对高文的极度赏识,所有的费用由日方负担,有别于国家承担费用的公派留学生,所以称之为"自费公派"。毕业时高文面临着选择:回国还是留在日本。日方依旧对他表现出了极大的热情,许诺以优厚的待遇和良好的科研条件。但一个偶然的事件坚定了他回国的决心。

在日本求学期间,高文每年都会回国看看,先到大连回家探亲,然后到哈尔滨看望老师。就在东京大学毕业前一年,他突然得知在哈工大读博士生期间的导师李仲荣教授身患癌症。当时哈工大有两个博士点,一个是李仲荣教授牵头的博士点，另一个是四五位教授联合牵头的博士点。教育部有规定，如果一个博士点两年不招生，该点就要被取消。李教授这个博士点只有他一个导师，如果他去世了，就没有人能够再招生，持续两年就会被取消。这对学校来说是相当大的损失，因为争取和建设一个博士点是非常困难的。学校征求李教授的意见，询问谁可以接任？李教授明确回答：高文！校长表态一定要把这人请回来。就这样，1990年元旦前后，高文专程回到哈工大，在李教授的病床前，校长也到了现场，老人家再一次说出了自己的愿望："你要让高文回来，不管他提出什么条件你都要答应。"校长毫不含糊："我们全都答应。"此情此景，也容不得高文有别的想法，别的选择，他也一口应允。1991年4月，李教授溘然长逝。学校将这个消息通知高文后，他异常悲痛，一诺千金，便在7月份带着家人回到了国内。

科学家是有祖国的

1991年回国后，高文就在哈工大任教。此时"863计划"正逢换届，在全国范围内遴选专家组成专家组，负责各领域的高新技术推进。在智能计算机领域，高文以很高的呼声当选，虽然那时他只有36岁，但在领域内已经有了公认的声望。

成为专家组成员后，全国性的会议一下子多了起来，项目的评审、检查、验收，一半的时间在路上，高文更忙了。1996年专家组再次换届，经上一任专家组组长汪成为院士推荐，国家科委（科技部前身）研究，由高文接任智能计算机主题专家组组长。这个职务需要经常到科委开会，就由科委出面与哈工大商量，将高文调至北京中科院计算所工作。

2002年，发生了我国DVD产业被国外专利企业严重打压的事件，国家希望能够制订属于自己的标准，摆脱受制于人的局面。高文再一次临危受命，挑起了这个重担，成立数字音视频编解码标准工作组。说来也巧，这不仅与他的博士专业密切吻合，也暗合下一次计算机浪潮的兴起。

在高文刚上大学时，大部分高校还没有计算机系，他进入的是自动控制系，下面分电子学、自动控制、计算机三个专业，高文选择了还比较冷门的计算机专业。那时对计算机的认识还很粗浅，对软件和硬件的区分也远不如现在这么清晰与严格，所以一股脑都叫计算机专业。上世纪80年代，计算机还是很罕见的东西，不像今天这么普及，而且大大小小，千姿百态，高文能见到的也就一两种型号，所有的机房看起来都千篇一律。人机交互也不像今天这样所见即所得，而是通过一大盘、一大卷的纸带，编好程序在纸带上穿孔，就是写程序了，然后用光电机读取。可以想象，无论读还是写，都又慢又不方便，任何一个程序都必须从头到尾顺序输入和输出，不能跳着读，也很难重复使用，而且纸带本身存储起来也很不方便，很占用空间。后来有人发明了卡片，把孔穿在卡片上，如果有一些子程序需要重复使用，就把相应的卡片拿出来再读一次，这样灵活性就提升了很多。再发展到后来，才是现在我们熟悉的通过键盘现场输入编程。短短的不到四十年，计算机的发展已经实现了几次跨越。

到高文大学毕业的时候，软件和硬件已经有了概念的区分，所以他拿到了计算机软件专业的毕业证。到读硕士的时候，高文学的是体系结构，简要地说就是做软硬件的配置和接口，比如一个计算机和另一个计算机通信，中间需要一个接口，这个接口的协议是既需要软件也需要硬件的，所以高文的第二个学位是软硬件结合。第三个学位——博士学位，是计算机应用，做的是医学图像处理和通用图像处理（之前提到的李仲荣教授的博士点就叫计算机应用博士点），导师为高文定的方向叫声图文智能接口，这其实就是国内最早的人工智能的雏形。从纸带、卡片到键盘，人和计算机的交互越来越快速和简便，但还都不够自然。人和人交流最自然的方式是讲话、手势、文字，而早在1988年，高文就开始了让计算机像人一样交流的研究，也就是如何让计算机变得更智能，包括后来入选863智能计算机主题专家组，也是因为这一研究方向。

在智能接口中，其中很重要的一个问题就是图像识别。人脑的抽象能力很强，识别方式也是高度抽象的。它的处理方式不像计算机，弄个摄像头监控拍摄——200万、800万、2400万、3200万像素，清晰度越来越高，然后把拍下来的东西都送到大脑去处理；如果人脑这样处理，就会被完全占用，干不了别的事了。实际上人眼看到东西向大脑传输，越往后抽象度越高，送的信息越少，能最终到达大脑的信息只是很少的一部分。文字因为本身高度抽象，所以较早解决了计算识别的问题，但图像携带的信息量和复杂度是文字的无数倍，就很难被快速识别。所以科学家致力于让计算机向人的识别方式靠近，这样就可以快速地把主要信息抽象出来，从而提升识别速度。这个技术到今天也还没有完全做好，只是在逐步接近。所以第一步是压缩图像——在两个机器之间传送图像，当然希望不要太大，要尽可能小。这样就需要压缩，其原则就是将图像变得尽可能小，但解压缩的时候又不要损失太多信息，最好和原来的差不多。视频同理，DVD就是一段长视频，要把它从存储的地方送到播放的地方，如果原原本本地传过去，需要的带宽成本非常高，所以就需要压缩，这就是编码。存储也一样，如果DVD的原始数据一点不压缩的话，一个片子可能需要100张盘，看一部电影要不停地换盘，体验就会很差，所以就产生了视频压缩技术，后面就是一大批标准，主要掌握在索尼、松下、飞利浦等这些国际大厂商手里。他们制定了标准，彼此间的技术交叉许可，形成一个群体，我做产品你不收我的钱，你做产品我也不收你的钱，但可以合伙跟圈子外的人收钱。

中国的DVD生产商就被排除在这个群体之外，而中国又拥有世界上最大的DVD生产基地和市场，自然也就成了他们剪羊毛的最佳选择。中国DVD行业又肥又弱，面对国外的专利大棒几乎没有还手之力。在欧、美、日市场，一台DVD的成本接近200美元，专利费大约在18美元左右，约占总成本的10%，还是可以接受的。中国厂家杀入这个市场后，成本很快从近200美元直线落到20美元，而18美元的专利费几乎占了总成本的一半，这是任何厂家都无力承受的。

中国厂商在懵懂无知的状态下很快进入价格战，只算厂房、水电、人工等成本，拼命压价，最后一算就20美元，和外商签的销售合同都是20

美元，根本不知道还有专利费这码事。就在这样的畸形繁荣中，中国DVD的生产和销售规模直逼世界第一，专利人等候已久的时机到了，屠刀举了起来。一听要交18美元的专利费，国内厂商就开始想各种办法，短时间内提升技术水平是没戏了，只能躲。一旦做大有了点名气后，专利人就找上门来，厂方就关掉公司再开一个，所以基本上就是打一枪换一个地方，生产万八千台后就关掉公司再开一个，所以大多数企业做不大，因为完全是游击战。

2002年，危机集中爆发了。经过多年的市场检验和革新（但不涉及底层关键技术，只是应用层面），中国产的DVD质量已经得到公认，远销欧洲。但到了欧洲，海关不让进，因为出示不了专利费缴纳证明，一下子进退两难，上岸上不了，回来要再花一大笔运费。厂方一算，最节省成本的做法就是放弃，便通知船主把集装箱都扔掉。这件事对企业、政府、民众都带来很大冲击，成为当时一大新闻热点。

由此，信息产业部等相关部门就找到高文等人咨询：你们是这个行当的专家，这件事有什么解决办法没有？既要能让国内的企业长大，不受欺负，同时在技术上有所创新，逐步改变被动局面。这便是香山会议的缘起。高文动用自己的影响力和号召力，组织国内外专家，开了三天闭门会议，最后的结论是有可行性。所以2002年数字音视频编解码标准（AVS）工作组成立，打出了中国的AVS标准这面大旗，高文亲自担任AVS工作组组长。

高文的得意门生之一——现任北京大学计算机系主任的黄铁军教授，出任了工作组秘书长。黄铁军原来的研究方向是模式识别，主要是图像识别，偏人工智能方向。毫不夸张地说，为了国家大义和老师的希冀，他放下了自己的专业，重新进入视频编码，并很快实现了转型。十六年来，师生二人在此投入了巨大的精力，协同国内的高校、研究所与企业、政府展开广泛而深入的合作，拥有了自己的标准，基本摆脱了受制于人的局面。

科学是没有国界的

2018年1月,高文教授当选为国家新一代人工智能产业技术创新战略联盟理事长,黄铁军任联盟秘书长,师徒二人再次携手在新的领域进发。

对于黄铁军来说,这是回归本行,他博士毕业于华中理工大学图像识别与人工智能研究所,研究方向亦在人工智能领域。高文教授严格来说是出身视频编码专业,但也与人工智能渊源颇深。视频编码即由人机接口逐步智能化的需求而来,从高文教授最早接触的声图文智能接口,到现在的人工智能,更多的是说法的不同,其实质并无太大改变——都是让机器以更接近自然语言或自然人交互的方式进行人机交流。

只是区区20年,计算机技术已经有了突飞猛进的发展,实现了很多以前我们无法想象的创新,而且是全球性的。而因为改革开放,我们逐步实现了与世界的接轨,以及在某些领域与世界的同步,计算机技术就是其中之一。作为改革开放的直接受益者以及这一领域的资深专家,高文教授对此感受比常人更加深刻。

近20年,信息技术发展的速度非常迅猛,对社会的冲击和改造可以用摧枯拉朽、日新月异来形容。那么这个改变到底是什么在起作用?首先是硬件进步非常快,越来越便宜——存储越来越便宜,计算能力越来越便宜,所以进入我们生活的速度越来越快,广度也越来越大。改革开放初期,大众根本不知道计算机为何物,后来到一个单位拥有一台计算机,再后来到一个家庭拥有一台计算机,现在几乎每人都拥有一部计算机——因为一个手机就是一部计算机,而且比最早的计算机能力还要强。手机之外,我们可能还会有一个Pad,或者一台笔记本电脑,说不定还有一部台式机,每个人都有好几个电脑。当大量的计算资源进入人们的生活后,会产生很多改变,我们的衣食住行越来越依赖它,比如我们叫外卖、网购、旅游,都可以在网上全部搞定,租房和买房也离不开网络……

但是真正的提高体现在什么地方,是硬件速度快就提高了吗?并不是。那是大数据能力上来就提高了吗？没错。但大数据靠什么起作用呢？其实就是其中的智能。所谓智能，就是获得海量数据之后，依靠数据总结、分析出新的结论——也就是获得知识，运用知识改变周围环境。从数据获得知识的过程中，最核心的东西就是智能——通过机器学习，不断改善算法，提升学习的方式、数据处理的方法，最后把最有用的归纳整理出来，而后用结论反过来改变我们的生活。粗略地说，这就是人工智能的一个简单框架。用一个最常见的例子来说明，比如平常上网，进入某个社区，或者打开某个网页，你去几次后就会收到相应的推送，因为对方知道了你的喜好。后台的机器通过你浏览的页面和内容可以快速学习，并分析得出你的喜好，接着就会把你喜欢的东西定向推送给你。这后面都是人工智能的作用。而今天几乎没有人不上网，而且都是移动互联网，所以人工智能一定会是移动互联网的下一个浪潮。

尽管人工智能是这两年才热起来的，但它的历史可以追溯到1956年，也就是高文出生的那一年。当时在美国达特茅斯学院，有10个计算机科学家组织了一个暑期研究所，研究关于人工智能的问题，最后发布了一个文件叫《人工智能发展白皮书》，指出一些人工智能可能会对行业的发展产生深远影响的问题，比如自然语言处理、计算机视觉、感知等，这个时间点就被定义为人工智能元年。10位发起的科学家，后来大部分都得了图灵奖，为计算机的发展做出卓越贡献。

中国人工智能的发展大概可以从1977年或1978年开始算起，也就是改革开放初期，比国际上大概晚了20年左右。高文教授分析，从基础研究上看，我们和美国还有较大差距，但从应用的角度看，则完全没有差距，甚至在某种程度上比美国做得还要好，首要原因是国家的重视，而且中国的市场容量大，受资本市场追捧，还有一个就是后发优势。中国的服务业与西方发达国家相比落后较多，但也恰恰是一张白纸好描画——人工智能的一点点改进，往往不会给人太大的刺激和动力，但如果一下有革命性的变化，影响就非常大了。比如我国的银行业本来是比美国落后的，但加入智能后就实现了飞跃，比如网上的第三方支付，中国可以说是世界领先。

基础设施整体差距越大，导致大多数人觉得不方便的时候，改变的动力就越大，这正是中国人工智能更容易得到快速应用的原因，也是国家设立新一代人工智能产业技术创新战略联盟的动因。未来的国家下一代人工智能会有一些国家重大专项，将要涉及原创性的基础研究，要打通各个环节，做技术集成，也要和应用紧密联系，进行技术孵化、产业化。

高文教授认为，从世界范围看，人工智能的基础性研究依然处于初级的阶段。现在的技术，对于低层次的、非连贯的、不是长篇的问题，解决得还不错，比如物体的识别和分类，你是猫还是人，是张三还是李四，是苹果还是香蕉，这类问题回答得比较准确。但依然处于知其然不知其所以然的地步，就是结果是对的，但要追究为什么是对的，系统是回答不了的。说不出来，是因为中间有一个非常复杂的网络，是一个矩阵。那个矩阵里面有很多数，你说这个数代表什么，物理上有什么意义吗，不知道，没有人解释得清楚，所以它是不可解释的。现在的机器学习、人工智能，绝大多数都不可解释。人是可以进行因果推理的，但目前的机器学习做不到，它是由数据训练出来的，数据事先都标注好了，有一个输入就对应一个输出，通过硬性训练做到给出一个相似的输入就能有一个正确的输出。当下常见的计算机对话系统，比如说像微软小冰和苹果的SIRI，你讲话它就回应，看起来似乎它听懂了，其实它根本不懂你在说什么，只是它有一个非常大的数据库，能从中匹配出几个可能答案，然后通过一套算法从可能的答案中筛选出一个，让人觉得它说的尽管不是很准确，但有些靠谱，之后它再通过不停地跟你交互，算法继续收敛结果，慢慢就知道你到底在问什么，但其实它并不"理解"。如果人类真的要验证这一点，就跟它说绕口令，它会被绕进去，因为它完全不理解语义。高文认为人工智能还处于"小学阶段"，因为它还只是记忆，慢慢有了分析能力后，就是升入中学、大学了。

在高文看来，计算机如果可以做因果推理了，那就可称之为中级水平。但能不能达到强人工智能，也就是超越人类的智能，高文觉得要分两面看待，首先，人工智能一定是设计出来的，也就是说只有人懂的、人掌握的东西，机器才可能会。当然，因为它是集体智慧的结晶——比如说我不会，但可能有一个人会，最后这个机器学会了，从这个角度讲，它比每一个个体人类都强，因为它集合了人类这个集合的才智。但它是不是能超越这个集合？不好说。比如心理学上有一个词叫"顿悟"，就是输入的条件并不足以让某人产生一个新的想法，但是确实产生了，这应该是人独有的能力。据高文的判断，这个能力机器人不会具备。因为机器人的认知依靠建模，模型决定了什么样的输入匹配什么样的结果，而"顿悟"的模型是条件不足的，我们不知道该如何建立。

但无论如何，哪怕只是实现了中级人工智能，世界也将发生天翻地覆的改变。而在二三十年的时间里，这将以肉眼可见的速度实现。到那时，重复性的、枯燥的工作都将由机器人来完成，人将极大地被解放出来，有更多的时间做自己喜欢的事。而二者的关系正如人类文明的两翼——科学与人文一样，经济基础决定上层建筑，上层建筑又反过来影响经济发展。高文教授形象地比喻，虽说科学和人文是人类文明发展的两翼，但这两翼恐怕并非同时扇动，有可能是"这个扇一下，然后那个扇一下"，更大的可能是不同步但平衡的过程。在某个阶段人文更强，另一个阶段科学更强，如此交替上升，循环往复。

而在20年或30年后，高文乐观地预测，中国的计算机科学发展和人工智能发展将会呈现更加喜人的景象，在基础研究方面与西方发达国家相比不说全面超越，至少是并驾齐驱；而在市场方面可以肯定是全面超越的，因为中国市场的广度和深度目前已经呈现出了规模优势，假以时日，会更加起到引领的作用。

科学也是没有边界的

改革开放40年，中国取得了举世瞩目的成就，保持了平稳发展的经济环境，没有大的起伏和波动，在世界历史上也是罕见的。在这几十年中，计算机与通信产业堪称中国发展得最好的领域之一。虽然并没有像美国那样在各方面都占有统治地位，但某些指标已经可以一较高下，比如说最顶端的超级计算，从性能指标上说已经处于世界一流水平。超级计算每半年举办一届比赛，之前十届中国都蝉联了第一名，最近一届被美国抢了回去，但高文相信中国很快会再度夺回。在超算这个领域，我们已经无需过分谦虚。

很多人会问，超级计算机里有多少软件和芯片是你原创的？最早确实都是进口的，但经过几十年的发展，慢慢地也都替换成自主知识产权的了，我们确实没有必要妄自菲薄。如果有人硬要较真，说上面的应用并非完全自有，那其实也无伤大局，本来技术前沿就不可能一家独大，一定是你中有我、我中有你，放眼全世界都是如此。因为它是经济开放和全球一体化的结果，当今时代，闭门造车、单打独斗，是不可能取得成功的。

当然要承认的是，尽管我们在某些领域取得了突破，但并非所有领域都是如此。尽管这40年我们发展得非常快，但人家发展的时间长得多，想用40年时间赶超别人100年甚至200年的发展，也是不现实的，我们还需要更多的时间和更多的努力。

比如中兴事件，也是某些问题的集中反映和爆发。在高文看来，中兴事件主要反映了两个方面：一是要遵守规则，中兴没有遵守规则，所以被美方抓了现行，从逻辑上讲并不能怪对方，因为是有言在先；另一个方面，中兴事件为什么后来能缓解下来呢？表面上看是我们"认栽"了，也交了罚款，然后双方再各退一步妥协，实际上从产业链看，本来利益也是双方的，如果把中兴弄破产，很多美国公司会损失很大，并不就是说对方全赢而我们全输。如果中兴破产，会是双输，两败俱伤。这也是各方要避免这种情况发生的原因。

由此可以看出，很多领域都是你中有我、我中有你，已经很难完全割裂了。当然优势会各有侧重，我们更占优势的是市场、技术集成，美方更占优势的是软件、芯片等一些所谓的"制胜技术"。但细究起来，核心技术也并不完全都是美国一家的，也有国内的和欧洲的技术。无论是核心还是非核心，只要缺少一环就不能称之为一个完整的产品，从这个意义上看，双方各退一步，保持合作是最好的选择，而没有必要弄成你死我活。

随着世界越来越"平"，我们与国外 IT 业在产业上的差距越来越小，比如说 PC 机，我们和美国的差距也就是 12 小时，一个白天或黑夜的时间；而由于中国市场强大的吸引力，很多时候甚至是同步的，包括服务器和超级计算机，我们基本实现了追赶。但有一点需要实事求是地承认，在基础研究上我们依然有很大的差距，就是最原始的想法很少是我们的，绝大部分是美国人和欧洲人的，特别是美国人的。而这又是关键的一点，甚至可以说是整个学科的生长点。

任何学科的发展，都需要丰厚的基础研究作为基底，打个比方说，就是土壤要足够肥才能长出大树，贫瘠的土地是长不出壮硕的植被的。美国为什么原创的想法多，有两个主要的来源，一个是大学，另一个是大公司。因为大学和大公司都有一种底气，就是可以让学者做自由研究，天马行空，胡思乱想，不用管成不成，只管大胆去做、去尝试，也允许你到处宣扬，而说着说着就可能说出一个相对靠谱的想法来，一旦有人觉得这个东西不错，就会吸引更多人来关注和投入，慢慢地这个想法就成长起来。像这种允许研究人员奇思妙想，允许自由研究的环境，我们现在还差一些。能够给研究人员创造一个更宽松的环境，让他们免除后顾之忧，沉下心来踏踏实实做事，是我们技术研究需要加强的方面。这其实也依赖于人文环境的改变。

这也是身为科学家和教师的高文的一个"痛点"。在改革开放初期，大家的理想趋同，成为作家、科学家、解放军，几乎是所有孩子的共同追求。而在今天，这几个选项已远远不能概括年轻人的想法，高文觉得，这恰恰是社会进步的表现，是改革开放最重要的成果之一。多元化或者多样化才是社会的常态，世界本该如此，鼓励所有人都去当工人或者当农民是不对的，鼓励所有人去当科学家也是不对的，社会生态需要各种各样不同的群体。

但话说回来，确实有一个群体是适合做科学家的，无论个人的智力基础还是爱好意愿，都更适合做研究。对这部分人应该引导、鼓励，否则也是一种浪费。社会想要进步，必须有一部分人做出科学方面的贡献，而且是引领性的。这对社会来说也是资源的合理配置，就像让有经商头脑的人去做生意，让心灵手巧的人去做高级技工一样。但让高文有些痛心的是，当下最好的学生不见得都选择去做科学了，可能去做管理，或者去经商，从个人层面上他能够理解他们的选择，但从国家人才培养和研究传统继承上看，这是非常可惜的。这也从一个侧面说明，经济发展和上层建筑建设未必是完全同步的，可能会出现不匹配的现象。改革开放造就了高度的物质文明，相形之下精神的部分有所脱节，这是我们要补课和加强的部分。

高文深有体会，他有一种不服输的天性，学习、研究，哪怕干体力活，都不肯服输。这让他比一般人更有韧性，也更耐得住寂寞，无论环境多么艰难，只要认准目标就不会轻易放弃。AVS标准的诞生也经历了艰难险阻、风风雨雨，但他总是坚持再坚持，向前再向前，不断打磨好团队，坚信当政策春风来到时，自然会青睐有准备的人。而这种准备时间，都是以十年为单位计的。所以，做科研的人，或者说想要做事的人，一定要扛压、耐造，要有坚忍不拔的精神。

任何成就的取得，都需要一个专业群体的多年积累和传承。对于"工匠精神"，高文是这么理解的，他举了一个例子：中国的程序员40岁以后大部分都不在一线上做事了，都去做管理、领导，很少有人还会继续写程序，或者设计硬件系统，这些都是年轻人在做；但是在美国，你能看到很多60岁的人还在一线做事——写程序、设计电路，这就是差距。这不是简单说中国比美国落后，而是反映中国专业人才的一线工作周期有点短了，如果能延长他们的一线职业寿命，积累会更好，也更有可能厚积薄发。

大多数科学成就不是靠一个人取得的，而是靠一个群体，甚至靠几代人的接力，很多东西是无法提前预知的，当机会真的到来时，你没有准备好那就错过了，我们现在可能有很多环节就处于毫无准备的状态，很多更适合做研究、坐冷板凳、写文章、想问题的人都跳到公司里或者市场上去了，真正做后台的人都没有了，都跑到台前做光鲜的工作了。当机会突然到来时，也许就只能眼睁睁看着它一闪而过。这是非常遗憾的，不仅是某个人的遗憾，说严重一点，可能是我们这个民族的遗憾。因而给真正做科学研究的人提供更宽松的大环境，年轻人要有信念，能够在冷寂、孤独的环境里长线跋涉，要有强烈的目标感。

尽管现在担任了很多社会职务，但高文始终将自己的工作定位为服务，自己首先是一名科研工作者。高文认为，这是两套评价体系：行政职务不等同于学术地位，如果一个位置能对大家有一些正面的影响，如果一件事由他来参与会更容易做成，他很愿意就自己感兴趣的事参与得多一点，或者更深入一点。就个人而言，高文觉得自己的工作就是三大块：做科研、做行政、做教学，并不绝对地喜欢哪个或排斥哪个，都是社会的需要，都有其贡献。

对于行政工作和职务，有人认为是当官，有人认为是伺候人，但高文一直把它当作一种公共服务。我们生活在社会里，享受这个社会的服务，也对社会提供服务，行政就是一种服务。很多科研人员把行政工作当作负担，但高文心态很好，他认为反正总要有人来做，你不做就是别人做，整体社会责任不会因为你不承担就减少，力所能及应多承担一些。而且他并不把行政看作一种职业，而是以服务的心态看待，很多事就不会太计较，就是尽己所能，但不会太苛求结果，所以一来无愧于心，二来也不会争强好胜，非要跟人拼个高低。归根到底，高文依然是一位学者。于他而言，最高奖赏依然是学术上的突破与成就。

他愿意接纳、培养、输出更多年轻人，为中国未来的科技事业承前启后，期待下一个二十年、三十年！

黄铁军：强人工智能时代，你准备好了吗

作为高文教授门下最得力的弟子之一，北京大学计算机系主任黄铁军教授与老师相差14岁，大概是"半代人"，但这并不影响他们的师徒父子情分。两人已经共同工作学习20年，甚至比家人还要亲厚。

黄铁军是理工男里较为少见的"文艺青年"，对诗词歌赋均有涉猎，经常兴之所至，吟诗作赋，闲暇时手上经常捧着诸子百家或其他传统经典，有机会遇到北京大学研究国学的老先生，他还会与对方就宗教、哲学等话题坐而论道。高文教授笑言："铁军是可以和他们过过招的，我就敬而远之了……"

王春元： 这是一个对我们每个人来说都无法逃脱掉的时代，你以什么样的态度看待这个时代都没关系，它还在往下走。对这个时代的基本定性，毫无疑问是一个伟大的存在、一个伟大的时代，我们有生之年能和这个时代迎面相撞也是人生的荣幸。您1970年出生，到现在整48岁，与这个时代撞了个满怀，想听您对这个时代和个人经历做一个简单描述。

黄铁军： 我觉得我这个年龄生人跟这个时代真是特别契合，我是1970年农历11月出生，阳历应该是12月。1977年上小学，1988年上大学，

1998年博士毕业，然后就做博士后工作。我从上小学到博士毕业这20年一分钱学费都没有交过，所以我特别感激这个社会和这个时代。之后就开始有了学费——当然我不是说交学费有什么不好，我想说的是我整个的求学经历，处在国家、社会和时代造就的很特殊的历史时段。

1998年工作到现在整整20年，这20年也是计算机技术、信息技术变化特别快的20年，近年人工智能又成为热点——这些热点基本上也都被我赶上了。我今天特别高兴，除了接受采访，还有一件很重要的事，这20年来我做的科研方向最终在一个芯片里集中体现出来了。简单地说，它就是未来人工智能的"眼睛"，这个"眼睛"我们已经做出来了。

王春元： 您刚已经提到了这个话题，从1988年上大学开始就一直接触计算机，到今天已经30年了。您也曾说过，计算机40岁的时候您是14岁。

黄铁军： 对。

王春元： 是不是可以说你跟这个行业是有缘分的，冥冥之中的安排。

黄铁军： 我觉得可以这么说。

王春元： 这句话的背景是什么，您为什么会有这样的感受？

黄铁军： 当时没这个感觉，但是今天回顾，真的是特别巧合，可能任何一步没发生，后来的很多事情就发生不了，我大概也不可能做北京大学计算机系的主任。有的时候这就是命运。

我1985年上高中，很普通的高中。就在这样一个高中里，1986年，我跟着老师学计算机，用苹果Ⅱ——现在北京的孩子用苹果电脑都不奇怪，但是30多年前在中国最普通的一个高中里，我在用苹果Ⅱ学电脑，学计算机编程，这是一件很奇怪的事。当然，细究起来其实也不奇怪，1984年邓小平说"计算机要从娃娃抓起"，我猜测当时国家应该是买了一批进口计算机，并以很公平的方式分发到全国的中学，其中就包括我的母校，分到了五台苹果Ⅱ电脑。

所以我学计算机就是直接在电脑上编程，很多时候是靠油印的教材去学习。我那时候也没有什么特别的爱好，或者说就算你有很多爱好，也没那个条件，但是学计算机的条件具备了。因为我程序编得好，老师就说这一台归你个人专门使用了。所以我上高中的时候就有一台专用的苹果电脑进行编程，还参加了当时河北省的竞赛。我觉得这不能归功于个人的努力，这就是时代给你的机会。

王春元： 您是哪里人？

黄铁军： 河北省大名县人，离北京不远，但在那个年代经济条件并不好。

王春元： 说到这儿，我们就不得不说一个稍微宏观一点的问题，因为这个大的背景是我们要谈的主要问题——改革开放。这个背景不仅波澜壮阔，也震撼世界，对每一个人、每个行业都产生了影响，改革开放这40年里，您从一个方家的角度来讲，计算机技术突飞猛进的发展与改革开放之间是一个什么样的关系？

黄铁军： 我总体的感觉就是改革开放让我们国家整体进入了一个顺利发展的轨道，我觉得这件事很重要。重要到什么程度呢？我1977年上小学，记得很清楚当时用的还是河北省的教材，而1978年就转入国家统一的教材了，就正规了。那个过程现在还能记得很清楚，真的是从吃不饱到能有正常生活，而且还能接受完整的教育，虽然是一个渐变的过程，但我们进入了稳定的生活状态。

当然我可以说没有受过什么苦，但还能记得那个经济贫困的时代，毕竟已经7岁了。小学时候的课文我觉得挺形象，编得像儿歌一样："爷爷7岁去要饭，爸爸7岁去逃荒，今年我也7岁了，高高兴兴把学上，翻身不忘毛主席，幸福不忘共产党。"说这句话今天我们可能有点穿越感，但实际上这就是时代的切换点——1977年、1978年，我们从吃不饱变成能吃饱，一个人能吃饱的时候才能安心去学习，对一个孩子来说有稳定的条件去学习是值得庆幸的。尽管我们的教育未必说质量水平很高，但能完整地接受教育，这对于改变个人命运，甚至改变民族命运都是特别重要的，在兵荒马乱的年代是不可能有这样的基本条件的。

我1988年考大学的时候，其实也犹豫到底上什么专业，尽管计算机有基础，但还在犹豫上计算机还是上物理。这时候又是一个很随机的因素决定了我的走向，我当时报的是北京大学物理系和计算机系，物理是第一选择——最后我上的计算机系，但没有考上北大，被武汉的一所学校录取了。1988年的时候，计算机不算很主流，那时流行的是"学好数理化，走遍天下都不怕"，后来选了计算机不完全是我个人爱好的问题，有点被动——当时因为没考上北大，就想要不再复习一年，继续学物理。但是当时招办的一个老师说现在就是计算机的时代，有学校计算机专业录取你了，你快老老实实去上计算机专业吧，这比选其他专业对你将来个人发展要有帮助得多。最后多方面因素促使我选择了这个专业。

王春元： 那位老师是个高人。

黄铁军： 对，他看得很准。我觉得中国的计算机教育体系是从1988年开始的，就是我上大学那一年，尽管那所大学并不是顶级的著名大学，但整个计算机教育本身是完整的，从硬件到软件都包括进来了。有这么一个体系存在就能培养出一批人。这30年计算机发展这么快，大家有时会找很多原因，但我觉得最重要的因素就是我们刚才讲到的，我们的社会进入了正常发展的轨道，有了生活保障，然后有了完整的教育体系，所以我们走到今天不是什么偶然因素，是背后这些实实在在的力量在支撑。

王春元： 你还是没有确切回答我这个问题，就是相对于改革开放的巨大成绩，计算机技术的发展对我们这个时代起了什么作用？

黄铁军： 我觉得到今天为止大家还经常纠结一些基本的问题。我想说一下2000年左右，我博士刚毕业两年，参加科技部一个规划的撰写，当时有些专家为了说服政府领导要重视信息技术，就举例子说互联网的产生就像人类会利用火这么重要。我想他之所以举这个例子,就是因为在那个时候很多人对物质、能量和信息这三样东西在人类社会中的作用还在争论:到底什么重要呢?是我们吃饱最重要吗?农业当然很重要。那么以工业为代表的物质、能量重要不重要?也重要,是这个社会不可或缺的部分。但真正影响社会未来发展的其实是信息,信息看不见摸不着,不能吃也不能用,但它对构造我们这个社会的形态以及促进社会发展有着无形的作用,比物质和能量的东西还重要。

当然我们现在进入了智能时代,这是信息时代的一个延续。人类社会解决了温饱问题,具备了正常生活条件之后,接下来信息和智能在社会中扮演的角色要重要得多。当然大家接受有一个过程,计算机学科这些年主要是加速了信息的产生和流转。

王春元: 2017年国务院颁发了新一代人工智能的发展规划,人工智能一下热起来了。热到基本超越了其他所有的行业,超越的背景就是大家认为未来是由它主宰的。大家希望这个国家强大,强大是你对科技金字塔塔尖上的部分有绝对领先优势和巨大的产业基础。对于当下的人工智能热,您作为一个方家怎么看,怎么理性地看待这个问题?

黄铁军: 其实我全程参与了新一代人工智能发展规划,从酝酿、起草、提建议,包括后来的规划撰写,我都全程参与。规划出来之后,全社会乃至全世界都高度关注,也被翻译成了很多种语言的版本,成为中国发展人工智能的一个标志性规划。

但实际上这也不是一个突然发生的事情,它有它的历史原因,也会有未来的影响。我先说两句对未来的影响,再回过头来说它的历史原因。

就像刚才讲的,基本上我们已经处于从信息到智能转移的一个历史时期,信息对智能来说更像材料,信息要真正发挥作用则体现为智能。就像我们人,我们聪明不聪明,智力水平可能影响很多方面;整个社会也一样,智能化程度是决定社会的形态以及它的发展走向的重要因素。未来30年可能发生的变化会远超出几乎所有人的想象,我们在业内能感受到,不从事人工智能研究的现在未必感受得到，我想说的就是大家做好思想准备，变化会很大。就像你现在反过来看，没有互联网的时代是什么样，和我们现在有了互联网的时代是什么样的，可以类比。而且这是倒推30年，未来30年比这个加速要快得多，所以未来更加不可限量。

国家做这个规划的目的也是为了迎接未来，在这样的未来，中国应该在全球扮演什么样的角色，应该发挥什么样的作用，这件事不是偶然的。我们说它面向未来，其实它已经持续发生了很多年，历史上关于智能的研究与计算机相比，至少是相当的，并不比计算机研究史短。人工智能这个概念已经出现60多年了，1956年开始有这个概念。中国对人工智能的研究也有很多年的历史，我们熟悉的标志性事件应该是在1977年左右，吴文俊院士获得了国家最高奖，关于机器证明的成果。那是世界顶级的人工智能成果，在改革开放之初中国人已经做出来了。

1986年的时候国家出台了"863计划"，就是高技术发展计划，是邓小平同志批示成立的。"863计划"中计算机方向就叫智能计算机主题，那时已经把智能作为一个很重要的方向在做。我就是在"863计划"的支持下才走入了人工智能这样一个方向的。我1992年大学毕业，在1991年时我的硕士导师拿到了一个863项目——这是一件很难也是很光荣的事情，他就找学生一起做课题，当时是"文字识别"，我就跟着进入了这个领域。

当时高文老师是863专家组的成员、领导，是管项目的。也是因为这个机缘，我认识了高老师。后来他在1994年担任了智能计算机主题专家组的组长。所以说，尽管人工智能今天很热，近十几年在全世界范围内有突飞猛进的发展，但我想基本的理论、方法、人才的基础远远不限于十年，其实是几十年积累的爆发。

王春元： 我们不妨把这个问题再深入一点，您刚才讲了1956年人工智能的概念产生，它试图赋予计算机所谓智能。但是到今天还没有完全成功，还谈不上具备自主学习、想象等人类智能的特征。这两年，所谓的脑科学、类脑计算逐渐走近我们，也引起了大家的关注，或者说也引起了大家的恐惧。您能否从学者、研究者的角度给我们普及一下什么是类脑计算？

黄铁军： 普及不敢说，我谈一下我的理解。我声明我的理解只是一种流派，而且是相对激进一点的，所以大家只当成一个观点来看就好了。

我们今天讲人工智能，大多数人想的就是在计算机上编程，实现一个算法、一个模型，由大数据训练做出来的智能系统，这确实是目前典型的人工智能的形态，基于计算机的软件实现，大数据训练。

但是类脑计算——虽然还叫计算，实际上与此有本质区别，我想概括来说就是机器改变了。"人工智能"这个词比较容易引起误判，就像您刚才讲的，好像是我们人赋予机器的一种能力，叫人工智能——因为"人工"这个词大家就会这么想。实际上学术圈里用"机器智能"更多一点，就是不是在人、在动物这种生物体上的，而是以机器为载体的智能，我们把它叫机器智能。这个智能不一定是人赋予它的，可能是自己学来的，自己成长。

你说人的智能从哪儿来？其实是进化过程中逐渐形成的。所以机器智能不一定是人赋予的，如果我们能想到这一点的话，智能的空间就会很大了。如果机器换了会怎么样？不再是今天的计算机——大家都知道计算机算得快，逻辑推理也很快，但今天的计算机就是一个比较死板的东西，让它做什么它就做什么；如果这台机器变成了一个能够自己学习、获取知识、自己成长的系统的话，"智能"就会发生根本性的变化。

我们讲类脑计算和脑科学是什么意思呢？我们知道，人的智能的物理基础是我们的大脑，是我们的神经系统，当然也包括我们的身体，什么样的身体会产生什么样的智能形态。类脑计算就是如果我们照着生物大脑、生物的神经系统制造一个电子大脑，然后去训练它，让它进入复杂环境去成长，看它会怎么样。这件事就跟脑科学发展有关系了，其实这个想法同样不新鲜，在计算机初期，那时候的图灵、诺伊曼都有这样的想法。

就是说，在计算机发展的早期，提出计算机概念、发明计算机的这些人就想过怎么结合脑科学来发展智能系统。今天的脑科学已经进入了一个新时代，就是我们对大脑、神经系统可以进行精细的解析，对神经元、神经突触、神经网络的了解进入了一个可以清晰画出"大脑地图"的时代。完全画好大概还需要一二十年的时间，但是现在技术手段已经具备这样的条件，下面就是一个蚂蚁啃骨头的工作，而不是说大脑功能能不能被解析。

王春元：不是一个大海捞针的工作？

黄铁军：不是大海捞针的工作，是一个逐渐做就能做出来的工作，只是时间问题。当然大家会关心到底什么时候能把完整的大脑地图画出来，现在一些模式动物的大脑地图已经可以画出来了；但是人脑复杂，人脑有800—1000亿神经元、100万亿神经突触这样一个规模，它很复杂，但复杂也是一个物质的结构，现在的光学、光电技术已经具备解析这个结构的条件。

所以全世界的脑计划，包括欧洲的、美国的、中国的脑计划都在进行中，中国的脑计划应该是今年会启动，其中一个很重要的里程碑目标就是大脑界观图谱，就是刚才说的大脑的神经元、神经突触的这张地图，我们要画出来。这个脑计划是到2030年，当然全世界也都在竞争，不光是我们中国在做这件事。

王春元：有了这张地图以后呢，到了应用阶段怎么办？

黄铁军：跟画这张地图同步的就是我们信息技术的事，画地图是脑科学、神经科学的工作，有专门的国家重大科技项目支持，用这张地图是信息技术工作者的事。怎么用这张地图呢？研究信息技术的人就要做电子的神经元、电子的神经突触——也可能是光电的手段，就是要用物理器件把它做出来，然后照着大脑的网络构造出一个电子大脑。所以我有的时候简称它为"电脑"，当然我们现在把电脑通称为计算机，我说的其实是电子大脑。这个工作差不多是同一个时间段，10年到20年左右，所以两者是并行的，脑科学家把地图画出来，信息界的研究人员——不光是计算机界，包括做微电子、纳米电子的，一直到设计机器系统的，能够共同把电子大脑做出来。

所以大约20年的时间，人类就会拥有一个电子大脑，它可以被训练，就像我们人一样；从小到大，我们知识、技能的提高，实际上是一个训练的过程，这个电子大脑的神经网络可以说是拷贝我们的大脑来的，所以它训练出的功能应该是与人脑具备的能力是类似的，这是类脑计算要做的事情。

当然这个工程很大，但我一直说它不是一个科学难题——不知道哪天能够解决的科学难题；而是一个工程技术问题，它是可以一步一步做的，我们可以预计一个时间表，尽管我说得不一定那么准。

王春元：就是它的终点是必然的，只是一个时间问题？

黄铁军：对，时间问题，大家可以争论说10年、20年是不是能做出来，但它肯定是在几十年的时间内能实现的目标。

王春元：我有一个小的疑问，去年我去MIT（麻省理工学院）看到学生们在做一个叫脑机接口的公司，它叫BrainCo，就是把芯片跟脑神经连接进来。如果照您说的，实际路径还差得很远呢，还远没到这样一个程度是不是？是不是有商业噱头的成分在里头？

黄铁军：脑机接口跟刚才讲的类脑、或是仿脑计算是两个方向。脑机接口讲的是把机器跟大脑连接起来。连接起来也是有意义的，当然跟连接的深度有关，如果通过有线要看接多少根神经，这是一种物理的连接方式。早期的脑机接口只是采集脑电波，根据脑电波指导你做一些基本动作，但不可能详细知道你思考的所有细节，但大致也能把脑的一些功能行为分析、模拟出来，所以脑机接口有自己的发展方向，它也是脑计划的一个重要分支。

王春元：它也在向那个方向走？

黄铁军： 这就涉及将来生物，比如人跟机器怎么共存的问题了，会有很多种形态，其中一种就是刚才讲的脑机接口，直接连接在一起。

刚才讲到类脑计算的时间表，一般我会说 30 年，大概就是 2050 年前后，电子大脑做出来了，训练出一些典型智能，就是人、生物有的智能它差不多具备了，2050 年我 80 岁，我觉得能看到这样一个时代。为了让这一天早日到来，我们也在积极做工作。当然大脑很复杂，但我们可以一步一步去做，比如说今天请您看的电子眼睛，你很难想象一个很强大的智能系统没有眼睛，这是感知世界的一个必要通道。

王春元： 就是图像识别？

黄铁军： 图像识别。以前我做文字识别、计算机视觉都是在做图像识别，但那个时候是在计算机上装一个摄像头，我们在背后设计算法，这就叫机器视觉，或者图像视觉了。这个我做了很长时间，最后认为这个路子实际是存在问题的，问题就在于如果它没有一双灵敏的眼睛，仅仅靠今天的摄像头和计算机算法是很难突破的。所以我们就转过头来跟神经科学结合，看生物眼睛的神经网络是什么样的，就像刚才说我们要看大脑的神经网络一样。知道了这个神经网络之后，用电子的方式做一个眼睛，就是"电眼"。

今年的第一版芯片已经做出来了，它的机理就是照着生物——具体来说就是灵长类，比如猴子、人的眼睛设计的。这个芯片其实不过是像人眼而已，电子系统跟生物系统有一个本质区别——尽管它的功能、结果是学生物的，但速度比生物要快得多。能快多少？不是快一点，要快 100 倍。

等会儿我们看到的芯片，你会看到一个转轮很快，每秒钟 7200 转，就像大家通常看电扇，或者看飞机发动机——看这种高速旋转的物体的时候，如果上边有字，它一转你就看不清了，为什么？因为我们生物的眼睛尽管很巧妙，但是很慢，慢到什么程度呢？慢到我们的一个神经细胞给大脑发放神经脉冲，平均就是每秒 3 个脉冲。但是这个芯片每秒钟能发放 4 万个脉冲，所以实际上已经快了 10000 倍。当然了，人眼有的时候能够更快,但即便你每秒发100个脉冲,和4万个脉冲相比还是100倍以上的差距。所以快了之后会带来很多意想不到的东西,就像刚才说的,一个高速旋转的物体人眼怎么能看得清呢?但是电眼可以看得清清楚楚。

如果这样的眼睛装到机器人身上,你想想机器人的速度就不是以人的标尺衡量,它比我们快N个数量级。

王春元: 那就是神眼、天眼。

黄铁军: 这只是眼睛,如果大脑比我们也快100倍、1000倍、10000倍,那会是什么状态?实际上从电子器件的速度讲,快100万倍都是没问题的,我们经常说谁脑子比我快一点,电子大脑就不是比你快一点的问题,而是快多少万倍。为什么刚才讲人工智能未来不可限量,它会发生的事情是在多数人想象范围之外的,因为多数人都是以自己为标尺来评判这个世界的,实际上人工智能带来的变化要远远超出我们的想象。

王春元: 按照这样一个逻辑,我们不能不把问题再打开一点,您刚才的描述已经对我造成了冲击,我觉着我可能是活在地球上的最后一代带有纯生物特性的人类了。但就问题来探讨问题的话,人类文明是由科学和人文共同照耀下成长的,我在您的书架上看到的也基本上是这两类书,一类是脑科学、图像识别、视频编码,还有一类是宗教、艺术等人文学科的东西。

我一直以为人类的终极关注方向是人,而不是物。但按照您说的比较激进的想法,我在这一刻被颠覆了,人类的终极关注方向会是物,这就给我们带来严重的挑战,是人类文明和伦理的挑战。您作为前沿的顶级科学家,有没有想过这个问题?您在做这样的科学实验时,有没有人文的约束?

黄铁军: 首先我不敢说自己是顶级的科学家,但是我想我还是接触了比较领先的领域。就像您刚才讲的,其实人文和科学这两件事在我心里说冲撞也好,融合也好,一直有这么一个心理背景。为什么说我是比较激进一点的,就是给大家一个心理准备,因为我觉得我自己能承受这个心理冲击,对这个事情的发生,我作为一个生物的人我是能够适应的;但是我担心有人适应不了这样一个快速变化的过程,所以我一定要去说这件事,而不是让大家不知道。不知道就更麻烦,知道才能去应对,而不是假装视而不见。

您刚才讲终极目标,认为人是终极目标,现在正在变成物是终极目标,这个我认为值得商榷。其实既不是人也不是物,我们刚才讲了,人类社会正在从信息时代进入智能时代,如果再广一点,接受宇宙的进化,智能是一个方向——就是不断演化出更高的智能,至于它是在人身上,还是在物身上,还是两者合一,我们至少不应该把人设为唯一的目标。人是有智能,但像刚才讲的人也有局限性,比如说慢,人很聪明,但是慢,我们就在想怎么快的问题。为什么要快?因为宇宙里有这么多难题需要解决,我们仅仅靠这一个物理载体,不可能在几十年、几百年、甚至几万年内实现生物上的进化,所以一定要想。

王春元: 技术发展最后可能会是反人类的。

黄铁军: 我认为存在人和技术共生、共融的可能性,这种可能性我们要去探讨它,而不是现在就担心技术发展过快而去阻碍它的发展。历史已经多次证明这是不可能的,技术必然会发展,只有我们怎么去应对的问题,而不是说我们不让它发展了,不具备这种可能。

人怎么跟机器、跟物共生共融,这我很感兴趣,但我也不是专家,北大哲学系有老师和研究组在研究这个问题。人与新出现的智能系统是有可能共生、共融的,就像我们人类历史上接受了很多次比如说不同人种、不同民族、不同国家从斗争到最后结合、融合的过程,中华民族更是这样,五千年历史中这种事情发生得太多了。未来我们面临与智能系统怎么共融的问题,刚才我讲的类脑计算的技术方向,实际上对我们不是颠覆或代替,而是我们走向未来的必由之路。

为什么是这样?因为这台机器、这套智能系统脱胎于我们的大脑,所以它的智能的形态、思维的方式是可以与我们互通的。因为我们都是基于同样的神经网络结构，它可能快，但是再快也是这样一个神经网络结构在运行，而不是完全迥异于我们的生物智能的一套系统。如果现在突然来一个外星人，他的智能跟你完全无法沟通，形态完全不一样，我们又该怎么办呢？恐怕连应对的思路都没有。而类脑机器智能至少可以共生、共融，让智能的水平更高，然后应对更强大的挑战。所以从技术上存在这样的可能性，但我们也要早做准备，它毕竟超出了多数人心理想象的空间，所以要早点想应对的办法。

王春元：您提到了外太空的问题，作为一个科学家，您认为平行宇宙是不是存在？

黄铁军：平行宇宙是一个物理学的问题了，它是一个假设，这种假设现在还没有任何物理手段能够去验证，甚至我们都没想出验证它的实验方法。所以可以说它还不是一个严肃的科学问题，科学问题一定要可验证的。它可以作为一种想象去想，设想这种可能性。

但至少我认为人类一定不能把自己局限在地球和有限的范围内，也不能把智能水平局限在我们能想到什么、能做什么的范围内。毕竟宇宙这么大，我们也只是一种存在，虽然这种存在很美，但它不是绝对的，我们不能把这个当成我们思考的最大空间。智能的空间各种各样，智能的形态也各种各样，我用外星生物举例的意思是今天我这儿还没有出现，但不代表未来不会遇到，无论如何我们不能不去想这件事，可能我们这一代人没有遇到，但作为人类还要长期发展——如果我们希望人类长期存在下去的话，这样的问题总是要想的，怎么迎接未来可能出现的挑战？现在就要做好准备。

在技术圈里也会争论我们刚才说的，具有自我意识的、性能超出人很多倍的智能系统出现，这件事会不会出现是一个技术问题，该不该做是个伦理问题，大家观点不一样，有的人说就不该做，因为对人类的生存会带来冲击。但是你要从刚才那个角度去想，如果人类不发明这样新的技术，不创造出这样新的智能系统的话,我们面临的风险、我们抵御风险的能力就约束了我们。比如说原子弹好不好?大家可以从各个角度说它不好,但如果小行星要撞击地球的话,不靠原子弹把它推开,我们就只有像恐龙一样接受被撞击然后消亡的命运。所以新技术尽管有风险,但第一它还会发展,第二我们一定要想怎么利用好这些技术,使之更有利于人类长远发展。

王春元: 我权且能接受您的想法,就是说我也认可在人类文明诞生以前星球是存在的,地球是早于人类文明的,人类文明对于地球来讲只是沧海一粟,人类要有胸怀来看待。那么假如说类脑科技在20到30年的时间到达了您预测的水平,您对我们、对这个社会有一些什么样的忠告,或者是希望?

黄铁军: 未来20、30年能达到的类脑科技的程度,跟今天的深度学习、人工智能还是两类技术路线、两类做法,而且也不是自然而然就达到了,其实还是要做很多技术上的努力,才有可能实现。

但就像我刚才说的,智能这个方向无论是人类社会也好、机器系统也好,还是宇宙也好,智能程度提高这样一个方向可以说是不可阻挡的,一定要提高。对于我们现在的人来讲,当然我们关心很多问题——包括个人的、社会的方方面面的问题,但归根到底其实就是我们在这样一个智能演化过程中扮演什么角色,我们在这样一个大的潮流中应该怎样找到自己的发展定位。

不敢说忠告,可能更多的是一种建议,就是要关注智能的发展,从智能的角度反观我们今天的生活、学习,包括一些决策。

王春元: 北京大学计算机系在脑科学的发展、研究上应该说是走在了全国前列,又地处北京,有地缘优势。北京作为首都有四个核心定位,其中之一是要成为全国的科技创新中心,这个定位相对于其他的三个定位对人才的储备、技术的前卫性都提得相当高,我们是不是可以理解为脑科学的发展对未来北京创建科技创新中心有特别重要的位置和地位?脑科学的发展短期、中期和远期在世界上会趋于一个什么样的水平？

黄铁军： 我想未来在全国也好、全世界也好，北京一定会处于一个很高水平的创新中心的地位，这是我个人的一个判断。之所以有这个判断，跟刚才讲的都有关系，物理条件、人才条件、经济条件、各个方面的外部环境，使得北京肯定能成为一个全世界高水平的创新中心。

当然我们现在还是有很大的差距，不是说我们已经做到了，而是说我们具备了做到的很好的条件。2015年时，北京市科委已经开始部署类脑计算和脑科学项目了，支持北京的单位开展研究。国家新一代人工智能发展规划是2017年发布的，新一代人工智能重大科技项目应该在今年启动，开始研究。国家的脑科学与类脑重大科技项目应该也是今年启动，而北京在三年之前已经开始做这方面的项目和系统的部署了。可以说在这方面北京是走在全国前列的，主要因为北京有这样的科研条件，也有这样的经济条件。

我刚才说的如类脑计算，其他城市都比较零散，是个别单位在开展，真正系统的、成规模的、能够全面发展起来的还是在北京，包括今年脑科学与类脑北京中心的成立。

人工智能领域各个方面的报告都显示，北京毫无疑问地领先，无论是研究机构还是创业企业规模，人工智能领域大概超过一半在北京。所以有这么好的条件，大家当然要共同努力把世界高水平创新中心的梦想早日实现，这是我们现在应该努力的方向。我们有充分的条件，只要努力就一定能达到。

王春元： 再问一个跟高文有关系的问题，之前您的专业方向是人工智能，但是进入高文教授的实验室后，您主要从事的是视频编码技术，现在又重新回到了人工智能，其实这两者也有内在逻辑联系，是吧？

黄铁军： 是的。

王春元： 高文教授呢，是您的导师？

黄铁军： 博士后期间的合作导师。

王春元： 中国有句话叫"一日为师，终身为父"，这个纪录片绝大部分拍的是父子、母子、母女两代人的关系，我把科技人员导师与学生间的关系也认为是父子关系，中国有这样的文化传承。如果是这样的一个前提，我想请您谈一谈科技人员这样一种导师和弟子的师徒传承，您怎么理解？它和血缘关系的父子传承有什么差别？

黄铁军： 我跟高文老师的关系可以说很特殊。先说跟父子关系对比，其实我们俩年龄没差那么多，也就14岁，不到一代人。在农耕时代，父子可能天天生活在一起，但是今天很多两代人并不生活在一起，但是做科研有可能比家庭关系还要密切。具体来说，我1998年底博士毕业，然后就到高文老师的实验室做博士后，一直留下来到现在，刚好20年。

1998年之前我们就认识，1996年是我读博士的第二年，我就来过高老师的实验室，当时跟高老师谈过一次，他说挺好的，你博士毕业就到这个实验室来吧。应该说当时对于各自的性情、背景都比较认可，就这样确定了。1998年到这个实验室之后，实验室有多个研究方向，我只是从事其中一个方向，也有很多人博士后出站后作为工作人员留下来，但差不多相似的研究方向做下来的只有我一个。

这里边有一些个人性情上的相似性的原因，但更重要的我想是对于做什么样的科研项目、什么时候该做什么事，我们两人有很多价值观上的共同之处。比如刚才说的视频编码这件事，高老师的研究方向是视频编码，他1994年拿到东京大学博士学位时的方向就是视频编码，所以他是一个视频编码方向的真正专家。我硕士和博士论文做的实际是文字识别、计算机视觉，是人工智能的方向，我并不是做视频编码的。但是到2002年博士后刚出站的时间点上，怎么突然就要去做视频编码呢？通常搞科研的人不会愿意轻易换方向，尽管还是一个大方向，但差别还是挺大的。

王春元： 到了博士这个阶段的话，应该都很精了，很窄了。

黄铁军： 对，很精了，很窄了，要再改变一个方向是要面临挑战的，很多人是不愿意这么做的。那为什么我又跟着高文老师去做视频编码这件事呢？不是技术原因，是现实需要，是国家产业的需要。当时DVD不让上岸，要罚很多专利费，当时的信息产业部说我们要做中国的标准。那毫无疑问视频编码就是高文老师牵头做。但做这件事就要组织大团队，不仅是我们自己实验室的研究人员，还要把产学研组织起来，把其他的大学、研究所、企业的力量团结起来一起做中国的标准。这时就需要有一个人协助来组织工作，这是现实需要，尽管我原来的方向不是视频编码，但在那样一个时刻需要一个人去承担这样的任务，我就服从了需要。

香山科学会议是2002年3月18日，会议前一天高文老师跟我说明天会议要有人写纪要，三天的会，会议结束后把这个纪要发给香山科学会议的组委会，你去吧。那种情况下，我说我不是搞视频编码的，换别人吧，别人可能也就这么做了，但我不会。前两天我还跟高老师开玩笑，说我突然发现我不会拒绝别人，真的不会。别人说一件什么事，我总是想尽办法去解决，不会拒绝。当然这件事不是一个简单的拒绝不拒绝的问题，而是必须有人去做，那我就去做了。不是说我对技术有多深入的了解，而是对当时的国内外的状态有一个大概的把握，所以之后成立标准工作组，高老师当组长，就让我当秘书长，我也没想太多，必须有人承担这个任务，就开始做这个工作了。

当时工作组成立，很多事情不是技术的工作，而是事务性的。成立一个组织就得有章程，章程就得有人写，三页的章程就是我写的，写完之后反正35家单位用那个章程就运行起来了。

王春元：这也让我想到另一个问题，您也是从学生到老师、到导师，也是这样一代代地传承过来的，那么就个人经历而言，你认为一个优秀的科研人员需要具备的人文素质是什么？

黄铁军：我只能讲个人的一些体会，不能说对所有的科研人员提一个什么建议。

我自己的感受，很多时候人文的背景和知识，对于开阔你的科研方向，甚至寻找一些新的方向是很重要的。如果只局限在自己的有限的领域做下去——有些问题可以这么做，比如说数学问题，只要选准一个数学问题，终其一生研究这个问题是可以的；但对于技术领域，特别是跟社会、跟产业密切相关的领域，有一定的人文背景会有帮助，就是你会从另外的视角去看这件事。除了你自己做的那件事之外，还可以站在旁观者角度来观察你做这件事的社会价值，以及它可能会在什么方向有新的突破。

我觉得这么多年，中国的教育越来越专业化，把学生往一个方向去培养，从一方面看好像是好事，因为学生出成绩快，专业可以做得很强；但是另一方面，创新性、开拓性就局限住了。像国外的教育体系里大学有两种，一种是像我们通常的大学一样，分各种专业，另一种是做博雅教育的文理学院，本科四年可以说是不分专业的——当然你可以选一些专业的方向，最后拿一个专业的毕业证，但它不像我们这样，学生来了之后就照着一个方向培养，四年培养出来你就是这个专业的学生了。当然通识教育我们国家现在也重视，但还是比较少，我们现在的步伐还是太小，依然是专业教育。我觉着应该有一部分学校慢慢把这一块发展起来，特别是北大，各个方面的学科都很全。

王春元： 前一个问题您的回答让我特别有感受，以前我们都说科学无国界，学者有祖国，同样的，国家情怀、国家利益可能也是一个学者的坚持和人文素质，不仅仅是个人修为上，就像让你去做编码，不是你的专业，但是你的人文情怀。

黄铁军： 应该承担这个任务。我也不敢说是情怀了，可能更多的是回报社会的一种方式。就像刚才说的，我上了20年的学，虽然家庭在条件有限的情况下给了全面的支持，但是社会也提供了教育的环境，我们应该承担相应的社会责任。中国培养的，要为中国社会发展做贡献，这也是自然而然的事情。当然，科学也确实没有国界，你给中国做贡献的过程本身也是在为全球的科技发展做贡献。

中国发表的论文在2008年已经世界第一了，大家可能会从各个角度去看这件事,但这也是我们中国对全球的贡献。因为每篇论文背后都是大家的工作,可能有的质量很高,有的质量不那么高,但总体来说还是贡献。

这个论文包含所有学科,所以中国对世界的贡献已经很大了,将来我们怎么更多地贡献更原创性的、更顶尖的技术,更原创的科学,还是要努力。我想给大家讲的不是一个单纯的发表论文的问题,中国的贡献量已经很大,接着是贡献更高水平成果的过程,这也是一个不可阻挡的潮流,不是几个国家之间简单的竞争问题。

王春元: 我知道您现在担任国内新一代人工智能联盟的秘书长,这个机构跟人工智能是一个什么关系?在什么背景下成立了这样一个机构,是不是瞄准了中国的人工智能要领先世界这样一个目标?

黄铁军: 这个联盟叫新一代人工智能产业技术创新战略联盟,挺长的一个名字。我们分两段就很容易理解了,前面就叫"新一代人工智能",就像刚才说2017年国务院发的规划,就叫《新一代人工智能发展规划》,规划里面确定了很多方面的工作,其中一个很重要的工作叫新一代人工智能重大科技项目,这个是到2030年——未来差不多15年的时段之内,国家对人工智能投入的主渠道,就是这个重大科技项目。

规划也说得很清楚,因为人工智能涉及到方方面面,所以它不仅是一个科技问题,还要落地,要跟产、学、研、用结合,才能真正发挥作用,联盟就是为此成立的。联盟名称的后半截"产业技术创新战略联盟",这十个字是科技部的一个标准说法,不仅是这个联盟,其他类似的联盟后面的这十个字都是一样的,就是一个技术领域成立一个联盟,这个联盟负责产学研的结合。我们刚才讲的这个联盟的特殊性在于,它对接国务院的规划,对应新一代人工智能重大科技项目所要做的产学研结合的任务,可以说跟刚才视频编解码标准工作组和联盟的工作是分不开的,因为我们有16年的产学研结合的工作经验,所以我们来承担。具体来说就是高文老师做理事长,我还是这个联盟的秘书长,跟原来的工作组组长和秘书长的分工是差不多的。

王春元：还是这种师徒合作。

黄铁军：日常工作我们有一个秘书处，十几个人一起工作。我们这个联盟专家委员会的主任是潘云鹤院士，当时中国工程院叫人工智能2.0的软课题咨询项目的研究，潘老师是负责人。这个联盟可以说是从当初给国家提出建议，到配合国家有关部门起草规划的过程中自然而然形成的组织。因为它完全是一个目标，国家的目标就是联盟的目标。您刚才讲2030年我们要达到世界领先水平，这也是联盟要全力推进的目标，我们各方面工作也都围绕这个目标在开展。

王春元：作为中国的人工智能的科研人员，我们是不是有这样一种雄心，一定要让中国的人工智能在世界上处于领先的地位？

黄铁军：刚才咱们讲改革开放40年，这个问题不是靠科技人员自身说我们努力十几年，中国就世界领先了。不仅是这一个因素，它其实是中国发展必然会达到的一个阶段，是我们综合实力的体现。

比如今天我们回过来说改革开放40年了，能有今天的成果是各行各业大家共同努力的结果。15年之后，中国人工智能领先了，首先我们有信心，有信心是因为我们有社会条件，从社会发展趋势判断应该是能达到这样一个目标；如果简单把它看成一种国与国之间的竞争，我认为可能还是有点狭隘。中国有这么多人工智能领域的科研人员，有这么多人工智能要应用的领域，有这么多产业发展的机会，达到领先应该是一个战略判断，而且我认为也是完全能够达到的。

王春元：采访您之前，我就知道我的采访是奔着未来而来的。这跟我们的叙述方式有关系，我们把改革开放放在一个60年的结构中，从1978年到2018年是40年，我们留一个问题给2038年。我觉得您确实很勇敢、无所顾忌，以一种科学的态度看待事物本来的逻辑和规律。我想请问您20年以后,全世界——包括中国在内,人工智能或者说类脑科学的发展将会达到一个什么样的惊喜程度,或者说是恐惧的程度,它是恶魔还是天使?

黄铁军: 说未来,一般人都是预测嘛,我们就放开去畅想可能性。一方面,无论是刚才讲的未来可能出现的人工智能技术,还是今天已经比较成熟、已经开始渗透到社会中的人工智能技术,它们对社会的影响是巨大的。20年之后的社会形态我们很难想象出是什么样的,但我想有一点是我希望达到的,实际上也是我们人类几千年的梦想,就是大家在体力以及很多脑力方面所花的时间都被机器取代了,大家会说那把我的职业给取代了我该怎么办,其实我们生来不是为了工作,不是为了付出体力和脑力存活的,而是要追求更大的价值和意义。如果我们每个人都不用陷到日常的杂务里去,我们的创造力、全世界的创造力才能充分地发挥。所以这绝对不是一件坏事,20年之后如果机器接管了大部分人类的工作,这对人类来说是一个重大变化,但我觉得是很好的变化。

第二个呢,颠覆性技术的出现,会改变很多情况下对个人、对社会,甚至对宇宙、物理世界的看法。加速发展已经发生了很长时间,既然它是加速,你看未来20年,至少要往回看100年、甚至200年的社会变化,才能体会到那个差别有多大。所以会有更多的颠覆性技术的出现,大家做好心理准备,这是我最重要的建议。

王春元: 但现实和你这个预测有一点不太一致,其实互联网发展的这10年已经在无形中加速了时代,也节省了我们很多精力和体力。按照常理说,节省下来的精力和体力应该发挥更多正能量,但现实是我们发现人有更大的困惑、更大的误区、更大的焦虑,比如不再做深度阅读,或者沉迷电子游戏,这些节约下来的时间和生命能量并没有产生对人类更有意义的东西,这是为什么?

黄铁军: 这就是人性的两面性,当你有很多时间、很多金钱、很多条件的时候,你到底做什么?是从事更有创造性的艺术、科学这种研究,还是用于挥霍和做低级趣味的事情，这是一直存在于人性中的，不同的人会做出不同的选择，任何时代都是如此。

王春元： 科学解决得了这个问题吗？

黄铁军： 科学不解决这个问题，科学只为这个问题的解决提供手段。我想我们人类真的应该反观自己的一些需求，如果你衣食无忧了，如果你的物质条件极大丰富了，你要做什么？对教育来说就是要引导的问题，国家也一样，不是说解决了大家的温饱，解决了小康就万事大吉了，之后如果大家变成了往低级趣味去追求就反了，而这存在着很大的可能性，所以我们要教化，要引导。

王春元： 实际上回到了我们开始提到的一个问题，就是在现阶段，在人类完全没有认清自己的情况下，可能科学和人文还是指引人类前进的最重要的明灯？

黄铁军： 是这样的。科学的科普也好、科学的素养也好，我们还有很大的提升空间，但总体来说我认为中国的科学还可以，意思就是总的来说它在往好的方向发展；人文相比之下还不如科学，比如我们一说情怀似乎显得很穿越，80年代说情怀、理想都很光明正大，今天一说似乎就成了某种特殊趣味。实际上不是这样的，每个人的行动决策背后都是人文精神，这说明社会的关注还是太少，相比科学来说我觉得更薄弱。

王春元： 我们都将继续努力，从两个方面。谢谢！
黄铁军： 是的，谢谢！